Jenifer

btb

Aus Freude am Lesen

btb

Buch

Seit Jahren treffen sich die Freundinnen Gwen, Veronica und Beatrijs im Sommer eine Woche auf dem Land, wo sie mit ihren Familien eine unbeschwerte Zeit genießen. Doch dieses Jahr ist alles anders: Veronica ist kurz zuvor überraschend gestorben, und die frische geschiedene Beatrijs kommt mit ihrem neuen Freund. In der ehemals so harmonischen Runde drohen schwelende Konflikte offen auszubrechen. Als eines Tages Gwens kleine Tochter spurlos verschwindet, gerät das Leben der Sommergemeinschaft vollends aus den Fugen.
Wie in ihrem internationalen Erfolg »Das Erdbeerfeld« gelingt es Renate Dorrestein auf grandiose Weise, das Seelenleben ihrer Figuren darzustellen. Urplötzlich wird den scheinbaren Gewissheiten ihrer Helden der Boden entzogen. Wohlgeordnete Verhältnisse und Beziehungen geraten ins Wanken. In einer unsentimentalen Sprache beschreibt Renate Dorrestein, wie Tod, Trauer und irrationale Hoffnungen die Karten des Lebens neu mischen.

Autorin

Renate Dorrestein, geboren 1954 in Amsterdam, ist eine der erfolgreichsten Autorinnen Hollands. »Der Ausflug« verkaufte sich in Holland über 50.000 Mal und sprang sofort auf alle Bestsellerlisten. Für ihre Romane, die auch sehr erfolgreich in Amerika, Großbritannien, Italien, Spanien, Finnland, Schweden und Frankreich erscheinen, wurde sie vielfach ausgezeichnet.

Jennifer

Renate Dorrestein

Der Ausflug

Roman

Aus dem Niederländischen
von Hanni Ehlers

btb

Die Originalausgabe erschien 2004 unter dem Titel »Zolang er leven is« bei Uitgeverij Contact, Amsterdam/Antwerpen.

Die Arbeit an der Übersetzung wurde vom Nederlands Literair Productie- en Vertalingenfonds gefördert.

FSC
Mix
Produktgruppe aus vorbildlich bewirtschafteten Wäldern und anderen kontrollierten Herkünften

Zert.-Nr. GFA-COC-1223
www.fsc.org
© 1996 Forest Stewardship Council

Verlagsgruppe Random House FSC-DEU-100
Das für dieses Buch verwendete FSC-zertifizierte Papier *Munken Print* liefert Arctic Paper Munkedals AB, Schweden.

1. Auflage
Genehmigte Taschenbuchausgabe April 2008,
btb Verlag in der Verlagsgruppe Random House GmbH, München

Umschlaggestaltung: Design Team München
Umschlagfoto: Plainpicture
Druck und Einband: Clausen & Bosse, Leck
KR · Herstellung: BB
Printed in Germany
ISBN 978-3-442-73703-1

www.btb-verlag.de

Und die Hoffnung ist ein kreidebleiches Kind, das lacht,
wenn der Räuber es schon schlacht'

Gerrit Achterberg

ERSTER TEIL

Sommer

Kannibalen

Hinten im verwilderten Garten, an der Grenze zur Bienenweide, waren die Kinder in ein aufgeregtes Spiel verwickelt, dessen Regeln sie sich nach und nach ausdachten. Verschwitzt jagten sie einander im mannshohen Gesträuch hinterher. Im Weg hängende Zweige schlugen sie mit den Kochlöffeln zur Seite, die sie in der Küche gefunden hatten. Trotzdem waren sie mit Schrammen und Brennnesselpusteln übersät.

Die vier Mädchen waren im Vorteil: Sie kannten das Gelände. Sie wussten genau, wo Schleichwege waren und wo man sich am besten verstecken konnte. Laurens' Jungen mussten regelmäßig die Verfolgung abbrechen, um sich verwirrt umzuschauen, die Ohren auf ein Kichern aus dem Gebüsch gespitzt. Keuchend hielten sie einander an der Hand. Niels, der Ältere der beiden, beruhigte seinen kleinen Bruder immer wieder nervös. Wir gewinnen. Wir gewinnen ganz bestimmt.

Auf der Terrasse beim Haus saßen ihre Eltern schon seit dem Mittagessen und redeten mit der Entspanntheit von Menschen, die alle Zeit der Welt haben, über dies und das und jenes. Es war warm, und sie füllten immer wieder ihre Gläser. Timo blieb bei Wasser. Er müsse, wie er wiederholt sagte, vor Einbruch der Dunkelheit noch ein Bienenvolk vom Korb in den Kasten umsiedeln, und Alkoholdunst mache die Bienen ganz irre. Seine Frau Gwen trank Saft, da das Baby noch gestillt wurde. Nur Laurens hatte sich an den Weißwein gemacht.

Sie saßen in ihren kurzen Hosen auf wackligen Holzstühlen um einen Tisch, der früher etwas weit Würdigeres und alles andere als ein Gartentisch gewesen war. Gegen die neue Rolle im Freien protestierte die Tischplatte, indem sie tückische Krater aufwarf. Auch die Tischbeine beteiligten sich nach Kräften: Strich man mit nackter Haut daran entlang, riss man sich unweigerlich Splitter ein. Sogar das scheinbar samtweiche Moos, das unter dem Tisch aus den Fugen zwischen den Terrassenfliesen hervordrang, hatte etwas Störrisches, ja beinahe schon Aggressives. Und im ungemähten Gras schlossen vergessene Stofftiere und Plastikpuppen drohend die Reihen.

Ach, Quatsch! So war es bei Timo und Gwen doch von jeher gewesen: eine Lotterwirtschaft eben. Efeu wuchs hier ungehindert in den Dachrinnen, auf den Fensterbänken standen vertrocknete Blumensträuße, Zeitschriften hingen über Stuhllehnen, und wo man auch hintrat, knirschte oder klebte irgendetwas unter den Füßen, verstreuter Zucker, Kuchenkrümel, zerquetschte Rosinen, eine mit Staubflocken panierte Olive. Gwen und Timo kümmerte das nicht. Vielleicht war das ja eines der Geheimnisse einer langen und guten Ehe: dass man Nebensächliches nebensächlich sein lassen konnte.

Es war nur ein beiläufiger Gedanke, doch bei Laurens löste er ein Gefühl mörderischer Einsamkeit aus.

Ihm gegenüber schraubte Timo gerade wieder die Mineralwasserflasche auf. Er kam erneut auf seine Bienen zu sprechen. Dabei redete er so schnell, dass er fast über die eigenen Worte stolperte. Wie ein eifriger kleiner Junge, der ein Referat hielt. Irgendwie war Timo auch noch ein Kind, hatte dieses unversieglich Begeisterte, Verwunderte auch, eines Sechsjährigen. Selbst bei starkem Gegenwind radelte er noch fröhlich pfeifend am Kanal entlang. Ein pfeifender Mann auf dem Fahrrad am Wasser, das blonde Haar im Wind wehend: Er könnte sofort in einem Werbefilm des Fremdenverkehrsamtes auftreten.

Dankbar für die Ablenkung hörte Laurens ihm zu und nickte von Zeit zu Zeit, um sein Interesse zu bekunden. Derweil studierte er die verblühten Rhododendren, die von den Schnecken angefressenen Lupinen, die Maulwurfshügel im Gras. Deren Timo-Sorglosigkeit und Gwen-Lakonie. Er fühlte sich schon wieder ein wenig besser. Vielleicht sollte er einfach noch ein Glas Wein trinken, dann konnte er über alles lachen. Auf dem sonnenbeschienenen Tisch stand die Flasche griffbereit im Kühler. Aber mit Alkohol musste man vorsichtig sein, als Gast hatte man Anstand zu wahren. Bei diesem Gedanken lebte die Erinnerung an seinen Ausbruch beim Mittagessen wieder auf. Wie hatte er sich nur so gehen lassen können. Abrupt stand er auf, beschämt und verärgert über sich selbst.

Unsicher lächelte Gwen ihm unter ihrem verschwitzten blonden Pony zu. »Was ist denn auf einmal in dich gefahren?«

»Mal eben schauen, was die Kinder aushecken.«

»Die werden sich schon nichts antun«, sagte Timo.

»Jetzt lass Laurens sich doch mal die Füße vertreten, Mensch«, entgegnete Gwen. »Gib ihm ein Weilchen frei. Du schwadronierst ja schon seit Stunden über deine Bienen.«

Die gute Gwen. Wenn Krieg ausbrechen sollte, würde man, ohne lange zu überlegen, bei ihr untertauchen. Auch unter schlimmsten Bedingungen würde bei ihr auf dem Herd ein Topf Suppe köcheln, und irgendwo tief in Gwen drinnen würden noch ungeborene Kinder plappernd und schnatternd und unerschütterlich wie eh und je bunte Papierstreifen falten und kleben. Gwen warf immer paarweise. Das jüngste Baby war ihr erster Einling.

Laurens lockerte seine Muskeln, die vom langen Sitzen ganz steif waren. »Ob sie noch mal wiederkommen?«, fragte er unvermittelt. »Was meint ihr?«

Timo, aus dem Konzept gebracht, schwieg. Gwen kratzte sich am Bein.

»Was findet Beatrijs nur an diesem Kotzbrocken?« Laurens konnte sich schon wieder über den unerwünschten Eindringling in ihre Runde ereifern.

»Ach, er ist nur etwas ...«, versuchte Gwen einzulenken.

»Spar dir die Mühe, Schatz«, fiel Timo ihr ins Wort. »Der Mann ist ein unglaubliches Trampeltier.« Es war nicht ganz eindeutig, ob er damit den Kotzbrocken meinte oder Laurens.

»Na, wir werden sehen«, sagte Gwen. »Sie wissen ja, wann es hier Abendessen gibt.«

»Ihre Sachen stehen auch noch hier«, gab Timo zu bedenken.

»Dann bleibt uns das also nicht erspart.« Laurens vergrub die Hände in den Hosentaschen und trat resolut auf den Rasen hinaus, um auf andere Gedanken zu kommen. Er konnte gerade noch einem Berg Legosteine ausweichen.

Da er sich nun ohnehin in Gang gesetzt hatte, konnte er ja auch wirklich mal nach den Kindern sehen. Ein Ziel, und sei es noch so nichtig, verlieh dem Leben Sinn und Bedeutung. Also los. Wo mochten sie stecken, die kleinen Landstreicher? Sie konnten hier überall und nirgends sein. Das alte Gehöft von Gwen und Timo war zwar nicht Aufsehen erregend groß, aber es gab etliche Nebengebäude, und in den Augen eines Städters war das Grundstück riesig. *An der Schleuse* hieß der Besitz von alters her, und so hatten sie auch ihren Betrieb genannt. Am Rand des Grundstücks, zum Kanal hin, stand ein selbst gemaltes Schild mit einer honigprallen, emsig vor *An der Schleuse* herumkreisenden Biene. Vorüberfahrende Binnenschiffer und die Freizeitkapitäne von Vergnügungsbooten zollten diesem Kunstwerk wenig Beachtung. Weit mehr Wirkung hatte es dagegen auf Radfahrer und Spaziergänger. Die gönnten sich gern eine kleine Pause für einen Besuch des winzigen Lädchens im Vorderhaus, wo sie ein Glas Schleuderhonig aus eigener Erzeugung erwerben konnten oder ein paar Kerzen, die Gwen mit blühendem Unkraut beklebt hatte, an dem noch Reste von Erde hingen.

Über den Kiesweg zwischen den seit Jahren nicht gestutzten Büschen lief Laurens an der Kerzenmacherei vorbei. Der Wachsgeruch, der durch die offen stehende Tür ins Freie zog, war so durchdringend, dass er auch ohne hineinzuschauen die vielen Reihen blasser Kerzen in den hölzernen Trockengestellen vor sich sah. An einem warmen Tag wie diesem war das Summen der Bienen etwas weiter weg gut zu hören, ein tiefes, anhaltendes Brummen, als fahre jemand geduldig mit dem Staubsauger durch Klee und Thymian.

Wie schön hatten sie es hier doch immer alle gehabt, Sommer für Sommer. Und nun hatten sie diesen Besserwisser am Hals, mit dem Beatrijs neuerdings das Leben zu teilen beliebte. Ausgerechnet jetzt. Als müssten sie sich nicht noch alle mühsam an die Lücke gewöhnen, die Veronica hinterlassen hatte, oder besser gesagt, die zahllosen Leerstellen, in denen sie sich bemerkbar machte. Immer wieder der Schock des Verlusts. Ihre traditionelle Schokoladentorte zum Nachtisch am ersten Abend, die jetzt gefehlt hatte. Ihre schrägen Limericks bei Tisch, die Lieder, mit denen sie den Kindern über den gigantischen Abwasch hinweghalf, ihre urkomischen Erzählungen zu den spätabendlichen Gläsern Wein, die laufend wieder gefüllt wurden: Sie hatten ohne das alles auskommen müssen. Jeder Moment, jede Handlung, jeder untereinander gewechselte Blick ließ ihre Abwesenheit tiefer ins Bewusstsein eindringen. Gerade dadurch, dass sie nicht mehr da war, war sie in gewissem Sinne anwesender denn je: Hinter jeder Tür erwartete man immer noch halb ihre Stimme, ihre Schritte.

Was hatte ein Wildfremder dabei zu suchen, jemand, der Veronica nicht mal gekannt hatte?

Ein Knacken im Gebüsch lenkte Laurens ab, und er blieb stehen.

Gwens Zwillinge waren berüchtigt für ihre Hinterhalte. Es wäre nicht das erste Mal, dass sie sich aus einem Baum auf ihn herabfallen ließen. Vorsichtig begab er sich ins Gestrüpp. Unter seinen Füßen zerbrachen Zweige. Auch eine Fallgrube war ihnen zuzutrauen. Vor allem die beiden Achtjährigen, die Timo in für ihn ungewöhnlich sardonischer Art die Engel nannte, waren Wildfänge. Es war Laurens ein Rätsel, wie ein so sanftmütiger Mann zu solchen Töchtern kam. Bis hin zum Äußeren, mit zu einem dicken Balken zusammengewachsenen Brauen, waren sie die reinsten Räuberkinder. Das Einzige, worin sie sich voneinander unterschieden, war, dass Marleen eine Furche in ihrem stets entschlossenen Kinn hatte und Marise ein Grübchen. »Wo steckt ihr, ihr feigen Lauselümmel?«, rief er. Er fand das Gespann einfach großartig.

Im Unterholz knackte es erneut. Er meinte, aus dem Augenwinkel kurz ein knallrosa T-Shirt gesehen zu haben. Das musste eine von den kleineren Schwestern sein, Klaar oder Karianne. Das jüngere Duo verlor in diesem Sommer zusehends seine molligen Ärmchen und runden Knie. Sie begannen, staksig in die Höhe zu schießen, und auf ihren breiten, sommersprossigen Frätzchen lag nicht mehr dieser permanente Ausdruck des Erstaunens darüber, wie groß die Welt war: Im Eiltempo traten sie bereits in die glutheißen Fußstapfen der Engel.

Äste und Zweige beiseite schlagend, machte sich Laurens an die Verfolgung. Hier, am Rande der Weide, auf der die Bienen ihren Honig sammelten, war Gwens Garten Eden am wildesten. Hier war jeglicher Versuch der Kultivierung aufgegeben worden beziehungsweise am entschiedenen Widerstand der alten Bäume und Sträucher gescheitert. Man wähnte sich in einem undurchdringlichen Wald und nicht etwa auf dem Gelände eines Gehöfts, an dem ein kerzengerader, von Menschenhand gegrabener Kanal entlangführte. Laurens kam es so vor, als rücke die verzauberte Wildnis Jahr für Jahr weiter vor, aber das konnte auch Einbildung sein.

Mit den Armen rudernd bahnte er sich eine Schneise durch das nächste Gebüsch. Er erwartete, dass es sich dahinter lichtete und Sonnensprenkel durch das Blattwerk fallen würden. Doch das Laub war so dicht, dass er für einen Moment fast gar nichts mehr sah. Er musste die Hände ausstrecken und sich von Baum zu Baum tasten. Die Rinden fühlten sich leicht schleimig an, weil sie hier so wenig Tageslicht abbekamen, und sie gaben einen säuerlichen, erdigen Geruch von sich. Der Sommer schien plötzlich ganz weit weg zu sein. Laurens war schon drauf und dran umzukehren, als er gegen etwas stieß, das dumpf hallte. Es war ein großer Blechkessel, der ihm etwa bis an den Saum seiner kurzen Hose reichte, so einer, wie Gwen sie in der Kerzenmacherei benutzte.

Befremdet sah er sich das Ungetüm an, obwohl es natürlich typisch Gwen war, verrosteten alten Schrott einfach ins Gestrüpp zu schmeißen. Er fasste den Rand an. Das Metall war kalt. Das Ding stand bis obenhin voll Wasser. Man hätte ein stattliches Ferkel darin kochen können.

Plötzlich ertönte weiter entfernt schrilles Geschrei. Laurens ließ den Kessel Kessel sein und eilte in die Richtung, aus der das Geschrei kam, dem Sonnenlicht entgegen. Auf der Grenze zur Bienenweide verlangsamte er seine Schritte: Dort drüben rannten seine beiden Söhne gefährlich nah an den Kästen entlang.

»Niels! Toby! Vorsicht da hinten!«

Sie hörten ihn nicht. Lauthals schreiend preschten sie weiter, ganz mit sich beschäftigt, zwei kleine Hänflinge in Badehose.

Sie müssen dringend zum Frisör, dachte Laurens, und sie brauchen neue Schuhe, und mit den T-Shirts, die er neulich auf dem Markt für sie gekauft hatte, war doch auch was nicht in Ordnung, die waren falsch genäht oder so. Da hatte er einfach Kleidung gekauft, die nichts taugte. Mutlosigkeit überkam ihn. Und doch war es einzig und allein seiner Kinder wegen, dass er es morgens fertig brachte, aus dem Bett zu kommen, jeden schmerzlichen Tag wieder. In seinen Träumen lebte Veronica meistens noch. Es war ja auch so unvorhergesehen passiert, oder vielleicht widersetzte sich sein Geist einfach mit aller Macht dem Unvermeidlichen. Jedenfalls war der Kontrast zwischen Schlafen und Erwachen so grausam, dass er jeden Morgen nur eines wollte: Sich für immer neben ihr ausstrecken und vergessen, was geschehen war.

Seine Jungen waren nirgends mehr zu sehen. Die Bienen summten unvermindert.

Hätte er dieses Jahr überhaupt herkommen sollen? Er hatte seinen Freunden momentan nicht viel zu bieten. Aber seine Söhne hatten sich so sehr auf den Besuch gefreut. Nach der Beerdigung hatte Niels ihn tränenüberströmt gefragt: »Fahren wir jetzt nie mehr in Ferien, Pap?« Erstaunlich, wie klar ein Siebenjähriger seine Gefühle in Worte fassen konnte. Denn was bedeutete diese Frage anderes als: Wird das Leben je wieder normal, je wieder schön? Beschwörend dachte er: Ich krieg das schon hin, sagte er zu sich selbst. Drei Monate waren noch eine so kurze Zeit, es musste erst ein Jahr darüber vergehen. Aber dann, so hörte man manchmal, ging es erst richtig los. Denn Verlust konnte sich doch, wenn man es genau betrachtete, nur immer weiter auftürmen, bis in alle Ewigkeit.

Bei diesem Gedanken wurde ihm so beklommen zumute, dass er sich hastig wieder in Bewegung setzte. Er beschloss, zurück den längeren Weg zu nehmen, am alten Sommerhaus vorbei. Der Kiesweg war von einem gelben Unkraut gesäumt, dessen Namen er immer vergaß. Wenn man einen Stängel davon abbrach, kam ein leuchtend orangefarbener Saft heraus, den man kaum von den Händen bekam. Veronica hatte es ihren Jungen jedes Jahr wieder begeistert demonstriert. Unzählige Male war sie hier entlanggegangen, auf ihren langen Stelzen, ihren Storchbeinen, wie sie selbst sagte. Unzählige Male auch waren sie hier gemeinsam gegangen, schwatzend und lachend oder, im Gegenteil, in Gedanken versunken, vielleicht sogar übellaunig schweigend. Ob sich die Kiesel noch an ihre Füße erinnerten, mit den seinen daneben? Ein Ehepaar, das erkannte so ein Weg natürlich sofort, ein leichter Schritt neben einem schwereren: Schau an, ein Paar. Es schien das Normalste von der Welt zu sein.

Er blieb stehen und wippte langsam auf und ab, sodass der Kies unter seinen Fußsohlen knirschte. Bis ihm dämmerte, dass er das tat, weil er blödsinnigerweise auf irgendeine Antwort hoffte. So was wie ein dünnes Stimmchen: Hallo, hier spricht der Kiesel dort unten links, nein, etwas weiter nach rechts, ja, der, das bin ich, und ich bin noch von Ihrer Frau betreten worden, Sie können mich gern als Andenken mitnehmen.

Hör auf, Laurens, hör endlich auf!

Sie war hier auch ohne ihn schon gegangen. Die Tradition dieser Sommerwoche in der Imkerei stammte bereits von vor seiner Zeit. Veronica, Gwen und Beatrijs hatten seit ihrer Schulzeit jedes Jahr eine gemeinsame Woche anberaumt, in der sie mal wieder ausführlich miteinander reden und lachen, sich betrinken und Berge von Spaghetti zusammen kochen konnten. Und das war, als sie geheiratet hatten, unverändert fortgesetzt worden: Ihre Männer und später ihre Kinder waren einfach Teil der alljährlichen Woche geworden, waren in die Tradition hineingeschoben worden, wie Gwen ein Blech Brötchen in den Backofen schob. Und da man die Imkerei keine sieben Tage lang sich selbst überlassen konnte, war *An der Schleuse*, wo man mit einer so großen Gesellschaft auch viel mehr Bewegungsfreiheit hatte als bei den anderen zu Hause, von nun an ihre feste Adresse gewesen.

Auf den zahllosen Fotos, die im Laufe der jeweiligen Sommer gemacht wurden, waren die drei Freundinnen immer gleichermaßen prominent und frech abgelichtet, Arm in Arm, Grimassen schneidend, entspannt und vertraut. Gwen: ganz Mutter Erde natürlich, mit schmuddligen nackten Füßen, sonnengebleichtem Kleid und Schmutzstreifen auf der Stirn. Beatrijs: Stets auf Bleistiftabsätzen, die gedrungene Figur in die frivolsten Kreationen gepresst, mit einem etwas verblüfften Blick, als sei ihr gerade ein Gedanke gekommen, der ihren Verstand überstieg. Veronica: Die blitzenden Augen halb hinter ihrem dunklen Haar versteckt, mysteriös, scheinbar distanziert, aber unweigerlich mit vergnügt gekräuselten Mundwinkeln. Hinter den dreien die vagen Konturen ihrer Lieben. Man sah die breiten Schultern eines Ehemannes oder das pausbäckige Gesicht eines kleinen Kindes, das den Kopf zwischen den Knien der Erwachsenen hindurchgezwängt hatte. Doch selbst die Fotos, auf denen sie alle zusammen wie eine große italienische Familie um den Tisch saßen, verrieten, dass die Männer und die Kinder in dieser einen Woche im Jahr nur Nebensache waren. Statisten oder zufällige Passanten im Leben der Frauen.

Worüber hatten die Freundinnen in all diesen Jahren geredet? Welche Geheimnisse hatten sie einander anvertraut? Laurens wollte es gar nicht wissen. Entschieden marschierte er weiter und folgte dem Pfad um die Ecke.

Direkt vor der Tür des Sommerhauses saß Timos Schwester Bobbie in der Spätnachmittagssonne und enthülste Dicke Bohnen.

»Bobbie!«, rief er.

Sie zeigte keinerlei Reaktion. Mit unverändert heftigen Bewegungen brach sie die Hülsen auf. »Ich ess heut Abend mein eigenes Essen, hier bei mir zu Hause! Mit dem Mann setz ich mich nicht mehr an einen Tisch!«, murmelte sie streitlustig vor sich hin.

Laurens zögerte kurz. Meinte sie ihn oder den Kotzbrocken? Dann ging er aber doch zu ihr und setzte sich neben sie auf die Bank.

Sie warf eine Hand voll Bohnenkerne in den kleinen Topf auf ihrem Schoß. »Ich hab hart gearbeitet. Ich hab ein Recht auf meine Ruhe.« Da erst bemerkte sie ihn und lächelte.

»Viel los gewesen, heute Nachmittag?«, fragte er. Bobbie war der Ansicht, sie sei diejenige, die in dem kleinen Laden im Vorderhaus den Unterhalt für sie alle verdiente. Die Kunden dort bezahlten wenigstens mit echtem Geld, und das konnte man von den Männern, die ständig mit ihren Lieferwagen kamen und gingen, um ganze Paletten Honig und Kerzen mitzunehmen, nicht behaupten. Bobbies Meinung nach waren ihr Bruder und ihre Schwägerin nicht ganz bei Trost, dass sie tagaus, tagein so viel weggaben, ohne je einen greifbaren Euro dafür zu sehen. Jeden Abend um Punkt sechs Uhr brachte sie die Kassenlade ins Bauernhaus, um den anderen die Münzen und Scheine zu zeigen, die sie, als Einzige, an diesem Tag verdient hatte. Die zwei konnten froh sein, dass sie sie hatten.

»Heute war der Bär los.« Sie blähte die Wangen auf und rollte mit den Augen. »Dreimal, nein, *viermal* hatte ich Leute da. Liegt am Wetter.«

Laurens nahm einen Bohnenkern aus dem Topf und steckte ihn sich in den Mund. »Aber jetzt ist Samstagabend. Jetzt hast du frei. Und darum hättest du es gern gemütlich und hast keine Lust auf einen Unbekannten, der noch dazu …«

»Laurens!« Sie schlug nach seiner Hand, als er sich noch

eine Bohne nehmen wollte. »Davon kriegst du was, wenn du die roh isst!«

»Ich nicht. Ich krieg nie was. Ich bin ein Mann aus Stahl.«

Sie musterte ihn skeptisch. »Wo soll der Stahl denn sein?«

Er klopfte sich auf den Brustkasten. »Hier drinnen.« Er war ihr Ritter, er war beim Essen heute Mittag für sie eingetreten. Darauf konnte er stolz sein, das war kein Grund, sich Vorwürfe zu machen.

»Kann nicht sein«, sagte sie entschieden. »Glaub ich nicht. Möchtest du ein Bier?« Sie erhob sich und ging ins Haus.

Er hörte sie in der Küche leicht entrüstet mit sich selbst reden: »Er zieht dich durch den Kakao, hör nicht auf ihn, mach einfach die Ohren zu, verstanden?«

Als sie mit einer Dose Bier in der Hand wieder nach draußen kam, sagte er rasch: »He, Bobbie, ich hab noch mal gefühlt, und du hattest Recht, da sind nur Knochen. Ich hab mich geirrt.«

»So, so.« Sie zog die Dose auf und reichte sie ihm, während sie sich mit der anderen Hand das dicke Haar hinter die Ohren strich.

Um sie milde zu stimmen, fragte er: »Warum heißt das hier eigentlich noch immer das Sommerhaus? Das ist doch ein Name von früher.«

Vertraulich beugte sie sich zu ihm herüber. »Weil bei mir immer die Sonne scheint. Bei mir«, sie lachte unvermittelt aus vollem Hals, »bei mir geht nie die Dunkelheit an.«

»Gut gesagt«, lobte Laurens und nippte von seinem Bier.

»Ach«, relativierte Bobbie. Sie nahm den Topf Bohnen und stellte ihn sich wieder auf den Schoß.

Gwen war hineingegangen, um ihrer Tochter im Babyzimmer die Windel zu wechseln. Eine beschauliche Arbeit, und doch musste sie dabei einen Seufzer unterdrücken. Es blieb einfach gewöhnungsbedürftig, ein einzelnes Baby, es sah so unfertig aus, nur eines: ein Mädchen, das sein Leben lang allein dastehen würde. Timo fand, dass das Quatsch war, und das wurmte sie. Andere sahen schließlich *auch*, dass da etwas nicht ganz stimmte. Erst kürzlich noch hatte Bobbie zum Beispiel so etwas Wunderliches gesagt. Auf ihre bedächtige, klare Art hatte sie mit einem Mal bemerkt: »Ein Baby ist noch kein Mensch. Aber es ist natürlich auch kein Tier. Nur, was ist es dann?« Bei den Engeln hatte sie sich diese Frage nie gestellt, und bei den Kleinen auch nicht.

Veronica hätte bestimmt eine passende Antwort gewusst. Sie hätte irgendetwas Verrücktes gesagt, das trotzdem logisch und vernünftig geklungen hätte.

Gwen schloss die Windel, hob ihr Mädchen hoch und gab ihm einen Kuss aufs Köpfchen. Dann legte sie es in die Wiege. Sie ließ kurz das ausgeleierte Gummiband mit den bunten Plastikentchen hin und her schaukeln. Dann zog sie am Bändchen der Spieluhr. Schlaf, Kindlein, schlaf.

Sie wartete, bis die klaren Gucker zufielen. Es wurde höchste Zeit, dass sie mit dem Kochen anfing. Aber zuerst duschen. Bei diesem Wetter machte man das am liebsten dreimal am Tag.

Im Badezimmer warf sie ihre Kleider in den wie immer überquellenden Waschkorb. Die letzte Wäsche war noch in der Maschine, wenn sie sich recht entsann. Die musste nachher raus, bevor sie anfing zu müffeln. Mit dem Fuß schob sie eine leere Shampooflasche, einige Schwämme und ein Feuerwehrauto beiseite und stieg in die Duschwanne. Der harte Wasserstrahl ließ ihre Kopfhaut prickeln. Sie dachte: Der Tod ist nur einer von vielen Daseinszuständen. Irgendwo im Kosmos lebte Veronica weiter, im Glitzern der Sterne, im Rauschen des Meeres oder vielleicht sogar in dem Dampf, der jetzt in der Duschkabine aufstieg. Aber wenn sie einfach auf der

Erde geblieben wäre, hätte sie selbst niemals so etwas Verletzbares wie ein einzelnes Kind zur Welt gebracht, das wusste sie mit düsterer Gewissheit. Wenn ein Mensch starb, richtete er unbeabsichtigt alles Mögliche im Leben anderer an. Das sah man auch an Beatrijs.

Gwen trocknete sich ab und band die nassen Haare zu einem Pferdeschwanz zusammen. Barfuß lief sie ins Schlafzimmer. Dabei sah sie die ganze Zeit Beatrijs vor sich, verliebt und strahlend. Wenn eine der besten Freundinnen mit sechsunddreißig aus heiterem Himmel an einem Schlaganfall starb, hatte Beatrijs gesagt, dann schaute man sich doch schließlich selbst mal tief in die Augen und fragte sich, was man eigentlich so trieb. Und mitunter fand man dann plötzlich den Mut, bestimmte Knoten durchzuhauen und Schritte zu tun, die man schon längst hätte tun müssen. Dann blieb man eben nicht mehr in einer Ehe hängen, deren Haltbarkeitsdatum längst überschritten war. Sondern warf sich ohne Zögern in neue Arme.

Beatrijs mit einem neuen Mann. Gwen wusste genau, was Vero dazu gesagt hätte. Wenn jemand ein bisschen Glück verdiene, dann Bea. Ein wenig schuldbewusst dachte sie an Frank, den Beatrijs so mir nichts, dir nichts fallen gelassen hatte und den sie jetzt vermutlich nie wiedersehen würde. Frank war zwar nicht gerade die Stimmungskanone unter ihnen gewesen, aber er hatte doch irgendwie dazugehört.

Obwohl der Tag schon seinem Ende zuging, war es noch immer warm. Widerstrebend öffnete sie ihren Kleiderschrank. Sie beschloss, ein Kleid anzuziehen, das Timo gefiel, das mit den Sonnenblumen. Dass sie beide jetzt das einzige noch intakt gebliebene Paar waren … Man würde sich schon daran gewöhnen. Man gewöhnte sich ja an alles. Doch sie war auf einmal, ganz übergangslos, ungewöhnlich missmutig. Da starben Menschen so einfach oder halsten einem ihre neuen Partner auf! Alle dachten immer, sie wäre unerschütterlich und würde mit allem fertig. Wie kamen sie darauf? Sie wollten sich einfach alle auf sie stützen. Komm zu Gwen, und alles wird gut. Komm zu Gwen, und alles wird dir verziehen.

Um sich zu beruhigen, trat sie ans offene Fenster und holte ein paarmal tief Luft. Unter ihr, auf der Terrasse, sagte Laurens gerade etwas zu Timo. Sie beugte sich vor. »... überall gewesen, aber ich finde sie nirgends«, fing sie auf.

Timo erwiderte: »Dann kümmere ich mich gleich noch mal drum.«

»Die Jungen schon, die waren auf der Bienenweide, aber diese ...«

Gwen streckte den Kopf hinaus. »Laurens! Wie oft soll ich es dir noch sagen: Das musst du ihnen verbieten! Nicht einmal *unsere* Kinder dürfen in die Nähe der Bienen kommen! Timo, geh sie bitte sofort holen!«

Die beiden Männer schauten zu ihr herauf. Timo erhob sich von seinem Stuhl, winkte ihr kurz zu und ging in den Garten. Mit dem Kopf im Nacken blieb Laurens stehen und starrte sie ein wenig treudoof an. »Tut mir Leid, Gwen«, sagte er nach einigen Augenblicken. Dann wandte auch er sich ab.

Sie blickte zu ihm hinab, während er ziellos auf der Terrasse herumstakte, und dachte: Du hast Tag und Nacht mit ihr gelebt, du hättest etwas bemerken müssen, irgendein Vorzeichen, Kopfschmerzen, Schwindel. Wohl wieder mal zu viel um die Ohren gehabt, wieder mal irgendeine dämliche Krise in deiner Druckerei, was? Glaub bloß nicht, dass ich nichts von dir weiß! Mach dir nur ja keine Illusionen, wie Freundinnen über ihre Männer reden!

Am Rand des Rasens bückte er sich und hob ein T-Shirt auf.

Nicht das geringste Gefühl für Prioritäten, hatte Veronica immer lachend gesagt: Sich über nichts und wieder nichts aufregen, aber vor sich hinträumen, wenn es wirklich darauf ankommt, echt, bei Laurens weißt du die meiste Zeit nicht, wo er mit den Gedanken ist.

Mit dem Shirt in der Hand drehte er sich um. Und plötzlich berührte sie sein Gesichtsausdruck. »Was ist denn, Laurens?«, rief sie aus dem Fenster.

Wie ertappt schaute er auf und hielt das Kindershirt in die Höhe. Es wirkte sehr klein in seinen großen Männerhänden. »Die Ärmel sind so eng«, brachte er heraus. »Schau mal, sie kräuseln sich richtig. Das fühlt sich doch bestimmt unangenehm an.«

Ihr sprang vor Rührung fast das Herz aus der Brust. »Soll ich mir das mal ansehen? Das krieg ich schon wieder hin.« Sie fuhr in ein Paar Slipper und rannte die Holztreppe hinunter, die Timo vor einigen Monaten abgeschliffen, aber immer noch nicht neu lackiert hatte. Immer fehlte ihnen die Zeit, angefangene Projekte auch zu Ende zu bringen.

Draußen saß Laurens am Gartentisch, das T-Shirt vor sich ausgebreitet. »Siehst du, was ich meine?«, fragte er. Unbeholfen zog er an den Nähten.

»Ja. Aber das kann ich beheben.«

»Sie hat sie immer so nett angezogen. Das wird mir nie gelingen. Dank ihr habe ich zwei tolle Jungen, Gwen. Aber dank mir werden sie früher oder später wie die letzten Idioten herumlaufen. Ich weiß nicht mal, was ich beim Frisör sagen soll.« Seine Augen wurden feucht.

»Ich setz dir die Ärmel heute Abend im Handumdrehen neu ein, keine Sorge.« Und bei diesen Worten spürte sie, wie sie gleichsam wieder mit sich, mit ihrem irdischen Selbst, eins wurde. Das hier war vertraut und überschaubar: Nachher noch kurz eine Näharbeit machen, und die Welt konnte sich wieder in Ruhe weiterdrehen.

Die Sonne hatte sich hinter die oberen Äste der alten Eichen gesenkt. Es war bestimmt schon nach sieben. Und die

Kinder mussten noch in die Badewanne oder duschen, alle mussten noch alles Mögliche. »Ich geh jetzt mal schnell in die Küche.«

»Ich komme mit«, sagte Laurens. »Im Hacken und Schnetzeln bin ich Spitze.«

Als sie sich erhoben, berührten sich kurz ihre Arme. Verlegen dachte sie: Veros Mann.

In der Küche stand noch der Abwasch vom Mittagessen auf der Spüle. Mechanisch begann sie, Teller und Besteck abzuspülen. »Ich muss mich erst wieder hineinfinden«, sagte sie. »Ich fürchte, es fängt hier jedes Jahr ein bisschen chaotisch an. Irgendwie kann ich nie über den ersten Abend hinausdenken, ich weiß auch nicht, wieso.«

»Aber den hattest du perfekt im Griff.« Laurens ließ nie eine Gelegenheit aus, ein Kompliment zu machen: eine wundervolle Eigenschaft. Sie nahm es sich selbst immer noch übel, dass sie gestern nicht daran gedacht hatte, eine Schokoladentorte zu besorgen.

»Wo finde ich ein Geschirrtuch?«

In der Waschmaschine vermutlich. Sie sagte: »Das Geschirr lasse ich einfach abtropfen. Aber vielleicht könntest du schon mal den Tisch decken.«

»Für wie viele Personen?«

Über die Schulter warf sie ihm einen Blick zu. »Was dachtest du denn?«

Ostentativ schaute er auf seine Armbanduhr. »Du glaubst doch nicht, dass sie jetzt noch …«

»Sonst hätte Beatrijs angerufen. Oder uns von Dingsbums telepathisch eine Nachricht schicken lassen.«

»Leander.«

»Ach ja, Leander.« Vielleicht war »Koriander« eine brauchbare Eselsbrücke.

Sie setzte einen Topf Wasser auf, drehte das Gas aber gleich wieder aus. Es konnte gut noch eine Stunde dauern, bis die Kinder alle sauber geschrubbt am Tisch saßen. Also erst mal die Soße, die wurde ja nur immer besser, je länger sie köchelte. Hastig gab sie einen kräftigen Schuss Olivenöl in die Pfanne. Zu ihrer Verärgerung konnte sie nirgendwo einen Kochlöffel finden.

»Gwen!«, rief Timo von draußen. »Dürfen sie noch kurz unter den Gartenschlauch?«

»Fünf Minuten«, rief sie durchs Fenster zurück. Mit ein wenig Glück lief es nicht auf eine Schlammschlacht hinaus.

Sie konzentrierte sich auf die Soße, raspelte Käse, wusch den Salat. Für die Engel machte sie eine Dose Würstchen auf. Die beiden Großen hatten kürzlich verkündet, dass sie nur noch Fleisch essen wollten. Wenn man bei so was Gegenwehr bot, wurde man seines Lebens nicht mehr froh. Jeder Tag, an dem sich die beiden Kleinen noch zu einem Bissen Gemüse verleiten ließen, war ein Gewinn.

Aber wo waren nur diese verflixten Kochlöffel? Womöglich im Sommerhaus gelandet? Sie griff zum Hörer des Telefons, das neben dem Kühlschrank hing, und wählte Bobbies Nummer. Es dauerte einen Moment, bis ihre Schwägerin dranging. »Bobbie, hast du vielleicht…«

»Ich esse gerade!«

Verdattert sagte Gwen nach einem Moment: »Aber wir gehen gleich zu Tisch.«

»Dann guten Appetit.«

»Was ist denn jetzt los? Isst du jetzt etwa allein?«

Mit Grabesstimme erwiderte Bobbie: »Dieser Mann ist mir viel zu dunkel.«

»Ach, Mensch.« Wenn sich alle so anstellten, hatten sie Beatrijs bald alles vermiest. Man durfte diesen Koriander nicht vorschnell verurteilen. Er hatte bestimmt auch angenehme Seiten. Eine Freundin, die man schon fast sein ganzes Leben lang als, auf ihre Art, vernünftigen Menschen kannte, die traf nicht so ohne weiteres die falsche Wahl. Und schließlich war er so verrückt nach Bea, dass er ihr bei jedem Schritt, den sie tat, mit den Augen folgte, oder etwa nicht? Na also. »Ich kann mich ja neben ihn setzen und aufpassen, dass er nicht wieder was Gemeines zu dir sagt.«

Bobbie gab einen Laut von sich, als verscheuche sie eine Katze. »Du bist zu gut für diese Welt. Das hab ich dir schon so oft gesagt.« Und damit beendete sie das Gespräch.

Auch Gwen legte auf. Sie drehte die Flamme unter der Soßenpfanne runter und ging nach draußen.

Auf dem mittlerweile schattigen Rasen hatte Timo den Gartenschlauch auf ihre kreischenden Töchter gerichtet. Sie waren alle vier splitternackt und hüpften und spritzten ausgelassen im Kreis. Ihre Kleider lagen rundherum im nassen Gras. »Noch ganz kurz, Mama, nur noch ganz kurz«, riefen sie im Chor, kaum dass sie sie erblickt hatten.

Vom Gartentisch aus sahen die beiden Jungen mit einer Mischung aus Ehrfurcht und Sehnsucht zu. Laurens stand zwischen ihnen, die Arme um ihre Schultern gelegt. Er war ein Mann, der immerzu Körperkontakt mit seinen Kindern suchte, sie im Arm hielt, in die Luft warf. Plötzlich musste Gwen wieder daran denken, wie er vorhin mit dem Shirt dagesessen hatte, und es versetzte ihr einen solchen Stich ins Herz, dass sie ganz vergaß, dass sie eigentlich bei Bobbie nach dem Rechten hatte sehen wollen. »He, Männer«, sagte sie. »Wie wär's, wollt ihr nicht auch unter den Gartenschlauch?«

»Für heute haben sie, glaube ich, genug gespielt«, wandte Laurens ein. »Sie sind hundemüde.«

»Dann lass uns mal schnell zu Tisch gehen.« Sie klatschte in die Hände. »Timo!«

Ihr Mann wandte ihr sein sonnenverbranntes Gesicht zu. Schau doch, sagten seine lachenden Augen, schau dir doch unsere tolle Rasselbande an, Gwen. Und, wachsen sie etwa nicht im Paradies auf? Lass die Leute ruhig reden. So eine altmodische Imkerei ist gar nicht verkehrt. Wir haben es gut und unsere Kinder auch.

Diese Blicke des Einverständnisses über Kinderhäupter hinweg, dieser herrliche Stolz auf die Familie, den man nur mit dem eigenen Partner teilen konnte. Hoffentlich machten sie Laurens jetzt nicht neidisch. »Stell das Ding ab, Timo! Es wird sonst viel zu spät!«, rief sie. »Dalli, dalli, meine Damen! In zehn Minuten essen wir.« Dann hockte sie sich neben die Jungen und fragte: »So, und was habt ihr gespielt?«

Sie hatten beide Laurens' ebenmäßige, markante Züge, wie aus Elfenbein geschnitzt. Hübsche Kinder.

»Wir sind noch nicht fertig«, sagte Niels.

»Noch nicht fertig?«

Laurens stieß sie an. »Müssen die nassen Sachen von den Mädchen nicht rein?«

Dass immer für alles ihr Einverständnis gebraucht wurde, machte die Hilfsbereitschaft anderer in gewissem Sinne nur zu einer Last. Aber vielleicht konnte Laurens gleich die Wäsche für sie aus der Maschine nehmen und in den Trockner tun. »Wenn du dich ohnehin um die Kleider kümmerst ...«, begann sie, doch da ertönte auf dem Vorderhof Fahrradgeklingel.

»Da sind sie«, stellte Laurens wenig begeistert fest.

Einen Augenblick später kamen sie zu dritt in den Garten gelaufen: Beatrijs und Leander Hand in Hand, sie klein und mollig in einem türkisfarbenen Kostüm, er groß und ausgemergelt in einer unförmigen grauen Jogginghose, und hinter ihnen, mit hängendem Kopf, Leanders spindeldürre Tochter Yaja in ihrer verschlissenen schwarzen Jeansjacke.

Yaja! Dass sie auch noch existierte, war Gwen zwischenzeitlich völlig entfallen. Da bekam man nicht nur einen wildfremden Mann, sondern auch noch dessen befremdliches, launisches Kind vorgesetzt, und das nur dank irgendeiner Besuchsregelung. Beklommen dachte sie: Wie halten wir sie bloß die ganze Woche bei Laune? Sie ist zu alt für unsere Kinder, aber noch viel zu jung, um sich die ganze Zeit mit Erwachsenen abzugeben, sie wird sich zu Tode langweilen. Dreizehn. Eine wandelnde Unglückszahl.

Mit einem Lächeln reichte Beatrijs den Salat an Timo weiter, den Wein an Laurens, die Würstchen an die Engel. Sie holte ein weiteres Baguette aus der Küche, damit Gwen mal eben sitzen bleiben konnte. Unermüdlich ulkte sie mit den Kindern. Den ganzen Nachmittag, während der Fahrradtour, hatte sie sich felsenfest vorgenommen, dass sie sich heute Abend so geben würde, als sei alles in bester Ordnung. Es war schließlich nur eine dumme Meinungsverschiedenheit gewesen, beim Mittagessen, oder vielleicht sogar nur ein Missverständnis. Wenn man darauf zurückkam, bauschte man es nur unnötig auf.

»Deine Pasta ist wieder mal eine Wucht«, sagte sie zu Gwen, während sie sich noch einmal auftat. Es wurde immer gern gesehen, wenn man tüchtig zugriff, und jetzt standen wichtigere Dinge auf dem Spiel als ihr Taillenumfang.

Gwen lachte ihr zu. »Variante hundertsechzehn.«

Beatrijs entspannte sich etwas. Wenn sie Gwen nicht hätte! Nachher, beim Abwasch, wenn sie endlich kurz mit ihr allein war, würde sie ihr erklären, dass Leander nun mal ein Mann mit viel Gefühl war. Es war unglaublich, ja geradezu unvorstellbar, aber das gab es: einen Mann mit Emotionen, einen Mann, der endlos über alles reden konnte, ja, dem das sogar ein Bedürfnis war, einen Mann, der sich der Frau, die er liebte, mit Leib und Seele und völlig vorbehaltlos geben wollte und nichts anderes verlangte als ihre Nähe. Der überdies ein spiritueller Mensch war. Und Letzteres war genau die Dimension, die ihr in ihrer ganzen Ehe gefehlt hatte, was ihr erst jetzt aufgegangen war.

Ihre Freunde hatten bestimmt auch des Öfteren gedacht: Was findet Beatrijs nur an diesem langweiligen Frank? Vielleicht waren sie ihr ja insgeheim sogar dankbar, dass sie ihn nicht mehr am Hals hatten. Das war zwar ein etwas schmerzlicher Gedanke, aber er paarte sich auch mit einem gewissen Stolz: Ob ihr's glaubt oder nicht, Leute, ich bin eines Mannes wie Leander wert. Ich bin seine Göttin, seine Angebetete, seine Sonne, sein Ein und Alles.

Er hatte sie nicht nur auserkoren und aus ihrem Dämmerzustand erlöst, sondern er *brauchte* sie. Dadurch war sie nicht mehr eine der x-Beliebigen auf dieser Erde, auf die man im Grunde auch verzichten konnte. Sie war jetzt jemand, der einen anderen glücklich machte, und diese Aufgabe war so großartig und zugleich so simpel, dass es sie jeden Tag aufs Neue in Staunen versetzte.

Sie verspürte das Bedürfnis, sich bis in die Zehen durchzustrecken. Es würde ein herrlicher Abend werden. Die Atmosphäre war schwül, das Gras duftete, im Teich bei den Rhododendren quakten sommertolle Frösche, und sie war von ihren besten Freunden umringt. Vor lauter Glück stieg ihr die Röte ins Gesicht.

Über den Tisch hinweg schaute sie zu Leander hinüber. Er hatte die Arme verschränkt und hörte zu, was Laurens über irgendeinen Kessel erzählte, den er im Gebüsch gefunden hatte. Ihr Geliebter strahlte Ruhe und Kraft aus. Kein Mensch käme auf die Idee, wie schwer es für ihn war, sich in einer Runde Fremder aufzuhalten, inmitten all dieser unbekannten Energien. Gaben wie die seinen waren ein Geschenk für die Menschheit, aber eine schwere Bürde für denjenigen, der sie besaß.

»Weißt du«, würde sie Gwen nachher erklären, »manchmal kommen Menschen auf die Welt, die vom Sirius oder von den

Plejaden stammen, das mag sich verrückt anhören, aber es ist so, und sie haben etwas im geistigen Gepäck, wovon alle profitieren dürfen. Erfinder zum Beispiel. Oder Mütter Teresas. Oder Menschen wie Leander. Sie scheinen größer zu sein als wir anderen, aber sie sind unglaublich verletzbar.«

Gwen verstand solche Dinge. Gwen *urteilte* nicht.

Befremdet fragte Timo Laurens: »Ein Kessel? Du meinst, ein Kessel aus der Kerzenmacherei? Wo stand der denn?«

»Hinten in eurer Wildnis. Und er war bis zum Rand mit Wasser gefüllt.« Laurens griff zur Weinflasche und sah Timo fragend an.

»Nein, danke, ich muss gleich noch zu den Bienen. Herrgott, Engel, Schluss mit der Zankerei.« Timo packte seine Töchter am Schlafittchen und zog sie auseinander. Darauf begannen die beiden einträchtig zu brüllen.

Beatrijs schaute rasch zu Leander.

»Du bist ein alter Miesmacher, Papa!«

»Ja, ein richtiger von Meckerich, Pap, so was von kleinkariert!« Sie schüttelte den Kopf.

Mit sichtlichem Vergnügen stellte Timo fest: »Toller Wortschatz, was?«

»Seid mal still. Hör ich das Baby?« Gwen tippte ihn an. »Du bist dran.«

Timo erhob sich. »Ich versteh das nicht. Du hörst sie immer eher als ich.«

»Mütterliche Intuition.«

»Haben Väter denn keine Intuition?«, fragte Laurens unsicher.

Beatrijs dachte: Ich muss ihm die Szene von heute Mittag einfach verzeihen, ich sehe doch, wie unglücklich er ist!

Als könne er Gedanken lesen, was er natürlich auch wirklich tat, beugte sich Leander vor und sagte: »Jeder Mensch besitzt Intuition, Laurens. Auch du. Jeder kann nämlich …«

Bedachtsam, wie er war, suchte er kurz nach den richtigen Worten und verschränkte dabei die Finger über seiner Nase. Für einen so großen Mann hatte er auffallend feingliedrige, ausdrucksvolle Hände. Hände, wie von Holbein gemalt.

Laurens wandte sich schlankweg an Gwen: »Du verstehst also, dass ich mir dachte: Was macht ein Kessel voll Wasser hier, mitten im Gebüsch? Hast du eine Erklärung dafür?«

Beatrijs schnappte nach Luft. Er hätte genauso gut sagen können: Der Typ da ist Luft für mich. So ging man hier doch nicht miteinander um! Erhitzt dachte sie: Leander hat mehr Recht, hier zu sein, als du, er gehört zu *mir*, und du gehörst zu niemandem von uns mehr, das hättest du dir ruhig mal überlegen können, anstatt dich uns einfach weiterhin aufzudrängen. Die Heftigkeit ihrer Empfindung brachte sie ein wenig durcheinander. Sie hatte Laurens doch immer so gemocht?

»Ich habe keine Ahnung, wie der Kessel dort gelandet sein könnte«, erwiderte Gwen. »Vielleicht… ah, da kommt mein Schatz.« Sie streckte die Arme nach dem Baby aus, das Timo auf der Hüfte trug.

»Darf ich sie auch mal kurz haben?«, rief Yaja, die bis dahin lustlos herumgehangen hatte, plötzlich hellwach.

»Natürlich«, sagte Timo. Er setzte ihr das Baby auf den Schoß.

Um Leanders verletzten Gesichtsausdruck nicht ansehen zu müssen, nahm Beatrijs noch etwas Salat. Die gleiche Spannung, die ihr schon das Mittagessen verdorben hatte, befiel sie auch jetzt wieder. So würde es doch hoffentlich nicht bei jeder Mahlzeit zugehen? Die ganze kommende Woche lang? Da hätte sie besser in der Spiegelstraat zwischen ihren Stichen aus dem siebzehnten Jahrhundert bleiben können.

»Wie schade«, sagte Gwen leise, »dass Vero unser kleines Mädchen nie kennen gelernt hat. Und wie schade, dass es jetzt ohne Tante Veronica aufwachsen muss. Das ist alles so furchtbar traurig.«

Es trat eine kurze Stille ein, in der die Erwachsenen allesamt auf das Baby blickten, ein wenig mitleidig, als vereine sich in seinem zwei Monate alten kleinen Leib schon alles Unrecht der Welt. Yaja wiegte die Kleine und gurrte dabei leise vor sich hin.

»Ja«, pflichtete Timo ihr bei, »das ist jammerschade, Laurens. Ich wollte, ich könnte es besser ausdrücken, Junge, aber …«

»Jammerschade trifft es genau«, sagte Laurens schnell.

Beatrijs war ihm dankbar, dass er das nicht ausweitete. Für Leander mussten diese ständigen Emotionen, Reminiszenzen und Reflexionen, die ihn zum Außenseiter abstempelten, höchst unangenehm sein. Er empfand die Dinge so intensiv, er *litt* so rasch. Manchmal bekam er Migräneanfälle, die ihr eine Heidenangst machten. Auch in *seinem* Kopf konnte womöglich ein Blutgefäß platzen. Ihr Leben lang hatten sie einander gesucht, und gerade jetzt, da sie sich gefunden hatten …

»Sie lacht mich an«, sagte Yaja.

»Ja, sie ist wirklich ein Strahlemädchen«, sagte Timo zärtlich.

»Passt du auf ihr Köpfchen auf?«, bat Beatrijs. Seit kurzem traute sie Leanders Tochter beängstigende Kräfte zu. Sie war neulich mal mit ihr im Reitstall gewesen, wo das Mädchen ohne die geringste Mühe ein riesiges bockendes Pferd im Zaum gehalten hatte. Mit Hufen wie Kohlenschaufeln und Furcht erregenden Muskelpaketen am Hals. Aber Yaja hatte das Monster betütert, als wäre es ein Zwergkaninchen.

Beatrijs war von jeher in die Kinder ihrer Freunde vernarrt gewesen. Durch sie wurde ihre eigene Kinderlosigkeit ein wenig kompensiert. Sie hatte erwartet, dass es auch mit Yaja ganz von allein laufen würde. Vielleicht lag es am Alter, dass das fehlgeschlagen war. Oder vielleicht hatte es etwas mit dem stachligen Hundehalsband zu tun, das das Mädchen um den Hals trug, und den T-Shirts mit den Totenköpfen und Draculas drauf. Gothic nannte man das, wie sie seit kurzem wusste. Dazu gehörten ein weiß getünchtes Gesicht, mit Kohl-Kajal umrandete Augen, schwarz gefärbtes, in der Mitte gescheiteltes glattes Haar und eine kühle Arroganz gegenüber dem Rest der Welt.

Genau wie dem Pferd flüsterte Yaja nun dem Baby zu: »Kommst du mit? Kommst du mit mir mit?«

»Das geht nicht, sie gehört nämlich uns«, sagte die kleine Klaar. Ihre Zwillingsschwester hatte den Kopf auf den Tisch gelegt und summte mit vor Müdigkeit roten Wangen ein Lied.

Mit Schlafenszeiten nahm man es in diesem Haus nicht so genau. Das hatte Beatrijs früher nie gestört. Aber da hatte sie auch noch nicht gewusst, wie unentbehrlich Struktur für das innere Gleichgewicht war. Wieder schaute sie verstohlen zu Leander hinüber. Er widmete sich andächtig seiner Pasta.

»Die behalte ich«, entgegnete Yaja ungerührt. »Die nehm ich mit nach Hause, darauf kannst du Gift nehmen.«

»Mam! Mama! Die freche Kröte sagt …«

Gwen beschwichtigte: »Sie will dich doch nur ein bisschen ärgern.«

»Ich mein's voll ernst, ey«, protestierte Yaja lautstark. »Ihr seid zu so vielen, aber ich hab niemanden. Ich bin zu Hause ganz allein mit meiner Mutter.«

»Muss das ein herrlich ruhiges Leben sein«, sagte Timo und brach in Gelächter aus.

Yaja maß ihn mit kühlem Blick.

»Na ja, ich mein ja nur: Viele Situationen haben auch ihre guten Seiten.«

»Sag mal, wir fangen doch jetzt wohl nicht alle an, positiv zu denken?«, fragte Laurens. Er klang aufrichtig entsetzt.

Um Yajas blutroten Mund spielte ein genüssliches Lächeln. Sie musterte Laurens, als sehe sie in ihm, obwohl er zu den Erwachsenen gehörte, einen Verbündeten. »Ja, das geht wirklich zu weit! Da darf ich in euren Augen womöglich auch froh darüber sein, dass ich neuerdings zwei Mütter habe. Danke, Pa, aber nicht wirklich.« Dann widmete sie sich wieder ganz dem Baby.

Beatrijs biss sich auf die Lippe. Das fehlte gerade noch. Es brachte Leander in eine so unangenehme Situation. Ihre Freunde erwarteten jetzt bestimmt, dass er seine Tochter zurechtwies.

Gwen sagte: »Tja, es ist eben leider nicht immer alles so, wie wir es gerne hätten.« Sie zwinkerte Beatrijs aufmunternd zu.

Dankbar sprang sie auf und begann, die Teller aufeinander zu stapeln. »Soll ich den Nachtisch holen, Gwen?«

»Lass mich das mal machen, Göttin.« Bedächtig erhob sich Leander, nahm ihr die Teller ab und ging damit in die Küche. Sahen die anderen es auch? Er ließ sich schlichtweg nicht manipulieren. Yaja konnte ihn nicht aus der Reserve locken.

Nach einiger Zeit bemerkte Laurens: »Ein toller Fang.«

»Was soll denn das jetzt wieder heißen?« Ihre Stimme überschlug sich.

»Ja, wirklich, Laurens«, sagte Gwen, »er ist um einiges hilfsbereiter als du.«

»Warum bist du die ganze Zeit so scheußlich zu ihm? Kannst du mir das mal erklären?«, forderte Beatrijs ihn auf.

»Laurens, Junge, nimm noch einen Schluck Wein.« Timo reichte ihm die Flasche.

»Oder besser Wasser.«

»Keine Sorge, Gwennie«, sagte Laurens. »Du brauchst dir

um mich absolut keine Sorgen zu machen. Ich habe alles unter Kontrolle.« Auf seinem Schoß war der kleine Toby in Schlaf gefallen.

Böse wandte Beatrijs den Blick von ihm ab. Dass Yaja, wie sie nun sah, immer noch wie eine Pferdeflüsterin in die rosa Ohrmuschel des Babys tuschelte, trug auch nicht gerade zur Besserung ihrer Stimmung bei. Die beiden Engel hatten sich an der Tischkante hochgezogen, um etwas mitzubekommen. »Was sagst du? Was sagst du?«

Yaja schnaubte kurz. Sie hatte fein ziselierte Nasenflügel. Wenn sie sich ein wenig Mühe gäbe, könnte sie durchaus etwas aus sich machen. »Ich sage: Das kann dir auch passieren. Vom einen Tag auf den anderen bist du plötzlich irgendjemands Stiefkind.«

»Bist du denn ein Stiefkind?«

»Ja. Von ihr.« Yaja zuckte kurz mit dem Kopf in Beatrijs' Richtung.

So leichthin wie möglich entgegnete Beatrijs: »Leasing-Kind fände ich zutreffender.« Einmal im Monat ein Wochenende und zweimal im Jahr eine Woche Ferien, so war es schon fast Yajas ganzes Leben lang vereinbart. Dumm, dass die eine Ferienwoche nun ausgerechnet mit dem jährlichen Treffen zusammenfallen musste. Aber die anderen würden doch wohl verstehen, dass sie Leander schwerlich mit dieser kleinen Kratzbürste hätte zu Hause lassen können. Er konnte es sowieso schon nicht leiden, wenn sie etwas ohne ihn unternahm, er *ertrug* es schlichtweg nicht, wenn sie sich aus seinem Blickfeld entfernte. Und sie hätte ihn schon gar nicht mit diesem Kind zurücklassen können, das er kaum kannte, diesem Kind, das dauernd darauf aus zu sein schien, ihn zu demütigen und zu strafen, nur weil er es gezeugt hatte.

Ihr Geliebter kam schon wieder auf die Terrasse zurück, eine Schüssel mit Pudding in der einen und eine mit Kirschen in der anderen Hand. Sie lächelte ihm zu, als er alles auf den Tisch stellte.

»Vielen Dank, äh…«, sagte Gwen mit einem konzentrierten Gesichtsausdruck, als versuche sie sich an etwas zu erinnern. Dann begann sie, Pudding und Kirschen auszuteilen.

»Mam, was ist ein Leasing-Kind?«

»Ach, Liebes«, antwortete Gwen, während sie etwas Pudding vom Daumen ableckte, »woher soll *ich* denn immer alles wissen?«

»Ich muss gleich noch mal zu den Bienen. Wie lange sitzen wir hier noch, Gwen?«

»Ich sagte doch gerade, Timo, woher soll ich immer alles wissen?«

»Warum ist Onkel Frank eigentlich nicht hier?«, fragte eine der Engel, Marleen, ihrem Kinn nach zu urteilen.

»Weil er nicht mehr mit mir verheiratet ist«, antwortete Beatrijs geduldig. Das hatten sie gestern bereits durchgenommen, aber gut, erziehen hieß wiederholen, oder andersherum. Sie dachte: Obwohl der Sex bis zuletzt fantastisch war. Himmelherrgott, wie kam sie denn jetzt darauf?

»Bobbie ist auch nicht da«, entdeckte Marise. Sie legte die Hände zu einer Flüstertüte zusammen. »Boo-biii!«, brüllte sie in Richtung Sommerhaus.

»Schieb ab mit deiner Schreierei«, rief Marleen und gab ihrer Schwester einen Schubs, sodass Marise vom Stuhl purzelte. Im Fallen schlug sie Leander den Löffel aus der Hand. Der Pudding spritzte ihm aufs Hemd. Einen Augenblick lang blieb er stocksteif sitzen. Von seinem verwitterten Gesicht mit den hohen Wangenknochen war keinerlei Regung abzulesen. Dann griff er wortlos zu seiner Serviette.

»Mädchen, Mädchen!«, warnte Timo. Es schien, als könne er nur mit Mühe ein Lachen unterdrücken.

Von dem Tumult war Laurens' Jüngster aufgeschreckt.

Schlaftrunken schaute er um sich, bis sein Blick bei Klaar und Karianne hängen blieb, die sich gegenseitig mit Kirschkernen bespuckten. Sofort hellwach griff er in die Schüssel mit den Kirschen. Aber Beatrijs kam ihm zuvor. Sie schnappte ihm die Kirschen aus der Hand, es waren Paare, und hängte sie sich blitzschnell über die Ohren. »Schau mal! Ohrringe!« Hauptsache, Leander hatte nicht gemerkt, dass auch sie gesehen hatte, was passiert war.

»Boo-oob!«, brüllte Marleen weiter. »Wo bleibt sie denn, die Dusseline!«

»Ihr könnt ja auch einfach mal zu ihr rübergehen«, regte Timo in aller Gemütsruhe an.

»Mam, warum ist Bobbie nicht da?«

Laut sagte Yaja: »Vermutlich, weil mein Vater heute Mittag so'n Bullshit zu ihr gesagt hat.« Aus ihren Kajalhöhlen heraus blickte sie einmal reihum.

Beatrijs kam sich eigentümlicher Weise plötzlich völlig porös vor, so als könnte sie jeden Augenblick in Einzelteile auseinander fallen. Nur wenn sie mit beiden Fäusten auf den Tisch hämmern würde, ganz laut und ganz lange, wäre sie vielleicht noch zu retten.

Gwen sagte: »Bobbie wollte vielleicht einfach mal in aller Ruhe essen, anstatt immer mit wilden Tieren am Tisch sitzen zu müssen. Los, geht mir aus den Augen, ihr. Es reicht für heute.«

Die Kinder dopsten von ihren Stühlen. Johlend, schnatternd und rangelnd rannten sie in den Garten hinein und waren im Nu nicht mehr zu sehen.

Erst jetzt wagte Beatrijs, Leander wieder anzusehen. Er fuhr mit seinen langen, feinfühligen Fingern über Gegenstände auf dem Tisch. Er betastete den Rand eines Tellers, den Saum einer Serviette, die Krümmung einer Gabel. Mochte der Himmel wissen, was er in all diesen Dingen las und welche fürchterlichen Informationen über ihre Freunde er daraus zusammentrug.

»War das jetzt klug, Gwen, sie vom Tisch wegzuschicken?«, fragte Laurens verdutzt. »Jetzt müssen wir sie noch einmal zusammentrommeln und sauber kriegen.«

»Ich wollte nur, dass wir es ein bisschen gemütlich haben!« Gwen erhob sich. Sie sah plötzlich verärgert aus. Sie nahm Yaja das Baby vom Schoß, murmelte etwas von stillen und ging ins Haus.

»Tut mir Leid, Leute, aber wenn ich mich jetzt nicht um meine Bienen kümmere …« Und weg war auch Timo.

Beatrijs rutschte auf ihrem Stuhl hin und her. Da saßen sie nun, mit Laurens. Sosehr sie sich auch das Hirn zermarterte, ihr fiel kein einziges Gesprächsthema ein.

Yaja schon. »Laurens«, raunte sie, und es klang fast, als wollte sie mit ihm *flirten*, sofern eine, die aussah, als besuche sie am liebsten frisch ausgehobene Gräber, das überhaupt *konnte*, »wir sind uns doch einig, dass mein Vater, dieser Loser, heute Mittag schwer danebenlag, oder?«

Laurens fing an, mit großer Sorgfalt seine Serviette zusammenzurollen.

Dafür, dass er nicht auf Yaja einging, war Beatrijs ihm so dankbar, dass ihr schlagartig wieder diverse Laurens-Vorzüge einfielen: seine Herzlichkeit, sein aufrichtiges Interesse, seine stete Hilfsbereitschaft, seine schönen Komplimente, die er so großzügig austeilte, seine Verliebtheit in Veronica, die nie abgeflaut war, seine Freude und sein Stolz bei ihren Erfolgserlebnissen, sein Mitgefühl, wenn sie Pech hatte.

»Weißt du …«, setzte sie an und streckte die Hand nach ihm aus.

Leander kam ihr zuvor. »Lass uns darüber reden, Laurens«, sagte er mit warmer, tiefer Stimme. »Meiner Meinung nach handelte es sich um ein Missverständnis.«

Yaja lachte kurz. »Wenn er rumätzt, musst du ihn einfach dissen.«

Was bist du doch für ein Luder, dachte Beatrijs, und das verschaffte ihr für einen Moment tiefe Erleichterung. Diese Göre dachte wohl, sie könnte ihren Vater blamieren, dabei machte sie sich nur selber lächerlich.

»Laurens?« Leander legte die Hände mit den Handflächen nach oben vor sich auf die Tischplatte. »Wollen wir …«

»Ich werd dann mal die Kids zusammentrommeln«, sagte Laurens und sah unbestimmt an ihm vorbei. »Sie müssten längst im Bett liegen.« Er erhob sich und lief in den Garten.

Mit einem Gefühl der Leere wurde Beatrijs bewusst, dass sie immer noch die Kirschen über den Ohren hängen hatte. Sie nahm sie ab. Es blieb nun, da sie mit Leander und Yaja übrig geblieben war, geraume Zeit still. Eine verirrte Biene kletterte lahm über die letzten Kirschen am Boden der Schüssel. Dann und wann versuchte sie aufzufliegen, und man hörte das machtlose Surren ihrer verklebten Flügel. So klein und unbedeutend zu sein, so gänzlich außerstande, das eigene Schicksal zu beeinflussen – Beatrijs hätte am liebsten den Kopf auf den Tisch gelegt und über die gesamte Schöpfung geweint.

Ihr gegenüber saß Yaja und studierte ihre Haarspitzen. Sie betrachtete mal eine Strähne hier, mal eine Strähne dort und zupfte dann affektiert daran herum. »Echt cool hier«, sagte sie nach einer Weile, »voll entspannt.«

»Ich wollte nur mit ihm *reden*.« Leander klang perplex.

»Aber er nicht mit dir. Warum flippst du immer gleich aus, wenn du nicht deinen Willen durchsetzen kannst? Dieser Laurens ist echt nicht scharf auf dein Geschwafel.«

»Du kannst Gwen bestimmt beim Abwasch helfen«, sagte Beatrijs spitz. Auf ihrer Oberlippe glänzten kleine Schweißperlen.

»Forget it.«

Leander richtete sich auf. »Was hast du denn sonst vor, Yaja?«

»Irgendwas mit dem Baby. Das lacht wenigstens, wenn es mich sieht.«

»Aber das ist jetzt im Bett. Du kannst ja irgendwas lesen. Oder geh fernsehen. Oder frag, ob du an den Computer darfst.«

»Du willst mich nur loswerden. Weil du lieber mit *ihr* allein bist.«

»Oder wir schaun, ob es irgendwo ein Federballspiel gibt.«

»Federball? Das ist ja wohl voll Panne, Mann. Seh ich etwa aus wie 'n Kleinkind oder 'ne alte Oma?« Yaja schob ihren Stuhl zurück und schlurfte beleidigt von dannen.

Beatrijs spürte jeden Muskel in ihrem Körper sieben Seufzer der Erleichterung ausstoßen. Die Erfahrung lehrte, dass man sich tunlichst nie in die Erziehung anderer Leute Kinder einmischte, sondern es lieber für sich behielt, wenn man dachte: *Gib diesem Scheusal doch einen Tritt, anstatt dich so für sie ins Zeug zu legen.*

Sie rückte etwas näher an Leander heran. Endlich zusammen. Wenn niemand anderer dabei war, war er immer gleich um einiges entspannter. Nicht er war es, der dieses Gefühl von Verkrampfung und Zerrissenheit bei ihr auslöste, sondern die anderen, Laurens, Yaja … ja, wer eigentlich nicht? Als sie für die Ferien noch kurz zusammen ein paar neue Sommersachen kaufen gegangen waren, war Leander gewaltig mit einer Verkäuferin aneinander geraten, die sie seit Jahren bediente. Er *sah* ja auch, was ihr stand, aber man konnte doch schwerlich zu so jemandem sagen: »Tut mir Leid, ich habe mich zwar immer auf Sie verlassen, aber jetzt habe ich meinen Mann, und mein Mann ist ein Seher, also vielen Dank.«

Sie nahm seine Hand und drückte sie. »Wollen wir noch einen kleinen Spaziergang machen?«

»Findest du etwa auch, dass ich heute Mittag ungerecht zu Bobbie war?«

Sie zögerte. Bobbie. Bobbiematz, hatten sie früher immer gesagt, oder Bobbiebär. Beatrijs kannte sie schon seit der Schule, seit Timo mit Gwen zusammengekommen war. Bobbie war immer bei allem dabei gewesen, bei Partys, Ausflügen, Geburtstagen. Stricken, häkeln und nähen zu lernen, das war damals ihr großes Ziel gewesen. Denn wenn man gut in Handarbeit war, durfte man in die sozialtherapeutische Werkstatt. Doch das Baumwollgarn war in ihren schwitzigen Händen steinhart geworden, und für feine Näharbeiten hatten sich ihre kurzen Finger als zu plump erwiesen. Sie hatte bitterlich geweint, als sie ihren Traum aufgeben musste. Zum Trost waren Veronica und Beatrijs mit ihr losgezogen, um ein Kleid für Gwens Hochzeit zu kaufen. Bobbie war hin und weg gewesen von einem blauseidenen Etwas, in dem sie aussah wie ein Lampenschirm, überglücklich. Beim Floristen hatten sie sich mit Rosenblättern eingedeckt, die Bobbie später, auf den Stufen des Rathauses, konzentriert über sich selbst anstatt über ihren Bruder und ihre Schwägerin ausgestreut hatte.

Aber auf ihre Weise war Bobbie ganz auf dem Posten, keine Frage. So klar, wie sie immer ausdrücken konnte, was sie bewegte. (»Weißt du, was ich gerne mal möchte, Beatrijs? Auch mal über irgendwas ganz viel wissen.«) Mit dem Gefühl, sie zu verleugnen, sagte Beatrijs: »Ich glaube nicht, dass sie so ganz erfasst hat, was du meintest.« Sie streckte die Hand aus, um Leander durchs Haar zu streichen.

Ihr Geliebter zog bockig den Kopf zurück, sodass sie nicht an ihn herankam. »Ich war ja wohl deutlich genug. Bobbie ist ein seltener Mensch mit einem besonderen Auftrag, das und nichts anderes habe ich heute Mittag zu ihr gesagt.«

Niels rannte durchs Gebüsch und zog Toby mit sich. Das unbeendete Spiel lockte, und mit ein wenig Glück würden die Erwachsenen noch Stunden am Tisch sitzen. Unter den Bäumen war es schon stockfinster. Es war, als würde das Spiel dadurch auch finsterer, spannender, fremdartiger und gruseliger.

So schnell er konnte, schleppte Niels totes Holz zusammen, das hier und da herumlag. Vor Anstrengung schnaufend, half Toby mit. Sie türmten die Zweige um den Metallkessel herum auf. Dann traten sie einen Schritt zurück, um das Resultat in Augenschein zu nehmen. Es war genau richtig.

Jetzt war alles nur noch eine Frage der Zeit. Und des Zufalls natürlich. Vielleicht würde es Marleen treffen, die ja immer die Anführerin war. Oder Marise oder eine von den kleinen Sommersprossengesichtern. Das Schicksal würde bestimmen, wer sich als Erster hier in die Nähe wagte. Dem Schicksal lag nichts daran, fair, gerecht oder auch nur logisch zu sein. Es schlug gleichgültig zu, ohne darauf zu achten, wen es erwischte. Gerade war noch kein Wölkchen am Himmel, und im nächsten Moment ereilte ein unbeschreiblicher Schicksalsschlag sein ahnungsloses Opfer. Nur darauf konnte man beim Schicksal vertrauen: dass es unerwartet kam.

Das Picknick

Panisch sperrte Laurens die Augen auf. Sein Herz hämmerte. Er schwitzte wie ein Tier. Erst nach einigen beklommenen Momenten erkannte er die Dachbalken wieder, die verblichenen Tapeten an den Wänden und die spinnwebartige Häkelarbeit, die Gwen mit Heftzwecken vor dem Dachgaubenfenster befestigt hatte. Er setzte sich auf. Er war gar nicht auf der Intensivstation. Nicht das Piepsen des Monitors hatte ihn geweckt, sondern der Gesang der ersten Vögel, die unbeschwert in der Dachrinne zwitscherten. Veronica hätte gesagt: Hörst du den Unterschied denn wirklich nicht? Tiiht! macht die Heckenbraunelle. Zi-zi-zi-tä! macht die Kohlmeise. Und der Zilpzalp ruft seinen eigenen Namen. Ist doch ganz einfach, Schatz. Du willst mir doch wohl nicht erzählen, dass du nicht einmal das Lied der Amsel erkennst? Laurens! Komm her, ich pfeif es dir ins Ohr, ich puste dich um, du Dummerjan, komm mal her mit deinem Ohr.

»Veer«, flüsterte er. »Wo bist du?«

Als wüsste er das nicht genau. Tief unter der Erde.

Er stand jetzt besser auf, sonst starrte er für den letzten Rest der Nacht wieder mit brennenden Augen zwischen ihr und diesem verdammten Monitor hin und her.

Im Etagenbett, das an der Längswand des Gästezimmers stand, bewegten sich seine Jungs im Schlaf. Toby mit an der Seite herunterbaumelnden Armen. Niels, wehrlos auf dem

Rücken liegend, leise schnarchend. Laurens' Herz füllte sich so mit Angst und Liebe, dass er den Blick abwenden musste.

Halb fünf? Fünf Uhr?

Er zog seine Sandalen an. Sonderbar war das. Höchst sonderbar sogar, dass man tagsüber kompetent einen Betrieb zu leiten schien, Verhandlungen führte und Verträge unterzeichnete, Papier einkaufte und neue Druckmaschinen bestellte, Leute einstellte oder entließ, während man sich Nacht für Nacht in totaler, pechschwarzer Verzweiflung fragte: Und wer nimmt sich meiner an, wer sorgt für mich?

Der Gedanke ärgerte ihn. Er sagte sich: Ich selbst natürlich, wer sonst?

Mit sich unzufrieden, ging er die Treppe hinunter. In der Küche nahm er ein Stück Brot aus dem Brotkasten. Bedächtig kauend ging er nach draußen und blieb einen Moment auf der Terrasse stehen.

Der Geruch taufrischer Gewächse wehte ihm entgegen. Er konnte vielleicht eine Eiche nicht von einer Ulme unterscheiden, aber er war doch gern im Freien. Er war gerade auf den Rasen gegangen, um die frische Luft mit zurückgelegtem Kopf tief in seine Stadtlungen einzusaugen, als er am noch bleichen Himmel etwas Rätselhaftes wahrnahm. Mit großer Geschwindigkeit schwirrte dort etwas heran, das aussah wie ein Schwarm. Zunächst fürchtete er, es seien Timos Bienen, die um Sonnenauf- und -untergang herum am aktivsten waren. Er wollte schon zurückweichen, aber nein, es konnten gar keine Bienen sein, die flogen ja viel tiefer. Er spähte nach oben und musste unwillkürlich an Ufos, ja sogar an Kornkreise denken. Niemand würde ihn je behaupten hören, dass es zwischen Himmel und Erde nichts gab. Vielleicht war das ja gerade sein Problem.

Mit einem Schwenk begann sich die Wolke abwärts zu bewegen. Zu seiner großen Verblüffung wurde jetzt sichtbar, dass sie aus lauter undefinierbaren, bunten Teilchen bestand. Blau, Grün und Gelb wirbelten umeinander herum. Er war völlig gefangen von diesem Anblick. Hatte der Allmächtige beschlossen, es heute Morgen aus seiner mächtigen Hand Konfetti regnen zu lassen, speziell für ihn?

Schmetterlinge waren es nicht, die hatten weniger Masse und flogen auch nicht so schnell.

In sich kreisend flog der bezaubernde Schwarm mit einem merkwürdig schnarrenden Geräusch über seinen Kopf hinweg, wobei er sich anscheinend immer zielgerichteter abwärts bewegte, um dann hinter einer Eiche oder Ulme außer Sicht zu geraten. Laurens zögerte nicht eine Sekunde und rannte hinterher. Er war aufgeregt, so als hätte eine tief in seinem Inneren vor sich hin schlummernde Weisheit sofort eine Verbindung zwischen diesem unerklärlichen, märchenhaften Phänomen und seinem eigenen Leben erkannt. Als werde ihm hier, in Gwens Garten, neue Inspiration, neue Motivation, ja vielleicht sogar die Ahnung einer neuen Zukunft eröffnet.

Er rannte an den Rhododendren und der Reihe von Bäumen vorbei, nicht linksab zur Kerzenmacherei, sondern den anderen Weg entlang. Diese Richtung hatte die Konfettibö eingeschlagen, aufs Sommerhaus zu.

Mit ausgebreiteten Armen stand Bobbie in einem weißen Nachthemd reglos im Gras vor ihrem Haus, ein glückseliges Lächeln auf dem Vollmondgesicht. Um sie herum flatterten Dutzende kleiner Sittiche, jetzt sah er es erst, es waren Sittiche oder kleine Papageien. Flügelschlagend pickten sie nach dem Futter, das Bobbie in den Händen hielt. Einige waren so kühn gewesen, auf ihren Schultern zu landen, und einer spazierte vorwitzig auf ihrem Kopf hin und her. Die Sonne stand gerade hoch genug, um ein breites Band zarten Lichts über das Dach des Hauses zu werfen. Vor dem Hintergrund der düsteren Bäume und Büsche wirkte das wie ein auf die Szenerie gerichteter Scheinwerfer.

Laurens stand da wie am Boden festgenagelt. Die Welt taugte nichts, das Leben war ein Kreuz, der Mensch war sterblich und in der Regel auch noch erschreckend herzlos, aber dann auf einmal das hier: ein Sommermorgen mit einer Frau in weißem Nachthemd und einem Schwarm Sittichen.

Als Bobbie ihn sah, lachte sie ihm lautlos zu. Vorsichtig hob sie die Hand und winkte ihm mit den Fingern.

Und blitzartig sah er den Rest seines Lebens vor sich, hier, im Sommerhaus, wo nie die Dunkelheit anging. Jeden Morgen würde es Konfetti regnen, und jeden Abend würden Bobbie und er zusammen die Kassenlade auf dem Küchentisch auskippen und das Geld zählen, das sie am Tage eingenommen hatten. Toby und Niels würden das ganze Jahr über Baumhäuser bauen können, und nie mehr würde er denken müssen: Mir darf nichts passieren, weder jetzt noch sonst irgendwann, denn dann sind meine Kinder verloren.

»Bobbie!«, sagte er und trat einen Schritt vor.

Sofort flogen die Vögel auf, in einem Gewirr von Farbe und Gekrächz.

»Trampeltier!«, entfuhr es Bobbie aus tiefster Seele. Sie schaute den davonschwärmenden Sittichen nach und sah dann zu ihm herüber. »Ja, na, also wirklich, Laurens. Echt.«

Er kam sich bescheuert vor. »Mist. Jetzt hab ich sie verscheucht.«

»Ach.« Schon wieder lakonisch, zuckte sie die Achseln. »Morgen kommen sie wieder.«

»Kommen sie denn jeden Tag?«

»Ich stell extra den Wecker für sie. Ich hab nämlich einen Wecker!«

»Aber wo kommen die denn her? Und seit wann …«

Sie musterte ihn mit einer Mischung aus Mitleid und Belustigung. »Ich koch jetzt Kaffee. Magst du auch, oder hattest du schon einen?«

»Nein. Gern. Aber …« Es berührte ihn, wie unbefangen sie dastand, in ihrem zerknitterten Nachthemd, barfuß.

»Wie jetzt, nein oder gern?« Sie kicherte mädchenhaft. »Du musst dich schon entscheiden, Laurens, sonst wird das nichts.«

»Kaffee, gern.« Vielleicht brauchte man auch nicht alles zu wissen, alles zu verstehen. Das war ein angenehmer, leichter Gedanke. Das Bild der Vögel noch auf der Netzhaut, folgte er Bobbie ins Haus.

Drinnen setzte er sich an den Küchentisch, der mit rot-weiß kariertem Wachstuch bedeckt war. Keineswegs wahllos, denn im Regal über der Arbeitsplatte standen, immer hübsch abwechselnd, rote und weiße Becher, und in Streifen kehrte das Motiv auch in den Topfhandschuhen und Geschirrtüchern an den Haken neben dem Herd wieder. Sogar der Pfeifkessel war rot. »Donnerwetter, du hattest bestimmt einen Innenarchitekten im Haus«, sagte er.

Darüber musste Bobbie mächtig lachen.

Auf der Fensterbank stand ein Glas mit Samenkörnern. Er stellte sich Bobbie auf ihrem Fahrrad vor, mit dem Korb vorne drauf, auf dem Weg zur Zoohandlung, um Körner für die Sittiche zu kaufen. Bobbie die Vogelfee, blind darauf vertrauend, dass die Tierchen weiterhin kommen würden, jeden Tag wieder. Bobbie, für die das Wundersame völlig normal war und das Normale wundersam.

Sie bereitete den Kaffee auf die altmodische Art zu, mit Filter und kochendem Wasser aus dem Kessel. Unterdessen plapperte sie endlos über einen Streich, den die Engel ihr kürzlich gespielt hatten. »Ich bin natürlich wieder darauf reingefallen«, sagte sie schmunzelnd.

»Du bist einfach eine Supertante. Dank dir …«

Mit einem Mal bebten ihre Lippen, und sie stieß hervor: »Aber es ist natürlich viel schöner, wenn es die eigenen Kinder sind.«

Er wusste nicht, wie er darauf reagieren sollte.

»Jemine, ich glaub, ich krieg 'n roten Kopf«, sagte Bobbie und fasste sich mit beiden Händen an die Wangen.

Unbeholfen entgegnete er: »Das macht doch nichts!«

Sie kehrte ihm den Rücken zu und fing an, mit Geschirr herumzuklappern. Der Kragen ihres Nachthemds war nach innen gedreht. Ein kleines gelbes Daunenfederchen klebte daran. Das gab Laurens den Rest: Seine Augen füllten sich mit Tränen. Was man nicht besaß und nie besitzen würde, konnte offenbar genauso viel Schmerz verursachen wie etwas, was man gehabt und verloren hatte. In jedem Leben gab es Kummer über irgendetwas, was man vermisste.

»So was aber auch«, sagte Bobbie, wie um sich selbst zu ermahnen. Dann drehte sie sich um, eine Tasse Kaffee in jeder Hand. »Milch hab ich nicht, aber Zucker. He, hast du was im Auge?« Fürsorglich beugte sie sich zu ihm herüber. Unter dem dünnen weißen Stoff ihres Nachthemds bewegten sich ihre Brüste.

Er setzte sich auf. »Ist schon weg.«

»Jetzt noch einen Keks dazu.« Sie holte eine Dose aus einem der Küchenschränke, nahm den Deckel ab und stellte sie auf den Tisch. Sie war rot mit weißen Punkten.

»Jetzt setz dich doch endlich mal, Mensch.«

»Ich kann arbeiten wie ein Pferd«, sagte sie stolz. »Hat Timo selbst gesagt.«

»Und Gwen findet das auch.«

Sie winkte ab. »Gwen ist zu gut für diese Welt.«

»Wenn du mich fragst, besteht eure Familie aus lauter Kanonen.« Er dachte: Vielleicht können sie mich und die Jungen ja adoptieren! Die Unsinnigkeit dieses Gedankens machte ihm wieder bewusst, wie ratlos er war. Würde so sein weiteres Leben aussehen: dass er sich bei jedem Schritt nur knapp am Rand des Abgrunds seiner Verzweiflung vorbeibewegte?

»Ich hab Gwen bei allen Babys geholfen«, sagte Bobbie verträumt. »Baden, anziehen, einfach alles haben ich und Gwen zusammen gemacht.«

»Baden? Das fand ich immer lebensgefährlich.« Einfach weiterreden, weiteratmen, weitermachen.

»Aber sie können doch schwimmen! Das verlernen sie erst, wenn sie ein Jahr alt sind.« Sie maß ihn mit leicht zweifelndem Blick, als frage sie sich plötzlich, ob seine Kinder wohl normal waren, und falls nicht, wessen Schuld das dann wohl war. Dann sagte sie nachsichtig: »Aber wir geben ihnen natürlich auch Gelée royale.«

Es half nicht mehr. Der Moment war vorüber. Nicht einmal ein zweiter Schwarm Sittiche würde ihm jetzt noch aus dem Tief heraushelfen. Er musste weg, bevor sie ihm etwas anmerkte und dachte, es liege an ihr. Schnell trank er seinen Kaffee aus. »Ich werde mal sehen, ob Toby und Niels schon auf den Beinen sind.«

»Bestimmt schon längst. Um wieder mit den Mädchen Menschenfresser zu spielen. An so einem schönen Tag wie heute sowieso.«

»Menschenfresser?«

»Ja, Marleen sagte, dass es so heißt.«

»Wie geht das denn?«

Sie zog die Schultern hoch. »Das kapieren wir doch sowieso nicht, Laurens. Dafür braucht man Fantasie.« Sie sprach das Wort mit einer gewissen Ehrfurcht aus.

»Menschenfresser«, wiederholte er, bestürzt. Sollte man nun darüber lachen, oder musste man sich Sorgen machen? Mein Gott, diese Wankelmütigkeit neuerdings, diese Zweifel bei allem und nichts, dieses Aufbauschen jeder Unsicherheit heraus. Jungs, Papa muss mal eben ernsthaft mit euch reden. Erklärt mir mal, was ihr hier den ganzen Tag treibt, nur so, sicherheitshalber… ihr seid schließlich die Einzigen, die ich noch habe.

Die würden sich bedanken! Wenn man anfing, bei seinen Kindern Halt zu suchen, war man wirklich der letzte Arsch.

Sie waren gestern Abend auf sein Rufen hin gehorsam angetrottet gekommen, und er hatte Toby auf seine Schultern genommen und Niels bei der Hand gefasst. Dabei hatte er dessen glattes Haar an seinem nackten Arm gespürt. Die beiden hatten vor allem erleichtert gewirkt, dass sie endlich ins Bett abgeführt wurden. Sie waren hundemüde gewesen, aber sie übertrieben es hier immer ein bisschen, weil sie sich gegen die Engel behaupten mussten und gegen das ganze unbegreifliche Mädchengehabe. »Weiber«, sagte Niels seit kurzem mit dem ganzen Abscheu eines Siebenjährigen, wobei er die Oberlippe schief hochzog und die Nase rümpfte.

»Na komm«, sagte Bobbie, »ich schenk dir noch mal nach. Auf einem Bein kannst du nicht stehen.«

Beatrijs war in ungewöhnlich entschlossener Stimmung aufgewacht. Dieser Tag hatte ein *Ziel*, das war an allem zu spüren. Es gab Morgen, genau genommen waren es die meisten, an denen man bloß dachte: Mal sehen, was der Tag bringt, ich lass mich treiben. Aber hin und wieder mal war es doch anders, und man wusste gleich beim Aufwachen, dass man just gegen den Strom schwimmen musste, um etwas zustande zu bringen. Wie mit einem Gravierstichel ins Hirn geritzt hieß es dann unumgänglich: zehn Pfund abzunehmen oder jemandem die Wahrheit sagen, na ja, eben lauter Sachen, die man normalerweise nicht schaffte.

Mucksmäuschenstill, um Leander nicht zu wecken, stieg sie aus dem Bett und huschte in die Duschkabine.

Sie waren mit Yaja zusammen in dem alten Tagelöhnerhäuschen hinten auf dem Grundstück untergebracht. Auf ihre sorglose Art hatten Gwen und Timo es für Ferienaufenthalte nutzbar gemacht: Es waren einfache sanitäre Einrichtungen angebracht worden und eine Ikea-Miniküche mit je vier Exemplaren von allem: vier Gläser, vier Teller, vier Löffel, vier Eierbecher. Meistens gelang es den beiden sogar, das Häuschen zu vermieten. Die Lage war ja auch ideal: Jeder, der die Pieterpad-Wanderung machte, kam direkt daran vorüber und ließ sich leicht zu dem Entschluss verleiten, später noch mal für eine Woche zu diesem idyllischen Flecken zurückzukehren.

Frank hatte jeden Sommer gesagt, dass sie Gwen und Timo ihren Aufenthalt hier vergüten müssten. Und dann hatte sie mit abgewandtem Gesicht entgegnet, dass sie das Geld längst überwiesen habe. Er hatte das gewiss lieb gemeint, aber irgendwie war es auch so schrecklich daneben gewesen. Geld durfte in einer Freundschaft doch keine Rolle spielen. Man brachte besser ein paar Kartons Wein mit, und man sorgte natürlich dafür, dass man mit Gwen oder Timo zusammen in den Supermarkt ging, damit man an der Kasse blitzschnell das Portemonnaie zücken konnte: Das war um einiges weniger herablassend, als Geld zu überweisen. *Armer* Frank.

Es störte sie, dass sie an ihn dachte. Sie drehte die Dusche auf und versuchte, ihre zielgerichtete Stimmung wieder zu beleben. Sie wollte Gwen heute mal so richtig verwöhnen, um ihr zu zeigen, was ihr ihre Freundschaft bedeutete. Die hatte sie in den vergangenen Monaten, seit sie Leander kannte, ein bisschen schleifen lassen. Nicht einmal Babettes Geburt hatte sie wirklich Beachtung geschenkt. Aber das hatte Gwen hoffentlich auf die ihr eigene gutmütige Art ausgelegt und es schon im Vorhinein entschuldigt.

Nach ihrer ersten Fehlgeburt hatte Gwen gesagt: »Zuerst

richtig ausweinen, Bea, und dann einfach noch mal von vorn.« Nach der zweiten hatten sie zusammen geheult. Und als es danach erneut schief gegangen war, hatte sich Gwen mit leichenblassem Gesicht für ihre eigene Fruchtbarkeit entschuldigt. So unsinnig das auch war, es waren genau die richtigen Worte gewesen.

Sie hatte erstickt erwidert: »Dein nächstes Baby klau ich dir einfach.«

Aber alles bekam mit der Zeit seinen Platz. Man machte weiter, was immer auch passierte. Man berichtigte seine Pläne und machte das Beste draus. Es gab immer noch Schlimmeres. Also gut. Von Veronica hatte sie damals ein Abo geschenkt bekommen, womit sie sich einmal im Monat in einer Kureinrichtung verwöhnen lassen durfte. Wie man sein Leben je ohne Freundinnen überstehen sollte, war ihr ein großes Rätsel. Zumal wenn man mit jemandem wie Frank verheiratet war. Jetzt, mit Leander, war es anders. Jetzt hatte sie einen Mann, mit dem sie über alles reden konnte, was sie bewegte. Einen Mann, der wusste, dass alles einen Sinn hatte und im Universum nie etwas verloren ging, auch nicht lebensfähige Kinder nicht. Ihr unglückliches Dreiergespann war noch irgendwo. Das konnte er ihr aus tiefster Überzeugung versichern.

Sie merkte, dass sie die Schultern weit hochgezogen hatte und ließ sie ganz bewusst, ruhig atmend, fallen.

Sie machte sich nicht die Mühe, sich anzuziehen. Im Morgenmantel ging sie nach draußen und stapfte durch das noch nasse Gras zu Gwens Küche hinüber. Frühstück ans Bett würde es werden, mit frisch gepresstem Saft, einem luftigen Omelett und diesen witzigen Dampfbrötchen, von denen sie neulich gelesen hatte.

Sie fand Mehl und Hefe in einem der Küchenschränke. Wenn sie den Teig dann gleich bei niedriger Temperatur in den Backofen stellte, würde er im Nu aufgehen. Schnell machte sie sich ans Werk. Alle hielten sie für einen unpraktischen Wirrkopf, aber hier stand sie und sorgte für das tägliche Brot. Sie mischte und knetete. Während sich Leander hundert Meter entfernt gerade im Schlaf auf die andere Seite drehte. Vielleicht hätte sie auf ihrem Kissen eine Nachricht für ihn hinterlassen sollen. Er machte sich immer so schnell Sorgen um sie. Frohgemut und zugleich beklommen begann sie Obst zu schneiden, um im Mixer Saft daraus zu machen. Es *kümmerte* ihren Geliebten, wie es ihr ging.

»Du bist aber früh dran.«

Sie drehte sich um. Das zufriedene Lächeln wich von ihren Lippen. »Du aber auch.«

Laurens blieb einen Moment in der Türöffnung stehen, als spüre er, dass er nicht willkommen war. Er sah unglücklich und verkrampft aus.

Sie riss sich zusammen. »Ich mach gerade Fruchtsaft. Möchtest du ein Glas?«

»Du bist heute Morgen schon die Zweite, die mich laben möchte. Das Leben lacht mir von allen Seiten zu.«

Obwohl es nicht leicht fiel, freundlich zu bleiben, wenn jemand so zynisch war, schenkte sie ihm ein Glas Saft ein. »Wenn du dich noch einen Moment geduldest, gibt es auch Dampfbrötchen.«

»Donnerwetter, du wirfst dich aber ins Zeug. Kann ich vielleicht auch einen Beitrag dazu leisten?«

»O nein, o nein, ich mach das lieber …«

Er verfiel in ein freudloses Lachen. »Selber? Ohne mich jedenfalls?«

Sie fühlte sich in die Enge getrieben. »Ach, Laurens. Treib doch nicht alles so auf die Spitze. Können wir nicht einfach …«

Er öffnete den Mund, um etwas zu entgegnen, überlegte es sich aber anders, als schäme er sich plötzlich für sich selbst. Zu ihrer Verwirrung kam er auf sie zu, umfasste ihr Gesicht mit den Händen und gab ihr unvermittelt einen Kuss auf die Nasenspitze. »So ein großer Mann gegen so ein kleines Mädchen, entschuldige, Beatrijs, das darf's bei uns nicht geben.«

Etwas Weiches strich über ihre Wange, und aus dem Augenwinkel sah sie eine kleine gelbe Feder in seinen Fingern. »Was hast du denn da?«, fragte sie, um ihre widerstreitenden Empfindungen zu überspielen: Typisch Laurens, seinen Charme zum Einsatz zu bringen, und typisch sie, gleich dankbar zu sein, dass er wieder ein bisschen umgänglicher war.

Er hielt die kleine Feder zwischen Daumen und Zeigefinger und kitzelte damit erst ihr und dann sich selbst über die Wange. »Glaubst du an Zeichen?«

»O ja!«, sagte sie aus tiefstem Herzen. Diese Wendung gab ihr die Möglichkeit, ihn Leander näher zu bringen. Das war ein Gottesgeschenk, nicht weniger als ein Wunder, was an sich schon bewies, dass es Zeichen gab, das gehörte schließlich in dieselbe Kategorie.

»Guten Morgen«, sagte Leander in dem Augenblick trocken.

Vor Schreck hätte sie beinahe einen kleinen Satz gemacht.

Er stand genauso in der Türöffnung wie eben noch Laurens. Ein Blick genügte, und ihr war klar, dass er den Kuss und das Spielchen mit der Feder gesehen hatte. Sie fühlte sich unwillkürlich versucht, den Gürtel ihres Morgenmantels enger zu ziehen. Zu alledem war sie noch nicht mal richtig angezogen. »Schatz! Wir sprachen gerade von…«

»Ich freue mich, dich hier bei guter Gesundheit anzutreffen«, sagte ihr Geliebter ruhig. »Genauso gut hättest du gerade in tausend Nöten sein können, Beatrijs.« Er drehte sich um und ging in den Garten hinaus.

»Bei guter Gesundheit?«, fragte Laurens erstaunt. »Fehlt dir denn irgendwas?«

Sie hatte jetzt, genau genommen, zwei Dinge zu tun: ihm eine gehörige Ohrfeige verpassen und dann hinter Leander herlaufen. Doch sie blieb stehen, wo sie war, hilflos, erschrocken über den unnötigen Kummer, den sie verursacht hatte, und besorgt, was das nun wieder nach sich ziehen würde. Aus dem Backofen roch es verbrannt.

Gwen rollte sich ermattet von Timo herunter. Das linke Bein, das sich im Laken verfangen hatte, ließ sie über seiner Hüfte liegen. Sie wartete, dass sich ihre Atmung sich wieder normalisierte und der Schweiß auf ihrer Haut zu trocknen begann.

Timo fasste sie beim Fußgelenk und lachte leise.

»Was denn?«

»Nichts, Maus.«

Gwen dachte: Zu Haus heiß ich Maus. Sie unterdrückte ein Schmunzeln. »Jetzt sag schon.«

»Ich sah plötzlich vor mir, dass einer deiner Freunde hereingestürmt käme, um uns ein Sonntagsfrühstück ans Bett zu bringen, während wir …«

»Einer *meiner* Freunde?«

»Ja, wer sonst?«

Sie stützte den Kopf in die Hand. »Tiem. Gefällt es dir nicht, dass sie hier sind?«

»Hauptsache, du genießt es.« Er ließ ihr Fußgelenk los, schob ihr Bein zur Seite und richtete sich auf. Das Bett wackelte kurz. Es hatte nur drei Beine, schon seit Jahren. Ein Stapel alter Telefonbücher ersetzte das vierte. »Der Tag ruft.«

»Der Anfang ist schon gemacht«, sagte sie.

»Und wie!« Er bückte sich, um ihr einen Kuss zu geben.

»Hör ich Babette? Hol sie mal eben, dann stille ich sie gleich.« Sie hatte ihre jüngste Tochter Victoria nennen wollen, ein Name wie eine Burg, ein Name mit einem sicheren

Graben drum herum, aber diesmal hatte die Entscheidung bei Timo gelegen.

Sie döste noch ein wenig weiter, aber da Timo die Schlafzimmertür weit hatte aufstehen lassen, gelang es ihr nicht, noch einmal einzuschlafen. Aus dem Gästezimmer drangen die Stimmen von Laurens' Jungen. Von unten kamen Geräusche, als ob jemand mit einem Rost aus dem Backofen kämpfte. Es war aber auch ein lästiger Herd, man wusste nie, was man tun musste, um ihn… Mit einem Mal hellwach, dachte sie: Vero, pass auf, verbrenn dir nicht die Hände! Wo kam bloß dieser aberwitzige Gedanke her? Veronica stand nicht in der Küche, sie war tot.

Auf der Treppe wurden Schritte laut. Schnell tauchte sie wieder unter die Decke.

»He, Gwen!«, sagte Laurens draußen auf dem Flur verlegen.

Es kam natürlich durch seine Anwesenheit im Haus, dass sie ihre Freundin plötzlich vor sich gesehen hatte, als wäre sie noch gesund und munter. Das passierte sonst nie, aber in seiner Nähe erwartete man sie noch immer jeden Augenblick. Nicht dass Veronica so eine folgsame, biedere Ehefrau gewesen wäre. Zu Lebzeiten jedenfalls nicht.

»Ich will mal nachsehen, ob die Jungen schon auf sind.«

»Ja. Klar, die sind wach.«

»Schön, dann sag ich ihnen mal hallo.«

Sie richtete sich auf, das Betttuch vor die Brust geklemmt. »Laurens? Hör mal…« War es nicht so, dass ein plötzlicher Tod die Seele irreführen konnte? Das hatte sie doch mal irgendwo gelesen. *Wusste* Veronica überhaupt, dass sie tot war? Klammerte sie sich vielleicht über Laurens am Leben fest?

Abwartend lehnte er am Türrahmen.

Sie bekam es nicht über die Lippen. »Ich meine, ist mit dir alles okay?«

»Ja, ja, bestens. Ich fragte mich gerade, was ich heute mal mit Toby und Niels unternehmen könnte.«

»Lass sie sich doch einfach mit den Mädchen austoben. Sie denken sich zusammen die verrücktesten Spiele aus und sie ...«

Er versteifte sich. »Ich möchte auch hin und wieder mal was als Familie unternehmen.«

Das hörte sich irgendwie nach einem Vorwand an. Eltern waren doch im Allgemeinen froh und glücklich, wenn sich die Kinder so gut miteinander beschäftigen konnten. »Ach, na dann. Geht doch rudern! Wenn du am Kanal entlang bis zum Ortsende radelst, stößt du linker Hand auf diesen Bootsverleih, weißt du noch, von dem Mann, der so lispelt.«

»Das ist eine gute Idee. Tausend Dank, Gwen.« Er riss sich vom Türrahmen los und verschwand aus ihrem Blickfeld. Kurz darauf hörte sie ihn mit seinen Söhnen reden.

Sie dachte wieder an Veronica. O ja, sie würde eine spezielle Kerze für sie machen, gleich heute. Eine Kerze, die sie auf ihrem Weg ins Licht begleiten sollte. Es konnte nicht gut sein, wenn sie an ihrem irdischen Leben hängen blieb. Aber vielleicht kam das dadurch, dass sogar Tote so etwas wie Verlust kannten. Dass auch sie schmerzlich um das trauerten, was sie verloren hatten. Dass auch sie Zeit dafür brauchten, sich von ihren Lieben zu lösen. Es musste ja auch unerträglich sein, wenn man sich klarzumachen hatte, dass die Kinder ohne einen aufwachsen würden, dass der Mann eines Tages eine neue Frau küssen würde, dass alles immer weiter- und weiter- und weiterging, bis man vergessen war.

»Was sinnierst du denn vor dich hin?«, fragte Timo, als er ihr Babette in die Arme legte.

»Ach, nichts Besonderes.« Sie liebte ihn sehr, aber er war nicht der Typ Mann, dem man mit Reflexionen über ein Leben nach dem Tod kommen durfte. Kompost, sagte Timo, das sei alles, was von einem übrig bleibe.

Während er schnell in seine Kleider schlüpfte und nach unten ging, stillte sie Babette, die eine trockene Windel bekommen hatte und nun wieder allerbester Laune war. Es war unvorstellbar, aber auch dieses gerade erst begonnene kleine Leben würde unwiderruflich in Tod und Vergessen enden. Irgendwann würde Babette dort landen, wo Veronica jetzt schon war. Es hatte allerdings etwas Tröstliches, dass Vero sie dort erwarten würde, erfreut, das Baby endlich kennen zu lernen. Aber nein, was für ein morbider Gedanke. Babette würde ein verschrumpeltes altes Mütterchen sein, wenn Veronica schließlich die Arme nach ihr ausstrecken konnte, sie hatte noch ihr ganzes Leben vor sich.

Was waren das nur alles für trübe Gedanken über ihr Töchterchen? Das mussten die Hormone sein.

Auf einmal hatte sie es eilig, sich an den Entwurf von Veronicas Kerze zu machen. Sie ließ das Baby sein Bäuerchen machen und legte es in die Wiege. Dann duschte sie und ging nach unten. Im Wohnzimmer war niemand. Durch die Verandatür ging sie in den Garten hinaus.

Auf dem Rasen spielten die Engel mit viel Geschrei Federball. Yaja saß mit bösem Gesicht am Gartentisch und lackierte sich die Nägel schwarz. In der Ferne hörte man Timo auf dem Weg zur Bienenweide vor sich hinpfeifen. Es war wieder ein strahlend schöner Vormittag.

Über die Terrasse lief Gwen in die Küche. »Oh, hier seid ihr«, sagte sie zu Klaar und Karianne. Ihre Töchter, beide gleich blond und gleich schmuddlig, saßen nebeneinander auf der Arbeitsplatte und ließen die verschrammten Beine baumeln, während sie Butterbrote mit Nuss-Nougat-Creme von dem großen Stapel aßen, den Beatrijs emsig schmierte. Sie grinsten Gwen an, als sie sie sahen, aber sie waren zu sehr mit ihrem Frühstück beschäftigt, um ihr die Gunst ihrer ungeteilten Aufmerksamkeit zu gewähren.

Fünf Jahre alt, und doch schon wieder so groß. So selbstständig und unabhängig. Obwohl das bei Zwillingen natürlich schnell ging.

»Du auch eine Schnitte?«, fragte Beatrijs.

»Ja, gern. Hast du gut geschlafen? He, aber was ist denn das für ein Geruch hier?«

»Ein misslungenes Experiment.«

Sie biss in die Schnitte, die Beatrijs ihr reichte. Sie fragte besser nicht weiter nach. Auf dem, was Beatrijs in der Küche ausheckte, ruhte selten Segen. In ihrer Beziehung zum Essen schwang irgendetwas Dunkles mit, das verhinderte, dass sich Zutaten an die Regeln hielten. Unter ihren Händen wurde Sahne spontan sauer, Pudding fiel in sich zusammen, sogar simple Hähnchenschlegel verwandelten sich in Gummiknüppel. Ein anderer hätte es schon hundertmal aufgegeben, aber Beatrijs hielt eisern durch. Mit ungebrochenem Enthusiasmus studierte sie Kochbücher und schnitt ehrgeizige Rezepte aus der Zeitung aus. Nicht unterzukriegen. Sie selbst brauchte einen Blumenkohl nur anzusehen, und er war schon gar. »Lass uns heute Nachmittag was Schönes unternehmen, ja?«, schlug sie vor.

Ihre Freundin hielt den Zipfel eines Geschirrhandtuchs unter den Wasserhahn und säuberte damit andächtig die Schokoladenmäulchen der Zwillinge.

»Ein Stück spazieren gehen«, drängte Gwen, »und dann in irgendein Café, wo man draußen sitzen kann.«

Klaar horchte sofort auf. Ihre Augen begannen bedrohlich zu funkeln. »Welches Café?«

»Wo's Eis gibt?« Das war Karianne.

»Na klar, Mädchen«, sagte Beatrijs, »das ist euch sicher.«

»He, Bea! Ich dachte, nur wir beide. Timo kann ja heute mal was mit den Kids unternehmen.«

Beatrijs hängte das Geschirrtuch über die Herdstange.

Ohne aufzuschauen, sagte sie: »Ich bleibe lieber hier. Ich muss Leander ein bisschen…«, sie machte eine vage Handbewegung. Im Sonnenlicht funkelte der auffällige Ring, den sie seit kurzem trug.

Die Enttäuschung stieß Gwen auf wie Galle. Was war nur mit allen los? Zuerst Laurens, der offenbar nicht wollte, dass seine Kinder mit ihren spielten, und nun Beatrijs, die nicht mit ihr wegwollte. Sie war auf einmal so wütend, dass sie den Rest ihrer Schnitte auf die Arbeitsplatte klatschte und hinausrauschte.

Bei Bobbie Kaffee trinken, das war ein probater Stimmungsaufheller. Aber gerade als sie den Weg zum Sommerhaus einschlagen wollte, kam Leander auf sie zu. Na toll. Nun auch noch der, der zu ihrer Schwägerin gesagt hatte, sie sei eine misslungene Inkarnation, denn darauf lief es doch im Klartext hinaus, das war die Botschaft des Herrn Psychometrikers gewesen, mochte der Himmel wissen, was das eigentlich für ein Beruf war. Und danach ungerührt eine fünfstündige Fahrradtour machen, was ja wohl nur heißen konnte: Ich bin überall lieber als bei Timo und Gwen und ihrer Saubande. Kampfeslustig verschränkte sie die Arme vor der Brust.

»Ha, Gwen, guten Morgen«, sagte er warm. »Dich suchte ich gerade.«

Perplex starrte sie ihn an.

»Hast du den Wetterbericht gehört? Heute ist wahrscheinlich der letzte schöne Tag. Also dachte ich mir: Wollen wir nicht alle zusammen picknicken gehen?«

Sie traute ihren Ohren nicht. Wollte er denn nicht wieder in trauter Zweisamkeit etwas mit Beatrijs unternehmen? Damit rechnete Beatrijs doch selbst auch. »Wie, alle zusammen?«

Er beugte sich leicht herab. Einem so großen Mann kamen seine Mitmenschen wahrscheinlich alle wie Zwerge vor. »Warum nicht?«

Sie schwieg verdattert. Er suchte Anschluss, das war es wohl. Er kam sich natürlich wie das fünfte Rad am Wagen vor. Und sie hatte den Eindruck, dass er nicht der Typ Mann war, der sich damit begnügen würde.

»Aber Beatrijs wollte, glaub ich, lieber...«

»Weißt du, ich *habe* Beatrijs schon ganz für mich. Das ist doch klar, oder? Darum brauchen wir nicht mehr zu streiten, das Rennen ist gelaufen.«

Diese unerwartete Wendung brachte sie noch mehr aus der Fassung. Was er da so seelenruhig sagte, verursachte ihr beinahe eine Gänsehaut.

»Was kann dagegen einzuwenden sein, dass man die Frau, die man liebt, für sich haben will?« Er lachte kurz.

Für sie zählte vor allem, dass das Leben einfach und gut war. Dass man gern zusammen war, Freude aneinander hatte, darum ging es. Sich auf dieses Picknick einzulassen war wohl die beste Lösung. »Was für eine gute Idee«, sagte sie. Und fügte hinzu: »Und auch schön für Yaja.«

Wieder beugte er sich herab. »Wie lieb, dass du auch an sie denkst.«

»Sie ist in einem so schwierigen Alter. Da steht man sich selbst so sehr im Weg.«

Er hob die Hände, die vollkommen unbehaart waren und trotz des schönen Wetters der letzten Wochen noch ganz weiß. »Da sagst du was, Gwen. Du hast wirklich ein Auge für andere. Weiß Timo überhaupt, was für ein Glückspilz er ist?«

Aufgedreht schleppten die Kinder Plaids und Kühlboxen zur Wiese an dem kleinen Teich. Ein lauschiges Fleckchen: Wasser, Sonne, aber auch genügend Schatten, alles da. Und im Hintergrund sah man schwarz-weiße Kühe, die träge wiederkäuten.

Die beiden Zwillingspärchen hatten den ganzen Vormittag

Erdbeeren gepflückt und gewaschen, Leberwurstbrote gestrichen, Eier gekocht, Plastikbecher und -teller zusammengesucht und Eistee in Flaschen abgefüllt. Mit ihnen stand und fiel die gesamte Unternehmung, diese Überzeugung war deutlich in den Gesichtern zu lesen.

Niels bemühte sich, größtmögliche Verachtung für das Weibergetue zur Schau zu tragen. Aber auch er war aufgekratzt. Ein Picknick war weitaus verlockender als die Aussicht, mit seinem lustlosen Vater und seinem kleinen Bruder in einem Ruderboot hocken zu müssen.

Auf der Wiese war es noch ruhig. Am Wasser saßen einige andere Familien, es wurde Frisbee gespielt, das war alles. Alle guten Plätze bei den Bäumen waren unbesetzt. Man saß dort zwar nahe an dem belebten Radweg, aber es war angenehm kühl. Sie beschlossen, ihr Quartier unter dem Schutz einer uralten Kastanie aufzuschlagen. Hier breiteten sie die Plaids aus.

Ein Stück weiter weg bellte ein Hund, es klang hoch und erschrocken. Vielleicht war er im Wasser gelandet, weil er die Entengrütze für Gras gehalten hatte. Den Unterschied konnte man bei dem Teich auch kaum erkennen. Auf dem Radweg flitzte ein Pulk Rennradfahrer vorbei, dicht aufeinander, mit gekrümmten Schultern und rotierenden Beinen.

Weil es nichts weiter zu tun gab, dachte Niels an seinen Autofriedhof. Den hatte er Anfang Sommer zu Hause angelegt, hinten im Garten. Er wusste nicht genau, warum. Oft wurde er wach, sowie die Sonne aufging, während Toby und sein Vater noch schliefen, und der Moment war dann einfach wie geschaffen dafür, rasch ein Auto zu begraben. Auf dem Regal über seinem Bett stand eine ganze Reihe Dinky Toys. Jedes davon hatte seine eigene Geschichte. Von jedem Exemplar wusste er noch genau, zu welchem Anlass er es bekommen hatte: Als er fünf geworden war oder als er sich den Kopf aufgeschlagen hatte und das Loch im Krankenhaus zugenäht werden musste, als Toby zur Welt gekommen war oder als er zum ersten Mal beim Zahnarzt gewesen war. Es waren nicht irgendwelche Autos, sie gehörten zu *ihm* und zu niemand anders.

Mit geschlossenen Augen stellte er sich vor das Regal, streckte die Hand aus und griff aufs Geratewohl zu. In dem Moment konnte er immer alle Dinge genauer fühlen als sonst: Wie die Rippen von der Matte vor seinem Bett in seine Fußsohlen drückten, wie das erste Sonnenlicht warm in seinen Nacken schien. Manchmal war es ein altes Wrack, das er unter die Erde brachte, aber manchmal erwischte er auch ein funkelnagelneues Exemplar ohne den kleinsten Kratzer, ein Auto, das noch hunderttausend Kilometer vor sich hatte und glänzte, als käme es direkt aus dem Schaufenster des Autohauses, wie zum Beispiel sein Lieblings-Mustang vom Schwimmabzeichen. Der blinde Zufall bestimmte, was er in die Hand bekam und was somit dazu verdammt war, wenige Sekunden später aus der Kurve zu fliegen, in der Leitplanke zu enden, auf einen Geisterfahrer zu treffen oder sonst wie zu verunglücken. Wie es zuging, war egal. Es war schon passiert, wenn er die Augen wieder aufmachte und mit einer Mischung aus Bestürzung und Mitleid den Trümmerhaufen inspizierte.

Das Wrack an sich drückend, ging er durch die Hintertür nach draußen. Ihr Garten war nicht sehr groß. Aber es stand ein Fliederbaum darin, dessen Zweige bis auf den Boden hinabhingen. Niels brauchte nur darunterzukriechen, um nicht mehr gesehen zu werden. Er kniete sich auf die noch feuchte Erde und grub mit Tobys Schaufel ein Loch. Es musste richtig tief sein, so tief, dass man nie mehr herankam.

Sein Auto stand am Rand der Grube bereit.

Beim Anblick des Wagens, der gerade noch von keiner Gefahr gewusst hatte und nun für immer unter die Erde musste, bekam er einen Kloß im Hals. Nur mit Mühe brachte er die richtigen Worte heraus: »Nun nehmen wir für immer Abschied.« So gehörte es sich. Ihm lief Rotz aus der Nase. Zornig wischte er ihn weg, mitsamt den Tränen. Mann, bloß das nicht! Wozu war man denn schließlich auf einem Autofriedhof?

Über seinem Kopf, hoch oben im Flieder, schmetterte ein Vogel ein aufgeregtes Lied, kurz und selbstbewusst.

Hast du das gehört, Niels? Tiiht!, macht die Heckenbraunelle. Daran kannst du sie erkennen.

Erneut wischte er sich mit der Hand über die laufende Nase. Er schob das verunglückte Auto in die Grube. Jetzt noch das Grab zubaggern und einen Stein drauflegen. Er hatte hübsche Kieselsteine in der Hosentasche, die hob er extra überall auf.

Niels schrak aus seinen Gedanken auf, weil Klaar neben ihm auf dem Plaid plötzlich zischte: »Da kommt diese Assel.«

In der Tat kam Yaja als Erste von den Großen gemächlich auf den Picknickplatz geschlurft.

Niels sah die Engel sofort in Kriegsstellung gehen: Da kam die Tussi, die dachte, man könnte sich einfach so die Schwester von jemand anderem unter den Nagel reißen. Auf ihren Gesichtern erschien ein tatendurstiger Ausdruck, der ihm das gestrige Spiel in Erinnerung brachte, das Spiel, das noch zu Ende gespielt werden musste, egal wie, und bei diesem Gedanken brach ihm der Schweiß aus.

Ohne auch nur hallo zu sagen, setzte sich Yaja mitten auf eines der Plaids und öffnete eine Kühlbox.

»Hier wird nicht genascht«, zischte Marleen, wie gewöhnlich allen voraus. »Wir warten, bis alle da sind. Also Finger weg und Deckel wieder drauf.«

»Das Ganze hier war die Idee von meinem Vater. Tut bloß nicht so, als hättet ihr euch das ausgedacht. Und ich hab echt voll Hunger.« In aller Seelenruhe begann Yaja, ein Ei zu pellen. An ihrem einen Ohr baumelte ein silbernes Skelett, das ihr bis auf die Schulter reichte. Ihr weiß getünchtes Gesicht drückte nichts als Langeweile aus, eine so gähnende Langeweile, dass man fast davon angesteckt wurde und sich am liebsten mit ausgestreckten Armen und Beinen nach hinten fallen lassen würde, um sich nicht mehr zu rühren, bis bessere Zeiten anbrachen.

Niels prickelten die Haarwurzeln vor Unmut. Was hing er hier eigentlich zwischen den Weibern rum? »Picknick! Echt was für alte Knacker«, sagte er böse.

»Was erwartest du denn? Er ist doch auch 'n alter Sack«, erwiderte Yaja. Sie schlug ihre scharfen kleinen Zähne in das Ei und biss ihm den Kopf ab. Sie kaute träge, fast ohne die Kiefer zu bewegen.

Just in dem Augenblick kam ihr Vater vom Radweg her. Er ging ein wenig gebeugt, und seine Knie stießen beim Laufen gegeneinander. Er hatte was von einem Dromedar.

»Seht euch das an«, sagte Yaja voller Abscheu. »Ein wandelnder Alzheimer. Wenn ich nur dran denke, dass es Leute gibt, die es mit so 'ner lebenden Leiche machen wollen …«

»Was machen?«, fragte Karianne.

Niels rückte etwas näher an Toby heran. Das gab jetzt Weibergewäsch, das konnte er riechen. Und das Wissen, dass er wieder mal nichts davon kapieren würde, machte ihn rasend.

Hinter vorgehaltener Hand fuhr Yaja fort: »Na ja, der angeschimmelte Rollmops, den er sich geangelt hat, hätte natürlich eh nichts Besseres abgekriegt.«

Die Engel prusteten los. Karianne und Klaar gackerten ebenfalls drauflos und kugelten sich übereinander. Ihre sommersprossigen Gesichter waren schief vor Lachen.

»So«, sagte Yajas Vater zur Begrüßung und ließ sich in die Hocke nieder. »Was ist denn so lustig?«

Yaja warf einen Blick in die Runde, als wolle sie sagen: Achtung, jetzt wird's erst richtig witzig. »Ach, weißt du, Pa, wir sprachen gerade über morphologische Felder.«

»Mann, was für 'ne Schnalle«, raunte Niels Toby abfällig zu. Man konnte auch Gurke sagen. Das sagten die großen Jungs auf dem Schulhof, mit den Händen in den Taschen.

»Na, so was.« Leander lachte überrascht.

Yaja schnippte mit den Fingern. »Du kannst das besser erklären als ich. Von den Hamstern und so. Los, erzähl mal.«

In der Hoffnung, endlich etwas Interessantes zu hören zu bekommen, spitzte Niels die Ohren. Aber er verlor schon bald den Faden. Und zu lachen gab es auch nicht viel. Das morphologische Feld sei ein wundersames Phänomen, sagte Leander: Es bestehe aus energetischen Kräften, die mittels einer noch unverstandenen Synchronizität schöpfend und ursächlich wirkten. Beim Sprechen bildeten sich kleine Schaumbläschen in seinen Mundwinkeln. Er hatte außergewöhnlich dünne, straffe Lippen, als sei ihm die Haut viel zu eng.

»Mach mal 'n bisschen Tempo«, sagte Yaja, mit der abgeknickten Hand wedelnd.

Wenn zum Beispiel, fuhr Leander doppelt so schnell fort, irgendwo auf der Erde, sagen wir mal in Amsterdam, ein Hamster in seinem Käfig gelernt habe, aus einem umgedrehten Fläschchen Wasser zu trinken, könnten das fortan auch seine Nachkommen mühelos, aber nicht nur die, sondern alle Hamster im weiten Umkreis, ja sogar in Tokio oder Mailand. Das sei eines der unerklärlichen Dinge, die …

Ohnmächtig vor Lachen sackte Yaja in sich zusammen. »Ogottogott! Stellt euch das mal vor!«

All die blöden Hamster, die weltweit an ihren Fläschchen nuckelten und auch noch dachten, sie wären was Besonderes. Das war wirklich zum Totlachen. Niels konnte es sich nicht verkneifen. Er lachte mit. Mit unsicherem Blick taxierte ihn sein kleiner Bruder. Der Zwerg kapierte nicht die Bohne.

»Aber das Beste kommt noch«, brachte Yaja hicksend hervor. »Das gilt nicht nur … das gilt nicht nur … nicht nur für *Hamster*!«

»Soll ich lieber warten, bis ihr ausgelacht habt?«, erkundigte sich Leander.

»Nein, mach weiter, mach weiter!« Die schwarzen Ränder unter Yajas Augen waren total verlaufen. Sie sah aus wie eine Tropfsteinhöhle.

In dem Moment tauchte Tante Beatrijs auf. Mit ihren hohen Absätzen sank sie bei jedem Schritt im Gras ein. Schon von weitem rief sie Leander in erregtem Ton zu: »Du bist ja schon *hier*! Ich hab dich überall gesucht!«

Ohne sie eines Blickes zu würdigen, setzte Yajas Vater seine Ausführungen fort. Das war vielleicht ein Labersack, echt nicht normal. Man konnte auch Schwalli sagen, das lief aufs selbe hinaus. Aber er machte wenigstens den Mund auf. Er stammelte nicht nur, von wegen er wisse es auch nicht. Im Gegenteil, er wusste alles. Und es hörte sich auch so an, als sei er sich ganz sicher.

»Oh, das morphologische Feld«, erfasste Tante Beatrijs. Sie hatte sich vorsichtig mit ausgestreckten Beinen auf einem der Plaids niedergelassen. Ihr Rock war so weit hochgerutscht, dass ihre dicken Oberschenkel zu sehen waren und dass sie so kleine Dellen darin hatte. »Ja, das übersteigt jede Logik.«

»Da erst offenbart sich die Wahrheit, Beatrijs«, entgegnete Leander kühl.

»Mann, ey! So kommen wir nie weiter«, stöhnte Yaja. Sie beugte sich vor und zeigte mit dem Finger auf Niels. »Du da, Shithead! Ja, sogar du kannst schon zur Evolution beitragen und die ganze Menschheit auf eine höhere Ebene bringen! Brauchst dich dazu nur auf ein morphologisches Feld einzutunen.« Ihre Schultern begannen wieder zu zucken vor Lachen.

»Es funktioniert natürlich nur«, fuhr Leander fort, »wenn

man mit Leib und Seele hinter einem Ziel steht. Man kann das mit einem kleinen Wunsch üben. Das nennt man von innen heraus ansteuern. Ihr werdet sehen, dass…«

»Und so weiter«, sagte Yaja. Noch kichernd nahm sie sich ein zweites Ei.

Das mit dem Wunsch war mächtig imponierend. Unbegreiflich, was Yaja daran so lächerlich fand. Aber so war das eben mit Schnallen, die hatten kein Gefühl für Logik. Man konnte auch Bitch sagen. Oder Gurke. Oder Schlampe. Schlampe war das Wort, das Papa zuletzt immer benutzt hatte.

»Hallo!« Da kamen die anderen. Vorneweg Onkel Timo und Tante Gwen, in kurzen Hosen und T-Shirts, die tausendmal zusammen gewaschen worden waren und inzwischen alle gleich fahl aussahen. Hinter ihnen Bobbie, stolz mit Babette im Tragesack vor dem Bauch und mit einer wahnsinnig altmodischen Sonnenbrille auf der Nase. Sein Vater bildete das Schlusslicht. Die Haare hingen ihm in die Augen. Er musste sie sich dringend mal schneiden lassen.

»Hallo, Niels!«, sagte Tante Gwen ein bisschen außer Atem. »Tobylein! Ist das nicht gemütlich?« Sie setzte sich ins Gras und schlug die braunen Beine übereinander. Unter ihren Achseln waren Schweißflecken.

Niels blieb auf der Hut. In seinen Gedanken wirbelte es noch von morphologischen Feldern. Da war der alltägliche Anblick seiner Tante irgendwie ein zu großer Übergang. Dieses immer etwas feuchte Gesicht hatte ihm schon zugenickt, als er noch in der Wiege gelegen hatte. Und noch davor war Tante Gwen mit seiner Mutter zusammen zur Schule gegangen. Einmal mehr erfasste ihn rasende Wut. Das war alles so gemein. So total schrecklich, hundsgemein gemein. Wenn man es doch bloß jemandem heimzahlen könnte. Wenn man das doch könnte. Wenn man doch *irgendwas* könnte.

Munter schnatterte Tante Gwen: »Alle zusammen, ach, ist

das schön! Ist denn für die Großen an ein Gläschen gedacht, Tiem?«

Alle zusammen? Aus den Augen, aus dem Sinn, nannte man das. Knallhart war Tante Gwen. Sie hatte jetzt schon glatt vergessen, dass seine Mutter dazugehört hätte.

Sein Onkel begann, den Rucksack auszupacken. Gläser, eine vor Kälte beschlagene Flasche, ein Korkenzieher.

»Spitze«, sagte Papa. Er hatte sich immer noch nicht hingesetzt. Zum Glück hatte er wenigstens seine Sonnenbrille auf, da sah man seine traurigen Augen wenigstens nicht.

»Sie fangen wieder an zu saufen«, sagte Marleen zu Marise. Prompt taten die Kleinen, als müssten sie sich übergeben.

»Yaja, auch Wein?«, fragte Tante Gwen.

Stinkig schaute die Tropfsteinhöhle in die entgegengesetzte Richtung.

Das musste man ihr lassen, ködern ließ sie sich nicht. Sie dachte natürlich: Die soll bloß abstinken, die Schnalle mit ihren Schwitzflecken! Es munterte ihn auf, dass jemand so was über Tante Gwen zu denken wagte. Die Gwen, die immer so nett tat und so gefühllos war wie ein Stein. Das war jetzt wohl klar.

»Yaja, Mädchen? Möchtest du kein Glas Wein?«, fragte Leander.

»Ich schon gern, Gwen«, sagte Tante Beatrijs. Sie sah aus, als ob sie sich plötzlich furchtbar über irgendwas aufregte. Mit unwirschen Bewegungen begann sie, in einer der Kühlboxen zu kramen.

»Angeschimmelter Rollmops«, sagte Niels in Tobys Ohr. Er erschrak kurz über die eigene Frechheit, lachte dann aber, schwindlig vor Triumph. Entzückt lachte sein kleiner Bruder mit.

»Die Eier sind schon alle auf!«, rief Klaar. »Die hat Yaja gegessen.«

»Jesus fucking Christ«, sagte Yaja, ohne die Stimme anzuheben. »Wenn ich mich hier schon dumm und dusslig langweile, muss ich doch wohl nicht auch noch verhungern! Und es waren im Übrigen auch nur zwei.«

Abrupt wandte sich Tante Beatrijs ihm zu und fragte: »Habt ihr auch eure Badehosen mitgebracht, Jungs?« In ihren Augen war jetzt ein Ausdruck, der Unterstützung erheischte. So guckten Erwachsene immer, wenn es nicht so lief, wie sie wollten. Als zählten sie darauf, dass man sich, ohne die geringste Ahnung zu haben, worum es eigentlich ging, schon irgendetwas einfallen lassen würde, damit alles wieder in Ordnung kam. Sie hielten einen offenbar für ein morphologisches Feld. Aber Niels tat ihr nicht den Gefallen, er schüttelte den Kopf.

»Baden!«, rief Toby begeistert.

»Na ja, wir können sie immer noch schnell holen.«

»Aber zuerst der Wein«, sagte Onkel Timo und goss die Gläser voll.

Auch Bobbie und Papa hatten sich jetzt endlich hingesetzt. Sie hatten das Baby aus dem Tragesack genommen. Babette lag auf dem Rücken, wedelte mit den Händchen und blubberte vor sich hin. Bobbie setzte ihr einen knallgrünen Sonnenhut auf und linste dann über den Rand ihrer Sonnenbrille hinweg zu Leander hinüber. »Es ist doch wirklich verrückt, dass man dem Mann neuerdings überall begegnet«, sagte sie laut. Dann zupfte sie mit hastigen, nervösen Bewegungen Babettes Hütchen noch etwas zurecht.

»Ciao, Babette«, gurrte Yaja und kroch auf allen vieren zum Baby hinüber. »Hallo, mein Schnuckelchen.«

»Sie ist aber nicht *dein* Schnuckelchen«, begann Karianne auf der Stelle.

»Fall doch nicht jedes Mal darauf rein, Dummerchen«, sagte Onkel Timo. Er nahm einen Schluck aus seinem Glas und streckte sich dann rücklings im Gras aus. »Aah, tut das gut«, murmelte er und machte schläfrig die Augen zu.

Yaja nahm eines der Babyfäustchen und tat so, als knabbere sie daran. »Mm, hast du zartes Fleisch! Ich könnte dich glatt fressen. Mit Haut und Haaren fress ich dich auf!«

Bei dem Anblick fuhr Niels der Schreck in alle Glieder. Schweiß trat ihm in den Nacken, und die Haare standen ihm zu Berge. Angenommen, Yaja, die sich alles traute, würde sich in ihr Spiel einmischen, das mit grausamer Geduld darauf wartete, zu Ende gespielt zu werden. Was dann passieren würde, war so grausig, dass man es sich gar nicht vorstellen mochte. Schon mit nur den Zwillingen als möglicher Beute war es schlimm genug gewesen. Aber Babette, die man noch nicht mal zu den Weibern, Schnallen, Gurken oder Schlampen zählen konnte, die bloß ein Baby war … nein, das wäre zu gemein, zu schlimm, schrecklich, hundsgemein gemein.

Hilfe suchend schaute er zu seinem Vater. Doch da sank ihm gleich der Mut: Papa verstand rein gar nichts davon, ein Unglück abzuwenden. Wenn es darauf ankam, rührte der keinen Finger.

Babette stieß einen kleinen Schrei aus, und alle lachten. Diese steinharte Gwen am lautesten von allen.

Aber womöglich würde Yaja wirklich beißen, würde die kleine Babyfaust verschlingen wie ein Ei, und dann wäre es zu spät. Und er hätte es machtlos geschehen lassen, statt Babette zu beschützen. Er wäre genauso ein Esel wie sein Vater, der nichts getan hatte, um zu verhindern, dass Mama starb. Und genauso ein blindes Huhn wie Tante Gwen, die vor lauter Egoismus nicht mal merkte, dass ihr Kind in Gefahr war. Eigentlich hatte sie es verdient, dass Yaja Babette auffraß. Dann würde sie auch mal zu spüren bekommen, wie es war, wenn man jemanden vermisste.

War denn hier niemand, der ihm helfen konnte, niemand

mit Muskeln, niemand mit Mut, Durchblick oder guten Ideen? Ja, Onkel Timo, aber der schlief, die Arme über der Brust gekreuzt, die eine Schulter nass von dem Wein, der umgefallen war.

Und Leander. Leander gab's auch noch. Der saß im Schneidersitz da und starrte, mit den Händen im Schoß, einfach ins Weite.

Niels versuchte, seinem Blick zu folgen. Leander sah etwas, das sah man sofort. Und er war nicht irgendwer, er war jemand, der Dinge *wusste*. Der wusste, dass man sich nur etwas zu wünschen brauchte, allerdings mit Leib und Seele, um schlagartig so mächtig zu werden, dass man alles steuern konnte, wie man es gern hätte. Wer weiß, was man sich alles erfüllen konnte mit ein wenig Übung. Niels krümmte sich kurz, so heftig war sein Verlangen danach. Aber tot, das war für immer. Dagegen war kein morphologisches Feld gewachsen.

»Wir dürfen heute Abend nicht vergessen, in unser Ferientagebuch zu schreiben«, sagte Gwen, während sie sich noch einmal einschenkte. »Stimmt's, Niels? Das machen wir nämlich immer.«

Er atmete tief durch. Das Ferientagebuch war Mamas Idee gewesen, nicht ihre. Sie erinnerte sich offenbar nicht mal mehr, dass seine Mutter je existiert hatte. Sofort stand sein Entschluss fest. Er würde ihr eine Lektion erteilen.

Hinterher würde sich Gwen noch tausendmal die Haare raufen. Hätte sie doch ihre Vorgefühle ernst genommen. Hätte sie doch auf die Stimme ihres Herzens gehört. Doch als sie das zu dem Polizisten gesagt hatte, hatte der sie nur komisch angeguckt.

Er war übrigens sehr nett gewesen, genau wie sein Kollege, dem ein Eckzahn fehlte, sie hatte die ganze Zeit an den freundlichen Lispler vom Bootsverleih am Kanal denken müssen. So detailliert wie möglich hatte sie den beiden erzählt, wie der Nachmittag verlaufen war, zumindest soweit sie das überblickte. Bei so einer großen Gesellschaft war immer etwas los. Alle naselang musste Kindergezänk beschwichtigt werden, ein mitgenommener Ball war verloren gegangen, ein Weinglas zerbrochen. Auf jeden Fall war Timo, nachdem die Kühlboxen geleert waren, mit den Engeln zum Baden an den Teich gegangen. Bobbie und die Kleinen hatten sich in ein wildes Spiel verstrickt, bei dem es darum gegangen war, einander so oft wie möglich zu Boden zu werfen. Laurens war ein wenig über das Gelände geschlendert, unglücklich, gequält. Seine Jungs waren in eine der großen Kastanien geklettert und im Blätterdach verschwunden. Beatrijs war in der Sonne eingeschlafen. Yaja hatte Kopfhörer aufgesetzt, aus denen irgendwelche kreischenden hohen Frauenstimmen zu hören gewesen waren. Und sie selbst war irgendwann mit Leander ans Wasser spaziert, um sich kurz die Beine zu vertreten. Es war nicht nett, wenn keiner sich um ihn kümmerte.

Auf der Spielwiese war es unterdessen voll geworden, es war schließlich Sonntagnachmittag. Man musste sich seinen Weg zwischen faulenzenden Menschen und ihren herumtollenden Kindern hindurch bahnen. Timo und die Mädchen waren nicht mehr im Wasser gewesen, die hatten sie offenbar gerade verpasst.

Warum Leander und sie so lange weggeblieben waren, konnte sie nicht recht erklären. Sie hatte einfach nicht gemerkt, wie viel Zeit verstrichen war. Vielleicht lag es an den unerwartet interessanten Dingen, die er ihr über seine Arbeit erzählt hatte. Oder vielleicht hatte sie es einfach genossen, mal ein Weilchen von der ganzen Horde erlöst zu sein.

Als Leander und sie endlich kehrtgemacht hatten, war außer Laurens von der ganzen Gesellschaft niemand mehr übrig gewesen. Er konnte angeben, dass Yaja als Erste gegangen war, gähnend vor Langeweile. Die Kleinen hatten auch bald genug gehabt und hatten Bobbie überredet, nach Hause zu gehen und zusammen Pfannkuchen zu backen. Darauf waren auch Toby und Niels angesprungen. Kurz darauf war Beatrijs aus dem Schlaf hochgefahren und wie der Blitz verschwunden, weil sie, wie sich später herausstellte, dachte, Leander warte schon zu Hause auf sie. Und eine halbe Stunde später hatte Timo die nassen Engel mit nach Hause genommen, weil es angefangen hatte, sich zu bewölken. Damit war nur Laurens übrig geblieben.

Sie hätte natürlich Lunte riechen müssen. Aber sie war gar nicht dazu gekommen, ihre Gedanken zu ordnen. Leander und Laurens so nah beieinander, da musste sie verhindern, dass die beiden sich in die Haare bekamen, und so redete sie den ganzen Nachhauseweg von Marleens und Marises Judo-Unterricht. Es war ja so nützlich, dass kleine Mädchen lernten, wie sie sich verteidigen konnten, aber schade, dass sie es überhaupt lernen mussten.

Erst zu Hause war es ans Licht gekommen, als es Zeit wurde, das Baby zu stillen. Sie war mit größter Selbstverständlichkeit davon ausgegangen, dass Timo Babette im Tragesack mitgenommen hatte. Oder Bobbie. Oder Beatrijs. Oder Yaja, die sich als Erste verzogen hatte.

Doch genauso hatten alle anderen automatisch angenommen, dass Babette die ganze Zeit bei *ihr* gewesen sei.

Die Drei ist eine heilige Zahl

Laurens saß auf einem vorsintflutlichen Sofa, das noch von Timos Eltern stammte, in dem selten benutzten Wohnzimmer und presste die Fäuste gegen die Augen, in dem beklemmenden Wissen, dass er der Letzte gewesen sein musste, der Babette gesehen hatte, wie sie unter ihrem petersiliengrünen Sonnenhut fröhlich auf dem Plaid vor sich hinblubberte.

Er hatte Gwen noch etwas zu ihr sagen hören, bevor sie ans Wasser gelaufen war. Mama ist gleich wieder da, irgendetwas in der Art. Kurz danach musste es also passiert sein, jedenfalls bevor Timo mit den Engeln zum Picknickplatz zurückgekehrt war und automatisch davon ausgegangen war, dass Gwen Babette auf ihren Spaziergang mitgenommen hatte. Niedergeschmettert dachte er: Wie ist es bloß möglich, dass ich nicht gesehen habe, dass das kleine Würmchen nicht mehr da war, warum habe ich sie nicht vermisst?

Hin und wieder las man in der Zeitung, dass am helllichten Tag ein Baby aus einem Kinderwagen gestohlen worden war, der eine halbe Minute unbeaufsichtigt vor einem Geschäft gestanden hatte, oder manchmal sogar aus einem Brutkasten im Krankenhaus. Wie viel leichter musste es demnach erst auf einer belebten Wiese voller Erholungsuchender sein, die in Sport und Spiel vertieft waren, zumal wenn daneben so ein praktischer Radweg verlief.

Die Täter waren meistens geistig verwirrt.

Was fingen diese armen Teufel mit einem Baby an, das ihnen nicht gehörte? Betüterten sie es wie eine lebendige Puppe? Haare kämmen, an- und ausziehen, Fläschchen geben, um schließlich den Mut zu verlieren, wenn das Kind nicht aufhörte, zu weinen und zu schreien, zu plärren und zu kreischen? Und dann? Es an den so genannten Fundort zurückbringen? War einer, der so gestört war, dass er anderer Leute Kind raubte, dazu fähig?

Aber man konnte sich auch andere Szenarien vorstellen. Es liefen nicht nur verzweifelte arme Teufel herum, es gab auch Kinderpornonetzwerke, deren Drahtzieher von den Kellern respektabler Villen oder von unauffälligen Neubauwohnungen aus operierten, ebenso gerissen wie effizient, direkt vor deiner Nase, aber unsichtbar. Und dann gab es ja auch noch den Organhandel, vielleicht nicht hierzulande, aber ein Baby hatte man im Handumdrehen über die Grenze geschmuggelt, mitsamt seinem noch klopfenden kleinen Herzen, seiner kostbaren gesunden Leber, seiner makellosen Haut und seinen einwandfreien Netzhäuten. Nicht zu vergessen, dass Babys in Afrika als *das* Heilmittel gegen Aids galten. Wer einmal Sex mit einem Baby hatte, sei hinterher wieder rein und uninfiziert, glaubte man dort, das hatte er mal im Fernsehen aufgeschnappt. Wenn man sich also zu sechst oder siebt ein Baby beschaffen konnte, war das …

Halt.

Interpol und die Schengenländer waren bereits informiert. Die Polizei hatte sofort einen Kissenbezug und ein Lätzchen von Babette mitgenommen, um einen DNA-Pass von ihr zu erstellen. Das sei routinemäßig der erste Schritt beim Verschwinden eines Babys, hatten ihnen die ermittelnden Beamten versichert, zwei kundige, versierte Männer, die genau zu wissen schienen, was sie taten. Die offenbar das Böse in der Welt kannten wie ihre eigene Westentasche.

Jetzt hieß es, auf die Hundestaffel und die Taucher warten, denn es war auch nicht auszuschließen, dass sie in dem kleinen Teich ertrunken war. Er schaute auf seine Armbanduhr. Es ging auf halb acht zu. Irgendwo im Haus fuhr Gwen gerade Timo vorwurfsvoll an. Das nahm ihn schrecklich mit.

Wahrscheinlich durchkämmten die Engel jetzt gerade mit Speeren und Beilen die ganze Umgebung, Klaar und Karianne im Schlepptau. Die Mädchen nach Hause holen, sie beruhigen und ins Bett bringen, war das Mindeste, was er tun konnte. Dann konnte er seine eigenen Söhne auch gleich zudecken. Als er sich erhob, sah er auf dem Kaminsims eine Reihe Schnappschüsse stehen.

Babette, höchstens eine Stunde alt, das winzige Gesicht noch formlos nach der Reise durch den Geburtskanal. Sie hatte einen Spitzkopf und viel zu viel Haut, wie eine schrumplige Birne. Das gab sich später von ganz allein, aber was drückten und kneteten Eltern nicht heimlich an so einem Köpfchen herum. Und da Babettes erstes Lächeln, anscheinend auch für sie selbst eine großartige Erfahrung. Und dort eine Nahaufnahme, wie sie hellwach unter dem Rand eines Strickmützchens hervorlugte.

Sie erinnerte ihn an Veronica. Es war ihm bisher noch nicht aufgefallen, aber sie schaute genauso aus den Augen wie Veronica: Erfüllt von innerem Vergnügen, spähte sie in die Welt hinein.

Er ließ sich auf das Sofa zurückfallen. Jetzt erkannte er seine tote Frau schon in einem neugeborenen Baby wieder. Viel weiter durfte es nicht gehen. Hatte er nicht im Grunde den ganzen Nachmittag am Teich auf nichts Acht gegeben, weil er mit seinen Gedanken ausschließlich bei ihr gewesen war?

Plötzlich ging die Tür auf. Beatrijs kam ins Zimmer. Sie sah ihn nicht. Zielstrebig lief sie zum Kamin, nahm die Fotos von Babette und ging schnurstracks wieder hinaus.

Laurens blinzelte ein paarmal. Er kam sich unsichtbar vor, und das war eine eigenartige, unangenehme Empfindung. Oder fühlte er sich vielleicht einfach nur hilflos? Er stand auf und ging Beatrijs nach.

Im Haus war es still geworden. Die beschuldigenden oder ratlosen Stimmen waren verstummt. Das Telefon klingelte, es wurde gleich nach dem ersten Mal abgenommen.

In der Küche traf Laurens nur auf Timo, der gerade den Hörer wieder auflegte. »Nichts. Eine Freundin von Marleen.« Seine Stimme klang rau. Seine Augenlider waren geschwollen. Keine Spur mehr von dem sorglosen kleinen Jungen, der er bis vor kurzem noch gewesen war. »Ich frage mich immer noch, warum sie keine Hubschrauber einsetzen.«

»Weil es schon vor Stunden passiert sein muss«, erwiderte Laurens und fühlte sich hundeelend dabei. »Der eine sagte doch, dass sie das nur machen, wenn …«

»Laurens, bitte, denk doch noch mal genau nach!«

Er verlagerte das Gewicht vom einen auf das andere Bein. »Es wimmelte von Menschen, überall spielten Kinder, du hast das im Wasser vielleicht nicht so gemerkt, aber da war ein Heidenbetrieb und ein Wahnsinnslärm überall, ein einziges Gerufe und Gelache und Musik und Mopeds, da ist einem wirklich Hören und Sehen vergangen.«

»Entschuldige«, sagte Timo nach einem Moment. Sein Mund verzog sich, solche Anstrengung kostete es ihn, sich zu beherrschen. »Niemand hatte dich zum Babysitter bestimmt, also nimm es mir nicht übel, und versteh mich nicht falsch, aber nochmals, es könnte doch sein, dass du etwas Ungewöhnliches gesehen hast, etwas Auffälliges, jemanden, der schon eine Weile in der Nähe herumlungerte oder so.« Er fuhr sich mit einer Hand über die Augen.

Timo, he, du wirst sehen, hinterher, so ist das doch meistens, lass uns nicht gleich das Schlimmste denken, lass uns …

Vergeblich suchte er nach Worten. Sommer für Sommer waren es die Frauen gewesen, die spätabends persönliche Themen angeschnitten hatten, während Timo, Frank und er noch Knabbereien aus der Küche geholt, Lachs auf Cracker gelegt, die Gläser im Auge behalten oder sich einfach nur behaglich zurückgelehnt hatten. In diesem Haus war so gut wie kein Thema unbesprochen geblieben, aber sie, die Männer, hatten hauptsächlich wohlwollend zugehört und sich ein wenig vor der Frage gefürchtet, die immer auf der Lauer gelegen hatte: »Und du? Wie denkst denn du darüber? He, sag doch auch mal was!« Was wusste er, nach all den Jahren, eigentlich über Timo? Wie gut kannten sie einander? Vielleicht wollte er ja im Moment am liebsten allein gelassen werden.

Laurens traute sich nicht, auf ihn zuzugehen und ihm den Arm um die Schultern zu legen. Nach einem Augenblick, der ihm wie eine Ewigkeit vorkam, fragte er schüchtern: »Hast du schon was gegessen?«

Als Timo nicht reagierte, nahm er, ebenfalls schweigend, Käse und Butter aus dem Kühlschrank. Er schmierte eine Doppelschnitte, so eine, wie seine Jungen sie am liebsten aßen, teilte sie in zwei Hälften und diese, nach kurzem Zögern, noch einmal in je zwei. Dann stellte er den Teller mit einem Glas Milch dazu auf den Tisch.

Erneut fiel ihm die Grabesstille im Haus auf. Auch vom Garten her war kein Laut zu hören. Nicht nur die lachende Babette schien wie vom Erdboden verschluckt zu sein, sondern alle anderen mit ihr. Er ging nach draußen, um sich mal umzuschauen.

Am Tisch auf der Terrasse saß Leander, die Schnappschüsse von Babette vor sich. Beatrijs und Gwen standen Hand in Hand neben ihm, die Augen weit aufgerissen. Auch Bobbie war da, aber sie wahrte einen Sicherheitsabstand und scharrte unsicher mit den Füßen. Laurens blieb verblüfft stehen.

Leander fuhr mit den Fingerspitzen über die Fotos. Er war wachsbleich. Über seine eine Schläfe perlte ein dicker Schweißtropfen. Vor Anspannung schien er das Atmen eingestellt zu haben. Er hielt den Blick unbeweglich auf einen weit entfernten Punkt gerichtet.

Es war so still, dass jetzt sogar auf der Terrasse das Summen von Timos Bienen zu hören war. Es klang beinahe provozierend, als wollten sie kundtun, dass *sie* immer da sein und unbeirrbar weiter Honig und Wachs produzieren würden, was immer auch geschah.

Plötzlich sagte Leander mit leicht krächzender Stimme: »Ich sehe Wasser.«

»Wasser?« Gwens Stimme klang erstickt. »Meinst du den Teich?«

Leander schüttelte den Kopf. Er tastete das Foto ab, das kurz nach Babettes Geburt entstanden war.

Beatrijs flüsterte: »Was denn dann für Wasser?«

»Babys können übrigens gut schwimmen«, sagte Bobbie laut. Sie verschränkte die Arme vor der Brust und blickte stirnrunzelnd von einem zum anderen. »Ein bisschen Wasser bringt sie wirklich nicht…«

»Scht, Bob«, mahnte Beatrijs.

Aber Leanders Trance, oder wie immer man das nannte, war schon gestört. Mit leicht glasigen Augen maß er Bobbie. »Schwimmen?«

Bobbie stand mit schlaff hängenden Armen da und sah scheu zu Boden.

Laurens trat vor und musste sich beherrschen, um nicht den ganzen Tisch samt Fotos umzukippen. Dieser Betrüger. Dieser Scharlatan. »Aber gewiss können sie schwimmen«, rief er unwirsch.

»Red keinen Quatsch«, entgegnete Beatrijs ängstlich. »Wir unternehmen hier gerade einen ernsthaften Versuch zu helfen.«

Er ignorierte sie und wandte sich an Gwen: »Lass dich doch bitte nicht darauf ein, Gwennie. So was bringt nur Kummer und Paranoia und …«

Gwen sah ihn an, als hätte sie einen Wildfremden vor sich. Ihr breiter, herzlicher Mund bebte. Sie hatte einen grasgrünen Schmutzstreifen auf der Wange. Abwesend sagte sie: »Wo ist Timo? Er muss das hier auch hören.« Und damit huschte sie an ihm vorbei ins Haus.

Er fing ihren salzigen Körpergeruch auf, und ihn verließ alle Streitlust. Auch er wollte ja nur helfen. Wie konnte er je wieder gutmachen, dass er Babettes Abwesenheit nicht bemerkt hatte? Wieviel kostbare Zeit war dadurch verloren gegangen?

Leander wischte sich den Schweiß von den Schläfen. »Wie ist denn das nun, Laurens, mit dem Schwimmen?«

Er holte tief Luft. »Wenn sie gerade erst geboren sind, das ist doch von Säuglingen bekannt, frag mich nicht, wie, aber man liest es oft genug, deswegen auch die Unterwassergeburten, wie sollte das sonst gehen …« Der selbstgefällige Zug, der sich allmählich in Leanders Gesicht breit machte, entging ihm nicht. Der Kotzbrocken hatte ihn so weit. Er hatte ihn so weit, dass er hier wer weiß was erzählte.

»Mm«, machte Leander nachdenklich. »Du deckst da leider eine Wissenslücke bei mir auf. Was meinst du, könnte es sein, dass ich Wasser gesehen habe, weil ich *dieses* Foto benutzt habe, das kurz nach ihrer Geburt gemacht wurde? Wie auch immer, das ist ein konstruktiver Beitrag von dir, Laurens. Denn zu Beginn einer Sitzung ist manchmal schwer zu unterscheiden, ob man die Gegenwart oder die Vergangenheit seines Subjekts sieht. Ich glaube, du hast Recht, ich sollte es besser mit einem neueren Foto versuchen. Danke.« Er nahm das Foto mit dem Strickmützchen vom Tisch und wandte sich an Bobbie: »Weißt du, ob das hier das neueste ist?«

Bobbie wurde feuerrot, und in ihrem Gesicht spiegelten

sich die verschiedensten Gefühlsregungen. »Soweit ich weiß«, sagte sie schließlich böse, »sind alle Babys zuerst Fische, bevor sie Menschen werden.« Sie stieß einen hämischen Laut aus ob solcher Dummheit, machte auf dem Absatz kehrt und entfernte sich im Laufschritt. Wahrscheinlich war sie über ihre eigene Kühnheit zu Tode erschrocken.

Laurens war außerstande, ihr etwas Begütigendes nachzurufen, so baff war er darüber, dass Leander ihn aalglatt zum Verbündeten bei dieser … dieser Séance gemacht hatte.

»Ach, Bobbie, nicht doch«, rief Beatrijs fruchtlos aus. »Das wär doch jetzt wirklich nicht nötig gewesen!«, sagte sie zu Laurens.

»Lass sie nur. Solche Sachen machen sie einfach ein bisschen kopfscheu.«

»Wen nicht?« Leander legte die Hände gespreizt auf den Tisch. »Gott weiß, was ich Timo und Gwen nachher erzählen muss.« Er senkte den Kopf und brütete vor sich hin.

Beatrijs ging neben seinem Stuhl in die Hocke. Tränen begannen ihr über die Wangen zu strömen.

Unwillkürlich fragte Laurens: »Wieso? Wieso gehst du gleich vom schlimmsten Szenarium aus? Du hast doch noch gar keinen Beweis!« Seine eigenen Worte brachten ihn plötzlich ins Schleudern. Vielleicht traf es ja zu. Vielleicht lag Babettes Schicksal tatsächlich in den Händen dieses Mannes. Vielleicht konnte Leander den Schaden, den er mit seiner Unachtsamkeit auf der Spielwiese angerichtet hatte, gleichsam auswetzen, indem er Babette irgendwo lokalisierte, vollkommen unversehrt, mit einem strahlenden Lächeln im Gesicht, die großen Gucker voll heimlichem Vergnügen, weil niemand je erfahren würde, was für ein riesiges Abenteuer sie erlebt hatte. Ein kleines Mädchen, das jetzt schon ein Geheimnis für sich hatte, ein Geheimnis, das auch in seiner eigenen Erinnerung mit der Zeit verblassen würde, denn war das nicht langfristig mit allen Geheimnissen so, wenn man sie mit niemanden teilte?

Beatrijs wischte sich über die Wangen. »Was denn für ein Beweis? Was soll Leander denn jetzt wieder *beweisen?*« Auf ihrem Hals bildeten sich rote Flecke.

Vor langer Zeit hatte er sie dort mal geküsst, auf diesen molligen Hals, an einem Sommerabend, hier im Obstbaumgarten, den es damals noch gab, weniger aus Lust denn aus Höflichkeit, weil er den Eindruck gehabt hatte, dass man bei so einem immer etwas drögen Buchhalter wie Frank als Frau doch reichlich zu kurz kam. Na gut, sie waren dann doch ganz schön in Fahrt gekommen. Sie waren einander sogar ein bisschen an die Wäsche gegangen. Beatrijs hatte sehr gut gerochen, blumig, gesund, frisch.

In verzweifeltem Ton fuhr sie fort: »Du hast den spirituellen Tiefgang eines… *Frühstücksbretts*, weißt du das? Hier sind uraltes Wissen, Weisheit, und Können am Werk, und du spuckst einfach drauf, das brauchst du gar nicht erst zu leugnen, du *spuckst* drauf, und ich werde dir sagen, warum!«

Er dachte: Sie kämpft nur um ihr eigenes Glück. Wie jeder andere Mensch auch. Er war auf einmal seltsam gerührt und fühlte sich mit ihr verbunden.

»Aus Angst, Laurens!«

»Weißt du, Laurens, ich könnte auch dir helfen«, sagte Leander leise, fast wie nebenbei.

Er räusperte sich. »Ach, wirklich?«

»Du leidest.«

Um die Peinlichkeit zu überspielen, strich er sich kurz mit der Hand durchs Haar.

»Aber du leidest unnötig.«

»Obwohl wir natürlich leicht reden haben«, fiel Beatrijs rasch ein. »Das ist uns durchaus bewusst, Laurens.« Sie warf ihm ein laues Aufmunterungslächeln zu und sah dann wieder zu Leander, der mit Glockenhall in der Stimme fortfuhr: »Kein Leben endet jemals ohne Sinn. Einen Menschen, den wir verlieren, verlieren wir nur, weil er anderswo benötigt wird. Du musst das so sehen: Diese Person war auf der Erde fertig und ist nach oben gerufen worden, um sich auf ein neues Projekt vorzubereiten, einen neuen Auftrag. Kannst du dem folgen? Kein Mensch geht je *vor* seiner Zeit.«

Ein Schaudern kroch ihm über die Wirbelsäule in den Nacken hinauf. Es war, als fühlte er Veronicas Fingernägel neckend über jeden einzelnen seiner Wirbel kratzen. Sein Weltklasseweib, eine Frau, wie es keine zweite gab, die Einzige, neben der er sein Leben lang hatte aufwachen wollen, so hatten sie es einander auch versprochen. Verdammt, Veer, das hatten wir abgemacht!

Nervös sagte Beatrijs: »Verstehst du? Sogar Babette hat ihre Aufgabe hier vielleicht schon vollbracht. Und dann wird sie mit neuem Auftrag und in neuer Gestalt unter uns zurückkehren. Das ist der Trost, den wir schlimmstenfalls immer noch haben. Wie Leander immer sagt: Keine einzige Seele geht jemals verloren.«

»Ein großartiger Trost«, zischte Laurens mit zusammengepressten Zähnen. »Da werden Gwen und Timo aber überglücklich sein.« Kopfschüttelnd stapfte er von der Terrasse hinunter und mit großen Schritten den Kiesweg am Haus entlang. Im Nu hatte er das Grundstück verlassen. Vor ihm erstreckte sich nun der Kanal. Es war noch immer nicht dunkel, aber es hing Regen in der Luft.

Es musste gehandelt werden, statt zu palavern und zu philosophieren. Reinkarnation war was für den Zeitvertreib. Sehr interessant, aber nicht, wenn Not am Mann war. Er wollte gern alles glauben, sogar, dass jeder, der ein früheres Leben für sich beanspruchte, darin seltsamerweise nie ein durchschnittlicher Stümper gewesen war, sondern immer ein nobler Gralsritter oder eine zu Unrecht auf den Scheiterhaufen geworfene weise Kräuterfrau. Okay, okay, dann hatte es in vorigen Leben eben weit und breit keinen normalen Menschen gegeben, aber der *Ton*, in dem das immer ablief, diese heilige Gewissheit, obwohl es keine Gewissheit gab, keinerlei Gewissheit, und genau damit musste man sich zu arrangieren versuchen. Und als ob es im Übrigen etwas ausmachte, wenn Frau oder Kind in neuer Gestalt zurückkehrten. Wer zum Teufel hatte denn was davon?

Erst als er den Radweg erreicht hatte, drosselte er das Tempo seiner Schritte. In der Ferne tauchte schon die Wiese auf. Das ganze Gelände war mit rot-weißen Bändern abgesperrt. Einige hoch aufgeschossene Jungen mit Fahrrädern schauten zu. Laurens fiel ein, dass er seine eigenen Kinder und die Zwillinge zu Bett hatte bringen wollen. Womöglich las Yaja ihnen jetzt gerade aus *Die Rückkehr des Vampirs* vor.

Als er näher kam, sah er Bobbie zwischen den Jungen stehen. Sie war über das Absperrband hinweg in ein heftiges Gespräch mit einer Polizistin verwickelt. Er eilte hinzu und legte ihr die Hand auf die Schulter. Sie sah ihn an, als hätte sie ihn schon viel eher hier erwartet. »Dann erklär du es mal!«, sagte sie.

»Was ist das Problem?«, fragte er die Polizistin, eine junge Frau mit rundem, wehrlosem Gesicht. Sie schien höchstens sechzehn zu sein.

»Auch die Angehörigen haben hier keinen Zutritt«, sagte sie. »Das hat man Ihnen doch gesagt, nehme ich an.«

»Aber ihr *kennt* Babette doch gar nicht«, rief Bobbie aus. »Nachher wisst ihr gar nicht, ob sie es denn auch ist.« Sie trug eine kleine Moltondecke über dem Arm.

Ein bisschen treudoof antwortete er der Polizistin: »Ja, das hat man uns gesagt.« Sie wollten nicht, dass man ihnen vor die Füße lief und Spuren verwischte. Sie wollten nicht, dass man sah, mit was die Taucher wieder heraufkamen. Sie wollten einfach ihre Arbeit machen.

»Aber von hier aus können wir doch gar nichts sehen«, beharrte Bobbie. »Guck doch, alle sind am Teich. Die ganzen Männer mit diesen …«

»Gleich kommen auch noch Hunde«, sagte er, um sie abzulenken. »Stimmt doch, oder?«, fragte er das junge Mädchen in Uniform. Wieso waren die Hunde eigentlich noch nicht da? Wurden Spuren nicht schnell kalt, oder wie das hieß? Wo waren die beiden verständigen Ermittler geblieben, mit denen sie gesprochen hatten? Wer hatte hier die Leitung? Hatte überhaupt jemand die Leitung? Bestand das ganze Team hier womöglich aus lauter blutjungen Rotznasen?

»Wir tun, was wir können. Wirklich, Sie sollten besser nach Hause gehen.«

In höhnischem Tonfall wandte Bobbie sich erneut an ihn: »Stell dir vor, sie kennt *mich* noch nicht mal. Sie ist nicht von hier. Wie soll sie da Babette erkennen?«

»Wir haben eine Personenbeschreibung«, sagte das junge Mädchen ernst.

Das nahm Laurens für sie ein. Sie hätte schließlich auch sagen können: »Hier liegen bestimmt keine zwanzig Babys herum, nicht jeder ist so dumm wie Sie.« Er fasste Bobbie beim Arm. »Komm, Bob, lass uns gehen.«

Halsstarrig blieb sie mit ihrer Decke stehen.

»Wir rufen sofort an, wenn es etwas Neues gibt, das verspreche ich«, sagte das junge Mädchen. Vielleicht dachte sie ja, er sei der Vater.

»Ich bleibe hier«, verkündete Bobbie und ließ sich mit einem Plumps im Gras nieder.

»Hauptsache, Sie bleiben hinter der Absperrung.«

Wohl oder übel setzte sich auch Laurens hin.

Bobbie zog die Knie an und umfasste mit beiden Händen

ihre Zehen. »Wenn ich den kleinen Schlingel sehe«, murmelte sie, »drück ich sie bestimmt zu Mus. Vielleicht trägst du sie nachher besser nach Hause.«

Um sie nicht noch weiter zu verstören, nickte er einfach.

Eine Zeit lang sagten sie beide nichts. Es war nicht zu erkennen, was sich am Wasser abspielte. Ab und zu krachte das Walkie-Talkie der Polizistin, die unerschütterlich auf ihrem Posten stehen blieb, aber es wurde offenbar nie eine Meldung durchgegeben. Die schaulustigen Jungs hatten sich längst verzogen. Dann und wann kam ein Radfahrer oder jemand mit seinem Hund vorüber. Niemand schien sich näher für das Geschehen zu interessieren. Aber es war auch nicht viel Dramatisches erkennbar. Nicht einmal ein Auto mit Blaulicht stand da. Man wollte offenbar möglichst wenig Aufsehen erregen.

»Sie taucht bestimmt wieder auf«, sagte Laurens.

»Na, das ist ja wohl das Mindeste!« Bobbie war empört. Dann begann sie hämisch zu lachen. »Hast du das auch gemerkt, vorhin? Dieser eklige Kerl weiß überhaupt nichts von Babys. Nicht mal, dass sie zuerst Fische sind.«

»Nur kluge Menschen wissen solche Sachen.«

»Vielleicht war ich ja ein Goldfisch. Schade, nicht, dass man später nichts mehr davon weiß. Und komisch, dass man sich trotzdem manchmal so danach zurücksehnt.«

Er sah sie an. »Geht dir das denn so?«

»O ja.« Ihr Gesicht nahm einen verträumten Ausdruck an, als stelle sie sich vor, wie sie in noch ungeborenem Zustand zufrieden in lauer Ursuppe schwamm.

Zögernd sagte er: »Bobbie, weißt du vielleicht auch, was Menschen … danach werden?«

»Wonach?«

»Nach ihrem Leben als Mensch, meine ich.«

Sie dachte kurz nach. »Na, eine Leiche, oder?«

»Ja, aber danach?«

»Ach, dann. Dann verwesen sie, und dann gelangen sie in alle möglichen Tierchen und Bäume, und dann sind sie eigentlich überall.«

»Eigentlich überall.« Er spürte, wie seine Kehle trocken wurde. »Ja, so was hatte ich mir schon gedacht.«

»Das hat Timo mir mal erklärt. Was meinst du, ob ich mir wohl ein Stück von dem Band nehmen darf?«

Er sah Veronicas Augen vor sich, funkelnd vor innerem Vergnügen. Man wusste nie, ob sie einen nicht durch den Kakao zog.

Bobbie zupfte ihn am Ärmel. »Laurens! Hast du ein Taschenmesser dabei?«

»Ja.« Er hatte sie eigenhändig begraben, hatte jedenfalls beim Tragen des Sargs geholfen und eine Hand voll Erde in ihr Grab geworfen. Komm, Toby, nimm auch etwas Erde, he, du Äffchen, nicht in die Haare schmieren, gib mir mal deine Hand, ich halt dich fest, und dann nehmen wir Abschied von Mama. Abschied. Das hatte er wirklich gedacht.

»Dann bewahr ich das Band für Babette auf, als Andenken.« Bobbie breitete die Arme aus und hielt die Hände etwa einen Meter weit auseinander. »So ein Stück, guck doch mal, das müsste reichen.«

Babette. Hastig erhob er sich.

Das Band war zwischen Eisenstiften gespannt, die in aller Eile in den Boden geschlagen worden waren. Nicht weit von dort entfernt, wo er stand, baumelte ein loses Ende über dem Gras. Direkt daneben blickte die junge Polizistin mürrisch vor sich hin.

»Dürfte ich vielleicht…« Er machte eine Gebärde mit dem Taschenmesser.

Ihr stieg die Zornesröte in die Wangen. »Nein, Sie dürfen wirklich nicht durch.«

»Nur ein Stückchen von dem Band.« So was Idiotisches, als wäre er ein Katastrophentourist! Beinahe hätte er als Erklärung hinzugefügt, dass es ein kleines Souvenir für Babette sein sollte, konnte es sich aber gerade noch verkneifen. Rasch schnitt er ein Stück von dem lose hängenden Band ab.

Die Polizistin sagte nichts. Aber ihrem Blick nach zu urteilen glaubte sie, er sei von allen guten Geistern verlassen.

»Vielen Dank«, murmelte er und klappte das Messer so schnell wieder ein, dass er sich beinahe geschnitten hätte. Rasch stahl er sich davon.

Ungerührt nahm Bobbie das Band entgegen, rollte es auf und steckte es sich in die Jackentasche.

Er blieb vor ihr stehen. »Komm, lass uns jetzt gehen.«

»Ich gehe nicht ohne Babette nach Haus, auf keinen Fall.«

»Aber sie suchen hier eigentlich nur nach Spuren. Sie suchen hier nach … danach, wo sie suchen müssen.«

»Stümper!«

»Bald wird es dunkel. Und dann sitzt du hier alleine.« Mein Gott, wie gemein. Aber es zeigte Wirkung: Nervös fingerte sie am Saum der kleinen Decke und erhob sich sofort. Mit hängendem Kopf stand sie da. Ihre Miene sprach Bände: Nicht einmal Babette zuliebe konnte sie dieser Aussicht trotzen.

Er hakte sie bei sich unter und stellte sich blind für ihre Beschämung. »Wir warten zusammen zu Hause am Telefon. Wir bleiben einfach die ganze Nacht auf, mit allen Lampen an. Ja?«

Sie gab einen unwirschen Laut von sich und setzte sich zögernd in Bewegung. Alle paar Meter schaute sie noch einmal kurz über ihre Schulter zurück. Wären wir doch nur mutiger. Wären wir doch perfekt. O ja, er wusste genau, wie sie sich fühlte: Wären wir doch nur keine armseligen Sterblichen.

Am Kanal kamen ihnen zwei identische blaue Autos entgegen. Das waren bestimmt die mit den Hunden, endlich. Genau in dem Moment fing es sachte an zu nieseln.

Erschöpft saß Gwen an Babettes leerer Wiege mit den zartgelben Biesen. Sie presste eine Stoffwindel an ihre schmerzenden Brüste. Zweimal hätte sie schon wieder stillen müssen, die Milch tropfte nur so aus ihr heraus, aber das war nichts im Vergleich zu den Koliken, die ihr Kind von Flaschenmilch bekommen würde. Wenn sie denn überhaupt jemand fütterte. Wenn…

Was war sie nur für eine Mutter, dass sie ihr kleines Mädchen unbehütet auf einer belebten Wiese zurückgelassen hatte?

Aber zum Glück hatte Babette auch noch ihren Papa. Timo würde alles ins Reine bringen, darauf war Verlass. Er hatte auch so vernünftig von Infrarotkameras und Hubschraubern geredet. Er fehlte ihr jetzt ganz schrecklich, aber sie hatte ihn zur nächsten dienstbereiten Apotheke geschickt, um so einen praktischen kleinen Apparat zu holen, mit dem man die Muttermilch abpumpen konnte.

Wie einsam man letztlich war.

Ihr ganzer Körper schmachtete. Jede Faser, jede Zelle schrie nach Babette. Babette, die sie Victoria hätte nennen sollen. Wo war ihr Mädchen jetzt, und mit wem?

Still, pochendes Herz, beruhige dich. Wir sitzen, wir warten. Wir sitzen und warten.

Dass man selber gar nichts tun konnte!

Inständig dachte sie, ohne selbst genau zu wissen, wen sie damit anrief: Erbarme dich unser, sei uns gnädig.

Moment. Wenn es um Lösegeld ging, würde Beatrijs bestimmt helfen. Die verdiente mit ihrer Kunsthandlung Geld wie Heu und hatte selbst weder Kind noch Kegel. Ja, auf Bea konnte sie zählen. Nur, würde überhaupt Geld gefordert werden? Wie wahrscheinlich war das? Das passierte doch nur steinreichen Familien?

Sie starrte auf ihre Fingernägel, die nach ihrer Schwangerschaft noch immer etwas brüchig waren. Babette hatte allen Kalk aus ihr herausgesogen, für ein gesundes Rückgrat und stabile Knochen. Meine stramme Tochter.

Ihr Kind konnte genauso gut tot sein.

Nein, dachte sie, das würde ich spüren, das wüsste ich. Und hatte Leander es nicht bestätigt? Er hatte gesagt, dass sie noch lebte, das hatte er selbst gesehen, so deutlich wie nur was. Ihre kleinen Zehen, die sich noch fröhlich krümmten. Ihre kleinen Fäuste, die sich öffneten und schlossen. »Sie ist noch unter uns«, hatte er gesagt, ohne das geringste Zögern hatte er das zu Timo und ihr gesagt. Seine bedächtige Stimme klang noch immer in ihrem Kopf nach. Sie ist noch unter uns.

Sie hatten ihm das Gummiband mit den Plastikentchen gegeben und den Stoffhasen, der immer bei Babette in der Wiege lag. Diese Sachen würde er mit in die Nacht nehmen, so nannte er das, das war seine Arbeitsweise. Eine Nacht darüber schlafen. Sie ist noch unter uns.

Das Geräusch von Schritten auf der Treppe ließ sie aufhorchen. Das musste Timo sein, mit der Milchpumpe. Ihr Hemd war inzwischen so gut wie durchweicht.

Doch es war Yaja, die mit blitzenden Augen ins Babyzimmer trat. »Babette war im Fernsehen!«, rief sie.

Gwen schnellte hoch. »Haben sie sie? Haben sie sie gefunden?«

»Nein, natürlich nicht, es war nur ein Foto von ihr. Das haben sie in so 'nem speziellen Polizeibericht gezeigt. Stell dir vor, direkt vor der Soap!«

Gwen musste sich am Rand der Wiege festhalten, so rasch folgten Ratlosigkeit, unendliche Erleichterung und neuerliche Verzweiflung aufeinander. Ein Schleier senkte sich vor ihre Augen. Einen Moment lang dachte sie, sie würde umkippen.

Yajas blutrot angemalter Mund bewegte sich immer noch. »... prime time, da kannst du davon ausgehen, dass die ganzen Niederlande es gesehen haben. Das war echt total geil! Kann nicht mehr lange dauern, bis hier Journalisten vor der Tür stehen.«

Sie hielt sich eine Hand an die klamme Stirn. »Journalisten?«

»Eure Adresse sickert garantiert sofort durch.«

»Aber das will ich nicht«, stammelte sie.

»Der Presse solltest du aber besser Rede und Antwort stehen, die sollte man nicht gegen sich haben.« Yajas Phlegma und Lustlosigkeit waren wie verflogen. Sie sprühte nur so vor Energie.

Gwen begann zu beben. Sie musste die Hände zusammenpressen, um dem Mädchen nicht in das versessene weiße Gesicht zu schlagen. Für diese Halbwüchsige war dies alles reine Sensation. Endlich passierte hier was. Endlich mal ein bisschen Action. Wer weiß, wozu so eine egoistische kleine Schlampe fähig war, um sich ein bisschen Abwechslung zu verschaffen. Womöglich hatte sie Babette eigenhändig zur Seite geschafft, um Leben in die Bude zu bringen! Hatte sie nicht andauernd so widerwärtige Anspielungen gemacht, dass sie das Baby ... Verdammt! Sie war als Erste von der Wiese weggegangen, sie hatte Babette mitgenommen und sie in aller Ruhe irgendwo versteckt! Nur für den Kick! Für heulende Sirenen, Pressefotografen und die Nachrichten!

Außer sich vor Wut packte sie das Mädchen bei den Schultern und schüttelte es durch. »Was hast du mit Babette gemacht? Wo ist sie?«

Yaja stieß einen Schrei aus. Die Haare peitschten ihr um den Kopf, der eine Ohrring flog ihr ab.

»Das ist kein Spiel, verdammt noch mal! Wo hast du mein Baby gelassen?«

Yaja konnte sich losreißen. »Fuck off!«, kreischte sie. »Du bist ja irre, bitch!« Sie schnappte sich ihren Ohrring vom Fußboden, stieß die Tür auf und flüchtete aus dem Zimmer.

Keuchend stützte sich Gwen auf die Kommode. Schmerzhaft hämmerte ihr Herz gegen ihren Brustkasten. Es kostete sie einige Minuten, sich wieder in die Gewalt zu bekommen. Als die Wut etwas abgeebbt war, setzte sie sich wieder an die Wiege unter dem Fenster. Mit unsicherer Hand ordnete sie Babettes Decke mit den Teddybären darauf. Wenn Yaja jetzt nur nicht schnurstracks zu Leander ging, um sich zu beklagen. Er würde ihren Ausbruch hoffentlich verstehen. Die Anspannung. Die quälende Unsicherheit. Von der hatte er sie mit seiner beruhigenden Mitteilung doch gerade befreien wollen. Jetzt dachte er womöglich, sie habe ihm nicht geglaubt. Sie schlug die Hände vors Gesicht und wiegte den Körper vor und zurück. Sie konnte es sich nicht erlauben, Leander zu verprellen. Sie brauchte ihn, wenn sie ihr Kind wiederfinden wollte.

Sie ist noch unter uns. Er hatte eine sehr beruhigende Stimme. Und auch schöne Hände. Sensible Hände.

Sie erwartete Timos Rückkehr plötzlich noch sehnlicher als zuvor. War es denn so weit zu dieser Apotheke? Zu ihm war sie auch schon so ungerecht gewesen. Das war niemand von ihr gewöhnt, sie selbst am allerwenigsten. Menschen, die Streit suchten – sie hatte das nie verstanden.

»Soll ich noch eine Kanne Tee machen?« Beatrijs streckte den Kopf zur Tür herein.

»Oh, Bea! Gott sei Dank. Nein, setz dich lieber einfach nur zu mir.«

Beatrijs ließ sich auf der Fensterbank nieder und fing wortlos an, Gwens Schultern zu massieren, ruhig und fest. »Was für ein Albtraum«, sagte sie schließlich leise. »Was für ein Albtraum, Gwen.«

»Hast du mich gerade schreien hören?«, murmelte sie mit geschlossenen Augen.

»Nein. Musstest du mal alles aus dir herausfluchen?«

»So was in der Art, ja.«

»Kann man dir ja kaum verdenken.«

Mechanisch fragte sie: »Hast du's geschafft, die Kinder in die Federn zu bekommen?«

»Na ja, ganz ohne Kampf ging es nicht. Sie wollten unter keinen Umständen ins Bett, bis ich auf die Idee kam, sie alle sechs bei Marleen und Marise ins Zimmer zu legen. Große Sprüche und Säbelrasseln, aber im Grunde natürlich nichts als kleine, bange Herzchen. Ich hab also 'ne Menge Matratzen rumgeschleppt.«

»An dir hat der Mensch wenigstens was. Und ein kleiner Mensch ganz besonders.«

»Soll ich deine Füße auch eben massieren?«

Ohne die Augen zu öffnen, drehte Gwen sich um, streifte ihre Slipper ab und legte die Füße auf Beatrijs' Schoß. Die begann, mit sanften, andächtigen kleinen Rucken an ihren Zehen zu ziehen, einem nach dem anderen. Es tat so gut, dass Gwen beinahe stöhnte vor Genuss.

»Willst du dich nicht kurz hinlegen? Ein kleines Nickerchen machen?«

»Ich kann ja doch nicht schlafen.«

»Weißt du, was Veronica jetzt sagen würde?«

»Ja. Schläfst du auch nicht, so ruhst du doch aus.«

Sie mussten beide halb lachen.

»Nie mit leeren Hände in die Küche!«, zitierte Beatrijs. »All diese wunderbar altmodischen Redensarten von ihr.«

»Und ihre Theorien.« Wider Willen war Gwen kurz abgelenkt. »Kanntest du die über die Kinder? Vero zufolge ähneln

Babys nach der Geburt immer am meisten dem Vater. Das sei ein Trick der Natur, um Männer von ihrer Vaterschaft zu überzeugen. Erst wenn sie etwas größer würden, bekämen sie ihr eigenes Gesicht, sagte sie.«

»Na, das ist bei ihren eigenen beiden aber nicht aufgegangen. Niels und Toby sind immer noch Laurens' Ebenbild.«

»Beruhigender Gedanke für Laurens. Eine Frau, auf die man vertrauen konnte, unsere Vero.«

»Mm«, machte Beatrijs.

Gwen öffnete die Augen. »Was soll denn das heißen? Erzähl.«

»Ach, nichts«, sagte Beatrijs, machte aber ein Gesicht, als bedürfe es keines besonderen Anstoßes mehr, sie zum Reden zu bewegen.

Wir fangen doch jetzt wohl nicht an zu tratschen, dachte Gwen, noch dazu über Veronica und unter diesen Umständen? Entsetzt über sich selbst zog sie die Füße von Beatrijs' Schoß und stand auf. Sie ging zur Kommode und begann, einen Stapel Windelhöschen neu zusammenzulegen. »Wenn sie Lösegeld fordern«, sagte sie und wagte nicht, ihre Freundin dabei anzusehen, »dann müssen wir uns vielleicht an dich wenden.«

»Das ist doch selbstverständlich. Daran hatte ich selbst auch schon gedacht. Mach dir darüber mal jetzt keine Sorgen.«

»Wirklich?« Gwen drehte sich um. »Hattest du daran gedacht?« Es lag also durchaus im Bereich des Möglichen. Jeden Augenblick konnte so ein Brief eintreffen, dessen einzelne Wörter aus Zeitungsschlagzeilen zusammengeschnippelt waren. Oder es kam ein anonymer Anruf von einer nicht zurückzuverfolgenden Nummer. Das konnte passieren. Das konnte sehr gut passieren.

Sie presste die Hände an ihr nasses Hemd und brach in Tränen aus.

Niels und Toby lagen auf ihren Matratzen neben Marleens Bett. Klaar und Karianne waren neben dem von Marise geparkt. Sie lagen alle sechs auf dem Bauch und waren mit Filzstiften konzentriert bei der Arbeit.

Jedes Mal, wenn Niels kurz aufschaute und die tränennassen Wangen der Zwillinge sah, wurde ihm flau im Magen, und er wurde zugleich halb verrückt vor Aufregung. Wie es genau gegangen war, konnte er sich nicht erklären, aber es war ihm geglückt. Zumindest in einer Hinsicht, denn schließlich hatte er vor allem verhindern wollen, das allerdings mit Leib und Seele, dass Babette Yaja in die Hände fiel. Da hätte man die Gurken mal hören sollen, wenn Yaja das Baby abgenagt hätte wie ein Kotelett! Er hatte Babette das Leben gerettet. Von nun an würde er als der ganz besondere Junge bekannt sein, der bei Gefahr genau gewusst hatte, was zu tun war. Die dummen Gurken brauchten echt nicht so zu flennen. Sollten Toby und er etwa die Einzigen sein, die jemanden verloren hatten?

Aber dass Babette auf Dauer vermisst bleiben würde, hatte er nicht gewollt, ehrlich nicht. Irgendetwas musste er doch falsch gemacht haben. Er schlug mit der Faust einmal kräftig in sein Kissen und machte sich bedrückt wieder ans Werk.

Das mit den Zetteln hatten sich die Engel ausgedacht. Auf diese Weise hatten sie im vergangenen Frühjahr auch ihre Katze wiederbekommen. Am ganzen Kanal entlang würden vor morgen früh jeder Baum und jeder Laternenpfahl mit ihren Aufrufen beklebt sein. Eine Taschenlampe lag schon bereit. Und die Regenjacken auch, denn draußen goss es inzwischen, das Wasser kam echt wie aus Kübeln vom Himmel.

Filzstifte und Aufgaben waren umsichtig verteilt worden. Marleen und Marise schrieben oben auf jedes Blatt, so groß sie konnten: »Wer hat unsere Schwester gesehen?« Dann gaben sie es an Klaar und Karianne weiter, die ein Porträt von Babette darunter zeichneten, das jedes Mal ein bisschen anders ausfiel. Niels fügte zum Schluss die Telefonnummer hinzu und ließ Toby, der noch nicht schreiben konnte, einen dicken Strich darunter ziehen.

»Schön, nicht?«, fragte sein kleiner Bruder jedes Mal.

»Toll«, sagte er, zerstreut und ängstlich.

»Mist«, rief Marleen, »jetzt ist das Papier alle.«

»Wir haben aber doch schon eine ganze Menge«, meinte Marise.

Die Mädchen fingen gerade an, die schon fertigen Zettel in Plastikhüllen zu schieben, als mit einem Knall die Tür aufflog und Yaja sich mit langsamen, zielgerichteten Schritten mitten zwischen ihren Matratzen aufbaute. Turmhoch überragte sie alle. Sie trug spitze schwarze Stiefel mit abgetretenen Absätzen. Stiefel, die einmal mehr deutlich machten, zu was sie alles imstande war. Yaja war wie eine Erscheinung, die Niels nur aus Träumen kannte, aus Träumen, die er am liebsten schnell wieder vergaß, Träumen, in denen hinter jeder angelehnten Tür und jedem beschlagenen Fenster ein Verfolger lauerte.

»Was willst du hier?«, fragte Marleen in streitlustigem Ton.

Yaja stemmte die Hände in die Seite. »Eure Mutter ist echt total durchgeknallt. Die hat mich vorhin angemacht, als hätte ich Babette ermordet.« Wütend bohrte sie ihre Stiefelspitze in die erstbeste Matratze, die von Karianne. »Sie hat mir den Ohrring rausgerissen! Hier, seht euch das mal an!«

Marleen schwang die Beine über ihre Bettkante und stürmte auf Yaja zu. »Ach ja? Ach ja? Und wer sagt, dass du unschuldig bist? Du wolltest Babette doch auch mit nach Hause nehmen, oder?«

Marise fuhr ebenfalls hoch. »Und weil du sie nicht haben durftest, hast du sie natürlich gleich …«

»Holy shit, Mann! Fangt ihr jetzt auch schon an?«

»Weil du nämlich selbst keine Schwester hast, stimmt's? Darum wolltest du unsere klauen!«

Yaja studierte ihre Fingernägel. »Was hätte ich denn dann davon, das kleine Ding abzumurksen? Schalt doch mal deine Lampe an, Mensch! Mir fällt echt was Besseres ein, was ich mit 'nem Baby machen könnte.«

Die Engel wechselten wüste Blicke, die Augenbrauen weit hochgezogen. »Dann beweis es!«

»Was soll ich beweisen?«

»Dass du Babette nicht umgelegt hast!«

Yaja musste leicht grinsen. »Get real. Umlegen ist was für Jugos. Mit so Biwakmützen, wisst ihr.« Sie formte mit den Händen ein offenes Viereck, das sie sich um die Augen hielt. Dann sagte sie, schon wieder tödlich gelangweilt: »Okay, von mir aus. Ich werd's beweisen.« Sie drehte den Kopf herum und ließ den Blick suchend durchs Zimmer wandern.

Niels zog Toby an sich. Er wagte kaum noch zu atmen, angespannt wartete er auf den Moment, da die Tropfsteinhöhlenaugen auf ihn fallen und hinterhältig aufblitzen würden: Der da. Der steckt dahinter.

Aber Yaja fragte, um sich spähend: »Gibt's hier irgendwo ein Glas?«

Die Engel waren sichtlich hin- und hergerissen. Sollten sie dieses Scheusal nicht lieber vermöbeln? Aber offenbar siegte die Neugier, denn Marleen antwortete unfreundlich: »Da, auf dem Waschbecken.«

Yajas Stiefel schrammten so dicht an seinen Händen vorbei, dass Niels die Finger einziehen musste. Man hörte ein Klirren und strömendes Wasser, und als er wieder aufzuschauen wagte, stand Yaja mit einem gespülten Glas in der Hand da. »Macht mal ein bisschen Platz für den Tisch da«, sagte sie sachlich. Und mit diesen Worten war es irgendwie entschieden: Sie hatte jetzt unumstößlich das Sagen.

Widerwillig half Niels, die Matratzen aus dem Weg zu zerren. Danach wurde der mit Dellen, Aufklebern und Leimresten übersäte Holztisch in die Mitte des Zimmers verfrachtet.

Yaja deutete mit dem Zeigefinger in die Runde. »Alle um den Tisch drumrum. Ja, ihr zwei auch, Nullchecker.«

Auf wackligen Beinen stellte sich Niels zu den Mädchen, wobei er Toby fest an der Hand hielt.

Yaja stellte das Glas verkehrt herum auf die Tischplatte.

»Wenn du uns reinzulegen versuchst, bist du tot«, sagte Marleen.

Mit der Zungenspitze befeuchtete Yaja ihre Lippen, strich sich die glatten Haare hinter die Ohren, einmal und noch einmal. Dann sagte sie mit schriller Stimme: »Was hab ich gerade gesagt? Als wenn ich Babette was antun würde! Ich würde vielmehr total gut für sie sorgen. Ich weiß genau, wie man Fläschchen gibt und so. Aber das zu beweisen bittet mich keiner. Loser. Ihr seid echt dümmer, als die Polizei erlaubt.« Dann entfernte sie sich unvermittelt aus dem Kreis. Gleich darauf ging das Licht aus.

In der plötzlichen Dunkelheit ertönte Klaars Stimme: »Wo ist Yaja denn jetzt ge…«

»Scht!«, zischte Marise.

Es blieb eine Weile still.

Nun, da sich seine Augen allmählich an die Dunkelheit gewöhnten, konnte Niels die bleichen Gesichter von Toby und den Zwillingen erkennen. Auch das umgedrehte Glas war gut zu sehen, weil es so glänzte.

Da bewegte sich plötzlich etwas in einer Ecke des Zimmers. Ein leuchtender Totenkopf tauchte auf, der langsam auf ihn zugeschwebt kam. In den tiefen, schwarzen Augenhöhlen funkelte es. Ehe er selbst vor Schreck aufschreien konnte, kam Karianne ihm zuvor.

»Halt die Klappe«, sagte der Totenkopf barsch, »sonst wird

das nichts. Ich leuchte mich nur kurz an, damit ihr sehen könnt, wo ich stehe, kapiert? Und hier bleib ich auch stehen, okay? Damit ihr wisst, dass ich nicht heimlich am Tisch rüttle. Sonst kommt ihr mir wieder auf die Tour.«

Yaja ließ die Taschenlampe sinken und knipste sie aus. Ihr weißes Gesicht blieb schemenhaft im Dunkeln hängen. Allem Anschein nach murmelte sie noch was Giftiges in sich hinein. Dann sagte sie: »Let's go. Achtet genau auf das Glas.«

Es blieb kurz still. So still, dass man das Haus ächzen hörte, als jammere es auf seine Weise um Babette, die jetzt geborgen in ihrer Wiege hätte schlafen müssen, mit ihrem Stoffhasen neben sich.

»Babette?«, fragte Yaja so leise, dass es klang wie ein Seufzer. »Kannst du mich hören?«

»Ich kapier überhaupt nichts«, flüsterte Klaar. Jemand gab ihr einen dumpfen Stoß.

»Babette!« Diesmal klang Yaja befehlend. »Kannst du mich hören?«

Niels behielt das Glas so scharf im Blick, dass ihm die Augen zu brennen begannen. Vielleicht würde es sich mit herumwirbelndem Rauch oder Nebel füllen, wie das Kristallkugeln im Fernsehen machten. Und in diesem Rauch sah man dann … aber er sah nichts. Gar nichts. Von draußen drang das stetige Rauschen des Regens herein, als weinte inzwischen die ganze Welt um das kleine Mädchen, das durch sein Zutun versehentlich in einem morphologischen Feld verschwunden war.

»Babette! Zum dritten und letzten Mal: Kannst du mich hören? Dann offenbare mir deine Natur und zeige dich!«

Vor Spannung biss Niels in den Ärmel seiner Schlafanzugjacke. Im Glas passierte zwar nichts, doch in Gedanken sah er Babette auf allen vieren durch nebliges Gelände krabbeln. Über ihrem so gut wie haarlosen Köpfchen hing eine tränenförmige Sprechblase, in der mit zittrigen Buchstaben stand: »Hilfe!«

Vor Elend drehte sich ihm schier der Magen um. Er musste dringend Leander fragen, wie er seinen Wunsch ungeschehen machen konnte. Dann kam es eben heraus. Dann waren eben alle böse auf ihn.

Genauso plötzlich, wie das Zimmer vorhin in Dunkelheit getaucht worden war, ging jetzt das Licht wieder an. »Seht ihr?«, sagte Yaja zufrieden.

»Was?«, fragte Marleen.

»Hat sich das Glas bewegt?«

»Nein.«

»Na, dann lebt sie noch. Tote manifestieren sich immer, wenn man sie dreimal anruft. Sie müssen wohl oder übel, auch wenn sie nicht wollen.« Missbilligend blickte sie in die verständnislosen Gesichter. »Die Drei ist eine heilige Za-hahl!«

»Ach so«, murmelte Marise.

»Ich hab das mal erlebt, Jesus Christ, da fing so 'n Glas an zu scheppern und zu wackeln! Nicht zu bremsen. Da kannst du dann sicher sein, dass sie mausetot sind. Also, eins steht fest, und das könnt ihr eurer Mutter sagen: Babette ist quicklebendig!«

Nach einem Moment sagte Marleen: »Boah. Ich wünschte, ich könnte das auch.«

»Du ahnst ja gar nicht, was ich noch alles kann.«

Niels ließ seinen kleinen Bruder los. Er schaute noch einmal genau auf das Glas. Nein, es stimmte, es hatte sich nicht um einen Millimeter verschoben. Er fasste wieder Mut. Vielleicht ging es Babette ja ganz prima, wo immer sie auch war. In so einem morphologischen Feld gab es schließlich jede Menge Hamster, und die hatten kleine Mädchen für ihr Leben gern. Vielleicht hatte er dem Baby ja einfach zu einer super Zeit verholfen.

ZWEITER TEIL

Herbst

Vermutungen

Noch nie war Gwen so dankbar dafür gewesen, dass es so etwas wie die Schule gab. Dadurch konnte sie, sowie die Mädchen mit ihrem Radau morgens aus dem Haus waren, wenigstens wieder ins Bett zurück, um in einen halb bewusstlosen Dämmerzustand zurückzusinken. Fünf, sechs Stunden lang würden von ihr keine Aufmerksamkeit, kein Einsatz, keine Tatkraft erwartet. Andererseits nagte dann freilich das Bewusstsein an ihr, dass sie ihre Kinder vernachlässigte, ja im Stich ließ. Aber sie hatte schlichtweg nichts zu geben, rein gar nichts, sie war ein wandelndes Loch, eine gähnende Leere, sie war nichts als ein langer, lautloser Schrei, oder eigentlich nicht mal das, sie empfand einfach nichts mehr, so erschöpft war sie vom Warten, vom jetzt schon mehr als sieben Wochen andauernden Warten. Sogar als Karianne sie kürzlich mit zitternden Lippen gefragt hatte: »Aber du bist doch froh, dass wir noch da sind, nicht?«, waren ihre Augen trocken geblieben.

Sie drehte sich zwischen den verschwitzten Laken auf die Seite, um einen misstrauischen Blick auf ihren Feind, den Wecker, zu werfen. Nur noch anderthalb Stunden. Das Unding ging natürlich vor.

Wozu sollte sie noch aufstehen? Die Mädchen hatten schließlich auch noch einen Vater. Wendet euch mal an Papa.

Unter den Bienen war die Faulbrut ausgebrochen, und Timo musste die infizierten Völker eigentlich vernichten, bevor die

Kontrollbehörde dahinterkam, wie er jeden Abend sagte, wenn er sich in der Küche den faden Lehmgeruch der Krankheit von den Händen wusch. Doch dann hing ihm wieder ein Engel am Arm, oder eine von den Kleinen lehnte sich an ihn und weinte untröstlich. Lieb und geduldig ging er auf ihre Fragen, ihre Klagen, ihr Geschrei und Gehabe ein. Sein jüngstes Kind war verschwunden, galt als vermisst (»Das ist am schlimmsten, wissen Sie, ein Grab ist sozusagen besser als diese Ungewissheit, das merken wir den Betroffenen immer wieder an, Ungewissheit ist schlimmer als der Tod«), aber er holte das Jakkolo-Brett vom Dachboden, das Jakkolo-Brett, man stelle sich das vor, und spielte, rief und schrie stundenlang mit der ganzen Meute. Ablenkung, sagte er. Ja, alle brauchten Ablenkung. Es lag an ihr, dass sie schon bei der kleinsten Kleinigkeit ausrastete, es lag an ihr, dass die einzige Empfindung, die sie noch hatte, schärfste Irritation war. Sie sollte vielmehr dankbar sein, dass es Timo gelang, so unerschütterlich zu bleiben.

Zusammen mit Marleen und Marise hatte er einen Kalender gemacht. Darauf wurde jeder Tag, den es nun schon dauerte, rot umrandet. Noch vor dem Frühstück schwangen Marleen und Marise allmorgendlich den Buntstift.

Gereizt strich sie sich die Haare aus dem Gesicht, um erneut auf den Wecker zu schauen. Sogar ihre eigenen Haare gingen ihr auf die Nerven.

Und dann ständig diese Anrufe! Offenbar waren sich nur wenige Leute darüber im Klaren, was in diesem Haus ablief, wenn das Telefon klingelte. Dass man mit noch heruntergelassener Hose vom Klo wegstürmte, notfalls zum Hörer kroch, riskierte, sich die Beine zu brechen, nur um noch rechtzeitig dran zu sein. Alle telefonierten lustig drauflos und erkundigten sich nach Neuigkeiten. Nur Beatrijs war so weise, zu einer vereinbarten Zeit anzurufen. Jeden Nachmittag um Punkt fünf war sie am Apparat – ein Fels in der Brandung, ein Segen. Sie verplemperte nicht eine Sekunde mit Fragen oder Höflichkeitsfloskeln. »Ja, ich bin's, Gwen. Leander hat sie wieder gesehen. Sie ist unversehrt, sie ist gesund und munter.«

Keine Spuren von Verwahrlosung. Keine Spuren von Gewalt. Aber auch keine Spur davon, *wo* sie war. Er erhielt keine Hinweise, die auf einen Ort hindeuten konnten, nicht ein einziges Bild von einem Haus oder einem Zimmer oder auch nur einem Bettchen. Das Einzige, was er sah, war, dass sie noch lebte.

»Klammere dich nicht zu sehr daran, Maus«, hatte Timo einmal gesagt.

Die Erinnerung daran versetzte ihr erneut einen solchen Adrenalinstoß, dass sie sich aufsetzen musste. Im selben Moment steckte Bobbie den Kopf zur Tür herein. »Ah, gut, du bist wach.« Wichtigtuerisch kam sie herein.

»Für dich immer«, sagte Gwen, so warm sie konnte. Es half nichts: Ihre schreckliche Anschuldigung stand immer noch fühlbar zwischen ihnen. Bobbie hatte ein Gedächtnis wie ein Elefant. Beschämt dachte sie: Ich war verrückt, ich war völlig verrückt vor Erschütterung, und da sagt man dann so was. Gott, was für ein Schlamassel.

»Ich hab mir was überlegt«, sagte ihre Schwägerin. Sie blickte verlegen auf ihre Hände, die sie erst vor dem Bauch und dann hinter dem Rücken verschränkte.

»Erzähl.«

»Ach nein, dann ist es keine Überraschung mehr. Du musst mal eben mitkommen.«

Auch das noch, eine Überraschung, speziell für sie. Bobbie dachte offenbar, *sie* sei es, die etwas wieder gutzumachen hatte. Ihre ganze Haltung verdeutlichte, dass sie nach Vergebung lechzte. Sie war nie in der Lage, ihre Gefühle zu verhehlen, sie kam gar nicht auf den Gedanken.

»Wir gehen nach draußen, zieh also besser einen Pullover über.«

Gwen stieß einen Seufzer aus. »Bob, ich kann nicht aus dem Haus. Ich muss beim Telefon bleiben.«

»Timo wird schon rangehen, er ist ja heute nicht auf der Bienenweide, er ist in der Kerzenmacherei.«

Jetzt bekam sie auch noch Schuldgefühle, weil sie Timo die ganze Arbeit machen ließ. Widerwillig schwang sie die Beine aus dem Bett.

»Ich hab den Laden zugemacht«, sagte Bobbie, »wir zwei können also ruhig eine Weile ja.« Mit gewichtiger Miene zog sie am Schlüssel vom Vorderhaus, den sie an einer Kordel um den Hals trug.

Gwen hob ihre Jeans vom Fußboden auf. »Wir sind doch aber gleich wieder zurück, ja? Ich meine, nicht, dass du Kunden verpasst.«

Draußen wurde ihr beinahe schwindlig von der frischen Luft, nachdem sie so lange in dem stickigen Schlafzimmer geblieben war. Auf dem Hof zauderte sie kurz, legte den Kopf schief, spitzte die Ohren. Bestimmt würden sie ausgerechnet jetzt anrufen.

Es war schon viel herbstlicher, als sie bisher mitbekommen hatte. Zwischen den Sträuchern hingen taubenetzte dicke Spinnweben. Das Laub der Reihe Rosinenbäume, die Timo auf ihre Bitte hin gepflanzt hatte, in einer Reihe, war schon nahezu rot. Normalerweise würde sie zu dieser Zeit des Jahres mit den Mädchen Kastanien, Beeren, Eicheln und Pilze suchen gehen. Aber in diesem Spätjahr hatte sie die Zeit anhalten, hatte sie die Erde daran hindern wollen, sich weiterzudrehen, weil jeder neue Tag die Wahrscheinlichkeit verringerte, dass sie Babette jemals wiederbekommen würde. Sie hatten es nicht ausdrücklich gesagt, die Leute von der Polizei, aber es schon deutlich durchblicken lassen. Mit jeder weiteren Stunde, die jemand vermisst blieb, wurde ein glücklicher Ausgang unwahrscheinlicher. Auf die Suchmeldungen gingen schon lange keine Hinweise mehr ein. Die Menschen hatten ein kurzes Gedächtnis, und jeder Tag brachte wieder etwas Neues, das sie schockte und lähmte, weil es ihnen bewusst machte, wie verletzbar auch ihre eigenen Kinder waren. Da dachte man dann weiß Gott nicht mehr an die Kinder fremder Leute.

Am Kanal mussten Bobbie und sie sich dem Wind entgegenstemmen. Kabbelige kleine Wellen rollten über das Wasser. Man konnte sie gegen die Uferbefestigung klatschen hören. Flach gepeitscht lag das Schilf an den Rändern, darüber hingen tiefe Wolken.

Bobbies Schritte wurden immer schneller und nervöser, als könne sie die Überraschung, die sie in petto hatte, keinen Moment länger für sich behalten. »Wir sind fast da«, sagte sie keuchend, »wir sind wirklich gleich da.« Schon fast im Laufschritt bog sie auf den Radweg ab.

Sie steuerte die Spielwiese an. Das musste es sein.

Gwen wusste nicht, was sie davon halten sollte. Hier waren sie unter der Leitung des lispelnden Ermittlers am Morgen nach Babettes Verschwinden alle zu einer Rekonstruktion zusammengekommen. Im strömenden Regen hatten sie zunächst eine Weile unter dem großen Kastanienbaum zusammengestanden: Das war die Versinnbildlichung des Picknicks gewesen. Klaar und Karianne waren in wütende Tränen ausgebrochen, als man sie, nachdem Yaja abgezogen war, mit Bobbie zusammen nach Hause geschickt hatte: So hatte es sich schließlich abgespielt, zuerst war Yaja weggegangen, dann sie. Plärrend vor Entrüstung hatten sie dann aus kurzer Entfernung zugeschaut, wie Beatrijs im Stehen tat, als schlafe sie, und wie Laurens mit den Händen in den Taschen im nassen Gras umherschlenderte. Timo und ihre Schwestern hatten ein Stück weiter weg am Wasser auf ihrem Posten gestanden. Sie selbst, die gemäß Szenarium schon mit Leander zum Teich spaziert war, hatte ihre furchtbare Eingebung bekommen, als sie wegen des Gebrülls der Kleinen noch kurz über ihre Schulter zurückgeschaut und Bobbie mit ratlosem Blick zwischen ihren weinenden Töchtern hatte stehen sehen. Ihre Augen hatten sich an ihr festgesogen. Bobbie war rot geworden und ihrem Blick gleich verschreckt ausgewichen. Unser Halt und Beistand, sagte Timo immer, unsere unentbehrliche zweite Mutter. Ihr waren die Knie weich geworden. Aber natürlich! Hier endete der ganze Albtraum! Bobbie hatte sich natürlich nicht getraut, es zuzugeben, weil alle so außer sich gewesen waren, sie musste zu Tode erschrocken sein, was sie da angerichtet hatte, der Aufruhr, dazu die Polizei, alle in Tränen aufgelöst… Klar, dass sie sich da nicht mehr getraut hatte zu sagen, es sei nur für ganz kurz gewesen, nur für eine Nacht. Sie war auf Bobbie zugerannt. »Du hast sie mitgenommen!«

Bobbie stand da wie am Boden festgenagelt. Ihre regennassen Haare klebten ihr am Gesicht fest.

Sie trat näher, mechanisch die Fäuste ballend. Hinter ihr rief der Polizist etwas. Sie ignorierte ihn und hielt die Augen fest auf ihre Schwägerin gerichtet. »Du bist es gewesen! Gib ruhig zu, dass du…«

Bobbie zitterte am ganzen Leib. »Wirf mich ruhig ins Gefängnis, Gwen«, stieß sie hervor. »Es ist alles meine Schuld. Ich hätte sie natürlich mit nach Hause nehmen müssen.«

Sie fasste Bobbie in die nassen Haare. »Wo ist sie? Wo ist sie? Im Sommerhaus, ja?« Und sogleich schrie sie ihren verstörten Töchtern zu: »Bobbie hatte sie doch bei sich, oder? Wo hat sie sie gelassen?«

Einträchtig fingen die Mädchen gleichzeitig noch lauter an zu weinen.

»Na los, sag schon, hat…«

»Schluss jetzt, Gwen!« Laurens legte ihr den Arm um die Schultern. Sie versuchte, ihn abzuschütteln. Sie musste zum Sommerhaus. Sie musste zu Babette.

»Ich weiß es nicht mehr, Mama!«, brüllte Klaar, kreidebleich unter ihren Sommersprossen.

»Ich auch nicht, Mama!«, schluchzte Karianne, mit vom Weinen ganz verzerrtem Gesicht.

Mein Gott, wie sollten sich die beiden auch an den Hergang erinnern? Über die Hälfte der Zeit war Bobbie schließlich mit Babette im Tragesack herumparadiert! Sie stieß ihren Ellbogen in Laurens' Seite, entwand sich ihm und rannte mit ausgestreckten Armen los.

Der Polizeibeamte schnitt ihr den Weg ab. Neben ihm tauchte Leander auf, wie ein Riese, in den Augen so viel Mitleid, dass ihr trotz allem kurz der Atem stockte. »Tu dir das nicht an«, sagte er so leise, dass sie sich nicht sicher war, ob er es wirklich gesagt hatte. Doch der Griff, mit dem er sie festhielt, war umso realer.

Während seine Arme sie umklammert hielten, nahm sie Timo wahr, der wie in Zeitlupe auf sie zugerannt kam. Ihr Blick wurde allmählich wieder so klar, dass sie sogar sah, wie das Wasser unter seinen Füßen aus dem Gras aufspritzte. Mit einem Schaudern dachte sie: Gestern Yaja, heute Bobbie, Gott steh mir bei, wem geh ich als Nächstes ans Leder? Beatrijs etwa, die nach ihrer letzten Fehlgeburt sagte, dass sie mir mein nächstes Baby klauen würde? Ermattet lehnte sie sich bei Leander an.

Wenn Babette jetzt nur irgendwo in Sicherheit war. Wenn sie nur jemanden hatte, der sie beizeiten fütterte und ihr die Windeln wechselte.

Sie wurde in Timos Arme übergeführt. Sein Herz klopfte so heftig, dass sie es noch an ihrer eigenen Brust spürte. Er sagte etwas, was sie nicht verstand, er wiederholte es drei-, viermal, aber es erreichte sie nicht. Wenn sie doch wenigstens kurz ausruhen und zu Atem kommen könnte. Sie sah Marleen und Marise da stehen, die Hände vor den Mund geschlagen. Womöglich waren sie die Nächsten, die gekidnappt wurden. Sie musste mit Timo besprechen, was sie für die Sicherheit ihrer Töchter tun konnten. Allein zur Schule radeln, mit ihrem verschossenen Denimrucksack auf, das ging natürlich nicht mehr.

»Gwen!«, sagte Timo. Konfus sah sie ihn an.

»Können wir mit der Rekonstruktion weitermachen?« Er hatte Falten um die Augen, die gestern noch nicht da gewesen waren. Einfach so, vom einen auf den anderen Moment, war das Leben nicht mehr sicher und verlässlich.

Sie nickte matt.

»Wir übersehen irgendetwas«, sagte der lispelnde Ermittler in entschiedenem Ton. »Das ist immer so.«

Bobbie trabte inzwischen mit einigen Metern Vorsprung vor ihr über die Wiese. Sie hatte Gummistiefel an, große grüne Stiefel. Ihr rechtes Hosenbein war fein säuberlich in den Schaft gestopft, das linke flatterte wild im Wind. Auch die Schöße ihres beigefarbenen Kittels, den sie immer im Laden über ihren Kleidern trug, wehten in alle Richtungen. Aus der Entfernung sah es so aus, als würde der Wind nicht die geringste Mühe damit haben, ihre plumpe Gestalt in die Luft zu wirbeln.

Gwen trottete in dem sicheren Wissen hinter ihr her, dass über sie selbst auch der schlimmste Sturm keine Gewalt haben würde. Sie war dazu verdammt, sich für immer und ewig auf der Erde abzumühen. Etwas in ihr konnte einfach nicht mehr aufsteigen. Einerseits verursachte Verlust ein so bodenloses Gefühl des Ausgehöhltseins, dass man immer meinte, die Schwerkraft sei aufgehoben und man befinde sich in einem permanenten Schwebezustand; doch zugleich und noch stärker fühlte man sich wie von einer zentnerschweren Last niedergedrückt und geradezu in die Erdkruste gestampft.

Bobbie blieb stehen und drehte sich mit einem unsicheren Ausdruck im Gesicht um. »Guck mal, Gwen, das ist es. Das habe ich für dich gemacht.«

Sie waren bei dem Kastanienbaum vom Picknick angelangt. An seiner Rinde war ein rot-weißes Band befestigt. Es war nicht lang genug, um den ganzen Stamm zu umspannen, und deshalb mit Heftzwecken festgepinnt.

»Ich hätte etwas mehr gebraucht«, sagte Bobbie. »Aber das konnte Laurens natürlich nicht wissen. Das wusste ich ja zu dem Zeitpunkt selber noch nicht.«

Zu ihrer Überraschung spürte Gwen beim Anblick dieses kläglichen, zu kurzen Bands, wie ihr die Tränen kamen. Wo sie doch gedacht hatte, sie sei über die Tränen hinaus, ganz und gar ausgetrocknet. Diese ausgefransten Enden, die nicht zusammenkamen: eine vergebliche Umarmung ins Luftleere, eine Umarmung, der die Person fehlte, die umarmt werden sollte … es war wunderbar adäquat. »Das ist aber ein guter Einfall von dir.«

Bobbies Gesicht erhellte sich. »Es ist ein Monument.«

»Ja, das sehe ich.«

»Ein Denkmal. Weil Babette hier zuletzt war.«

»Zuletzt gesehen wurde. Das meinst du doch, nicht?«

Bobbie sah sie verständnislos an.

»Zuletzt *gesehen*, Bob!« Sie hörte selbst, wie panisch ihre Stimme klang. (»Die Ungewissheit ist am schlimmsten, wissen Sie. Deshalb erleben wir es auch so oft, dass Menschen den Ort des Verschwindens irgendwann markieren wollen, mit einem kleinen Stein, einem Zeichen. Damit zumindest irgendwas Greifbares da ist. Sodass sie eine Art Grab haben. Man muss nun mal fünf Jahre vermisst sein, bevor man für tot erklärt wird, so ist das offiziell, aber wer hält das aus, fünf Jahre Ungewissheit? Fünf Jahre lang nicht aus dem Haus gehen, weil das Telefon klingeln könnte? Fünf Jahre lang nichts mehr genießen können? Das sind Tragödien. Man versteht nicht, wo die Menschen sich selbst lassen in all der Zeit, in der sie nicht einmal anfangen können, Abschied zu nehmen, zu akzeptieren und zu trauern. Hoffnung ist etwas Schönes, aber sie kann zum ärgsten Feind werden, das können Sie mir glauben.«)

Nervös sagte Bobbie: »Aber guck doch erst noch mal weiter, Gwen, denn hier auf dem Boden hab ich …«

Warum wurde einem so etwas eigentlich erzählt, über den Rand einer Teetasse hinweg? Doch wohl hoffentlich nicht, um einen so schnell wie möglich in Trauer zu stürzen und die Sache damit vom Hals zu haben? Stand Babette überhaupt noch ernsthaft auf der Tagesordnung? Und war es nun derselbe Beamte gewesen oder vielmehr der andere, der ihr von Anfang an zu verstehen gegeben hatte, dass er nichts wissen wollte von »Hellsehern, die nur dazu beitragen, dass Unschuldige verdächtigt und manchmal sogar belästigt werden. Erinnern Sie sich noch an diesen Croiset mit seiner eitlen Visage, der früher andauernd im Fernsehen war? Wegen dem ist zum Beispiel mal ein alter Mann von den Angehörigen eines Vermissten so zusammengeschlagen worden, dass er hinterher blind war. Und dann stellte sich heraus, dass der Entführer doch jemand anderer war als der, den Herr Croiset in seinem Kaffeesatz gesehen hatte.« Der Einzige, der ihre kleine Babette noch täglich *sah*, mitsamt den Grübchen in ihren Wangen und dem blonden Flaum auf ihrem Köpfchen, wurde von so einem Beamten einfach in die Ecke gestellt! Leander war der Einzige, auf den sie sich noch verlassen konnte.

»Gwen, hier, guck doch mal.« Bobbie war in die Hocke gegangen und zeigte auf etwas.

Gwen dachte: Gut, dass mir diese Hanswürste von der Polizei keine Vorschriften machen können, jetzt nicht und auch in Zukunft nicht. Sie ließ sich ebenfalls nieder.

Zwischen den knorrigen Wurzeln der Kastanie war ein Streifen Erde von Gras und Unkraut befreit. Und in dem sorgfältig festgestampften Boden schimmerte Babettes Name auf, in gelben, glänzenden Körnern.

Gwen spürte den erwartungsvollen Blick ihrer Schwägerin auf sich ruhen. Sie zwang sich zur Selbstbeherrschung. Natürlich war das hier nicht als Ersatzgrab gedacht. Sie konzentrierte sich besser auf die Liebe, die hier hineingesteckt worden war. Auf die Mühe, die Bobbie hierauf verwendet hatte. Auf das Herzblut, das es sie gekostet haben musste, den Laden, ihren geliebten Laden, zu schließen, und das wahrscheinlich schon früh am Morgen. In ihrem Kittel hatte sie zwischen den Baumwurzeln gekniet und abgewogen: Hier? Nein, dort! Und gewiss hatte sie eine ganze Theorie darüber entwickelt, warum es genau so aussehen sollte. Bobbie mit ihrer Logik, der man nie ganz folgen konnte, rein verstandesmäßig jedenfalls nicht.

»Wie schön«, sagte sie leise. »Vielen Dank.«

»Ich wusste, dass du es gleich begreifen würdest. Wenn Babettes Flugzeug über diese Stelle hinwegfliegt, sieht sie hier unten ihren Namen.«

So unwahrscheinlich es auch war, dass Babette jetzt, nach gut sieben Wochen, über ihren Kopf hinwegfliegen würde, wurde Gwen doch warm bei dem Gedanken an ihre Tochter in einem Flugzeug. Babette in einem Flugzeug, das war ein seltsam tröstliches Bild, verglichen mit anderen, die ihr fortwährend im Kopf herumspukten. In Flugzeugen war es sauber und trocken und warm, und die Stewardessen waren immer so freundlich. Vielleicht würde sogar eine von ihnen Lunte riechen und denken: Gehört das hübsche Baby denn überhaupt zu dieser komischen …

»Nur kann sie noch nicht lesen!« Bobbie lachte schlau. »Deswegen das Band, Gwen, klar! Rot und Weiß sind schließlich meine Farben! Also wenn sie das Band sieht, denkt sie gleich …« Sie errötete und begann sich nervös die Hände zu reiben.

Was war jetzt los? Fiel ihr plötzlich ein, dass sie vielleicht besser etwas von Babettes Mutter an den Baum hätte binden können? »Ja, und dann denkt sie natürlich gleich an dich«, sagte Gwen großmütig, »und dadurch wird ihr klar, dass sie hier zu Hause ist, bei uns allen, und dann …«

»… dann denkt sie an ihre dumme Tante, die so dumm war, sie hier liegen zu lassen!«

»Ach, Bobbie. Nicht doch. Wir sind alle gleich dumm gewesen. Alle genau gleich dumm.« Sie wollte nach Hause. Sie wollte ins Bett.

Bobbie weinte, lautlos, den Mund weit geöffnet.

Mit dem Handrücken strich Gwen ihr kurz über die Wange. »He, du verrücktes Huhn. Wir sind alle gleich dumm gewesen. Schreib dir das hinter die Ohren, ja?«

Immer noch weinend fuhr sich Bobbie mit den Händen an die Ohren und befühlte sie umständlich, während sie mit einem sonderbaren Blick vor sich hinstarrte.

Todmüde erhob sich Gwen, stockte jedoch mitten in der Bewegung. Diese glänzenden Körner in der Erde, die Babettes Namen bildeten: Jetzt sah sie es erst. »Die Vögel«, sagte sie entsetzt, »Bobbie, die Vögel werden …«

Mit einem Schnarchlaut zog ihre Schwägerin die Nase hoch. »Aber das muss doch auch so sein! Die Vögel müssen die Körner auffressen, denn sie kommen schließlich überallhin, und wie sollen wir ihnen sonst erklären, dass sie nach Babette Ausschau halten sollen?«

Mit seiner Aktentasche und zwei Plastiktüten vom Indonesier bugsierend, stemmte sich Laurens gegen die Haustür. Was war nur mit dem Schloss der Eingangstür passiert, dass es sich plötzlich so schwer öffnen ließ? Er hatte sich schon seit Wochen vorgenommen, Grafit hineinzusprühen, vergaß es aber jedes Mal, sowie er drinnen war. Er liebte dieses Haus von ganzem Herzen, die geräumigen, ineinander übergehenden Zimmer, die alten Parkettfußböden, die Küche mit dem daran angrenzenden Gartenzimmer, aber es verlangte einem schon einiges ab, das alles allein aufrechtzuerhalten.

Er stieg über die in der Diele auf dem Boden liegende Post hinweg und brachte das Essen in die Küche. Ohne den Mantel abzulegen, schenkte er sich ein Gläschen ein und begann, den Tisch zu decken.

Der Triumph, dass er es wieder einmal rechtzeitig geschafft hatte, sodass Niels und Toby wenigstens nicht in ein leeres Haus kommen würden, hob seine trübselige Stimmung vorübergehend an. Er hatte sogar noch Zeit, den vollen Mülleimerbeutel auszuwechseln. Und auch dazu, die indignierten Zeilen der Putzfrau zu lesen, die sie auf einem Zettel auf der Arbeitsplatte hinterlassen hatte: Sie brauche Scheuerschwämme, ein neues Paar Gummihandschuhe, WC-Frisch, Viss und Antikal, und zwar genau das, wie er schon seit Wochen wisse. Das war nicht mehr und nicht weniger als ein Ultimatum.

Erst als er in der Diele seinen Mantel aufhängte, hob er die Post vom Boden auf.

Nahezu wöchentlich kam noch Post für Veronica. Er konnte noch so viele Abonnements kündigen und wohltätige Einrichtungen informieren, es lag doch jedes Mal wieder ein Umschlag für sie auf der Matte, eine noch nicht beendete Versicherung, eine Aufforderung, den Beitrag für irgendeine obskure Mitgliedschaft zu entrichten, eine Einladung zu einer Ausstellung oder Werbebriefe von Geschäften, deren Kundin sie gewesen war. Die Zahl der Mailinglisten, auf denen seine

Frau immer noch geführt wurde, schien genauso endlos zu sein wie die der Organisationen und Verbände, denen sie in irgendeiner Weise angehört hatte. Jede Postsache machte sie irgendwie fast wieder lebendig und erinnerte ihn überdies quälend an die zahllosen Stunden, die sie allein, auf eigene Faust, ohne ihn verbracht hatte und somit einen Teil ihres Lebens unter Unbekannten gelebt hatte. Sie hatten schließlich nie zu den Ehepaaren gehört, die immer aneinander klebten und alles gemeinsam machen mussten. Das hatten sie beide weder nötig noch romantisch gefunden. Erst später bereute man dann jede Sekunde, die man seine Frau ihre eigenen Wege hatte gehen lassen. Und zwar zutiefst.

Er spürte, dass er schon wieder die Zähne zusammenbiss, so sehr stand er unter Stress. Unbesehen legte er den kleinen Stapel Briefe in den Obstkorb auf dem Küchentisch. Sein Blick fiel auf eine Grapefruit, die er selbst, soweit er sich erinnern konnte, nicht gekauft hatte. Dass die meuternde Putzfrau eine kleine Aufmerksamkeit hinterlassen hatte, war nicht sehr wahrscheinlich. Doch bevor er sich wundern konnte, knarrte die Eingangstür auf, und die Stimmen seiner Söhne schallten durchs Haus.

Wir haben jetzt Schlüsselkinder, Veer.

Für Niels war es am schlimmsten. Der war gerade dabei, ein großer Junge zu werden, und musste nun jeden Tag zur nachschulischen Betreuung für die Kleinen, um dort auf Toby zu warten; und dass du Toby unterwegs ja immer schön an der Hand hältst, vergiss nicht, was mit Babette passiert ist!

Aber vielleicht war es für Toby letztlich noch viel schlimmer. Denn wie viele Erinnerungen hatte ein Vierjähriger? Er hatte viel zu wenig gemeinsame Geschichte mit seiner Mutter gehabt, um mit einem fest verankerten Bild von ihr aufzuwachsen. Er würde groß werden, ohne zu wissen, wer und was sie gewesen war.

»Wir vermissen dich so«, sagte er laut, um den Gedanken zu vertreiben, dass Veronica für Toby irgendwann nicht mehr sein würde als eine Frau auf einem Foto, eine Frau, über die sein Vater Anekdoten erzählte, immer wieder dieselben Anekdoten, bis zum Verrücktwerden, weil der Vorrat nun mal begrenzt war und nicht aufgefüllt wurde.

»Papa!«, rief Toby, der in die Küche gerannt kam. Seine Wangen waren rot. »Ich kenne ein fettes Lied!«

»Das musst du mir nachher auch beibringen.« Er hob den strampelnden kleinen Kerl hoch und drückte ihn an sich. »Und du, Niels, was hast du für Neuigkeiten?«

»Mwah«, kam es von seinem ältesten Sohn. Ohne seine Jacke auszuziehen, setzte er sich an den Tisch. »Gibt's schon wieder Indonesisch? Ich mag kein Bami mehr.«

In dem Moment klingelte es. Laurens betastete seine Krawatte, die ganz schief hing. »Da ist Beatrijs schon, Jungs.«

Toby rannte zur Tür.

»Jacke aus, Niels.« Er ging in die Diele, um Beatrijs zu begrüßen.

Sie hatten sich seit dem Sommer nicht mehr gesehen. Nervös und abgekämpft sah sie aus, fand er. Sie trug einen wenig vorteilhaften, knöchellangen karierten Rock und Sportschuhe. Er musste sich tief hinabbeugen, um ihr einen Kuss zu geben. Bisher hatte er sie immer nur auf hohen Absätzen erlebt. »Na, Schönheit?«, sagte er.

»Tag, Laurens.« Sie musterte ihn, als sei sie ihrerseits mindestens genauso erstaunt über sein Aussehen.

In der morgendlichen Hektik mit den Jungs kam es zurzeit öfter mal vor, dass er das Rasieren versäumte. Hastig strich er sich die Haare glatt und zog nochmals seine Krawatte zurecht.

Sie ging an ihm vorbei in die Küche. »He, Niels, alter Gauner.«

Niels schaute wenig entgegenkommend auf. »Hi, Tante Rollmops.«

Toby fing laut an zu lachen. »Verschimmelter Rollmops, musst du sagen!«

»Angeschimmelter, du Dämel«, sagte Niels.

»Angeschimmelter Rollmops?«, sagte Beatrijs und schaute mit großen Augen vom einen zum anderen.

Was waren denn das für Manieren? Was war bloß in die Kinder gefahren? Ohne nachzudenken, warf Laurens ein: »Angehimmelt ist natürlich das Wort, das wir suchen.«

»Angehimmelter Rollmops also«, konkludierte Beatrijs. Sie schüttelte kurz den Kopf.

»Jacke aus, Niels!«, blaffte Laurens. »Ein Glas Wein, Beatrijs?«

Sie setzte sich. »Eure Mutter …«, setzte sie an.

»Ich habe einen Weißen kalt stehen.« Laurens stolperte in ihrem Rücken zum Kühlschrank.

»Eure Mutter nannte mich früher in der Schule Bessie Turf.« Sie schlug mit der flachen Hand auf den Tisch. »Und ich sie Tante Sidonia. Wie du mir, so ich dir.« Sie lachte. »Angehimmelter Rollmops, das stammt sicher auch von ihr, oder?«

»Wer ist Bessie Turf?«, fragte Niels. »Und diese Tante …«

»Sidonia. Das sind die Klassiker unserer Kindheit, du Lauselümmel«, sagte Beatrijs. »Gwen war Daisy Duck. Was ist denn jetzt mit dem Wein, Laurens? Und warum setzt sich das andere kleine Ekel nicht gemütlich bei seiner angehimmelten Tante Rollmops auf den Schoß?«

Toby warf sich begeistert gegen ihre Beine und hangelte sich an ihren Knien hoch. »Ich kenn ein neues Lied.«

»Dann schieß los.«

»Du musst dabei in die Hände klatschen.«

»So?« Sie nahm seine Hände und schlug sie mit den Handflächen gegeneinander.

Laurens stellte ein Glas Wein vor sie auf den Tisch und legte ihr kurz die Hand auf die Schulter. Auf ihrem Schoß kringelte sich sein Sohn vor Begeisterung. He, Toby, mein Kleiner, hast du gehört? Wir haben jetzt eine neue Geschichte über Mama, noch dazu eine von früher. Früher war Mama auch klein, genau wie du. Wir bitten Tante Beatrijs einfach, jede Woche einmal zu uns zum Essen zu kommen, um dir davon zu erzählen, wie Mama früher war. Ob sie auch solche tollen Sandburgen bauen konnte. Ob sie auch solche Angst vor großen Hunden hatte. Ob sie auch solches Heimweh hatte, wenn sie irgendwo anders schlafen musste. Ob sie früher genauso lieb war wie du, und manchmal genauso ungezogen.

Dann fiel sein Blick auf Niels. Tante Rollmops, wie kam er nur darauf? Er hatte Beatrijs doch wohl nicht absichtlich verletzen wollen? Es war manchmal so schwer einzuschätzen, was in ihm vorging. Diese barsche, unzugängliche Haltung von ihm in letzter Zeit. Vielleicht war es einfach die Reaktion eines Kindes, das seinen Kummer, seine Wut, seinen Verlust noch nicht in Worte fassen konnte, aber vielleicht steckte auch mehr dahinter. Niels hatte neuerdings etwas an sich – da musste er sich schon schwer täuschen, wenn dem nicht so war –, was man vielleicht nicht direkt als hinterhältig bezeichnen konnte, aber etwas Heimlichtuerisches hatte es schon. Er war nicht mehr offen, das war es. Er benahm sich wie jemand, der etwas auf dem Gewissen hat, schuldbewusst, verstohlen.

Laurens stellte die Schalen mit dem Nasi und dem Bami in die Mikrowelle, zog das Krupuk aus dem Zellophan und füllte die Beilagen in Schüsselchen um. In was für geheime Praktiken konnte denn ein Siebenjähriger verwickelt sein? Und wie kam man als Vater dahinter? Aber vielleicht war ja er als Vater gerade das Problem. Erziehung fand momentan herzlich wenig statt. Dafür blieb einfach keine Zeit. Er war schon froh, wenn sie alle einigermaßen regelmäßig was Sauberes anzuziehen,

Schnürsenkel in den Schuhen und einen vollen Magen hatten, und wenn Niels auch noch zur rechten Zeit sein Turnzeug oder seine Blockflöte dabeihatte. Und wie sollte man es im Übrigen fertig bringen, energisch gegen so ein kleines Kerlchen aufzutreten, das erst vor einem halben Jahr seine Mutter verloren hatte? Toby und er schliefen immer noch mit einem Pullover von ihr unter der Bettdecke. Ein besserer Trost war ihm nicht für sie eingefallen. Schon mindestens zwölfmal hatte er dieser grässlichen Putzfrau einen Zettel geschrieben, dass sie die Pullover nach dem Wechsel der Bettwäsche UNGEWASCHEN ZURÜCKLEGEN sollte.

»Wer möchte ein Spiegelei dazu?«, fragte er und wandte sich resolut dem Herd zu.

»Das kann ich ja schnell machen«, sagte Beatrijs.

»Nein, bleib sitzen.«

»Und dann noch fünfmal den Refrain mitsingen, was? Nein danke.« Sie setzte Toby auf dem Boden ab und stand auf.

Er hatte nichts von dem schönen neuen Lied mitbekommen, auf das sein Jüngster so stolz war, rein gar nichts. Er legte den Arm um Tobys schmächtige Schultern und fragte über seinen Kopf hinweg: »Niels, würdest du jetzt bitte endlich deine Jacke ausziehen?« Kein schlechtes Beispiel abgeben, Niels.

»Nein«, widersprach Niels mit bockig gesenktem Kopf.

»Schön kuschelig eingepackt«, sagte Beatrijs, die am Herd mit der Bratpfanne zugange war. »Recht hast du, Niels. Du hast es wenigstens schön geborgen und warm in deiner Jacke.«

Dass endlich mal ein anderer Erwachsener die Dinge in einem neuen Licht erscheinen ließ! Laurens dachte: Ich küsse dir die Füße, Beatrijs. »Nein, Toby, noch eben warten mit dem Krupuk.« Er stellte die Beilagen und das aufgewärmte Essen auf den Tisch.

»Verflixt«, murmelte Beatrijs, »wie stellt man denn hier die Flamme runter?«

»Grilleier!«, rief Toby begeistert aus.

»Lecker, hm«, sagte Beatrijs verschwitzt.

Laurens hatte noch nie Spiegeleier wie die ihren gesehen. Sie lagen in der Pfanne wie die abgehackten Brüste der heiligen Agatha, die Veronica und er auf ihrer Hochzeitsreise in Florenz auf einem Gemälde in den Uffizien gesehen hatten. »Weil sie als Jungfrau leben wollte und sich deshalb gegen eine Zwangheirat sträubte, wurde sie den furchtbarsten Foltern unterworfen«, hatte Veronica ihm zugeflüstert, während ihre Absätze über das jahrhundertealte Marmor tickten. Sie hatte immer die verrücktesten Dinge gewusst, und wenn man sie gefragt hatte, woher ihr Wissen stammte, war sie nur erstaunt gewesen. Sie ging einfach immer davon aus, dass jeder wusste, was sie wusste: wer bei der Europameisterschaft 1988 Torhüter der niederländischen Nationalelf gewesen war, wie man einen Bussard von einem Sperber unterschied, welcher der Beatles »Get Back« komponiert hatte, warum Milch nicht ansetzte, wenn man sie in einem Topf kochte, der immer feucht gehalten wurde, wie viele Königsdramen Shakespeare geschrieben hatte, wann die Klitoris der Frau entdeckt worden war (»Jahrhunderte nachdem Kolumbus Amerika entdeckt hat«) und wer den Computer, den BH und die Büroklammer entwickelt hatte. So eine unterhaltsame, witzige Frau. Und so unwiderstehlich originell. So unwiderstehlich in jeder Hinsicht. Weiß Gott nicht für ein jungfräuliches Leben wie jene Agatha bestimmt. Erst recht nicht mit diesen sagenhaften Beinen.

Er war total auf sie abgefahren, gleich bei ihrer ersten, zufälligen Begegnung bei einer Hitchcock-Retrospektive, als sie in der Pause nebeneinander an der vollen Bar gestanden und um ein Bier gekämpft hatten. Was sie über *Die Vögel* vorzubringen hatte, war so erfrischend anders gewesen. »Gruselig? Sollen die Vögel gruselig sein? Mm.« Ein schiefes Lächeln unter dem dunklen Haar hervor. Die kleinen Lichter in ihren Augen, als sie sagte: »Federn sind nämlich auch das Kleid der Hoffnung, wusstest du das? Emily Dickinson schrieb jedenfalls: Hoffnung ist das Federding, das in der Seele sitzt…«

»Laurens? Wollen wir uns nicht setzen?« Beatrijs hielt ihm die Pfanne hin wie eine Opfergabe. Vier abgehackte Brüste.

»Warte, ich schenk uns noch mal ein. Und ihr, Niels, Toby, Milch oder Wasser?«

Dann aßen sie. Heimlich beobachtete er seine Kinder. Messer. Löffel. Hände. Gabel. Das ging doch eigentlich. Vor Dankbarkeit aß er ihre Eier für sie auf.

Als die Jungen fertig gegessen hatten und vor dem Fernseher saßen, fragte Beatrijs: »Hast du Gwen und Timo noch gesprochen?«

Er räumte den Tisch ab. »Ich wage sie beinahe nicht mehr anzurufen. Es liegt mir furchtbar auf dem Magen, dass Babette praktisch unter meinen Augen verschwunden sein muss. Timo hat zwar gleich gesagt, dass ich ja nicht ihr Babysitter war, aber trotzdem. Allein schon, dass er das sagte. Ich hätte besser aufpassen müssen.«

Sie nickte, während sie ihn mitfühlend ansah. »Aber das hätten wir alle tun müssen. Sie tragen es dir wirklich nicht nach. Schlag es dir bloß aus dem Kopf, falls du so was denkst.«

Er lachte unsicher, aber ihm war auch warm ums Herz geworden. Das ist meine Freundin Beatrijs, hatte Veronica gesagt, als sie sie beide vor langer Zeit miteinander bekannt gemacht hatte, und nimm dich in Acht, sie ist mein Gewissen. Konnte er es nun wagen, sein Herz bei ihr auszuschütten? Was ihn beschäftigte, war so beschämend egoistisch. Er räusperte sich kurz. Was meinst du, Beatrijs: Wenn ein putzmunteres Baby am helllichten Tag mitten aus einer großen Runde von Angehörigen und Freunden so spurlos und unwiederbringlich verschwinden kann, als hätte es sich in Luft aufgelöst, dann sind doch vielleicht allerlei andere Dinge, die wir für unmöglich halten, auch nicht ausgeschlossen? Zumindest nicht grundsätzlich? Weißt du, rein theoretisch dürften natürlich Witterungseinflüsse oder meine Putzfrau dafür verantwortlich sein, dass sich das Schloss von meiner Eingangstür verzogen hat, und ich müsste jedes Mal die Achseln zucken, wenn ich hier im Haus auf fremde Gegenstände stoße. Niels und Toby und ihre Freunde gehen hier schließlich ein und aus, ohne dass ich das alles genau verfolgen kann – aber ist das wirklich die Erklärung?

»Leander zufolge ist Babette auf jeden Fall zum Glück immer noch unversehrt«, fuhr Beatrijs fort.

Er erstarrte innerlich. Wenn er hierauf einging, bekamen sie sich unweigerlich in die Haare. Auch mit Gwen war es am Telefon schon ein paarmal fast so weit gewesen. Leander dies, Leander das. Um zu vermeiden, dass er Beatrijs vor den Kopf stieß, wechselte er das Thema. »Aber sag mal, du hast heute noch gar nichts von deiner Arbeit erzählt. Hast du in letzter Zeit noch was Schönes gekauft? Oder verkauft?«

Sie errötete. »Ach, weißt du das denn noch nicht? Ich habe aufgehört.«

»Wie bitte?«

»Ja, im Sommer schon.«

»Was! Aber warum denn? Und was machst du jetzt?«

»Ich … assistiere Leander.«

»Wieso?«

Sie wurde noch röter. »Er gibt im ganzen Land Kurse und Seminare. Da kommt schon so einiges zusammen.«

Laurens sah es bildlich vor sich. In nach Räucherstäbchen duftenden Sälen voller Sinnsucher war Beatrijs nun sozusagen das Fräulein, das dem Zauberkünstler seine Bälle reichte und dabei half, die Waisenmädchen zu zersägen. Noch recht sanft sagte er: »Mädchen, Mädchen. Was für ein Schritt.«

»Es ist *mein* Leben, Laurens.«

Mit einem hohlen Gefühl der Enttäuschung im Magen stellte er die Espressomaschine an. Sorgsam maß er den Kaffee ab.

»Ich möchte einen Beitrag leisten. Ich bin viel zu lange in rein materiellen Dingen stecken geblieben. Wenn ich mich in den Dienst von Leanders Gaben stelle, kann ich …«

»Hier. Möchtest du einen kleinen Verdauungstropfen dazu?«

Sie erschrak, als er den Kaffee vor sie hinstellte. Ihr Mund zuckte nervös. »Du willst es gar nicht hören, was? Du willst gar nicht wissen, wie ich es sehe.«

»Nein«, sagte er scharf und war selbst darüber erstaunt. »In der Tat. Das stimmt.« Er schaute ihr gerade in die immer etwas traurigen braunen Augen. Je weniger er über ihr Leben und ihre Entscheidungen wusste, desto besser. Er wollte gar nicht wissen, wie sie sich das alles zurechtlegte, wie sie sich von einem Schwindler, einem esoterischen Quacksalber, ausnutzen ließ, er wollte nicht den Respekt vor ihr verlieren, denn Freundschaft ohne Respekt war unmöglich, so war es doch? Er kaute auf seiner Unterlippe, er musste etwas sagen, aber alles, was ihm einfiel, schien ihm mit einem Mal gleichermaßen schmerzlich zu sein.

»Nur weil du Witwer bist, kannst du dir noch lange nicht alles erlauben, ja! Es ist etwas Furchtbares in deinem Leben passiert, aber das gibt dir nicht das Recht, so um dich zu schlagen!«

Steif sagte er: »Ich bin dir wirklich sehr dankbar, dass du heute Abend gekommen bist, um mir mit Veronicas Sachen zu helfen.« Ob der Kotzbrocken sie so ohne weiteres einen ganzen Abend weggelassen hatte? Oder bekam sie hinterher zu Hause die Rechnung präsentiert? Er fügte einlenkend hinzu: »Ach, lieber Schatz, ich meine doch nur …«

Sie hatte die Schultern so ungefähr bis zu den Ohren hochgezogen. »Soll ich schon mal nach oben gehen und anfangen?«

»In Ordnung.«

Sie hatten sich ja doch nichts mehr zu sagen.

Missmutig räumte er die Küche auf und stellte den Geschirrspüler an. Dann schnappte er sich Toby, der mit Niels vor dem Fernseher hockte, und setzte ihn in die Badewanne. Er selbst nahm auf dem Klodeckel Platz und schaute zu, wie sein Söhnchen die dahintreibenden Badeschaumberge zu Flocken zerschlug. Diese herrliche Lebenslust. Dieses kurze Gedächtnis. Bald, vielleicht morgen schon, würde Toby wieder Grund haben, herzzerreißend um seine Mama zu weinen, aber zwischen diesen Momenten des Kummers ging das Leben weiter, und er sprühte vor Energie. »He, mein kleiner Frosch«, sagte er verloren.

»Ich bin ein Krokodil, Papa.«

Er musste sich noch nach dem neuen Lied erkundigen, doch er wollte nicht in gemeinsamen Gesang ausbrechen, während Beatrijs in Hörweite umherlief, mit diesen hässlichen Sportschuhen. Und dieser Kartoffelsack von einem Rock! Tante Rollmops gehörte in ein etwas zu knappes Kostüm, vorzugsweise fuchsienrosa, mit einer ausgefallenen Brosche auf einem der Revers. So wie sie jetzt aussah, konnte nur Leander dahinterstecken. Der wollte natürlich nicht, dass sie allzu appetitlich aussah, und hatte sich deshalb wahrscheinlich irgendeine kosmisch fundierte Theorie über die Erwünschtheit eines einfachen Äußeren ausgedacht. Eine Art Amish-Ansatz. Mit reiner weißer Haube auf und einem Tuch um die Schultern gemeinsam schlichte Quilts quilten, bei Kerzenlicht. Beatrijs aber andererseits diesen ekelhaft protzigen Ring an den Finger schieben. Einen Ring, der signalisierte: Die Trägerin gehörte jemandem.

Aber gut. Ihm konnte es ja egal sein!

Er trocknete Toby ab, zog ihm seinen Bugs-Bunny-Pyjama an und las ihm zweimal *Die fünf kleinen Feuerwehrmänner* vor.

Danach ging er nach unten, um Niels zu sagen, dass er noch eine halbe Stunde fernsehen dürfe. Dann gab es kein Entkommen mehr. Mit einer Rolle Müllsäcke unter dem Arm ging er wieder nach oben.

Im Schlafzimmer hatte Beatrijs Veronicas Teil des großen Schranks schon leer geräumt und die Sachen auf dem Bett aufgetürmt. Ihre verschlissenen Jeans. Das verrückte T-Shirt mit den aufgenähten Holzperlen, das sie so gern getragen hatte. Der schöne schwarze Kenzo-Blazer. Ihm schoss das Blut in den Kopf. Er musste sich kurz auf die Bettkante setzen.

Beatrijs hielt ein kornblumenblaues Sommerkleid hoch. »Das haben wir noch zusammen gekauft.« Sie klang, als sei sie den Tränen nahe.

»Mein Gott, wie schaurig, was wir hier machen.«

»Aber ich finde es sehr vernünftig von dir. Die Sachen müssen doch irgendwann mal aus dem Haus.«

Er riss einen Müllsack von der Rolle. Schweigend stopfte er ihn aufs Geratewohl voll.

Auch Beatrijs nahm sich einen Sack. Sie schob eine ganze Blusensammlung hinein. »Möchtest du, dass ich sie zur Heilsarmee bringe?«

Dann könnte hinter jeder Straßenecke plötzlich ihr blaues Kleid auftauchen oder eines ihrer geliebten Holzfällerhemden, und jedes Mal würde ihm der Atem stocken, weil ein anderer Körper darin steckte als der ihre, als ihr herrlicher Körper. »Ich stelle lieber alles zum Müll raus. Wenn also für dich noch etwas Brauchbares dabei ist, musst du jetzt zuschlagen.«

»Es ist nicht meine Größe.«

Er fischte eine Strickjacke hervor. »So was passt doch jedem! Hier. Als Andenken.«

»Blau war Veronicas Farbe.«

Plötzlich musste er sich beherrschen, um sie nicht anzufahren. Dann nimm doch 'ne andere Farbe, Mensch! Veronica hätte nie zugelassen, dass ihre Freundin so hausbacken herumlief. Sie hätte ihr diesen üblen Leander-Plunder längst eigenhändig vom Leib gestreift. Warum sagte Gwen nichts dazu? Aber Gwen war wohl blind vor Sorgen. Abrupt sagte er: »Ich geb Niels mal eben einen Gutenachtkuss.«

Das konnte er nicht machen, sagte er sich auf dem Flur ein, dass er unfreundlich zu Beatrijs war, einer der Busenfreundinnen seiner Frau, noch dazu, wo sie ihm helfen kam.

Sein Sohn lag noch nicht im Bett. Er saß in seiner Jacke am Schreibtisch und las einen Comic, den Kopf in die Hände gestützt.

»Es ist schon nach halb acht, Freundchen.«

»Ich bin nicht müde.«

»Und ob, dir kullert schon fast der Kopf runter.«

Niels reagierte nicht. Rhythmisch stieß er gegen das Tischbein, während er eine Seite umschlug.

Laurens dachte: Ich muss mit ihm reden, ich muss ihn von diesem Geheimnis erlösen, das er mit sich herumträgt. Machtlos sagte er: »Na gut, noch eine Viertelstunde. Aber keine Minute länger. Ich komm gleich wieder und schau nach, ob du im Bett liegst.«

Mit dem Gefühl, auf ganzer Linie zu versagen, kehrte er zu Beatrijs zurück, die gerade einen Müllsack mit Schuhen füllte. Er konnte sehen, dass sie geweint hatte.

»Ich nehm dann gleich alles mit. Sonst hast du womöglich noch tagelang die Säcke im Flur stehen. Weg ist weg.«

»Du kannst erstaunlich praktisch sein, Beatrijs.«

»Ja, und erstaunlicherweise wundern sich darüber immer alle.«

»Jetzt nur noch diese Kommode.« Er zog die oberste Schublade mit Unterwäsche auf. In seinen Schläfen begann es zu pochen. Das letzte Mal, als er in diese Lade geschaut hatte, bei einem früheren, gescheiterten Versuch, sie aufzuräumen, hatte doch nicht dieser geblümte BH oben gelegen, oder? Er war alt und verwaschen, Veronica hatte ihn schon jahrelang nicht mehr getragen, aber sie hatte nie etwas wegwerfen können. Sogar ihre alte Unterwäsche wurde aufbewahrt, unter vielen Lagen von Dessous neueren Datums.

»Was starrst du denn so?« Beatrijs trat neben ihn. »Oh.«

Er hob einen Müllsack vom Fußboden auf und kippte den gesamten Schubladeninhalt auf einmal hinein.

»Lass mich das mal machen.« Mit sanfter Hand schob sie ihn beiseite. Sie zog die nächste Lade auf, nahm einen kleinen Stapel Slips heraus und stopfte sie in einen Sack. »Komm schon, Laurens. Bring du das Übrige schon mal ins Auto.«

Er fühlte sich fiebrig, als er einen Arm voller Säcke nach unten trug. Mitunter hatte Veronica ihm mitten auf einem gut besuchten Empfang, bei einer Geburtstagsfeier oder in einer Fußgängerzone achtlos und ohne eine Miene zu verziehen einen zusammengeknüllten schwarzen Spitzenslip in die Hand gedrückt: Ich hab Lust auf dich.

Beatrijs' Auto stand direkt vor dem Eingang. Aber ohne ihre Schlüssel konnte er nicht mit dem Einladen beginnen. Ich stell dich kurz vor der Tür ab, Veer, ja?

Nein, das konnte er natürlich nicht. Er zerrte die Säcke wieder ins Haus. Mit geschlossenen Augen ruhte er kurz in der Diele aus, an die Wand gelehnt, an der die eingerahmten Urlaubsfotos hingen, auf denen noch eine große Familie zu sehen war. »Beatrijs!«, rief er nach oben.

»Gleich!«, rief sie zurück.

Er sah sie vor sich, wie sie ein letztes hauchdünnes Nichts einpackte. Aber warum eigentlich? Warum tat *sie* das und nicht er selbst? Herrgott, war sie schnell dabei gewesen, ihn beiseite zu schieben, die Höschen zusammenzuraffen, sich der Unterwäsche Veronicas anzunehmen!

Wozu hatten Frauen Freundinnen? Um vertraulich mit ihnen schwatzen zu können. Er brauchte sich nur die Fotos anzuschauen, die da direkt vor seiner Nase hingen. Hier, da saßen die zwei, vor ein paar Jahren, beide mit großen Sonnenhüten auf und einander über einer Tafel zugeneigt, die so chaotisch aussah und so ratzeputz leer gefuttert war, als hätte sich gerade ein Krähenschwarm darüber hergemacht. Veronica hörte zu, in der Veronica-Zuhörhaltung: das Kinn in die Hand gestützt, mit der anderen Hand das Haar aus dem Gesicht haltend. Beatrijs sagte gerade etwas, ihr Mund war halb geöffnet. Weißt du, Vero, eigentlich langweile ich mich bei Frank zu Tode.

Schon seit dem Kindergarten hatten sie ihre Leben miteinander geteilt, einander ihre Geheimnisse anvertraut, da bedurfte es nicht vieler Worte.

Plötzlich war ihm, als bekäme er einen Stoß in den Magen. Natürlich hatte Beatrijs von Veronica erfahren, was er selbst mit aller Macht vergessen wollte. Vergessen war nicht das richtige Wort. Verboten hatte er es sich in den vergangenen Monaten, streng verboten, daran zu denken. Zwölf Jahre Zusammengehörigkeit und Freude, das war der positive Saldo seiner Ehe. Ihr unbändiges Lachen, ihre langen braunen Beine, ihre Versessenheit auf süße Nachspeisen, die Art, wie sie manchmal mit konzentriert zusammengekniffenen Augen die Krawatte für ihn gebunden hatte, das war Veronica gewesen, *sein* Mädchen. Aber so schnell, wie Beatrijs ihre Unterwäsche hatte verschwinden lassen, wusste sie offenbar auch von anderen Dingen …

Zwölf Jahre verheiratet, und dann plötzlich so eine spektakuläre Eroberung. Das hätte sie natürlich niemals für sich behalten können. Wie hatte er sich je einreden können, Frauen würden untereinander über so etwas schweigen? Du ahnst nicht, was mir passiert ist, Beatrijs. Ich hab diese Woche einmal fast den Zug verpasst, stürze mich also durch die erstbeste Tür hinein, um noch an Bord zu kommen, und bin im Fahrradwaggon gelandet. Und du glaubst es nicht…

Beatrijs kam die Treppe herunter. »Ach, du brauchst meine Schlüssel. Ich hab die Rückbank schon umgeklappt, es ist also jede Menge Platz.«

Er wagte nicht, sie anzusehen. Blicklos nahm er die Schlüssel entgegen, ging nach draußen, warf die Säcke hinten ins Auto und rannte gleich wieder nach oben, um die letzte Ladung zu holen. Er würde ihr natürlich auch noch etwas zu trinken anbieten müssen, er konnte sie ja nicht so einfach wegschicken.

Sie stand vor der Garderobe in der Diele. »Soll ich ihre Mäntel auch mitnehmen? Laurens?«

»Ja. Gern.«

Mit Veronicas Regenmantel und Daunenjacke über dem Arm kam sie ihm nach. Er nahm ihr die Sachen ab, stopfte sie zwischen die Säcke und schlug den Kofferraumdeckel zu. Sie legte ihm die Hand auf den Arm. »Das macht dich ganz krank, hm?«

Es war nur ein einziges Mal, wollte er sagen, das kommt in den besten Ehen vor. Aber stimmte das überhaupt?

Hier, in seinem eigenen Haus, an seinem eigenen Küchentisch, hatte Veronica ihrer Freundin vermutlich die ganze Geschichte erzählt. In belustigtem Tonfall, um zu kaschieren, wie sehr sie sich geschmeichelt gefühlt hatte. Stell dir vor, ein Student im ersten Semester. Straßen- und Wasserbautechnik. Was? Ja, achtzehn, gut gefolgert, Beatrijs. Er richtete sich gerade seine Bude ein. Der Schaffner hatte zu ihm gesagt: »Setz dich mit deiner Mordsmatratze mal lieber zu den Fahrrädern, Junge.«

»So möchte ich dich nicht allein lassen, Laurens. Wollen wir nicht noch kurz was zusammen…«

»Nein, fahr ruhig. Ich komm schon klar.«

»Bist du dir ganz sicher? Dann hol ich nur noch meine Tasche.«

Er wartete am Auto. Mein Gott, sie wusste es. Wer weiß, welche Geschichten Tante Beatrijs seinen Jungs über ihre Mutter erzählen könnte… Und vielleicht hatte sie wegen der Fummelei damals unter den Obstbäumen sogar noch gedacht, nun bekomme er es mit gleicher Münze heimgezahlt. Ach, Laurens hat auch keine ganz reine Weste, könnte sie sich gesagt haben.

Da war sie wieder, einen besorgten Ausdruck im Gesicht.

Mechanisch beugte er sich zu ihr hinunter, um ihr einen Kuss zu geben. »Ich bin dir ewig dankbar.«

Sie winkte ab. »Schenk dir lieber einen Schnaps ein, zur Stärkung.« Dann stieg sie in ihren Wagen.

Der Form halber blieb er noch kurz stehen, hob die Hand und winkte.

Wieder im Haus, wusste er nicht, was er mit sich anfangen sollte. Er stellte den Fernseher an, zappte durch die Programme, ohne etwas zu sehen, und stellte den Kasten wieder ab. Er ging in die Küche, nahm die Post aus dem Obstkorb, legte den gesamten Stapel aber gleich wieder zurück, weil er plötzlich fürchtete, Veronicas Namen in einer unbekannten Handschrift auf einem der Umschläge zu entdecken. Wer sagte, dass sie nicht ihre Adressen ausgetauscht hatten? Irgendwo lief jemand herum, der denken musste, dass sie noch lebte. Er hatte schließlich keine Trauerkarte erhalten, womöglich sann er gar noch auf eine Möglichkeit, mit ihr in Kontakt zu kommen.

Nein, Bea, natürlich war ich nicht darauf aus! Das Einzige, woran ich dachte, als wir aus dem Bahnhof herausfuhren, war, dass ich nicht vergessen durfte, einen Anzug von Laurens von der Reinigung abzuholen.

Er wünschte, er hätte nicht mit dem Rauchen aufgehört. Hoffentlich hatte er noch irgendwo ein Päckchen versteckt. Doch gerade als er sich auf die Suche machen wollte, fiel ihm Niels ein. Erleichtert, wenigstens für einen Moment ein fest umrissenes Ziel zu haben, ging er nach oben. Schon von der Treppe aus sah er einen Streifen Licht unter der Tür. Ertappt, Freundchen.

Das Comic-Heft lag aufgeschlagen auf dem Schreibtisch, direkt unter der Lampe. Er sah zum Bett hinüber und bemerkte zum ersten Mal, dass das Regalbrett darüber aus irgendeinem Grund so gut wie leer war. Wo waren Niels' geliebte Autos geblieben? Was ging bloß vor sich in diesem Haus?

Erst dann sah er, dass sein Sohn nicht im Bett lag. Seine Nerven waren schon derart angespannt, dass ihm sofort der Schweiß ausbrach. Gehetzt schossen seine Augen im Raum hin und her. Von der Bettdecke mit dem roten Rennwagen darauf zur Schranktür voller Poster, zu den Turnschuhen, die umgekippt auf der Matte lagen, zum Lego-Fort. Lauter Dinge, die Sicherheit, Geborgenheit, Schutz ausstrahlten in einer Welt, in der auf jeder Spielwiese ein Kinderräuber auf der Lauer liegen konnte. Zum Glück hatte er seine Jacke an, dachte er unlogischerweise.

Planlos hob er die Turnschuhe auf und stellte sie in den Schrank. Er musste … anrufen, das war's. Sein Kind war natürlich einfach heimlich ausgekniffen und hockte bei einem Freund. Bei … oder bei … Der Schreck hatte alle Namen aus seinem Kopf gelöscht. Oder war etwas anderes passiert? Etwas Ernstes, war sein Sohn weggelaufen? Und wenn ja, warum? Weil er Veronicas Kleider ausgemistet hatte? War das für Niels zu früh gekommen? Seine schweißnasse Stirn wurde eiskalt. Er hätte die Finger von ihren Sachen lassen sollen.

Dann hätte er in aller Ruhe weiter vergessen können, dass sie Zuflucht in fremden Armen gesucht hatte, und Niels wäre bei ihm geblieben. Was hatte er da entfesselt?

Sein Blick fiel auf die Bettwäsche. Zwischen den Falten der Decke lugte der Ärmel eines beigen Pullovers hervor: ihr Pullover, der mit dem weiten Schalkragen. Er schnappte nach Luft und sagte: »Siehst du? Ich habe gar nicht alles weggetan.«

Im selben Moment hörte er Niels' Stimme aus Tobys Zimmer.

»Babette«, sagte sein Sohn in gebieterischem Ton, »Babette, hörst du mich? Antworte, Babette.«

Ertappt

»Was hast du denn da für 'n beknacktes Sofa, Pa? Das ist ja voll peino!« Auf der Schwelle zum Wohnzimmer blieb Yaja stehen, schaudernd vor offenbar unbezähmbarem Grausen. Dann kam sie aber doch herein und ließ ihre Wochenendtasche auf den Boden fallen, haarscharf an der Schale mit den zwölf friedlich darin schwimmenden Teelichtern vorbei.

»Tag, Yaja«, sagte Beatrijs und schlug widerstrebend die Zeitung zu. Beim Licht schwimmender Kerzen zu lesen, war zwar ein Genuss, sah in Yajas Augen aber bestimmt nach hochgradig affigem Getue aus.

»Kuschel dich gemütlich an den Kamin. Ich mach dir ein Feuer an«, sagte Leander. Fürsorglich half er seiner Tochter aus ihrer triefnassen Jacke. Auf dem kurzen Stück vom Bahnhof nach Hause hatte der Regen sie beide völlig durchweicht. Unter dem ganzen verlaufenen Schwarz, Rot und Weiß wirkte Yajas Gesicht kleiner als sonst, verletzlicher.

Beatrijs schämte sich, dass sie automatisch gedacht hatte: Da ist sie wieder, die Giftkröte. Fest entschlossen, sich von ihrer besten Seite zu zeigen, eilte sie ins Badezimmer, um ein paar Handtücher zu holen. Sie hatte die beiden mit Tee und selbstgebackenen Scones empfangen wollen, doch der Teig hatte nicht gehaftet, sie hatte keine *Kohäsion* hineingebracht, das Mehl hatte sich einfach nicht mit der Milch verbinden wollen – vielleicht lag es an der fettarmen Milch, andere hatten sie nicht im Haus, aber auf so etwas hätte eigentlich auf der Verpackung hingewiesen werden müssen. Der Fehlschlag hatte sie echauffiert, und jetzt noch dieser Regenschauer, man könnte fast meinen, auch der sei ihre Schuld.

Yaja stand immer noch da und blickte missbilligend auf die antike Chaiselongue.

»Das stammt aus meiner vorigen Wohnung«, verteidigte Beatrijs ihr Möbelstück. Sie strich kurz mit der Hand über das seidenweiche Gobelinpolster. Dann gab sie ihrer Leasing-Tochter ein Handtuch.

»*Wohnt* sie jetzt etwa auch hier?«, fragte Yaja ihren Vater.

»Ja, sicher. Wozu brauchen wir zwei Wohnungen? Ich bin nun mal kein Freund von überflüssigem Luxus.«

»Und wo soll ich dann bleiben?«

»Na, auch hier, in deinem eigenen Zimmer eben.«

Beatrijs kniete sich neben ihn, um ihm die Haare zu frottieren. »Wir wohnen jetzt nicht nur zusammen, Yaja, wir werden auch ...«

»Beatrijs. Wir möchten vielleicht erst einmal etwas trinken.«

Er wollte es Yaja natürlich selber sagen. Wenn sie mal wieder einfach so damit herausplatzte, zerschlug sie nur Porzellan, und dann musste er sie später wieder korrigieren, was er furchtbar hasste. Schnell stand sie auf.

In der Küche fand sie zum Glück noch eine Packung Spritzgebäck zum Tee. Er war im Gegensatz zu seiner Tochter durchaus mit der Chaiselongue einverstanden, das hatte er selbst gesagt. Er schätze das solide Handwerk, das in so einem jahrhundertealten Sofa stecke, hatte er gemeint. Mit Hingabe und Geduld seien die Beine aus Ebenholz gedrechselt worden, sorgsam hätten emsige Hände das französische Lilienmotiv Stich für Stich in das Polster gestickt. Die Chaiselongue war kein Prunkstück, sondern eigentlich ein Mahnmal gegen Hast und Prätention.

Frank hatte sie für verrückt erklärt, dass sie sonst nichts aus ihrer alten Wohnung hatte mitnehmen wollen. Aber warum musste ein Mensch siebzehn verschiedene Vasen und zwölfhundert lediglich dekorative Objekte besitzen? Ganz zu schweigen von all den halben Tafelservicen, die für den Fall, dass sie irgendwann einmal vollzählig gebraucht werden könnten, auf dem Dachboden lagerten. Oder all den Kartons mit vergilbter Korrespondenz aus der Zeit, als man noch Briefe schrieb, all den Fotoalben, all den Büchern, die man doch nie wieder lesen würde, all den Kissen in ihren glänzenden bunten Bezügen, all den Körben mit getrockneten Hortensien: nichts als Ballast. Typisch Frank, mit einer gewissenhaften Liste in drei Spalten aufzuwarten (»Beatrijs«, »Frank«, »Gemeinsam«). Sie hatte ihre Alice-im-Wunderland-Sammlung noch nicht eine Sekunde lang vermisst, wirklich nicht eine Sekunde.

Sie trug das Teetablett hinein.

Leander saß in dem sandfarbenen Kordsessel vor dem Kamin. Das Feuer knisterte. Er hatte Räucherstäbchen angezündet. Sie bekam einen Kloß im Hals. Bei ihm hatte ihr Leben erst wirklich begonnen.

»Yaja ist kurz ins Badezimmer, um ihr Make-up aufzufrischen.«

»Gut.« Gedankenlos hob sie die Teekanne, stellte sie aber gerade noch rechtzeitig wieder hin. Sie setzte sich neben Leander auf den Fußboden und lehnte sich rücklings gegen seine Knie. Sie fühlte seine Hände über ihre Schultern in ihre Bluse gleiten. Er umfasste ihre Brüste. Mit einem Seufzer ließ sie sich noch weiter zurücksinken. Was hätten sie dieses Wochenende nicht alles zusammen machen können, ohne Yaja.

Just in dem Moment kam diese ins Zimmer zurück. Ihre Augen weiteten sich. »Was soll 'n der Scheiß, ey?«

Beatrijs schoss unter Leanders Händen hervor und richtete sich auf.

»Setzt du dich gemütlich zu uns?« Leander streckte einen Arm nach seiner Tochter aus.

Yaja grapschte sich einen Keks vom Tablett und ließ sich mit roher Gewalt auf Beatrijs' zierliche Chaiselongue fallen. Sie war von Kopf bis Fuß in schwarzen Samt gekleidet, ein kompliziertes mehrlagiges Gewand mit lose darüber drapierten Teilen. Das Hundehalsband mit den spitzen Stacheln fehlte heute. Stattdessen hatte sie nun eine Schnur mit Zähnen um den Hals, die aussahen wie archäologische Fundstücke. Auf ihrer weißen Stirn stand in purpurfarbenen Lippenstiftziffern »666«. Auf ihrem Keks kauend, fragte sie maulig: »Machen wir heute noch irgendwas?«

»Lass uns erst mal ein bisschen erzählen, was so alles passiert ist«, sagte Leander.

»Muss sie dabei bleiben?«

Es sei ein Vertrauensbeweis, dass Yaja kein Blatt vor den Mund nehme, betonte Leander immer: Sie wisse, dass sie und er sie auch dann noch liebten, wenn sie hässlich zu ihnen war.

Im Licht seiner bedingungslosen Liebe kam sie sich engstirnig und kleinlich vor. Zumal wenn sie sah, wie er sich jetzt schon seit Monaten für Gwen einsetzte. Jeden Nachmittag ließ er um den vermutlichen Zeitpunkt von Babettes Verschwinden herum alles, womit er gerade beschäftigt war, stehen und liegen, um sich mit den Fotos und dem Spielzeug des Babys in sein Studierzimmer zurückzuziehen. Es war unheimlich lieb von ihm, Gwen derart beizustehen. Er hatte keine Vorgeschichte mit ihr, keine gemeinsame Vergangenheit. Er tat das, weil Gwen *ihre* Freundin war. Da konnte sie ihrerseits zumindest dazu beitragen, dass Yaja sich bei ihnen wohl fühlte.

Leander faltete die Hände vor dem Gesicht. »Ich habe heute Morgen einen ziemlich beunruhigenden Anruf von Laurens bekommen, Yaja.«

Beatrijs schrak auf. »Von Laurens?« Sie spürte, wie ihre Mundwinkel zitterten. Sie hatte Laurens doch hoffentlich noch eingeschärft, auf keinen Fall durchblicken zu lassen, dass sie gestern praktisch den ganzen Abend bei ihm zu Hause gewesen war? So etwas konnte Leander nun mal nicht ertragen.

Sie hatte extra alles so gut geregelt. Er würde zum Essen nicht zu Hause sein: Er musste Unterlagen für seine Seminare von der Druckerei abholen, und danach wollte er sich einen Raum für ein demnächst beginnendes Projekt, eine wöchentliche öffentliche Psychometriesitzung ansehen. Es war verkaufsoffener Abend gewesen, sie hätte also eine gute Ausrede gehabt, falls er zufällig angerufen und sie nicht zu Hause angetroffen hätte. Schon Tage zuvor war sie in einem unbewachten Moment kurz im Kaufhaus gewesen, um die Rolle Nähgarn zu kaufen, die als Erklärung für ihre Abwesenheit dienen würde. Für den Fall, dass er früher nach Hause käme, hatte sie sogar in der Küche eine Pfanne, einen Kochlöffel, einen Teller und Besteck in den Geschirrkorb auf der Spüle gelegt, als hätte sie sich während seiner Abwesenheit ein Omelett gemacht. Und auf dem Nachhauseweg hatte sie in einer Straße, in der der Hausmüll zur Abholung draußen stand, rasch die Säcke mit Veronicas Kleidern dazugestellt. Wirklich, sie hatte es hervorragend organisiert.

Doch mit einem Mal sah sie wieder vor sich, wie sie die Müllsäcke mit Magenschmerzen vor Anspannung hastig und aufs Geratewohl irgendwo abgeladen hatte, und ihr wurde heiß vor Scham: So etwas musste man liebevoll machen, das durfte man nicht so respektlos abspulen. Veronica hätte das ganz anders angepackt, die hätte im Übrigen auch niemals ein Kleidungsstück von einer toten Freundin abgelehnt. Sie hätte die Strickjacke angenommen und in wohl gewählten Worten ihren aufrichtigen Dank ausgedrückt, sie hätte sie häufig und gern getragen, sie hätte sie sogar eigens angezogen, um bei einem einsamen Herbstspaziergang ein wenig darin zu sinnieren und Erinnerungen an sich vorbeiziehen zu lassen.

Beatrijs fasste sich an ihre glühenden Wangen. Sie versagte jämmerlich. Trauer brauchte *Zeit*, trauern bedeutete, sich Tag für Tag andächtig mit dem Geschehenen zu befassen, aber wo sollte sie diese Stunden für sich hernehmen? Und wie hätte sie mit einer Strickjacke nach Hause kommen können, die verriet, dass sie den Abend bei einem anderen Mann zugebracht hatte? Veronica hatte leicht reden gehabt mit einem Ehemann wie Laurens. Mit jemandem, dem es nicht das Geringste *ausmachte*, was seine Frau… Aber nein, genau gesehen stimmte das nicht, sonst wäre er niemals so ausgeflippt beziehungsweise hätte derart rot gesehen, wie Veronica es ausdrückte, was ja, wenn das sogar bei Laurens so war, im Grunde nur bewies, wie *normal* es war, dass ein Mann seine Frau ausschließlich für sich wollte.

»Laurens hat angerufen?« Yaja nahm sich noch einen Keks. »Der ist cool, echt 'n Schnuffi, für sein Alter zumindest. Boah, guck dir mal ihren Kopf an! Die steht wohl auch auf ihn! Soll sie doch. Er ist schließlich zu haben.«

In Beatrijs stieg wieder die alte Mordlust auf. Es war schon alles kompliziert genug.

Leander warf ihr einen kurzen Blick zu. Dann sagte er zu Yaja: »Er behauptet, du hättest an dem Abend, als das Baby verschwunden ist, mit den Kindern irgendwelchen okkulten Nonsens betrieben. Das hat auf seinen Niels offenbar so viel Eindruck gemacht, dass er deine Künste seither regelmäßig nachmacht, und sein kleiner Bruder schaut dabei zu.«

Yaja brach in brüllendes Gelächter aus. »Mann, sind das Schlaffnasen!«

»Für dich sind diese Dinge vielleicht nichts als Scherze. Aber ich warne dich, es sind gefährliche Scherze. Du läufst damit Gefahr, Kräfte zu entfesseln, die du nicht beherrschst.

Du tust nichts Geringeres, als ein Tor zum Jenseits aufzustoßen.«

Das Mädchen zuckte die Achseln und spielte ungerührt mit seinem Haar.

Beatrijs war ungeheuer neugierig, worauf Leander hinzielte, aber sie wollte sich jetzt um keinen Preis einmischen: Es kam nicht oft vor, dass er Yaja auf die Finger klopfte, und noch nie hatte sie erlebt, dass er so nah dran war, sie zu tadeln. Mach weiter. O bitte, mach weiter!«

»Hatte er sonst noch was?« Yaja gähnte.

Leander gab ein herablassendes Schnauben von sich. »Du kennst doch Laurens! Der ließ es sich natürlich nicht nehmen, mir auch noch Vorwürfe zu machen. Ich soll etwas zu Niels gesagt haben, woraufhin der Junge dachte, Babette sei durch sein Zutun verschwunden.«

»Wie meinst du das?«, fragte Beatrijs. Niels war ihr Liebling.

»Ach, Göttin, strapazier deinen lieben Kopf nicht damit.«

»Also bitte, ja! Wenn ihr jetzt auch noch rumsäuselt, mach ich die Fliege.« Yaja hatte sich schon halb erhoben.

Hastig sagte Leander: »Lasst uns doch gemütlich Rommé spielen.«

»Rommé? Ist das dein Ernst?«

»Ja, ich hab schon alles bereitgelegt. Da. Auf dem Tisch.«

Mit einem Ruck beugte Yaja sich vor. Ihre noch feuchten Haare schleiften fast über den Boden. »Das ist die totale Tyrannei! Du kannst doch nicht einfach was *bereitlegen*, ohne mich zu fragen, ey! Immer schön *deinen* Willen durchsetzen, darin bist du einsame Spitze! Kannst du mich nicht zur Abwechslung mal fragen, was *ich* will?«

Leander verzog das Gesicht und verdrehte leicht die Augen. Hoffentlich drohte jetzt kein Migräneanfall. Bei dem Gedanken, sich schon wieder ein Wochenende lang allein mit Yaja beschäftigen zu müssen, während ihr Vater im abgedunkelten Schlafzimmer lag, verließ Beatrijs der Mut. Es war erst Freitagnachmittag.

Er schaute auf seine Armbanduhr. »Entschuldigt, aber es ist gleich meine Zeit. Ich muss mich kurz auf Babette konzentrieren.«

Sowie er die Tür hinter sich geschlossen hatte, wandte sich Yaja zum ersten Mal direkt an Beatrijs. »Mann, ist das ein Schisser«, sagte sie, genüsslich und zufrieden. Dann erhob sie sich, ungewöhnlich beschwingt, als habe sie ihre Seele an diesen Worten gelabt, und fischte eine Zeitschrift aus ihrer Wochenendtasche, mit der sie sich wieder auf die Chaiselongue fläzte, wobei sie die Füße in den Stiefeln über die Lehne baumeln ließ. Auf dem Umschlag des Blattes war ein gehörntes Wesen abgebildet, das Beatrijs mit satanischem Grinsen anstarrte, während es etwas unter seinen Hufen zermalmte, das sie sich lieber nicht allzu genau ansah.

Sie hätte selbst eine Tochter in diesem Alter haben können. Es hätten sogar drei sein können, doch keinem dieser Kinder war das Geschenk des Lebens vergönnt gewesen. Und hier saß Yaja, deren ganzes Dasein darum kreiste, alles abzulehnen, was atmete und lebte und der Mühe wert war, Yaja, die sich lieber der Finsternis als ihrem eigenen Vater zuwandte.

Und bei diesem Gedanken erhob sie sich sonderbar gelassen und räumte das Teegeschirr ab. Nachher würde sie Gwen anrufen, wie sie es jeden Tag um diese Zeit tat. Wenn ihre Freundin dafür ansprechbar war, würde sie zu ihr sagen: »Ich glaube, dass ich endlich weiß, warum ich Yaja immer am liebsten *erwürgen* würde.«

In der Küche spülte sie die Tassen gleich ab. Es war erstaunlich, in welch kurzer Zeit sie gelernt hatte, Freude an den simpelsten kleinen Arbeiten zu haben. Man musste allem, was man tat, seine ungeteilte Aufmerksamkeit schenken, das war das Geheimnis. In anderer Leute Wohnung, wo man nichts routinemäßig machen konnte, ging das fast wie von selbst.

Als sie die Küche wieder verließ, sah sie im dunklen Flur Leander aus seinem Arbeitszimmer kommen. Das Wissen, dass sie bald seine Frau sein würde, nicht nur seine über alle Maßen Geliebte, seine Angebetete, sein Ein und Alles, sondern ganz offiziell seine Ehefrau, ließ ihr Herz höher schlagen. Es würde ihn entspannen, da war sie sich sicher. Sowie sie vor den Augen der Welt die Seine war, einzig und allein die Seine, nichts als die Seine, würden seine Kopfschmerzattacken vorüber sein. Es rührte sie, dass ein so großer Geist so unsicher und bedürftig sein konnte. So kindlich. Sie kannte Seiten an ihm, die die Welt nie sah. Nur bei ihr konnte er er selbst sein.

Mit ungewöhnlich schwerfälligen, langsamen Schritten, die Hände an die Schläfen gedrückt, kam er auf sie zu. Rasch machte sie das Licht an.

Er blinzelte. Er war weiß wie die Wand. »Wir müssen Gwen anrufen«, stieß er hervor. »Und die Polizei informieren. Ich habe eine Ortsangabe erhalten.«

Mit Toby an der Hand lief Niels durch den Nieselregen nach Hause. Immer wieder trat er in das heruntergefallene Laub auf dem Gehweg. Er war niedergeschlagen. Heute hatten sie Herbstferien bekommen, und er wusste und hatte es seinem kleinen Bruder schon hundertmal gesagt: Sie würden nirgendwohin fahren.

Ihr Vater hatte sich die ganze Woche freigenommen. Nur gut, dass er seinen eigenen Betrieb habe, sagte er oft, sonst wäre alles noch viel schwieriger. Nur war jetzt, weil er weniger arbeitete und Mamas Gehalt auch nicht mehr da war, viel weniger Geld für Ausflüge da.

Niels fand das so traurig für seinen kleinen Bruder, dass er ihm unter einem Laternenpfahl einen kräftigen Schubs gab.

Er selbst war mit vier im Eurodisney gewesen. Das war für Toby nicht drin. Und wenn man erst mal fünf war, fiel man auf Goofy und Minniemaus nun wirklich nicht mehr rein.

Als sehe er das auch so, hockte Toby sich plärrend auf den Gehweg. Böse zerrte Niels ihn hoch und rückte seine Kapuze zurecht.

Es war übrigens schon komisch, wenn man plötzlich durchschaute, dass Goofy und Minniemaus nicht echt waren, sondern nur verkleidete Erwachsene, die ihre Stimmen verstellten. Papa sagte, das komme, weil es alle möglichen Arten von Echt gab. Wenn man zum Beispiel total im Spielen drin war, dachte man manchmal wirklich, dass man ein Cowboy sei oder ein Menschenfresser. Aber je älter man wurde, bei desto mehr Dingen, die man mal für echt gehalten hatte, entdeckte man, dass sie nichts als Schwindel waren. Zu denken, dass man ein Baby wegwünschen könne, sei auch Schwindel, hatte er gestern Abend gesagt.

Bei der Erinnerung daran, wie sein Vater ihn in Tobys Zimmer ertappt hatte, mit dem stummen Glas zwischen ihnen auf dem Tisch, bekam Niels wieder glühende Wangen. Sein Vater hatte sich seine Erklärung dazu aufmerksam angehört. Er war auch nicht böse geworden über die morphologischen Felder, sondern hatte nur gesagt: »Wenn Menschen so etwas mit ihren Gedanken könnten, würde jeden Tag in jeder Klasse, schwupps, der Lehrer verschwinden, meinst du nicht? Und ich selbst wäre dann bestimmt auch längst auf dem Mond. Denn da wünschst du mich doch bestimmt hin, wenn ich sage, dass du keine neuen Nikes bekommst, oder?«

Auch aus Versehen könne man niemanden wegwünschen, hatte sein Vater gesagt. Doch was man seiner Meinung nach sehr wohl konnte, und das war das Verrückte, man konnte jemanden zurückwünschen. Es sei zwar nicht sicher, ob der Wunsch erhört werde, denn so sei das nun mal mit Wünschen, aber versuchen konnte man es auf alle Fälle. Vom Wegwünschen sei noch nie ein Mensch verschwunden, aber mit dem Zurückwünschen würden manchmal gute Resultate erzielt.

Feierlich dachte Niels, während er mit einem langen Schritt über eine große, dunkle Pfütze hinwegtrat: Komm zurück, Babette, komm zurück!

Das gab ihm ein gutes Gefühl, viel besser als mit dem Glas, von dem Papa gesagt hatte, dass das auch Schwindel sei, Yaja-Schwindel. Durch seinen noblen Wunsch kam er sich vor wie ein Ritter mit schwungvoller weißer Feder am Helm. Längst nicht jeder hatte einen Vater, der machen konnte, dass man auf einmal ein Ritter war. Eigentlich war es eine ziemliche Erleichterung, dass jetzt alles herausgekommen war.

Und wenn Babette nun dank ihm wirklich zurückkam!

Zu Hause zogen Toby und er ihre Stiefel aus und stellten sie unter die Garderobe. Es sah komisch aus, dass Mamas Mäntel nicht mehr da hingen. Aber wenn man tot war, brauchte man keine Kleider mehr. Auch das hatte Papa erklärt.

Papa war schon zu Hause: Niels hörte seine Stimme in der Küche. Vielleicht war der Rollmops wieder zu Besuch da. Plötzlich schämte er sich, dass er seine Tante so genannt hatte. Sie hatte ihm im Laufe der Jahre mindestens zwanzig Autos geschenkt. Sogar einmal einen Formel-1-Wagen, einen knallgelben Flitzer mit schnittigen Spoilern. Anstatt in die Küche hineinzupoltern, öffnete er die Tür ganz zaghaft.

»...also jetzt habe ich es dich oft genug gefragt!«, sagte sein Vater gerade. »Antworte mir, verdammt.« Er saß mit dem Rücken zur Tür am Tisch. Er war allein.

Niels fasste seinen Bruder bei der Hand. Erst wollte er schon wegrennen, aber dann blieb er doch stehen, auf Socken, denn was konnte schon sein, wovor man Angst haben musste?

Toby riss sich los. »Hallo, Papi!«

Zuerst schien ihr Vater nichts zu hören. Dann drehte er sich langsam um. Sein Gesicht war schweißnass. Er sah sie an, als könne er sich nicht so recht erinnern, wer sie waren. »Hallo, Jungs«, sagte er schließlich und machte ein Lächeln nach.

Niels starrte auf das umgedrehte Glas, das auf dem Tisch stand. Seine Kehle wurde trocken vor Schreck. Es funktionierte also doch, denn warum sonst saß sein Vater hier und redete auf das Glas ein? Es würde mal wieder so sein, dass Babette ihm, weil er ein Erwachsener war, doch antwortete. Und dann war das Baby also doch tot, denn die Toten *mussten* antworten, und dann konnte niemand sie je wieder zurückwünschen. »Du hast doch selbst gesagt, dass das Schwindel ist!«, rief er aus.

»Was meinst du?«, fragte sein Vater. »Wovon sprichst du?« Er stand auf und stellte das Glas achtlos auf die Spüle.

Aber diese lässige Haltung war erst recht Schwindel, das sah Niels sofort. Er stob aus der Küche und rannte die Treppe hinauf. Auf niemanden konnte man sich verlassen, niemandem konnte man trauen. Wenn sie nicht starben, logen sie einen an. Und dann wollten sie noch, dass man immer höflich war und mit Messer und Gabel aß! In seinem Zimmer trat er das Lego-Fort um.

Draußen vor dem Fenster trudelten abgewehte Blätter in einem bunten Wirbel durch die Dämmerung. Der Wind war genauso wütend wie er. Er kletterte auf die Fensterbank und schaute hinaus. Aus dem Baum vor ihrem Haus donnerten Eicheln herunter, er konnte das laute Ticken hören, mit dem sie auf das Dach von Papas Auto fielen. Gut so.

»Niels!« Toby kam auf seinen kurzen Beinen ins Zimmer gerannt. »Wir gehen Pizza essen! Weil Ferien sind.«

»Und wer soll das bezahlen?«, fragte er barsch.

Tobys freudiges Gesicht bezog sich. »Na, Papa, oder?«

Bei dem Gedanken daran, was dieser dumme kleine Zwerg alles noch nicht verstand, fühlte sich Niels gleich doppelt so einsam. »Wir brauchen auch noch neue Schlittschuhe! Nachher ist dafür kein Geld mehr übrig.«

Sein Bruder schob die Unterlippe vor. Unsicher zupfte er am Saum seines Pullovers. Schließlich sagte er: »Dann wünsch ich mir die Schlittschuhe von Sinterklaas.«

»Sinterklaas!«, äffte Niels ihn nach. »Den gibt es gar nicht, du Dummbatz!«

»Doch. Ich darf immer bei ihm auf den Schoß.«

Beinahe hätte Niels gehöhnt: Das ist doch Papa, du Blödmann, mit angeklebtem Bart! Was hatte man eigentlich davon, ein Ritter mit weißer Feder am Helm zu sein? Strauchdieb, Pirat oder Mörder war viel besser: Da konnte man wenigstens allen eine reinhauen. Aber aus irgendeinem Grund musste er plötzlich daran denken, was seine Mutter immer gesagt hatte, und die gemeinen Worte blieben ihm im Hals stecken. »Wie lieb du immer zu Toby bist, mein kleines Marsmännchen. Das machen dir andere große Brüder nicht so leicht nach.«

Beunruhigt sagte Toby noch einmal: »Doch!« Dann schaute er auf das kaputte Fort, und ihm fiel die Kinnlade runter. »Die Burg ist kaputt!«

»Na und?«

Sein Bruder hatte sich schon auf den Boden gesetzt und begann, die Legosteine mit den Händen zusammenzuharken. »Ich mach es wieder heil.«

»Hau jetzt mal ab.« Niels fasste ihn unter den Achseln und zerrte ihn hoch. »Es ist nicht deine Schuld, dass das Fort kaputt ist, Mann! Und du wolltest doch Pizza essen gehen, oder?«

»Ja, *nachher*.«

»Nein, *jetzt*.«

»Kommst du auch?« Toby trödelte noch kurz an der Tür, doch als die Antwort ausblieb, trottete er mit hängenden Schultern aus dem Zimmer.

Niels setzte sich auf sein Bett. Ihm war kalt. Tagsüber stellte sein Vater natürlich die Heizung ab, um Geld zu sparen. Es schien, als hätte sich alles gegen ihn verschworen. Er hatte ein Pech nach dem anderen. Ausgerechnet jetzt, wo er alles Mögliche brauchte, war kein Geld mehr da. Er brauchte dringend andere Klamotten und dieses Haargel, das die großen Jungen auch alle benutzten. Gut aussehen war der erste Schritt. Sonst hatte er nicht den Hauch einer Chance bei Nicky.

Darüber brütete er schon, seit er sie zum ersten Mal gesehen hatte, nach den Sommerferien, in seiner neuen Klasse. In dem Moment war es ihm vorgekommen, als hörte er superschöne Musik. Sie hatte so einen hübschen Scheitel im Haar, ganz kerzengerade. Sie hielt ihre Tasche so ernst. Sie hob beim Gehen die Füße so vorsichtig, als denke sie genau über alles nach, was sie tat, sogar über so was Normales wie das Gehen. Aber das Allerbesonderste an ihr waren ihre Augen. Sie waren wie die Scheinwerfer vom neuen Alfa Romeo, kugelrund und glänzend.

Niels seufzte tief, während er an die Karos in ihrem Rock dachte, die grün und rot und vollkommen waren. An ihre runden Knie darunter. An ihre Stimme, die beim Singen manchmal ein bisschen bibberte. An die linke Hand, mit der sie schrieb, sodass man immer meinte, man müsse ihr helfen. Nicky. Dass jemand so heißen konnte. Darauf waren ihre Eltern niemals selber gekommen, das hatten sich bestimmt die Engel im Himmel ausgedacht.

In seiner Klasse stand Perry auf Barbara, Gijs auf Elisabeth und Herbert auf Annemarijn, das war allgemein bekannt. Und er stand auf Nicky, aber das wusste kein Mensch. Perry, Gijs und Herbert waren cool. Die trugen Skaterhosen. Er hatte nichts anzuziehen, womit er Nickys Aufmerksamkeit auf sich lenken könnte. Und er konnte auch nichts Spezielles, außer sinnbetont vorlesen, darin war er der Beste von allen. Aber das kam, weil er von klein auf mit seinem Vater in die Druckerei mitgegangen war. Da lernte man von ganz allein früh lesen. Das war nichts, was er selbst zustande gebracht hatte, nichts, was ihn stark oder einzigartig machte.

Plötzlich fiel ihm etwas ein. Er hatte einen Autofriedhof. Wer konnte das schon von sich behaupten? Perry, Gijs und Herbert hatten ihre ganze Autosammlung stinknormal im Schrank stehen, aber er, er hatte seinen liebsten Besitz eigenhändig zu Grabe getragen. »Hier nehmen wir für immer Abschied«, hatte er dabei gesagt. Das musste ihn doch interessant machen.

Sie würden zusammen unter den Flieder kriechen, Nicky und er. Sie würden sich so nah beieinander über die Grabsteinchen beugen, dass er den Flaum auf ihren Armen berühren konnte. Der war auch so nett, mit den Sommersprossen dazwischen. Aber wie sollte er es anstellen, dass es überhaupt so weit kam?

Es wurde jetzt wirklich langsam eiskalt in seinem Zimmer. Er zog Mamas Pullover am Kragen unter der Bettdecke hervor und schlang ihn sich um die Schultern. So mit den über der Brust gekreuzten Ärmeln war es, als ob seine Mutter ihn umarmte. Sie hatte diesen Pullover an seinem letzten Geburtstag getragen, als sie ein Transparent über der Straße aufgehängt hatte: NIELS = 7. Seine Mutter hätte bestimmt gewusst, was zu tun war. Sie hätte ihm hundertprozentig eine neue Hose gekauft. Und seine Haare hätte sie natürlich auch sofort hingekriegt, was Haare und so was anging, war sie total gut: Im Badezimmer hatte auf der Ablage über dem Waschbecken früher immer alles voll gestanden mit ihren Fläschchen und Dosen. Immer wieder waren neue und andere hinzugekommen, nur ihr Lieblingsparfüm war gleich geblieben. Es war in einem birnenförmigen Flakon aus Mattglas mit goldenem

Verschluss. Niels hatte es sich gerade noch rechtzeitig stibitzt, bevor sein Vater mit dem Aufräumen angefangen hatte.

Er ließ sich vom Bett herab und kroch darunter. Ganz hinten an der Wand, wo dicke Flocken Staub herumlagen, stand sein Mama-Aufbewahrungskarton. Sonderlich voll war der Karton nicht, aber das kam, weil seine Mutter erst seit kurzem tot war. Mit der Zeit würden von selbst neue Dinge hinzukommen. Wenn er groß war, würden die Erinnerungen nur so daraus hervorquellen, und Nicky und er würden sie langsam durch ihre Finger gleiten lassen, Abend für Abend, solange sie lebten.

Er kramte in dem Karton, schob blindlings das Foto beiseite, auf dem seine Mutter ihm am Rand von irgendeinem Schwimmbecken einen Kuss auf die Nase gab. Darunter lag das Fläschchen Parfüm.

Damit robbte er zurück. Im Hals von dem Fläschchen steckte so ein fieser Plastikstöpsel. Es kostete ihn einen halben Nagel, den rauszubekommen, doch sowie er ihren Duft roch, fühlte er sich schon weniger allein. Damit es noch echter war, träufelte er etwas von dem Parfüm auf ihren Pullover. Wenn er sparsam damit umging, würde das Fläschchen bestimmt ganz lange halten. Begierig drückte er das Gesicht in die flauschige Wolle. Mama, was muss man machen, wenn man verliebt ist?

»Niels!«, rief sein Vater von unten. »Wir gehen essen!«

»Ich komm gleich!«

»Nein, *jetzt*, Niels.«

Sein Vater war ein Kloßkopf. Böse ließ Niels den Pullover von den Schultern gleiten und verließ sein Zimmer. Er war schon an der Treppe, als sein Blick durch die offen stehende Badezimmertür fiel, auf die beiden Gläser, die nebeneinander auf dem Waschbecken standen, beide mit Zahnbürsten darin. Und dabei kam ihm eine großartige Idee. Er schoss ins Badezimmer, schnappte sich eines der Gläser vom Waschbecken und stopfte es schnell in seinem Zimmer unter sein Kissen. Heute Abend, wenn er ins Bett musste, würde er sie einfach fragen. Mama, wie kriege ich Nicky mit auf meinen Autofriedhof?

»Ruf du an!«, wiederholte Gwen wild. »Komm schon, Tiem. Wenn ich es mache, tun sie mich gleich wieder als hysterisch oder so ab und gehen dem gar nicht weiter nach, aber dir glauben sie, du musst sie anrufen.« Wie viele Minuten waren jetzt schon seit Leanders Anruf verstrichen? Mindestens schon drei! Nein *mehr*, denn sie war von der Küche aus zuerst noch ganz bis zur Kerzenmacherei gerannt, anstatt einfach dort anzurufen, wo hatte sie eigentlich ihren Verstand gelassen?

»Aber es ist so wenig konkret«, sagte Timo. Er stand noch immer in derselben Haltung da wie eben, als sie hereingekommen war: halb über einen der Wachskessel gebeugt, als hätten ihn die guten Neuigkeiten vorübergehend gelähmt.

»Nicht für die Ermittler. Für die ist es bestimmt ein ganz deutlicher Hinweis, was Leander gesehen hat.«

Jetzt richtete er sich endlich auf. Er wischte sich die Hände an der Hose ab. »Meinst du?« Er hörte sich beklommen und zugleich hoffnungsvoll an.

»Natürlich! Das ist einfach so!«

Langsam ging er zum Telefon, das auf der Werkbank stand. Er nahm den Hörer ab und sah sie zaudernd an. »Du hast den Mädchen aber noch nichts gesagt, oder? Dass sie sich keine falschen Hoffnungen machen.«

Sie schüttelte den Kopf und rang vor Anspannung die Hände. Sie war sofort aus dem Haus gerannt. Klaar und Karianne waren mit ihren lädierten Barbiepuppen beschäftigt gewesen, und Marise und Marleen saßen schon den ganzen Nachmittag oben in ihrem Zimmer und schmollten, weil ihre Judostunde ausgefallen war. »Jetzt ruf doch schon an, Timo!«

Stirnrunzelnd blickte er auf die Nummer, die sie auf alle ihre Telefone geklebt hatten. Dann nahm er den Hörer ab.

Ihr war, als verginge zwischen dem Wählen der einzelnen Ziffern jeweils eine Stunde, wenn nicht gar ein Tag oder ein Jahr. Auch das Ritual des Namennennens, Weiterverbundenwerdens und erneuten Namennennens dauerte so lange, dass es ihr so vorkam, als ergrauten darüber ihre Haare und verschrumpelte ihre Haut. Sie würde steinalt sein, wenn Timo seine Nachricht endlich durchgegeben hatte. Auf jeden Fall würde das Wachs im Kessel dann mit Sicherheit fest geworden sein. Mechanisch kontrollierte sie die Temperatur. Die Alltäglichkeit dieser Handlung lenkte sie einen Moment ab. Wochenlang war sie nicht in der Kerzenmacherei gewesen, und sie sah jetzt, wie dringend sie hier für Ordnung sorgen musste. Nach den Palettenlisten an der Pinnwand zu urteilen, waren sie mit den Bestellungen für Weihnachten stark in Verzug geraten. Es fragte sich, wie sie diesen Rückstand wieder aufholen sollten. Sie hatten in letzter Zeit beunruhigend viele Bienenvölker durch Krankheit verloren. Und wenn Timo nicht bald damit begann, die übrig gebliebenen Völker für den Winter beizufüttern, konnten sie die nächste Ernte wohl auch vergessen.

»Meine Frau hat soeben einen… einen Hinweis erhalten, wo sich unsere Tochter möglicherweise befindet«, hörte sie ihn sagen.

Eine gewisse Ruhe überkam sie, noch keine tiefe und feste, aber immerhin. Vielleicht war ihr Leben ja schon bald wieder normal. Sie würde hier wieder jeden Morgen in aller Frühe Dochte tauchen, während ihr Töchterchen in seiner Wiege neben den Trockengestellen lag und fröhlich krähte und ihr Mann, die Liebe ihres Lebens, pfeifend mit seinem Zuckerwasser bei den Bienen werkelte.

Sowie Babette zurück war.

Doch schon kam wieder Angst in ihr auf. Sie musste sich beruhigen. Ihre Töchter waren schließlich unverwüstlich. Mädchen, die hart im Nehmen waren und nicht weinten, wenn Steinchen in den aufgeschlagenen Knien steckten, Mädchen, die sich nicht um Beulen und blaue Flecke scherten, Mädchen mit Rissen in den Kleidern, Mädchen, die mit allen Wassern gewaschen waren und dem Leben unerschrocken entgegentraten ... Und ihre Jüngste war, so klein sie auch noch sein mochte, zweifellos aus dem gleichen Holz geschnitzt.

»Das werde ich versuchen«, sagte Timo und räusperte sich, »aber deutlicher kann ich leider nicht werden: Es muss in der Nähe einer Polizeiabsperrung sein.« Er hörte kurz zu, unsicher nickend. »Ja, das verstehe ich. Aber wir dachten, meine Frau dachte, vielleicht haben Sie eine Liste, eine landesweite Übersicht solcher Absperrungen. Sodass Sie gezielt überprüfen können, ob ...«

»Babette ist bestimmt tapfer«, sagte Gwen laut.

Timo hielt die Sprechmuschel mit der Hand zu. »Was?«

Sie schüttelte den Kopf.

»... sodass Sie nachsehen können, an welchen Orten gesucht werden muss.«

Es wunderte sie, dass er jemanden, mit dem er schon hundertmal Kontakt gehabt hatte, immer noch siezte. So formell war er sonst selten. War das ein Zeichen für gute Manieren, oder war es Untertänigkeit? Immer schön brav sein und nur ja nicht frech werden. Ein warmes Gefühl durchflutete sie. Er gab sich solche Mühe.

Sie schaute auf seine Schultern, auf den verschlissenen Kragen seines Oberhemds, auf diesen komischen, widerspenstigen Wirbel direkt über seinem rechten Ohr. Er bekam langsam einen breiten Nacken.

Sie würden zusammen alt werden. An milden Tagen würden

sie am Kanal entlang ihren Rollator vor sich herschieben, Seite an Seite, noch stets miteinander verbunden durch ihre Verwunderung über die Welt mit all ihren Bienen und ihrem blühenden Klee, und wenn sie ihren steifen Beinen auf einer Bank am Ufer eine Pause gönnten, würde er seine Hand auf die ihre legen, trocken und warm, und sie würden zusammen über das Wasser blicken und zufrieden den Enten lauschen, die noch immer, genau wie früher, im Schilf herumschlabberten.

»Gut«, sagte er. »Selbstverständlich. Vielen Dank.« Er legte mit einer eckigen, ungelenken Bewegung den Hörer auf.

»Und?«, fragte sie, während sie ihn gespannt ansah.

Er nahm einen Bleistift von der Werkbank und musterte ihn einen Moment lang andächtig. Die Spitze war abgebrochen, das Ende abgenagt. Dann legte er ihn sehr sorgfältig wieder zurück. »Und nichts.«

»Nichts?«

»Sie haben keine …« Er breitete hilflos die Arme aus. »Das geht per Bezirk, per Gemeinde und ändert sich pausenlos, manchmal sperren sie eine Straße wegen eines Unfalls ab, und zwei Stunden später karrt jeder wieder drüber hinweg, das weißt du doch auch, Maus.«

Sie merkte, dass sie keuchte. »Dann schau ich mich eben selbst um.«

»Jetzt sei doch mal realistisch, Gwen. Wer sagt, dass es hier in der Nähe ist? Nach all der Zeit?«

»Das ist doch gerade logisch! Sonst hätte Leander sie bestimmt schon lange nicht mehr sehen können!« Das war so selbstverständlich, dass ihr Herz beinahe für einen Schlag aussetzte. Niemand hatte Babette in einem Flugzeug mitgenommen, sie war einfach die ganze Zeit hier gewesen, ganz in der Nähe, gleichsam um die Ecke. Ohne weiter nachzudenken, wollte sie nach den Autoschlüsseln greifen, die an einem schiefen Nagel im Türrahmen hingen.

Ihr Mann kam ihr zuvor und steckte die Schlüssel in seine Tasche. »Gwennie. Es ist schon fast halb sechs. Die Kids müssen essen. Kommst du mit?« Seiner Stimme war unverkennbar Erleichterung anzuhören: Mit ihrer Nachricht hatte er den Hohn der Ermittler riskiert, aber jetzt konnten sie wieder zur Tagesordnung übergehen. Er knipste das Licht aus und zog die Tür auf. Feuchte Abendluft kroch herein. Wenn Babette irgendwo draußen war, und darauf hatten Leanders Worte schließlich hingedeutet, dann würde sie sich erkälten.

»Komm schon, Gwen. Wir haben noch vier weitere Kinder, an die müssen wir auch denken.«

Ihr Baby lag unter einem triefenden Strauch oder auf einem kalten, nassen Straßenpflaster, mit blauen Lippen, und der klatschnasse blonde Flaum klebte ihm am Köpfchen.

»Wenn es stimmt, dass sie in der Nähe einer Polizeiabsperrung ist, dann ist das eine großartige Neuigkeit. Dann werden sie sie bestimmt finden.«

Sie ergriff ihre Chance. »Ja, und deshalb müssen wir in der Nähe des Telefons bleiben. Geh du schon mal vor, dann bleibe ich noch kurz hier, ein paar Minuten, damit sie nicht anrufen, wenn wir gerade beide …«

Mit einem Seufzer zog er sie an sich und gab ihr einen Kuss auf die Stirn. Dann machte er das Licht wieder an, drehte sich um und ging hinaus.

Manische Energie wallte in ihr auf. Fieberhaft riss sie Schränke und Schubladen auf und suchte nach einer Taschenlampe. Warum konnte sie nie etwas finden, warum herrschte eine solche Unordnung in ihrem Leben, warum lagen bei ihr die Dinge nicht wie bei allen anderen an einem festen Platz? Jedes wüste Regalbrett schrie es ihr entgegen: Sie war eine, die sogar ihr eigenes Baby verbummelte, was sollte man da erwarten? Sie schmiss einen Stapel Papier zur Seite: Die Zeichnungen von der neuen Kerze, die sie hatte machen wollen, der

Kerze, auf die sie am Tag des Picknicks gekommen war. »Das ist unser neues Modell, die Veronica, lieferbar in Himmelblau und Elfenbein.« Sie hatte an die Toten statt an die Lebenden gedacht. Sie hatte es für wichtig gehalten, einer geliebten Toten auf diese Weise zu gedenken. Aber die Toten waren tot. Ließ man sich mit ihnen ein, so vergaß man die Liebe zum Leben, vergaß man sein eigenes Kind.

Und als machte es den braven Bürgern in ihren aufgeräumten Reihenhäusern auch nur das Geringste aus, was für eine Kerze sie anzündeten. Diese Besserwisser, bei denen nie ein Kind verloren ging. Diese Glückspilze, die gar nicht wussten, wie gut sie es hatten, aber dennoch der Meinung waren, sie hätten sich dieses Glück selbst verdient, es selbst geschaffen.

Sie schob Filter und Formen von ihrem Platz, rollte PVC-Rohre und Dochtbündel beiseite. Hinter den Farbfässern auf dem Fußboden, unter einer verloren gewähnten Mütze von Marise, fand sie schließlich die Taschenlampe. War doch klar.

Mit vor Nervosität klammen Fingern knöpfte sie ihre Jeansjacke zu. Wenn sie es nicht wenigstens hier in der näheren Umgebung versuchte, hatte sie es auch nicht besser verdient. Und wenn sie weitermachte, bis es wieder hell wurde – fünf Kilometer pro Stunde schaffte sie leicht –, würde sie die Umgebung so einiger Polizeiabsperrungen durchkämmen können. Schnell jetzt, bevor Timo argwöhnisch wurde. Das Licht anlassen, das war eine gute Idee. Vom Haus aus konnte er die Kerzenmacherei zwar nicht direkt sehen, aber den Lichtschein am Himmel, der ihn vermuten lassen würde, dass sie immer noch hier war und auf ihren Nägeln kaute.

Dummerchen, dachte sie beklommen.

Draußen waberte Nebel, in albtraumhaften, zerfaserten Schwaden. Es war fast dunkel. Damit der Kies nicht zu sehr knirschte, ging sie auf Zehenspitzen. Am besten ging sie am Sommerhaus vorbei: Bobbie war sicher längst bei Timo und den Mädchen und hantierte geschäftig in der von Dampfschwaden erfüllten Küche. Na bitte, das Licht bei ihr war aus. Halb schleichend, halb rennend eilte Gwen weiter.

Auf dem Treidelpfad am Kanal warfen die Straßenlaternen ein nebliges Licht. In dieser sonderbaren, herbstabendlichen Lautlosigkeit hörte sie ganz deutlich ihre eigenen Schritte. Es hatte den ganzen Tag kräftig geweht, aber jetzt war es so gut wie windstill, und in der Luft hing der Geruch von Pilzen und altem, morschem Holz.

An der Autobahn hatte sie wahrscheinlich die größten Chancen: Da fuhren die Leute oft halsbrecherisch schnell, und dazu jetzt noch der Nebel. Wenn sie beim Teich quer hinüberlief, würde sie in zehn Minuten dort sein. Ihre Atemwölkchen hingen schwer in der von Feuchtigkeit gesättigten Luft. Wie das Dampfschiff aus Filz, das auf Babettes meergrünem Trägerkleidchen aufgenäht war, bahnte sie sich ihren Weg durch die Dunkelheit, volle Kraft voraus, alle Mann an Deck.

Auf der Wiese am Teich konnte man kaum die Hand vor Augen sehen. Sie verlangsamte den Schritt und leuchtete das Gelände mit der Taschenlampe auf Maulwurfshügel und Vertiefungen hin aus. Einen verstauchten Knöchel konnte sie sich jetzt nicht erlauben. Das Lichtbündel strich über ein Kaninchen hinweg, das wie gelähmt im Gras sitzen blieb, die Ohren flach an den Kopf gelegt. »Hab keine Angst«, murmelte sie. Genauso etwas würde sie Babette gern zeigen. Schau mal, ein Kaninchen. Hier, ein Tannenzapfen. Da, ein Schneckenhaus. Kinder, die die Natur schätzen lernten, profitierten davon ihr ganzes weiteres Leben: Die Natur war ihnen fortan immer eine unerschöpfliche Quelle der Freude, des Vergnügens, der Inspiration, ja sogar des Trostes. Denn ein kleines Mädchen, das von seiner Mama gelernt hatte, dass die Farne bei der ersten Frühlingssonne unter ihrem abgestorbenen Laub schon wieder neue, vitale Ausläufer hervorbrachten, so ein Mädchen sah mit eigenen Augen, dass in der Natur das Leben regierte, das unverwüstliche Leben.

Ein Stück weiter weg erklang der schrille Schrei eines späten Vogels. Ein Bläss- oder Teichhuhn, das war immer schwer auseinander zu halten. Wenn sie nur nicht versehentlich in den Teich fiel. Also sicherheitshalber etwas weiter links halten. Gut ausleuchten.

Mein Gott, war es dunkel. Wieder dieser Schrei.

Sie blieb stehen. Klatschnass geschwitzt war sie mit einem Mal. Und plötzlich hing ihr die Jacke bleischwer am Leib. »Babette?«, schrie sie. »Babette?«

Strauchelnd rannte sie vorwärts. Im Licht der Taschenlampe sah sie die gleichgültigen Bäume, die Sträucher, die Wiese aufblitzen. Ihr war, als komme sie selbst überhaupt nicht von der Stelle, als verharre sie im Auge eines Orkans. »Babette!«

Eine Stimme rief: »Gwen! Gwen? Bist du das?«

»Ja! Was … wo …«

»Komm schnell! Sie ist triefnass!«

Mit beiden Händen umklammerte sie die Taschenlampe. Sie bebte so sehr, dass sie das Licht kaum ausrichten konnte. Ruckartig ließ sie es über den Stamm der alten Kastanie gleiten, an der immer noch das rot-weiße Polizeiband hing. Unter dem Baum stand Bobbie – mit Babette in den Armen.

Es war voll und laut in der Pizzeria, wo sie gerade noch den letzten Tisch hatten ergattern können, an dem Laurens jetzt Tobys Pizza in Stücke schnitt. »Ordentlich pusten, ja, das ist heiß.«

»Hier ist kein Käse drauf.« Besorgt deutete sein Sohn auf die Kruste.

»Fang einfach mit den leckersten Stücken an.« Es war

ohnehin zu viel für das kleine Krokodil. »Niels, brauchst du Hilfe?«

Ohne zu antworten, sägte Niels an seiner Pizza herum.

Laurens ertappte sich dabei, dass er inständig hoffte, sein Sohn möge beim Hereinkommen gesehen haben, dass die Gläser verkehrt herum auf dem Papiertuch gestanden hatten. Der Ober hatte sie mit schwungvoller Gebärde richtig hingestellt, nachdem er die Speisekarten ausgeteilt hatte. Hinter einem umgedrehten Glas brauchte man nichts Besonderes zu vermuten, die ganze Welt war voll davon. Früher oder später saß jeder mal an einem Tisch mit einem umgedrehten Glas darauf, das musste nichts zu bedeuten haben, das würde Niels doch wohl verstehen?

»Schmeckt's, Männer?«

Toby blies noch auf seinen Teller, als hinge sein Leben davon ab. Niels wand eine zähe Käseschliere um seine Gabel.

Es war schon viel später, als Laurens lieb war. Sie hatten ziemlich lange auf ihre Pizzas warten müssen. Wenn Toby bloß nicht schlappmachte. Er griff zur Weinkaraffe und schenkte sich noch einmal ein. Plötzlich stieß ihm auf, wie ungemütlich es doch war, für sich allein zu trinken. Er schaute sich verstohlen um. Unter den eingerahmten Fotos von Neapel saßen an allen Tischen komplette Paare, Mann und Frau, oder komplette Familien, Vater, Mutter und zwei Kinder. Einige schon etwas ältere Freundinnen entdeckte er auf den zweiten Blick zwar ebenfalls, aber wahrscheinlich zählten die auch als so eine Art Paar.

Es war ein kleines Restaurant, da fiel es auf, dass er sich so umschaute. Die Leute begannen zurückzuschauen, zunächst neutral, aber schon bald kritisch. Was sahen sie oder glaubten sie zu sehen? Einen geschiedenen Vater mit Besuchsregelung für die Kinder? Witwer, darauf kamen sie nicht so schnell bei jemandem in seinem Alter. Sie dachten bestimmt alle, dass seine Frau noch lebte und in diesem Moment einfach anderswo war und irgend etwas machte, was Lebende eben so machten.

Hastig nahm er einen viel zu großen Schluck Wein. Er fühlte sich gebrochen. Die Kommode, aus der Veronicas verräterischer Slip durch Beatrijs' Zutun nun ein für alle Mal verschwunden war, hatte in der vergangenen Nacht viel größer gewirkt als zu der Zeit, da sie noch einfach voll Dessous gewesen war. Mit dem Rücken zu dem Möbelstück zu schlafen hatte nichts geholfen. Nachts fabrizierte man kein Serotonin, hatte Veronica einmal erzählt, die immer alles Mögliche wusste, und deshalb fand man dann immer alles doppelt so schlimm. Aber als er aufgestanden war, war es nicht besser geworden. Der Geist war aus der Flasche, das war der Punkt. Ein paar Monate lang war es ihm gelungen, so zu tun, als sei er nur ein bisschen überdreht, aber inzwischen hatte er alle verdrängten Wahrheiten wieder überlebensgroß vor Augen. Wie versöhnte man sich mit so etwas? Wie machte man das, Herrgott noch mal? Wenn er doch nur wüsste, was ihr letzter Gedanke gewesen war. Wenn sie in ihren letzten Momenten auf Erden nur nicht... Antworte, Veronica, antworte mir, verdammt.

In seiner Brusttasche piepte sein Handy.

»Laurens!«, rief ihm Beatrijs ins Ohr.

Er registrierte, dass er nicht mehr wusste, welchen Ton er ihr gegenüber anschlagen sollte.

»Wo bist du?«

»In einem Restaurant.« Er duckte sich ein wenig. Er hasste es, wenn Leute zu jeder passenden und unpassenden Gelegenheit in öffentlichen Räumen telefonierten. Warum hatte er das blöde Ding nicht ausgemacht? Weil er einfach seine Gedanken nicht mehr zusammenhalten konnte.

»Oh, dann mach ich's kurz. Hör zu. Babette ist wieder da.«

Auf einen Schlag war er ganz bei der Sache. »Nein! Was sagst du da? Wirklich?«

»Ja, wie findest du das? Gesund und unversehrt. Gwen und Timo sind fast durchgedreht vor Erleichterung.«

»Großer Gott. Wie haben sie sie… sieben Wochen ist es doch jetzt her, nicht?«

»Fast acht. Erinnerst du dich noch an die Picknickwiese? Da lag sie!«

»Genau da, wo sie auch verschwunden ist?«

»Ja, verrückt, was? Die Polizei kann sich keinen Reim darauf machen. Die sind auch schon wieder mit ihren Hunden da. Es war gerade eben, Gwen hat vor zehn Minuten angerufen, ich weiß eigentlich auch nicht viel mehr. Aber ist das nicht ein Wunder?«

»Eine Sekunde.« Er hielt sich das Handy an die Brust. »Jungs, Babette ist wieder da! Sie liegt wieder zu Hause in ihrer Wiege.«

Seine Kinder begannen jubelnd und mit den Fäusten auf den Tisch zu trommeln. Sein Glas fiel um. Rasch drückte er seine Serviette auf die Weinpfütze. »Ja, ich bin wieder da. Aber wie…«

»Bobbie ist jeden Nachmittag zu der Wiese gegangen um nachzusehen, wie sich jetzt herausgestellt hat. Die ganzen Wochen über. Genau, wie Leander täglich um die Zeit…«

»Bobbie! Da wird sie aber jetzt stolz und glücklich sein.« Er sah sie wieder vor sich, wie sie im Sommerhaus zu ihm gesagt hatte: *Mit einem eigenen Kind wäre es natürlich noch schöner*, und er spürte, wie seine Augen feucht wurden. »Eigentlich sollten wir alle zusammen ein Denkmal für sie errichten.«

»Das hat Leander doch auch immer gesagt! Jedenfalls meinte er das, als er…«

»Ich muss Gwen gleich mal anrufen.« Der verschüttete Wein drohte durch die durchnässte Serviette über die Tischkante zu tropfen. Er bedeutete Niels, dass er ihm helfen solle.

»Ja, tu das.« Ihre Stimme hatte einen anderen Klang angenommen. »Dann kann sie dir selbst erzählen, wie sich alles abgespielt hat. Leander hat ihr gesagt, wo sie suchen sollte.«

Mechanisch nahm er Niels' Serviette an und tupfte den Tisch damit ab.

»Laurens? Bist du noch dran?«

»Ja, ich habe hier nur gerade ein kleines …«

»Sag doch einfach, dass du das nicht hören willst! Tut mir Leid, aber Leander hat nun mal einen Hinweis bekommen, wo Babette war, da er Tag für Tag weiter nach ihr gesucht hat, und dann hat er Gwen angerufen, und die ist gleich losgezogen und hat Babette gefunden. Und Bobbie natürlich.«

»Warte mal. Das verstehe ich nicht ganz.«

»Nein, natürlich verstehst du das nicht. Er *sah*, wo das Baby sich befand. Wenn Bobbie nun heute mit Grippe im Bett gelegen hätte. Oder gerade einen Kunden im Laden gehabt hätte. Wenn sie nicht zur Wiese hätte gehen können. Dann wäre Babette trotzdem gefunden worden, weil Leander diesen Hinweis bekommen hatte.«

Während er noch darüber nachdachte, welche Entgegnung von ihm hierauf erwartet wurde, fuhr sie ihn an: »Du solltest dich wirklich mal fragen, warum du dich mit Leander so schwer tust.« Ohne sich zu verabschieden, unterbrach sie die Verbindung.

Verdattert steckte er das Handy wieder in seine Tasche.

»Papa?«, fragte Niels. »Kommt es dadurch, dass ich Babette zurückgewünscht habe?«

»Das denke ich schon, ja. Das hast du gut gemacht, mein Großer.«

»Ich auch!«, rief Toby aus.

»Richtige Pfundskerle seid ihr. Alle beide.« Er musste das

erst noch richtig in sich aufnehmen. Sie war wieder da. Ein Schauder durchrieselte ihn.

»Später heirate ich Babette«, beschloss Toby, dessen Wangen vor Müdigkeit glühten.

Niels versetzte ihm einen Stoß. »Vielleicht wird sie ja total hässlich, du Blödmann. Und dick. Und kriegt ganz schiefe, gelbe Zähne. So 'ne Schnalle, die keiner haben will.«

Toby brüllte aus voller Kehle: »Papa! Niels sagt …«

»Nicht hauen, Niels. Und nicht so gemeine Sachen sagen«, fügte er automatisch hinzu. Er verrückte den Teller mit seiner noch unangerührten, kalt gewordenen Pizza, um damit die Weinflecken halbwegs zu verdecken.

Niels wurde rot vor Wut. »Du nimmst diesen Zwerg immer in Schutz.«

»Pa-pa! Ich bin überhaupt kein …«

»Und ob, du bist ein dummer Zwerg, der eine hässliche Gurke heiraten will!«

Tränenüberströmt warf sich der Kleine von seinem Stuhl und steuerte mit ausgestreckten Armen auf seinen Vater zu. Doch er stolperte und landete mit einem Rums auf dem Fußboden. Sein Weinen schwoll noch einmal um einige Dezibel an.

»Na, vielen Dank, Niels.« Er bückte sich, zog das brüllende Kind hoch und setzte es auf seinen Schoß, die geringschätzigen Blicke um sich herum ignorierend. Wochenendvater. Einmal-in-zwei-Wochen-Vater. Die erkannte man immer sofort. Schleppten ihre Kinder in Restaurants, weil es ihnen zu viel Arbeit war, selbst für sie zu kochen. Wenn sie wenigstens ein bisschen mit den Sprösslingen zurechtkämen, aber das schafften diese Schönwetter-Väter auch nie.

Niels warf sich in die Brust. So laut er konnte, schrie er: »Das ist ungerecht! *Ich* hab Babette zurückgewünscht!«

Laurens wiegte Toby und drückte sein Gesicht an sich, um

das Geheul zu ersticken, während er dem Ober wegen der Rechnung winkte.

»Du hörst nicht mal zu!«

Das war schon der Zweite, der ihm das heute Abend vorwarf. »Es ist in der Tat ungerecht, ja. Du hast völlig Recht. Aber sehr vieles ist nun mal nicht gerecht. Du bist der Ältere, er ist der Kleinere. Ob dir das nun gefällt oder nicht.«

»Aber *ich* hab Babette zurückgewünscht!«

Ohne sich die ausgedruckte Rechnung anzusehen, warf er einige Scheine auf das Schälchen, das ihm der Ober hinhielt. Er nahm Toby auf den Arm und erhob sich.

Niels starrte mit verschränkten Armen die Wand an.

»Du hast Babette zurückgewünscht. Ganz klasse. Aber jetzt sei kein Sturkopf und komm.« Er krümte sich innerlich vor Ohnmacht, während er um den Tisch herum ging, seinen Sohn beim Kragen packte und ihn von seinem Stuhl zog. Ein Messer und eine Gabel fielen klirrend zu Boden.

Ein sich sträubendes Kind vor sich herschiebend und ein anderes, schluchzendes auf dem Arm, ging er zum Ausgang. Er fühlte die höhnischen Blicke der anderen Gäste im Rücken. Kein Wunder, dass seine Frau mit einem anderen durchgebrannt war. Recht hatte sie gehabt.

Unter seinem Scheibenwischer klemmte ein Knöllchen. Insgeheim fluchend öffnete er die hintere Tür. Bis er Toby in seinem Sitz installiert hatte, war der Kleine schon in Schlaf gefallen. Seine runden Wangen waren noch tränennass. Mit ein wenig Glück bekam er ihn nachher ins Bett, ohne dass er wach wurde. Dann eben einmal mit ungeputzten Zähnen. Dann eben einmal ungewaschen. Als Vater durfte man die Regeln festlegen. Sie hatten bestimmt noch fünfzehn gemeinsame Jahre vor sich. Fünfzehn Jahre Elternabende, Fußballspiele, Schulaufführungen. Ihn erfasste ein leichtes Gefühl von Klaustrophobie.

»Pfui Teufel!«, sagte Niels, während er neben seinem Bruder auf die Rückbank glitt. »Der Mistkäfer hat gepupst.«

»Dann darfst du ausnahmsweise mal mit nach vorn. Wir spielen einfach, dass du schon zwölf bist.« Ach, könnte er die Zeit doch vordrehen.

»Dann bekommst du einen Strafzettel.«

»Ich hab schon einen.« Er wedelte mit dem gelben Wisch.

»Den kannst du doch einfach zerreißen.«

»Nein, wir sind schon im Computer.«

Ein ratloser Ausdruck trat in das Gesicht seines Sohnes. »Aber wie sollen wir denn das alles bezahlen?«

»He, Mann. Darüber brauchst du dir doch keine Sorgen zu machen. Kommst du nun zu mir nach vorn?«

»Nein, das ist schade ums Geld, finde ich.«

Zum ersten Mal an diesem Abend musste Laurens lachen. Doch gleich darauf fühlte er sich doppelt bedrückt. Sein Kind machte sich Geldsorgen.

Unter penibelster Einhaltung der Verkehrsregeln fuhr er nach Hause. Behutsam trug er den schlafenden Kleinen nach oben, zog ihn im Schlafzimmer aus, ohne das Licht anzumachen, und mummelte ihn ein. Er blieb noch kurz auf der Bettkante sitzen, völlig ausgebrannt. Aber er musste sich aufraffen und bei Gwen und Timo anrufen. Sie hatten bestimmt keinen Sekt im Haus, so wie er sie kannte. Wenn er nun morgen mit den Jungs bei ihnen vorbeifuhr und ihnen eine Flasche brachte? Großer Gott, war er erleichtert. Nicht auszudenken, wenn es anders ausgegangen wäre …

Neben ihm atmete Toby tief und ruhig. Laurens ließ den Kopf aufs Kissen sinken. Nur für ein Weilchen, dachte er. Er schloss die Augen und versuchte, sich Babettes Frätzchen zu vergegenwärtigen. Ein Säugling, den man fast zwei Monate nicht gesehen hatte, konnte sich in dieser Zeit bis zur Unkenntlichkeit verändert haben. Schläfrig dachte er: Vielleicht ist es gar nicht Babette, vielleicht ist es ein anderes Baby, vielleicht hat man sie verwechselt. Warum sollte etwas so Schreckliches ohne weiteres gut ausgehen?

Obwohl es ihm vorkam, als sei er höchstens für ein paar Minuten eingenickt, schien der Mond hell ins Zimmer hinein, als er die Augen wieder öffnete. In dem bleichen Licht sah er mit einem Blick auf seine Armbanduhr zu seiner Verwirrung, dass es schon fast ein Uhr war. Desorientiert und mit einem leicht unwirklichen Gefühl stand er auf. Toby schlief immer noch, mit halb geöffnetem Mund, eine ungewaschene Hand an die Wange gedrückt. Laurens trat ans Fenster und schloss leise den Vorhang. Jetzt hatte er die Gelegenheit verpasst, mit Gwen und Timo zu sprechen. Das war nicht nett von ihm. Richtig schofel sogar. Er hätte sie gleich nach dem Gespräch mit Beatrijs anrufen sollen, aber wenn er ehrlich war, hatten ihn doch weitere Lobeshymnen auf Leander davon abgeschreckt, Leander, der mit seinem paranormalen Hokuspokus offenbar eine Rolle bei Babettes Heimkehr gespielt hatte. Leander, der große Hellseher. Leander, der okkulte King Kong. Leander, Ihr Mann bei allen Problemen.

Das war erst schofel, dass er sich nicht mal für den einen Moment über seine Aversionen gegen diesen wandelnden Poltergeist hatte hinwegsetzen können, um mit in die Freude seiner Freunde einzustimmen. Sie hatten ihr Kind wieder, darum ging es, und nicht um die Frage, ob dieser Kotzbrocken nun etwas in seiner Kristallkugel gesehen hatte oder nicht.

Sollte er noch eine Nachricht auf ihren Anrufbeantworter sprechen? Er konnte doch einfach wahrheitsgemäß sagen, dass er ein paar Stunden eingenickt war? Und im Übrigen waren sie ja vielleicht noch auf. Saßen hellwach bei ihrem Kind an der Wiege und staunten über das Wunder seiner Rückkehr.

Als er aus Tobys Zimmer auf den Flur trat, sah er, dass die Tür zu Niels' Zimmer offen stand und dort noch Licht brannte. Er schaute rasch hinein. Da lag sein Großer schon ganz tief im Land der Träume. Die offene Tür, das Licht, das noch an war, alles deutete darauf hin, dass er eingeschlafen war, während er auf seinen Gutenachtkuss gewartet hatte.

Auf Zehenspitzen lief Laurens ins Zimmer und beugte sich über seinen Sohn. Niels, hier ist Papa. Aber kurz bevor seine Lippen die Kinderwange berührten, stockte er. Seine Nasenflügel begannen zu zittern. Jemand war ihm zuvorgekommen. Er konnte es riechen.

Unten in der Küche machte er eine Dose Bier auf, die er mit wenigen Schlucken hinunterkippte. Von dem Schock zitterten ihm die Hände. Das war verrückt, das konnte einfach nicht sein. Aber andererseits, bestand nicht das ganze Leben aus Träumen, die unverhofft wahr wurden, und Gewissheiten, die sich als Illusionen erwiesen? Hatte die Wirklichkeit nicht immer wieder ganz unvorhersehbare Dimensionen? Warum sollte Babette die Einzige sein, die aus dem Nichts zurückkehrte? Das Unmögliche und das Unerwartete, das waren schließlich von jeher Veronicas größte Talente gewesen. Vielleicht stand sie ja, auf ihre Art, in diesem Moment direkt vor seiner Nase.

»Veer?«, flüsterte er. Und sofort war es, als gehe in seinem Geist ein Fenster auf und ein völlig neues Licht falle herein. Wenn es zutraf, dass sie hier umging, dann tat sie das aus eigenem Antrieb, aus dem Bewusstsein heraus: Hier ist mein Zuhause, bei Laurens und den Jungs. Wenn sie so darüber dachte, konnten sie beide das Geschehene also doch noch wieder gutmachen. Er würde ihr verzeihen und sie ihm, und sie würden …

Sein gesunder Menschenverstand begann sich aufzubäumen. Schnell wieder ernüchtert, dachte er: Das ist pures Wunschdenken, sonst nichts.

Er warf die leere Bierdose in den Abfalleimer und fing an,

die Geschirrspülmaschine auszuräumen: Damit hätte er dann morgen früh wieder Zeit gewonnen. Ein Mensch musste pragmatisch bleiben. Aber es war unverkennbar ihr Parfüm gewesen, das er gerochen hatte. Und was war mit all den Sachen, die in letzter Zeit nicht an ihrem angestammten Platz im Haus gelegen hatten, all den Malen, da etwas nicht so ganz gestimmt hatte und er lieber schnell den Blick abgewandt hatte, um nicht weiter darüber nachdenken zu müssen? Wenn sie ihn nun mit allerlei Signalen zu erreichen versuchte?

Mein Gott, gab es so etwas? Und was musste man dann tun?

»Schluss«, sagte er laut und machte das Licht aus.

Ob sie öfter kam, um Niels einen Gutenachtkuss zu geben?, dachte er auf dem Weg in sein Schlafzimmer. Und das ließ ihn einen Entschluss fassen. Er ging wieder nach unten und griff zum Telefonhörer. Gewiss, es war weit nach Mitternacht, aber am Freitagabend blieben die Leute ja öfter etwas länger auf. So schnell er konnte, wählte er die Nummer. Mit geschlossenen Augen zählte er die Klingelzeichen.

»Yaja.«

Vor seinem geistigen Auge tauchte ein weiß getünchtes Gesicht auf. »Yaja«, sagte er nach einem Moment, »hier ist Laurens, du weißt schon, ein Freund von Beatrijs. Ist dein Vater noch auf?«

»Laurens! Echt kinky, dass du mich anrufst!« Sie lachte mit einem kehligen Laut. »Die Alzheimer hier schlafen schon, also …«

»Ach … dein Vater ist schon zu Bett.«

»Ja, also, ich hab hier gerade gehockt und auf Action gewartet. Gibt's hier in der Gegend nicht 'n chilligen Laden, wo wir zusammen hinkönnen?«

Telefon

War das Herbstlaub der Eichen je so tiefgolden gewesen? Oder die aufgehende Sonne so ungemein orange? Gwen stand am Fenster des Babyzimmers, Babette an ihre Schulter gelehnt. Die Welt wirkte an diesem ersten Morgen nach der wundersamen Heimkehr ihres Töchterchens wie mit Honig beträufelt. Ihr war, als könne sie durch das geschlossene Fenster hindurch die würzige Morgenluft riechen. Ein Trupp Gänse flog in Formation tief über die Bäume dahin, unterwegs zum Weidegrund auf der anderen Seite des Kanals. »Schau mal«, sagte sie zu Babette und zeigte auf die Vögel. »Da fliegen sie. Gack-gack-gack.«

Es gab wieder Farben, Geräusche und Gerüche, die sie wahrnahm. Es kam ihr vor, als wäre sie die ganze Zeit unter einer Glasglocke gefangen gewesen, die nun mit einem einzigen mühelosen Hieb von zwei Babyfäustchen entzwei geschlagen worden war. Das war mir eine, die Babette. So klein, mit noch kaum wahrnehmbarer Nagelhaut, und hatte doch schon Mamas Glück völlig in der Hand. Erschütternd, wenn man sich das mal überlegte. Es gab ihr ein Gefühl schrecklicher Verletzbarkeit.

Sie lief zur Kommode, wobei sie gewohnheitsmäßig Babettes Köpfchen stützte. So ein Quatsch, mit ein bisschen Hilfe konnte Babette ja jetzt schon sitzen. Mit bangem Stolz setzte Gwen sie hin. Was für eine Riesin ihre kleine Tochter in den vergangenen zwei Monaten geworden war, wie sie da wohl genährt in ihrer Windel saß. Und wie voll ihr Haar wurde, man konnte mit dem kleinen Finger schon fast Löckchen hineindrehen. Schade, dass ihre Augen dieses intensive Himmelblau verloren hatten, aber das konnte auch dadurch kommen, dass ihre Wimpern anscheinend länger geworden waren. Auch ihr Blick war verändert. Sie schaute gerichteter, aufmerksamer. Die Krabbenphase, wie Timo die ersten Monate immer nannte, war vorüber.

»Was hast du bloß alles mitgemacht?«, flüsterte Gwen, während sie die molligen Beinchen in einen Strampelanzug zwängte, den größten, den sie hatte finden können. Sie räumte die Kommode heute am besten gleich aus und holte den Karton mit den größeren Sachen vom Dachboden. Sie hatten eine Menge Zeit zusammen verpasst, aber es hatte keinen Sinn, sich deswegen zu grämen: Sie hatte ja genügend anderen kleinen Krabben dabei zugesehen, wie sie sich in stramme Babys verwandelt hatten. Jetzt kam es einfach darauf an, das Leben wieder aufzunehmen. Babette war wie ein Astronaut, der nach langer Reise durch Zeit und Raum wieder auf der Erde gelandet war. Sie war verreist gewesen, aber heil zurückgekehrt. Das war das Entscheidende.

Friedlich Spuckebläschen blasend, ließ sich Babette in den Strampelanzug stecken. Sie passte so gerade eben noch hinein. Vor ihr hatten Klaar und Karianne ihn getragen, und davor Marleen und Marise. Alle ihre Schwestern waren in diesem rosa Flanellding in den Schlaf gewiegt worden, sie hatten es voll gespuckt, sie hatten darin ihrer Spieluhr gelauscht, sie hatten darin bei Timo auf dem Schoß gesessen und warme Pfützen auf seiner Hose hinterlassen. Jetzt war eigentlich Babette an der Reihe, doch das Familienstück war ihr schon fast zu klein, sie würde es kaum tragen. Demnächst noch rasch ein paar Fotos von ihr machen, bevor es zu spät war. Sie setzte das Baby auf und drückte ihre Nase gegen das Kindernäschen. »Mein kleiner Schlingel«, sagte sie leise. »Wie hab ich dich vermisst.«

Babette antwortete ihr mit einem kurzen, schelmischen Lächeln. Dann begann sie voller Hingabe an ihren Fingern zu nagen.

Es war herrlich, so ein pflegeleichtes, zufriedenes Kind zu haben. Nie musste man anderen gegenüber warnende oder entschuldigende Geschichten über Fremdeln oder Muttergeruch erzählen. Man konnte Babette ohne weiteres in fremde Arme legen. Babette, das Strahlemädchen.

Wer mochte ihr in den vergangenen Wochen Lieder vorgesungen haben? Wer hatte ihr die Härchen gewaschen und danach mit einer weichen Bürste gebürstet? Auf dem runden Köpfchen war nicht die kleinste Schramme zu entdecken: Man hatte gut für sie gesorgt. Wer mochte das getan haben, und warum? Doch solche Fragen führten zu nichts. Heimkehr-Babette! Astronauten-Babette! Ein Hurra auf Babette!

Die Mädchen hatten gestern gleich als Erstes die Küche geschmückt, so lieb. Sie hatten aus gefaltetem Zeitungspapier ganze Girlanden tanzender Püppchen zurechtgeschnitten und sie, wacklig auf Tischen und Stühlen stehend, kreuz und quer aufgehängt. Es war alles in allem ziemlich spät geworden, aber was machte das schon, heute war Samstag, alle konnten ausschlafen oder den halben Tag lang im Pyjama herumlümmeln. Nur Timo war schon früh aufgestanden, um mit den Experten von der Spurensuche noch einmal zur Spielwiese zu gehen. Wie sie Bobbie kannte, war die jetzt wohl auch dort und schwang große Reden.

Sie sah wieder vor sich, wie ihre Schwägerin im nebligen Schein der Taschenlampe aufgetaucht war, geradezu unirdisch, mit Babette in den Armen. Bobbie selbst war keineswegs überrascht gewesen. Ihrer Logik nach verstand es sich von selbst, dass ihre kleine Nichte nirgendwo anders als dort bei dem Baum mit dem rot-weißen Band wieder gefunden werden würde, von ihr natürlich, da sie ja jeden Nachmittag nachsehen ging. Während ich im Bett lag oder betäubt vor Elend herumgehangen habe, dachte Gwen.

Mit Babette auf der Hüfte ging sie nach unten. In der Küche legte sie das Baby in den Laufstall, zu seinen Sachen. Schau mal, Spätzchen, Rhabarberchen! Da ist dein Knisterbuch von Miffy wieder, kannst du es fühlen? Und hier: dein Hoppelhoppel-Hase! Verliebt schaute sie auf die kleinen Fingerchen, die sich wie von selbst um die ihren schlossen: Babette fand ihre Mama viel wichtiger als ein Spielzeug.

So normal, so alltäglich, so komplett war alles, seit sie ihr Kind wieder bei sich hatte. Vor Glück summte sie vor sich hin, während sie die Limonadegläser von gestern abspülte und dabei alle naselang über die Schulter einen Blick auf ihr großes Mädchen warf, das dalag und seinen Stoffhasen studierte. Dieser eine Polizist, nicht der Lispler, sondern der andere, hatte sie noch vor einem möglichen Dämpfer für ihre Euphorie gewarnt. »Glauben Sie mir, es kommt wirklich vor, dass sich die Leute gar nicht recht freuen können, wenn alles gut ausgegangen ist. Zumal bei einem Baby. Wir haben Eltern erlebt, die einfach ihre Angst nicht mehr losgeworden sind. Die wagten sozusagen nicht mal mehr in die Wiege zu schauen, weil sie fürchteten, den glücklichen Ausgang nur geträumt zu haben.«

Tja, das Unglaubliche war nun mal schwer zu glauben.

Aber das gilt nicht für mich, dachte sie, beglückt, dass der Mann in ihrem Fall Unrecht hatte: Sie belehrte diese Beamten eines Besseren. Was hatte Veronica noch immer gesagt? Hoffnung ist das Federding, das in der Seele sitzt. Dabei fiel ihr ein, dass sie gestern Abend gar nicht daran gedacht hatte, Laurens anzurufen. Oder hatte sie es nicht gewagt, weil sie ihr

Kind wieder und er seine Frau für immer verloren hatte? Als wenn er es ihr und Timo missgönnen würde! So war er überhaupt nicht. Er hatte es sich schrecklich zu Herzen genommen, dass er Babette auf der Spielwiese nicht früher vermisst hatte. Sie musste ihn rasch von seinem Leiden erlösen.

Beschämt über ihre Unaufmerksamkeit, griff sie, mit einem Blick auf die Uhr, zum Telefonhörer. Halb zehn. Da war jemand mit kleinen Kindern seit Stunden in Aktion.

Niels nahm ab.

»Niels! Hier ist Gwen. Ich habe großartige Neuigkeiten! Babette ist wieder da!«

»Ja, und weißt du auch, warum? Weil ich sie …«

»Unsere Babette ist wieder da!«

»Ja, gestern doch schon!«

Sie war baff. »Wusstet ihr das denn schon?«

»Ja, Tante Beatrijs hat Papa auf seinem Handy angerufen, als wir gerade Pizza gegessen haben. Aber weißt du …«

»Ach«, sagte sie. »Wie nett von ihr, das gleich weiterzugeben.« Offenbar hatte Laurens die gute Nachricht einfach nur zur Kenntnis genommen. Eine kurze Reaktion darauf hatte er wohl nicht für nötig gehalten. Im selben Moment hörte sie seine Stimme im Hintergrund: »Wer ist dran, Niels?«, und sogleich hatte Laurens den Hörer von seinem Sohn übernommen. »Gwen! Die Jungs und ich sind so unheimlich froh für euch alle. Wir haben hier eine Flasche Sekt für Babette bereitstehen. Plus eine für dich und Timo. Die kommen wir nachher bringen, wenn es euch recht ist. Ich wollte dich schon anrufen, aber ich wusste nicht, wie früh ihr heute Morgen auf sein würdet, nach der ganzen Aufregung.«

Sekt für Babette. Nein, auf Laurens konnte man einfach nicht böse sein. »Wie feierlich. Schön! Ich hoffe nur, ich hab die richtigen Gläser dafür.«

»Bring ich dir mit.«

»Gestern Abend wollte ich dich natürlich gleich anrufen, aber …«

»Du hattest meine Handynummer wahrscheinlich nicht, was? Ist auch nichts für dich, Gwen, diese modernen Kommunikationsmittel.«

Ein wenig entgeistert dachte sie: So siehst du mich also. Als wandelnde Plaggenhütte.

»Aber erzähl doch mal kurz: Ist mit Babette alles in Ordnung?«

»Ja. Prima sogar. Kaum wiederzuerkennen, so sehr ist sie gewachsen.«

»Und weiß man schon irgendetwas Näheres?«

»Nein, sie sind noch damit befasst. Sie haben die Sachen mitgenommen, die Babette gestern anhatte. Daraus ergibt sich vielleicht eine Spur. Und eine Polizeiärztin war hier.« Eine nette junge Frau war das gewesen. Timo und sie hatten wenigstens dabeibleiben dürfen, als sie dünne Gummihandschuhe angezogen und Babettes Beinchen gespreizt hatte. Sie hatte plötzlich einen Kloß im Hals. Sie schluckte und schluckte.

»Kurzum, es besteht aller Grund zur Freude«, befand Laurens nicht sonderlich passend.

Er hörte sich so hektisch an. War er überhaupt mit den Gedanken bei der Sache, oder schaute er sich unterdessen womöglich die Börsenberichte im Teletext an? Mit welchem Laurens sprach sie? Komischer Gedanke. Als gäbe es diverse Laurense, so à la Jekyll & Hyde. Sie stammelte: »Die Ärztin meint, es hat kein … kein Missbrauch stattgefunden. Verstehst du?«

»Schön.«

Er hatte Söhne, er hatte keine Ahnung.

»Bis nachher, Gwennie.« Er legte auf.

Er musste alles allein hinbekommen: Vielleicht war Toby

gerade dabei, seinen Teller Frühstücksbrei umzukippen, oder es spielte sich im Hintergrund irgendeine andere häusliche Katastrophe ab. Sie würde rasch einen Apfelkuchen backen, zum Sekt. Oben hörte sie die Mädchen herumpoltern. Wenn die erst mal unten waren, würde sie zu nichts mehr kommen. Sie begann schnell, Rosinen und Korinthen abzuwiegen. Wie perfekt jede einzelne Rosine heute Morgen war! Und wie dankbar, wie unendlich dankbar sie dem ganzen Universum war! Sie huschte zum Laufstall hinüber und gab ihrer Tochter einen Kuss auf den Scheitel. Da dachte man immer von sich selbst, man sei lakonisch, nüchtern und bodenständig, doch das dachte man nur, solange das Schicksal einen noch nicht wirklich drangsaliert hatte.

Sie drückte gerade den Teig in die Springform, als Bobbie in die Küche kam, den frischen Geruch des Herbstes mit sich bringend. Empört sagte sie: »Sie haben das Band mitgenommen! Das ist doch allerhand! Das war doch wohl meins, oder etwa nicht?«

»Vielleicht war es genau genommen schon Staatseigentum. Aber sind sie jetzt fertig?«

»Diebe sind das. Ich sage es ja immer wieder, Gwen, du bist zu gut für diese Welt, aber ich bin nicht so.«

»Wo ist Timo? Ist er gleich zu den Bienen weitergegangen?«

»Ja. Und der Laden muss auch aufgemacht werden.« Aber sie druckste beim Laufstall herum, sichtlich im Zwiespalt, ob sie jetzt Babette hochheben und an sich drücken sollte oder nicht.

Obwohl sie sich die Antwort denken konnte, fragte Gwen: »Und was machen sie jetzt weiter? Wann hören wir was von denen?«

»Das letzte Pack ist das. Das letzte dreckige Pack. Das sieht man gleich.«

»Mama! Mam!« Da waren Marleen und Marise, in ihren Norwegerpullovern.

Gwen schob den Kuchen in den Ofen.

»Kriegen wir jetzt Videoüberwachung, Mama?«

»Ach wo. Wir lassen uns doch nicht verrückt machen.« Sie griff zu einer Packung Jogurt und zwei Schüsseln.

»Ich geh dann mal«, sagte Bobbie mannhaft. »Irgendwer muss ja hier das Geld verdienen.«

»Die Mädchen bringen dir gleich ein Stück Kuchen rüber«, sagte Gwen. Verflixt, sie müsste mit einem Kuchen zu Leander fahren, anstatt mit Laurens Sekt zu trinken. Doch da hupte auf dem Hof schon ein Auto. Das war aber schnell gegangen.

»Ich habe Kunden«, murmelte Bobbie und eilte zur Tür. »Ich weiß nicht, wo mir der Kopf steht.«

Gwen hielt die Hände unter den Wasserhahn und trocknete sie ab. »Esst mal zu«, sagte sie zu ihren Töchtern. »Wir bekommen Besuch, und ihr sitzt noch beim Frühstück. Und wo stecken eigentlich die Kleinen?«

»Die pennen noch«, sagte Marleen.

»Wir könnten auch einen Leibwächter einstellen. Mit ’ner Knarre«, überlegte Marise.

»Ja, Mama, einen Jugo.«

»Babette ist doch nun wieder da. Warum sollten wir da noch …«, begann sie. Das Lächeln erstarb auf ihren Lippen. Bis die Nachforschungen der Polizei zu irgendeinem Ergebnis führten, musste man sich natürlich weiterhin Sorgen machen. Erst wenn der Täter hinter Schloss und Riegel saß und der Tathergang aufgeklärt war, würde die Unsicherheit vorüber sein. Wie konnte man sich je sicher fühlen, solange man nicht wusste … Aber so wollte sie gar nicht denken. Sie wollte sich ihr Glück und ihre Gemütsruhe nicht schon wieder nehmen lassen. Heute war ein Festtag.

Das Gartentor knarrte.

»Gwen!«, rief Beatrijs aus. »Ich hab mir gedacht, wir kommen einfach hintenrum.« Sie hatte einen Riesenstrauß roter Rosen im Arm. Hinter ihr standen Leander und Yaja.

»Ach nein, was für eine Überraschung!« Ihr kamen fast die Tränen. Rosen, Freunde, das bewies, dass das alles Wirklich war, ihr Mädchen war wieder zu Hause. Sie hätte auf die Knie sinken mögen: Alles, woran sie immer geglaubt hatte, entsprach der Wahrheit. Es gab sehr wohl Ordnung und Gerechtigkeit. »Aber ihr seid es, die die Blumen verdienen, vor allem du, Leander! Ich dachte gerade noch … ich war gerade dabei, einen Kuchen für dich zu backen. Er steht schon im Ofen.«

»Dann kommen wir ja gerade recht«, sagte Leander. Mit ausgestreckten Armen kam er auf sie zu. Sein sonst immer so ungerührtes Gesicht strahlte.

»Wie kann ich dir je für alles danken?«

Er drückte sie an sich und tauchte sie in den trockenen, staubigen Räucherstäbchengeruch, der um ihn hing. »Ich bin nur ein Instrument, Gwen«, flüsterte er. »Dein Glaube an mich hat das Unmögliche möglich gemacht. Dein Glaube war stärker als die Fakten.«

»Jetzt schau dir Babette an«, sagte Beatrijs am Laufstall. »Schau dir nur unser Mädchen an.«

Gwen löste sich aus der Umarmung. Ihr drehte sich der Kopf. Mit Sternchen vor den Augen trat sie an den Laufstall, hob das Baby heraus und reichte es Leander. Babette fing sofort aus Leibeskräften an zu weinen.

»Undankbares kleines Scheusal«, schalt Gwen sie.

»Gib sie mal mir. Leander hat's nicht so mit Babys«, sagte Beatrijs. »Komm mal zu deiner Tante, Mäuschen. So. Und jetzt erzähl, was hast du denn alles …«

»Ja, Babette«, sagte Leander und wischte sich die Hände an seiner Trainingshose ab. »Was hast du *uns* alles angetan?«

Es trat eine kurze Stille ein. Dann rief Marleen, von ihrem Stuhl aufspringend: »Sie hat überhaupt nichts getan!«

»Lass ihn doch schwafeln«, meinte Yaja achselzuckend. Sie tippte sich mit dem Zeigefinger an die Stirn und ließ sich am Küchentisch nieder.

»Leander meint doch nur, dass sie uns solche Sorgen gemacht hat, Marleen. Euch beiden doch auch. Zeigt ihm doch mal euren Kalender. Dann mache ich inzwischen Kaffee. Und Yaja ist vielleicht so lieb und kümmert sich um die schönen Blumen.« Himmel, und jetzt konnte auch Laurens jeden Moment hereinplatzen. Besser, sie kündigte sein Kommen gleich an, dann hatte zumindest jeder die Gelegenheit, sich darauf einzustellen. »Ich hatte gerade Laurens am Apparat«, begann sie.

»Ich heute Nacht auch«, sagte Yaja laut. Sie hatte sich erhoben, riss das Zellophan von den Rosen und knüllte es mit lautem Knistern zusammen. Ihre Miene war noch böser und unzufriedener als sonst. »Das ist vielleicht 'n Patient, echt nicht normal!«

»Wie bitte, Yaja? Heute Nacht?« Leander klang bestürzt. »Warum hast du das nicht früher erzählt?«

»Na, ihr habt doch geschlafen!« Das Kind verstand es, im letzten Wort eine beispiellose Unterstellung anklingen zu lassen. »Ihr habt *geschlafen*. Wenn ich nicht ans Telefon gegangen wär, wärt ihr womöglich … *wach* geworden.«

Während sie die Kaffeemaschine anstellte, machte Gwen sich automatisch eine geistige Notiz. Bald würden ihre auch dreizehn sein und dann vielleicht ebenso durch Wände und Decken hindurch Sex wittern können. Kinder wollten gar nichts davon wissen, dass ihre Eltern ein Sexleben hatten. Vor ihrem inneren Auge erschien Leander, nackt, bleich, unbehaart. Verwirrt dachte sie: Hatte er nun vorhin eine Erektion, als er mich umarmte?

»Aber was wollte Laurens denn?«, fragte Beatrijs, leicht außer Atem. »Wen wollte er denn sprechen?« Sie hielt Babette im Arm, als sei das Baby eine Rettungsboje.

Yaja legte die Rosen auf das Brotschneidebrett, nahm ein Messer aus dem Messerblock auf der Arbeitsplatte und hackte mit einem einzigen gut gezielten Hieb die Stielenden durch. »Mich«, sagte sie. »Ist das Ding da eine Vase, Gwen?«

»Komm schon, Yaja. Was wollte er von dir?«, drängte Leander.

»Er wollte mit mir ausgehen. Irgendwo was zusammen trinken. Das kannst du dir vielleicht nicht vorstellen, aber es gibt Leute, die auf mich stehen.«

»Was trinken?« Beatrijs staunte Bauklötze. »Mitten in der Nacht?«

Feixend sagte Yaja zu ihrem Vater: »Was hab ich dir gesagt? Sie findet ihn super. Na, von mir aus kann sie ihn haben. Ich hab ihm ’n fett krassen Korb gegeben.«

Leander schien es für einen Moment die Stimme verschlagen zu haben, aber dann entgegnete er barsch: »Der Mann könnte dein Vater sein!«

»Das stimmt, die Stelle ist noch frei.« Yaja klatschte die Rosen in die Glasvase.

»Sachte!«, sagte Gwen. Damit man ihr nicht anmerkte, wie peinlich berührt sie war, wandte sie sich den Tassen und Tellern zu. Was war bloß in Laurens gefahren, dass er mit dem Kind hatte ausgehen wollen? Zu viel getrunken? Er ist in keiner guten Verfassung, dachte sie, ich muss ein bisschen auf ihn Acht geben. Es erschien ihr plötzlich noch komplizierter, wenn er gleich hier hereinmarschierte. »Warum geht ihr drei nicht nach oben?«, schlug sie den Kindern vor. Dorfpolizist spielen und den Verkehr regeln, das war ihr ewiges Los.

Und wo blieb Timo? Sie streckte den Kopf zur Küchentür

hinaus, um ihn zu rufen, aber da kam er schon. Mit gerunzelter Stirn warf sie ihm einen Blick zu. Los, Tiem, beweis Leander deinen Dank, sag was Nettes, darin bist du immer so gut.

Er nahm Beatrijs das Baby ab, und während er es liebkosend an sich drückte, begann er, sich lang und breit über seine Bienen auszulassen.

Die Ladenklingel bimmelte altmodisch, als Laurens die Tür öffnete, von der die Farbe schon größtenteils abgeblättert war. Der Duft von Wachs und Honig schlug ihm entgegen. Drinnen in dem kleinen Raum war es behaglich warm. Hier und da brannten Kerzen auf den Regalbrettern mit zu kunstvollen Pyramiden aufeinander gestapelten Honiggläsern. Bobbie saß hinter dem Ladentisch und war mit Strickliesel und roter Wolle beschäftigt.

»Guck mal, Laurens«, sagte sie, keineswegs erstaunt über sein Kommen, »ich hab schon ein ganzes Stück.«

»Das kann ich auch!«, rief Toby aus.

»Aber nicht so gut wie ich.«

Laurens stellte die Tasche mit den Sektflaschen und den Gläsern auf den Holzfußboden. Er hatte sich den ganzen Morgen mies und konfus gefühlt, weil bei Leander niemand ans Telefon gegangen war, aber der friedliche Anblick von Bobbie in ihrem Kittel vertrieb die ganze Angespanntheit auf der Stelle.

Sie hielt den Wollschlauch immer noch in die Höhe. »Wenn er lang genug ist, macht Gwen ein Mützchen für Babette daraus.«

»Ich hab sie zurückgewünscht«, sagte Niels. »Ehrlich, Bobbie.«

»Na so was«, sagte sie verdutzt. »Also hast du dahintergesteckt!«

»Das hat er toll gemacht, nicht?«

»Ja, ganz toll. Du hättest es nur schon ein bisschen eher tun können.«

»Papa hat nicht eher gesagt, dass das geht.«

»O je, Laurens, du lahme Ente! Aber na ja, besser spät als nie.«

»Aber du hast natürlich auch dazu beigetragen«, sagte Laurens. »Du warst wie immer zur richtigen Zeit am richtigen Ort. So was Starkes habe ich, glaub ich, noch nie erlebt. Jetzt nur noch der Täter.«

»Na, ob ich den finden kann, weiß ich nicht«, erwiderte sie nervös.

»Du hast schon mehr als genug getan.« Grandios, wie er wieder mal die Stimmung verdarb. Rasch versuchte er, das wieder einzurenken. »Ach übrigens, wir sind hier, um was Leckeres bei dir zu kaufen.«

Bobbie legte die Wolle hin, griff mit geschäftiger Miene zu einem Bleistift und machte drei Striche auf einem Notizblock, der aufgeschlagen auf dem Ladentisch lag. »Ich habe gerade erst aufgemacht, und schon geht der Ansturm los.«

Laurens legte Niels die Hände auf die Schulter und schob ihn nach vorn. »Welchen mochtest du noch so gern? Den mit Thymian?«

»Weiß ich nicht.«

»Den mochte deine Mutter für ihr Leben gern.« Bobbie nahm ein Glas Honig von einem der bis obenhin voll getürmten Bretter. »Gut für die Atemwege, sagte sie immer. Also fürs Luftholen, Niels. Das wären dann drei Euro sechzig.«

»Ich auch«, rief Toby rollengemäß.

Entzückt schob Bobbie ihm ein zweites Glas hin.

»Das wären dann sieben Euro zwanzig«, sagte Laurens. Bei dem Gedanken an einen Schrank voller Thymianhonig begann ihm die Hoffnung wie eine Säule Luftbläschen in den Kopf zu steigen. »Kommst du kurz mit nach hinten?«, fragte er, während er das Portemonnaie aus der Hosentasche zog. »Wir wollen Sekt trinken, auf Babettes Rückkehr.«

Sie zählte ihm das Wechselgeld hin. »Ich kann doch nicht einfach den Laden zumachen!«

Er ging mit den Jungen durch den schmalen, gewundenen Flur ins Hinterhaus. Unterwegs versuchte er, sich zu angemessener Feststimmung aufzuschwingen. Doch in der Küche erwartete ihn eine Überraschung. Hier also waren Leander und Beatrijs statt zu Hause am Telefon.

Bei all den Formalitäten wie Jacken ausziehen, Guten Tag sagen und Babette bewundern, die schon fast aus ihrem rosafarbenen Strampelanzug herausplatzte, war er sich kaum bewusst, was er tat oder sagte. Leanders Anwesenheit nahm ihn völlig ein. Er brannte darauf, ihn unter vier Augen zu sprechen, aber das war jetzt natürlich nicht möglich. Er wagte nicht mal, zu ihm hinzusehen, und war so verlegen wie ein Verliebter, der in einer großen Runde unverhofft dem noch ahnungslosen Objekt seiner Begierde begegnet. Nur ja nicht aus dem Ton fallen, aber sich genau in dem Maße hervortun, dass man einen guten Eindruck machte, lautete da die Devise.

Mit der Ausrede, er habe am Auto das Licht angelassen, ging er schon nach wenigen Minuten kurz nach draußen, um sich in den Griff zu bekommen. Wäre er im Sommer doch bloß nicht so feindselig zu Beatrijs' neuem Freund gewesen. Früher oder später holten einen die eigenen Borniertheiten ein. Es war bestimmt viel klüger, wenn man anderen immer erst mal ohne Vorbehalte entgegentrat.

Klaar und Karianne liefen noch im Pyjama auf dem Hof herum und sammelten mit Feuereifer Eicheln in einen großen gelben Plastikeimer.

»He, Leute! Wollt ihr euch nicht lieber 'ne Jacke überziehen?«, rief er, während er auf die zwei zuging. Er hockte sich neben den Eimer, nahm eine Eichel heraus und ließ sie auf seiner Handfläche hin und her rollen.

»Onkel Laurens!«, sagte Karianne. »Weißt du es schon? Wir haben Babette wieder!«

»Und weißt du auch, wie? Yajas Vater wusste, wo sie war!« Klaar lachte ausgelassen. Ihr fehlte ein Schneidezahn, wie man nun sah.

»Ja, Onkel Laurens, Yajas Vater hat sie *gesehen!*«

Ihm war auf einmal zu Mute, als hörte er Niels sagen: »Ich hab sie zurückgewünscht!«

Mit einem dumpfen Gefühl im Magen dachte er: Mein Gott, worauf lasse ich mich da eigentlich ein? Der Mann ist ein Betrüger, das hab ich von Anfang an gewusst. Er warf die Eichel in den Eimer zurück, gab beiden Zwillingen einen Klaps auf den schmalen Popo und ging wieder ins Haus, mit weichen Knien vor Enttäuschung.

In der Küche legte Timo gerade Babette zwischen ihr Spielzeug in den Laufstall. Er hatte sein altes Grinsen wieder, sein ganzes Gesicht strahlte.

Eigentlich hätte das ansteckend wirken müssen, doch Laurens fühlte sich lediglich verloren. Wie besessen das Baby nach seinen Zehen griff! Wenn sie einmal ihre Füße gefunden hatten, hatten sie die erste Phase der Kunst des Laufens erreicht. Dann standen sie, ehe man sichs versah, auf eigenen Beinen. Und liefen früher oder später von einem weg, auf ihren sagenhaft langen Stelzen. Seine Erleichterung darüber, dass das kleine Erbschen wohlbehalten wieder da war, schien schon fast wieder verflogen. Nicht einmal mehr freuen konnte er sich.

Gwen war dabei, einen frisch gebackenen Apfelkuchen anzuschneiden und die Stücke auf Teller zu schieben. »Bei solchen Gelegenheiten vermisse ich Veronica unheimlich«, sagte sie. »Ich bin immer drauf und dran, sie schnell anzurufen. Man *weiß*, dass jemand tot ist, und doch möchte man noch alle Neuigkeiten mitteilen. Als sie gerade gestorben war, dachte ich sogar: Verdammt, Vero, ich muss dir was Wichtiges erzählen. Du bist gestorben.«

Er spürte, dass ihn alle ansahen, einschließlich Leander, der an einer Ecke des Küchentischs saß. Um seine Verlegenheit zu überspielen, legte er seine Arme um Toby und Niels.

Niels sagte zu Gwen: »Papa hat diese Woche Mamas ganze Kleider weggeschmissen. Mit Tante Beatrijs zusammen.«

»Wirklich, Laurens? Warst du denn schon so weit? Aber schön, dass Bea dir geholfen hat.«

»Wir haben gesungen«, sagte Toby. Er fing an, in die Hände zu klatschen.

»Na, dann habt ihr das Ganze also lustig gestaltet. Das ist auch das Beste bei unangenehmen Aufgaben.« Gwen lief auf die Jungen zu und fuhr Toby mit der Hand durch sein Haar.

Über ihren Kopf hinweg sah Laurens Beatrijs an der Spüle stehen. Eine schon fast violette Schamröte stieg ihr den Hals hinauf. Sie hielt den Blick eisern auf die Spitzen ihrer Sportschuhe geheftet.

»Wann, sagtest du, war das, Niels? Das mit den Kleidern?«, fragte Leander, auf seine bleichen Hände schauend.

»Vorgestern.«

Beatrijs starb gerade tausend Tode, das war nicht zu übersehen. Er hatte keine Ahnung, wie er ihr zu Hilfe kommen sollte. Jedes Wort würde es vermutlich nur noch schlimmer machen, das wusste er zu seinem Bedauern und seiner Beschämung nur allzu gut.

»Vorgestern? Hm«, sagte Leander. »Donnerstagabend also.«

Beatrijs schwieg hartnäckig. Vielleicht hatte sie das Veronica seinerzeit auch geraten: einfach den Mund halten. So machten Freundinnen das im Krisenfall, die standen einander mit Rat und Tat zur Seite. Aber das Schlimmste hatte Veronica ihrer Getreuen nicht mehr erzählen können. Da war sie schon tot gewesen.

Plötzlich kamen die Engel in die Küche gestürmt, auf dem Fuße gefolgt von Yaja. »Dürfen wir im Häuschen spielen?«, fragte Marleen, während sie die Arme um ihren Vater schlang und unter ihren Räuberbrauen innig zu ihm aufschaute.

»Gwen?«, fragte Timo. Er fingerte ungeschickt am Eisendraht einer der Sektflaschen.

»Ja, Mädchen, in Ordnung. Nehmt Niels und Toby auch gleich mit. Hier ist euer Kuchen.«

Laurens benutzte die Gelegenheit, um das Thema zu wechseln. »Was, das Häuschen steht leer, und das während der Ferien?«

»Wir haben in der letzten Zeit alles ein bisschen verschludert. Die Bienen sind auch eine einzige Katastrophe«, sagte Timo. »Es fragt sich, wie viele Völker ich überhaupt noch durch den Winter bekomme.«

»Aber von jetzt an könnt ihr euch wieder voll ins Zeug legen. Gib mir mal die Flasche, Timo.« Er wunderte sich, wie normal er sich anhörte. Gar nicht wie ein Mann, der nähere Bekanntschaft mit dem Monster Eifersucht gemacht hatte, dem grünen Dämon, der einem seinen Dreizack aus heiterem Himmel so tief ins Herz stechen konnte, dass man jegliche Kontrolle über sich verlor.

In dem Ferienhäuschen mit dem windschiefen Schuppen daneben, ganz hinten auf dem Grundstück, hing der muffige Geruch von ungewaschener Bettwäsche. Alles fühlte sich klamm und verwaist an. Die Küchenschränke enthielten nichts als Mäusekötel und ein von Feuchtigkeit versteinertes Päckchen Zucker. Auf der Fensterbank stand ein Telefon, das so staubig war, dass man die Farbe nur erraten konnte.

In ihren Jacken saßen sie um einen Tisch mit fleckiger Holzplatte. Es gab nur vier Stühle, sodass Toby und Niels sich einen teilen mussten. Sie aßen ihren Apfelkuchen, und Niels behielt die Weiber argwöhnisch im Auge.

»Wir kriegen Videoüberwachung«, sagte Marleen mit vollem Mund.

Missgünstig entgegnete Yaja: »Bei euch ist immer was los.«

»Als wenn es so schön wäre, wenn jemand gekidnappt wird. Wie kann man bloß ein Baby klauen!« Marise klang schrill vor Empörung.

»Und es dann wieder zurückbringen!«, äffte Yaja ihre Stimme nach. Sie schob ihren Kuchenteller weg, streckte sich, faltete die Hände über der Brust und studierte den Putz, der von der Decke abblätterte. »Nee, echt, wenn ich jemanden entführt hätte, würde ich mehr draus machen. Lösegeld fordern ist ja wohl das Mindeste.«

»Aber das machen sie nur bei reichen Stinkern, sagt Mama.«

»Genau, und deshalb sucht man sich doch wohl besser einen mit viel Moos aus und nimmt nicht einfach irgendein Baby, oder?«

Niels musste zugeben, dass sie Recht hatte. Wer hatte was von einem Baby? Das war nicht logisch. Ein flaues Gefühl überkam ihn. Toby war noch so klein. Wenn der nun auch plötzlich verschwand?

Marise fragte: »Was *macht* man denn eigentlich mit jemandem, den man gekidnappt hat?«

»Einen kleinen Finger abhacken.« Yaja setzte sich auf. »Den man dann im Brief mit der Lösegeldforderung mitschickt. Damit sie gleich wissen, dass es ernst gemeint ist.«

»Echt?«

»Klar, was dachtest du denn? Dass du Rommee mit ihm spielst?«

Es gefiel Niels ganz und gar nicht, dass die Engel Yaja so

voller Bewunderung ansahen. »Du spinnst ja, du Angeberin! Das mit dem Glas stimmte auch schon nicht!«

»Babette hat nämlich nie geantwortet«, fiel Toby ein, der das Gespräch mit offenem Mund und Kuchenkrümeln im Gesicht verfolgte.

»So sollte es ja auch sein, du Dumpfbacke. Nur die Toten antworten.«

»Lügnerin!«, brach es aus Niels hervor. »Und was ist mit meiner Mutter?«

Es trat eine Stille ein, in der die Zwillinge ihn voll Zweifel ansahen. Das war nicht fair. Er kannte sie schon sein ganzes Leben lang. Sie mussten auf seiner Seite stehen und nicht auf der von diesem Gespenst. »Hast du echt versucht, deine Mutter anzurufen?«, fragte Marleen schließlich mit ziemlicher Ehrfurcht.

»Und sie hat *nicht* geantwortet!« Herausfordernd sah er Yaja an.

Die schlug die Augen nieder und biss sich auf die Lippen. Dann schaute sie wieder auf, ein gerissenes kleines Lächeln im Gesicht. Langsam sagte sie: »Das kann dann nur *eins* bedeuten. Dann ist deine Mutter gar nicht tot.«

Erschrocken hielt er Toby die Ohren zu. Der Zwerg glaubte das am Ende noch.

Marise gab zögernd zu bedenken: »Wir sind aber auf der Beerdigung gewesen.«

»Tot ist nicht gleich tot. Das könnt ihr mir glauben.« Brütend blickte Yaja vor sich.

Marleen sprang auf und nahm ein weiß verkalktes Glas von der Spüle. »Wir können das doch einfach mal eben checken!«

Niels hatte Mühe, Toby weiter die Ohren zuzuhalten. Was konnte es schon für einen Unterschied zwischen tot und tot geben? Und unabhängig davon, wie sollte er, wenn seine Mutter jetzt doch antwortete, verhindern, dass er in Tränen ausbrach, hier, vor den Gurken? Hin- und hergerissen zwischen Sehnen und Grausen, versetzte er Toby einen kräftigen Stoß mit dem Knie, damit er Ruhe gab.

»Von mir aus können wir das ruhig checken, aber damit *eins* klar ist«, sagte Yaja, während sie sich mit einer Hand mit lila Nägeln Kühle zufächelte, »wir reden hier von Untoten. Das sind Tote, die nicht zur Ruhe kommen, weil sie mit den Lebenden noch ein Hühnchen zu rupfen haben. Kapiert? Denen möchte man echt nicht begegnen.« Sie erhob sich von ihrem Stuhl und begann, die Wände abzuklopfen und an den Fenstern zu rütteln. Wie zu sich selbst murmelte sie: »Ideal hier, um jemanden zu verstecken.« Sie drehte sich um. »Was ist, kidnappen wir nun noch wen oder nicht?«

Niels wusste nicht, ob er enttäuscht oder erleichtert war. Er ließ Toby los und wischte mit seinem Jackenärmel die tränennassen Wangen seines Brüderchens ab.

»Haben wir irgendwo Schnur?«

»In der Kerzenmacherei«, sagte Marleen. »Kilometerweise.«

»Das klingt doch schon mal gut.«

»Aber wie kommen wir an einen reichen Stinker?«, fragte Marise.

Niels merkte, dass er vor Aufregung immer hastiger atmete. Konnten sich diese Schnallen denn nie was Normales ausdenken? Eine Hütte bauen oder so tun, als wären sie Walfischfänger? Ein Unterseeboot war auch gut. Und Toby spielte unheimlich gern Tic-tac-toc. Oder Mogli, das liebte er.

Yaja sah sich nachdenklich um. Als ihr Blick auf das staubige Telefon fiel, fing sie an zu kichern. »Mir kommt gerade eine geile Idee. Alle auf Stand-by für den Fang eines reichen Stinkers? Oder wartet, erst den Kleinen da über Bord werfen. Den können wir dabei echt nicht brauchen.«

Niels zog seinen Bruder hoch, fest entschlossen, ihn nicht

allein zu lassen. Dem konnte ja wer weiß was passieren. Und das würde sein Vater ihm nie verzeihen. Er ging mit Toby nach draußen. Sowie er die Tür hinter sich zugezogen hatte, fragte er leise: »Dschungelbuch macht dir doch viel mehr Spaß, nicht?«

»Nein!«, schrie Toby. »Ich will auch! Ich will mitmachen!«

»Aber du bist doch der Tiger, der gefährliche Shir Khan! Du musst in den Käfig, sonst frisst du alle auf.«

Toby war für einen Moment übertölpelt. Unsicher krümmte er die Finger seiner einen Hand. »Grrr!«, machte er.

»Braver Tiger. Brav.« Niels hielt ihn beim Schlafittchen, während er ihn auf der Suche nach einem geeigneten Käfig mitzerrte.

Wie lieb du immer zu Toby bist, mein kleines Marsmännchen. Das macht dir keiner nach.

Er blieb abrupt stehen. Wo kamen diese Worte her? Er schaute zurück. Und mit einem Mal kapierte er es. Tot war nicht gleich tot, Mensch, erst jetzt ging es ihm auf. Wie oft kam es nicht vor, dass er selbst etwas zu seiner Mutter sagte, beinahe aus Versehen: Mam, ich hatte eine Acht in Sätzebilden, ehrlich. Man brauchte also gar kein Glas dazu, es ging einfach über das Herz. Wie bei seiner Mama, die immer für alles eine Lösung wusste, so groß das Problem auch sein mochte.

»Sind Gitter vor meinem Käfig?«, fragte Toby hoffnungsvoll.

Mit einer sonderbaren Leichtigkeit schob er ihn um die Ecke, zum Schuppen hin. Da standen gleich vier rostige Fahrräder und ein Stapel Plastikgartenstühle. Daneben lag ein ganzer Berg von der Sonne verschossener Kissen. Er verfrachtete die Kissen in eine Ecke, setzte Toby obendrauf und schleifte dann die Fahrräder über den Betonboden, bis sie quer vor seinem kleinen Bruder standen.

»Grrrr«, machte Toby entzückt und rüttelte an den Speichen, die jetzt Gitterstäbe waren.

Schau mal, Mama, Toby ist Shir Khan! Er war sich plötzlich sicher, dass sie es sehen konnte.

»Ich hol kurz einen Fressnapf für dich.« Schnell lief Niels zum Häuschen zurück. Er war so froh, dass ihm war, als fliege er. Aber auf der Schwelle blieb er erschrocken stehen. Die Gurken waren noch da.

Die Engel blickten erwartungsvoll Yaja an, die gerade mit befriedigtem Gesicht den Telefonhörer auflegte. »Geritzt«, sagte sie. »Und den kleinen Finger krieg ich. Kapiert?«

»Gerade noch rechtzeitig, Niels«, giftete Marleen. »Sonst hätten wir ohne dich angefangen.«

»Wenn mich nicht alles täuscht, sah unsere Beatrijs doch früher ganz anders aus, oder?«, fragte Timo. Er hatte die Füße auf den Tisch gelegt und schwenkte den letzten Rest Sekt in seinem Glas. »Immer blühend und gepflegt. Hoffentlich läuft Gwen nicht auch irgendwann in solch biederen Klamotten rum.«

»Ich habe ihr diese Woche noch eine Strickjacke von Veronica angeboten.« Laurens hörte an seiner Stimme, dass er genauso beschwipst sein musste wie Timo. Er erhob sich, um sich eine Tasse kalt gewordenen Kaffee einzuschenken.

»Wem, Gwen?«

»Nein, Beatrijs.«

»Ach, Veronica.« Timo seufzte. »Wenn Veronica noch da wäre, wäre es nie so weit gekommen. Sie hätte mit diesem Leander doch gleich kurzen Prozess gemacht, meinst du nicht?«

Sie saßen zu zweit in der Küche, Timo und er. Beatrijs war kurz zu Bobbie rübergegangen. Gwen und Leander waren oben dabei, Babette in ihr Bettchen zu legen.

»Er hat Babette angeblich jeden Tag *gesehen!*«, entfuhr es Timo ungewöhnlich bissig. »Also frage ich dich: Wieso hat der Mann sie denn *gesehen*? War Babette etwa die ganze Zeit *bei ihm?* Und warum sieht er jetzt nicht auch, wo dieser durchgeknallte Entführer steckt, damit man den verhaften kann? Veronica hätte diesen Schleimscheißer sofort entlarvt. Die hätte ihm mal ordentlich die Meinung gegeigt. Der brauchte man mit so was nicht zu kommen.«

Unversehens berührten die letzten Worte Laurens sehr unangenehm. Aber er hatte keine Gelegenheit, weiter darüber nachzudenken, da Gwen und Leander wieder hereinkamen.

»Es wird langsam Zeit für uns, ihr Lieben«, sagte Leander leutselig. »Ich hole jetzt Beatrijs, und dann sagen wir Auf Wiedersehen. Ich kann doch innen hindurch zum Laden?«

»Ja, aber es ist ein ziemliches Drunter und Drüber. Ich werde es dir kurz zeigen«, sagte Gwen. Sie hatte gerötete Wangen.

»Das macht Laurens schon«, entschied Timo eigenmächtig.

In der Hoffnung, dass das Koffein seine betäubten Hirnzellen beleben würde, kippte Laurens seinen Kaffee hinunter. Er stellte die Tasse so unsanft hin, dass sie kurz auf ihrer Untertasse kreiselte.

Als er Leander gleich darauf durch den Flur zum Vorderhaus voranging, war er sich bewusst, dass er noch nie mit ihm allein gewesen war und eigentlich auch noch kaum ein Wort mit ihm gewechselt hatte. Nur ihre Schritte waren auf den nackten Fliesen zu hören. Was mochte der Mann jetzt wohl denken? Vielleicht hatte Beatrijs ihm ja von Veronicas Eskapade erzählt, hatte erzählt, dass seine Frau … Er blieb stehen, plötzlich überrumpelt von der Erkenntnis, dass Leander wohl der Erste sein müsste, der ihn verstand. Vielleicht hatte er mit diesem besitzergreifenden Tyrannen ja sogar mehr gemein, als er sich bis dato hatte eingestehen wollen.

»Wollen wir nicht weitergehen?«

Laurens nahm all seinen Mut zusammen und drehte sich um. »Hör mal, das kommt vielleicht unerwartet, aber ich brauche deine Hilfe.« Er überfiel sich selbst damit und musste nach Worten suchen. Konnte man von Toten reden, die Kontakt zu den Lebenden suchten, oder klang das nur paranoid? Die umgekehrte Situation erschien ihm normaler. Dass er sich nach seiner verstorbenen Frau sehnte, war sehr gut nachvollziehbar. »Ich weiß natürlich nicht, ob das möglich ist, aber ich würde unheimlich gern den Kontakt zu ...«

Leander hob die Hand, um ihn zu unterbrechen. Sie standen so nah beieinander, dass er in dem Licht der nackten Glühbirne, die direkt über ihnen hing, jede Furche in Leanders verwittertem Gesicht sehen konnte. »Was glaubst du denn um Himmels willen zu erreichen, Laurens?«

»Na ja, eigentlich, dass du für mich ...«

»Vermittelst?«

»So was in der Art, ja.« Er hatte auf einmal das Gefühl, dass irgendetwas nicht stimmte.

»Ich rate dir, sie in Ruhe zu lassen.«

Er zögerte. »Aber sie verfolgt mich, auf ihre Art. Heute Nacht noch ...«

»Ich glaube, dass du die Dinge verdrehst. Yaja sagt, du hast *sie* heute Nacht angerufen.«

»Yaja?« Jetzt trat er geistig vollends auf der Stelle.

»Mir scheint, sie hat deutlich zu verstehen gegeben, dass sie sich deine Avancen verbittet. Es dann, und gar über mich, noch mal zu versuchen, ist nun wirklich der Gipfel.«

»Moment mal«, sagte er und brach vor Angespanntheit beinahe in Gelächter aus, »es war andersrum. Sie wollte ...«

»Du behauptest also, dass sie lügt und du sie nicht angerufen hast?«

»Ja, oder nein, das heißt, ich habe zwar angerufen, aber weil ich dich sprechen wollte.«

»Mitten in der Nacht? Seit wann stehen wir denn so zueinander, dass wir uns zu nachtschlafender Zeit anrufen?«

»Okay, da hast du natürlich völlig Recht. Ich war im Sommer wirklich furchtbar grob zu dir. Dafür bitte ich dich aufrichtig um Entschuldigung. Ich will das nicht beschönigen, aber ich war einfach nicht ich selbst, ich bin zu der Zeit bei allem gleich ausgerastet, aber jetzt…«

»Jetzt bist du hinter dreizehnjährigen Mädchen her.«

Beinahe hätte er ausgerufen: »Warum sollte ich?«, aber er wusste sich zu beherrschen. Er hatte vermutlich nicht den Hauch einer Chance. Auch wenn er sich heute Nacht bemüht hatte, Yaja so freundlich wie möglich abzuwimmeln, als sie mit ihrem unerwarteten Vorschlag gekommen war, eine Zurückweisung blieb eine Zurückweisung. Er hatte den Stolz des kleinen Luders verletzt.

»Nochmals: Können wir vielleicht weitergehen?«, fragte Leander eisig.

Mechanisch setzte sich Laurens wieder in Bewegung. Er verfluchte jeden Tropfen, den er getrunken hatte. Mit klarerem Kopf hätte er das alles vielleicht noch zurechtrücken können.

Bobbie saß hinter dem Ladentisch und spähte auf ihren Block. Darauf waren inzwischen vier Striche.

Sie schaute Laurens über die Schulter hinweg einladend an, doch als sie auch Leander sah, verfinsterte sich ihr Blick wieder. Der schien das freilich nicht zu bemerken. »Wie gut, dich zu sehen«, sagte er, und seine Stimme war nun wieder warm und tief. »Ich muss dir noch zu Babette gratulieren. Wenn auch auf einige Entfernung, haben du und ich doch großartig zusammengearbeitet, Bobbie. Da sieht man mal, was wir bewerkstelligen können, wenn wir unsere Energien bündeln.«

»Pff«, machte Bobbie in sich hinein. Aber die Ladenbetreiberin in ihr war stärker: Sie griff zum Bleistift und zog resolut zwei weitere Striche. Dann blickte sie starr vor sich hin.

»Ist Beatrijs schon wieder weg?«, fragte Laurens, um ihr eine Brücke zu bauen.

»Die war gar nicht hier.«

Er deutete auf den vierten Strich.

»Das war Janna von gegenüber. Die hat *zwei* Kartons Kerzen gekauft. Der Samstag ist immer ein Spitzentag.«

In geduldigem Ton sagte Leander: »Aber du hast Beatrijs doch vorhin angerufen und gebeten, auf einen kleinen Plausch zu dir zu kommen?«

Bobbie ignorierte ihn. Sie zog die Kassenlade auf, winkte Laurens und zeigte auf den Inhalt.

»Ja, du bist Gold wert.«

Sie begann zu lachen. »Glaub nur ja nicht, dass ich auf deine Annäherungsversuche reinfalle, Laurens!«

Leander zog kurz die Augenbrauen hoch und fragte dann: »Ist Beatrijs vielleicht außen herum zurückgegangen?«

»Was hab ich dem Mann gerade gesagt? Sie ist überhaupt nicht hier gewesen.«

Leander beugte sich vor, sodass sein Gesicht nah an dem ihren war. »Ich war dabei, als Beatrijs deinen Anruf auf ihrem Handy bekam. Das war Bobbie, hat sie gesagt, ich geh mal kurz zu Bobbie, die braucht Unterhaltung.«

»Ausgerechnet heute, wo hier der Bär los ist, was?«, sagte Bobbie höhnisch zu Laurens.

Aber auch er hatte gesehen, wie Beatrijs den Anruf auf ihrem Handy entgegengenommen hatte.

Schmallippig kommentierte Leander: »Seltsam, die vielen mysteriösen Anrufe in diesem Freundeskreis. Sehr seltsam.«

Erdstrahlen vielleicht?, dachte Laurens. In seinem Mund breitete sich der merkwürdige metallische Geschmack aus, den man immer bekam, wenn man zu früh am Tag anfing, Alkohol zu trinken. Dagegen half nur noch mehr Alkohol. Weil er Bobbie nicht in den Rücken fallen wollte, schlug er vor: »Bitten wir doch Beatrijs selbst um Aufklärung.«

Draußen lag der Hof verlassen da. Klaar und Karianne saßen jetzt natürlich mit ihren erbeuteten Eicheln in ihrem Zimmer und bastelten Eichelmännchen. Ihr Schwesterchen war wieder da, ihre Familie war wieder intakt. Babettes Verschwinden war ein Intermezzo, über das bei zahllosen Geburtstagsfesten mit wachsender Gleichgültigkeit gesprochen werden würde, bis das ganze Ereignis nur noch Teil jenes halb mythologischen Gespinstes sein würde, das Familiengeschichte hieß.

Eine Woge des Heimwehs erfasste ihn. Auch er hatte eine komplette Familie gehabt. Aber durch seine eigene Schuld war ihm das Glück zwischen den Fingern zerronnen. In einem plötzlichen Impuls fasste er Leander beim Arm. »Ist es möglich, dass die Toten Kontakt zu jemandem suchen?«

Mit großen Schritten rauschte Leander über den knirschenden Kies, auf dem Veronica so oft gegangen war. Jedes Kieselsteinchen hier musste ihre Schritte kennen. »Ich habe dir im Sommer meine Hilfe angeboten, aber auf die hast du keinen Wert gelegt. Und was du jetzt fragst, verrät, dass du leider noch genauso uneinsichtig bist wie seinerzeit.«

Okay, dachte Laurens, demütige mich ruhig, ich habe dich auch gedemütigt, kühl ruhig dein Mütchen, damit das Gleichgewicht zwischen uns so rasch wie möglich wiederhergestellt ist. »Dann klär mich doch bitte auf«, sagte er.

»Wenn es darum geht, dass du es versäumt hast, mit der irdischen Inkarnation deiner Frau Probleme zu lösen, dann ist das natürlich tragisch. Aber das ist bei einem plötzlichen Tod häufiger der Fall. Jetzt ist es zu spät, noch etwas richtig zu stellen, zumindest in diesem Leben. Aber mit dem Trost, den dieser Gedanke uns *auch* bietet, kann jemand wie du wohl leider nicht viel anfangen.«

Sie waren fast bei der Küchentür angelangt. Die Stimmen von drinnen drangen bereits zu ihnen. Gwen, die etwas fragte, und die ungeduldige Antwort darauf von einem der Engel. Ja, Mama, *eben* waren wir im Häuschen, aber jetzt gehen wir oben spielen. Veronica hatte immer gesagt: »Ist doch egal, was sie genau treiben. Hauptsache, es macht ihnen Spaß.«

Er dachte: Ist doch egal, was du genau getrieben hast. Hauptsache ist, du hattest deinen Spaß. War es nicht im Grunde das, worum sich alles drehte? War es nicht das, wodurch man zusammen glücklich blieb: indem man alles nicht so genau nahm?

»Wenn du von Kontakt zu den Toten sprichst«, fuhr Leander fort und drehte sich, die Hand schon an der Türklinke, plötzlich um, »denkst du wahrscheinlich an Séancen, oder wie nennen Leute wie du diese Dinge? Lass dir eines von mir gesagt sein: Die meisten Verstorbenen, die bei einer so genannten Séance angerufen werden, manifestieren sich nie. Nie. Die sind nämlich längst hinübergegangen. Jeder Seher, der auch nur über ein Gran Integrität verfügt, lässt sie daher auch in Ruhe. Nur die Scharlatane unter meinen so genannten Kollegen behaupten, sie könnten Kontakt zu ihnen herstellen, um Narren wie dir das Geld aus der Tasche zu ziehen. Auf das Niveau werde ich mich niemals herablassen. Du versuchst mit deiner Bitte, einen Betrüger aus mir zu machen. Aber das wird dir nicht gelingen. Ich lasse mich von dir nicht zum Quacksalber degradieren.«

Berufsehre, dachte Laurens verwirrt. Das war wahrscheinlich ein Teil der Abrechnung, die Leander noch bei ihm guthatte. Aber schon stark, dass er dabei genau die Ausdrücke verwendete, in denen er immer über ihn gedacht hatte. Und wenn Leander offenbar imstande war, seine Gedanken zu lesen, dann konnte er noch mehr. »Aber ist es denn unmöglich, mit einer Verstorbenen zu kommunizieren? Willst du das damit sagen?«

»Herrgott, Mann. Nur schlechte, erdgebundene Entitäten klammern sich an den Kontakt mit den Lebenden. Die Lebenden sind ihr einziges Verbindungsglied zum physischen Menschen. Ihnen muss man mit größtem Misstrauen begegnen.« Dann trat er seine großen Füße auf der Matte ab und ging in die Küche.

Einen Augenblick lang blieb Laurens wie betäubt stehen. Nur schlechte Entitäten klammerten sich an den Kontakt mit den Lebenden. Denen musste man mit größtem Misstrauen begegnen. Auf diese Möglichkeit war er noch gar nicht gekommen, aber wer sagte eigentlich, dass Veronica etwas Gutes mit ihm vorhatte? Warum sollte sie auch? Vielleicht kam sie Niels seinen Gutenachtkuss geben, um ihm so ganz nebenbei etwas ins Ohr flüstern zu können. Es sah ihr durchaus ähnlich, zu wollen, dass ihre Kinder die Wahrheit erfuhren. Wussten, dass ihr Vater sie auf dem Gewissen hatte.

Mit einem Schleier vor Augen trat er ins Haus.

»Ach, war Beatrijs nicht mehr bei Bobbie?«, sagte Gwen gerade zu Leander. »Dann macht sie bestimmt einen kleinen Spaziergang im Garten.«

»Dann schau ich da mal nach.«

Sowie Leander weg war, murmelte Timo, der immer noch die Füße auf dem Tisch hatte: »Ganz schön blind auf einmal, der Vogel. Er müsste doch von hier aus sehen können, wo sie ist.«

»Du bist blau«, sagte Gwen böse.

»Betrunkene Menschen sprechen die Wahrheit, Maus.«

»Wo sind Niels und Toby?«, fragte Laurens gehetzt.

»Sie sind alle oben, glaub ich.« Vage wedelte Timo mit der Hand zur Decke.

Laurens ging auf den Flur hinaus. »Niels!«, rief er unten an der Treppe. »Toby!«

Oben verstummten die aufgedrehten Kinderstimmen. Nach einer Weile öffnete sich eine Tür, und Niels kam ein paar Treppenstufen heruntergehüpft. »Was ist?«

»Ich wollte nur eben nachsehen, ob alles in Ordnung ist.«

»Ja.« Sein Sohn hatte ganz rote Ohren und etwas Wildes im Blick. Offensichtlich trieben sie dort oben Unfug.

Laurens wurde einen Moment etwas leichter ums gepeinigte Herz. Niels war jung genug, um alles wieder vergessen zu können. Und Toby war noch nicht einmal alt genug, um zu verstehen, was seine Mutter zu erzählen hatte. Aber das würde nicht so bleiben. »Auch mit Toby?«

»Der spielt Dschungelbuch.«

»Ach. Und ihr nicht?«

»Wir schreiben einen Brief. Wir haben …« Erschrocken schaute Niels nach oben, von wo plötzlich eindringliches Flüstern zu hören war. Er wurde offenbar zurechtgewiesen.

Womöglich fiel er noch bei den Damen in Ungnade. »Dann mach mal schnell weiter mit dem Brief. Wo kann ich Toby finden?«

»Lass, ich geh ihn schon holen.« Mit ein paar Sprüngen war sein Sohn die Treppe hinunter, tauchte unter seinem Arm hindurch und schoss wie der Blitz davon.

Sie hatten Toby also irgendwo allein spielen lassen. Man konnte ihnen das nicht verübeln, aber traurig war es schon für das kleine Krokodil. Er wollte Niels gerade hinterhergehen, als die Treppe erneut knarrte und Yajas Leierstimme erklang: »Was willst du denn schon wieder, Laurens?«

Ihre schwarzen Stiefel befanden sich ungefähr in Höhe seines Scheitels, sodass er den Kopf in den Nacken legen musste, um sie anzusehen. »Das könnte ich besser dich fragen«, entgegnete er giftig. »Und da wir einander nun schon sprechen,

Prinzessin auf der Erbse, warum hast du deinem Vater Lügen über mich erzählt?«

Er ging davon aus, dass sie Unwissenheit oder Unschuld vortäuschen würde. Stattdessen zuckte sie die Achseln. »Mir war grad so danach.«

Er war verblüfft. »Mit so was kann man jemandem ziemlichen Ärger einhandeln, ist dir das eigentlich klar?«

»Na und?« Sie schien ein Gähnen zu unterdrücken.

Mir war grad so danach. Das genügte so einem Balg als Begründung. Ohne sie eines weiteren Blickes zu würdigen, ging er hinaus. Hinten im Garten hörte er Leander nach Beatrijs rufen. Seine Stimme hatte einen scharfen, zwingenden Ton.

Wo konnte Beatrijs stecken? Vielleicht war sie nach Bobbies Anruf irrtümlich zum Sommerhaus gegangen anstatt in den Laden. Sie hatten alle zu viel Sekt getrunken, mitten am Tag, und bei jemandem, der neuerdings so enthaltsam lebte wie sie, haute das ziemlich rein. Sie lag vielleicht auf Bobbies Bett unter den Dachbalken und machte ein kleines Nickerchen.

Bobbie hatte es ihm mal gezeigt, von draußen: Guck mal, Laurens, da schlafe ich, und die Löcher unter den Dachziegeln, siehst du die? Die sind für die Schwalben, die bauen da im Frühling immer ihre Nester und fliegen dann, wenn sie Junge haben, ein und aus und ein und aus.

Er schaute sich um, wo Niels geblieben war. Ob er Toby im Ferienhäuschen zurückgelassen hatte? Im selben Moment meinte er seinen Kleinen in der Ferne weinen zu hören, und seine Beine nahmen von sich aus Kurs auf das Häuschen. Das letzte Stück legte er im Laufschritt zurück. »Toby!«, rief er, während er an der Klinke rüttelte. Aber die Tür war abgeschlossen. Er schaute durch die beschlagene Scheibe. Die Wohnküche war allem Anschein nach leer und verlassen.

Er lief um das Häuschen herum. Die Tür des klapprigen

Schuppens stand weit offen. Drinnen hörte er Niels' Stimme: »Das Pedal hier hat sich in den Speichen verklemmt, daran liegt es, du Dummbatz.«

Er ging in den Schuppen hinein.

Niels, der dabei war, einen Stapel Fahrräder auseinander zu ziehen, was offensichtlich seine Kräfte überstieg, schaute erschrocken auf.

»Papa«, schniefte Toby, »ich wollte aus meinem Käfig raus, und da ist alles umgefallen.« Er war unter den ineinander verhakten Rädern eingeklemmt, sah aber unversehrt aus.

»Wir haben dich gleich befreit«, sagte Laurens. Er ruckte das vorderste Fahrrad los, hob es hoch und stellte es an die Wand. »Aber was hast du denn auch in einem Käfig gemacht, du verrücktes Äffchen?«

»Nein, Pap, ich war ein Tiger.«

»Ganz allein?« Er stellte zwei weitere Räder weg.

Niels' Miene sprach Bände, er fürchtete eine Standpauke.

Deprimiert dachte Laurens: Bin ich zu streng zu ihm? »Hilfst du mir eben, Niels? Zeig mal, was du so für Muskeln hast.« Mit vereinten Kräften zogen sie das letzte Fahrrad hoch und stellten auch das an die Wand. Dahinter erklang ein dumpfer Schlag, als hätte drinnen jemand einen sehr großen, schweren Gegenstand auf den Boden geworfen.

»Was war denn das?«, sagte er. Da war doch niemand, die Tür war doch abgeschlossen?

»Beatrijs!«, rief Leander im Garten erneut.

Niels' Miene wurde noch bedripster. »Ich muss mal, Pap.«

»Komm, wir gehen.« Er bückte sich und hob Toby hoch. Im Vorübergehen warf er noch einen Blick auf das Häuschen, aber die Vorhänge der beiden Schlafzimmer waren zugezogen. Und plötzlich schoss ihm ein furchtbarer Gedanke durch den Kopf. Wenn es Veronica bei ihm zu Hause gelang, Gegenstände umzustellen, dann konnte sie das auch hier. Dann konnte sie es überall. Dann konnte sie jederzeit und an jedem Ort ihre Anwesenheit zu erkennen geben, damit er sich darüber im Klaren war, dass es für ihn kein neutrales Terrain mehr gab. Er hatte ihre Zeichen bis jetzt einfach falsch gedeutet. Sie hatte die Jagd auf ihn eröffnet.

DRITTER TEIL

Winter

Gespenster

Im Autoradio wurden winterliche Schauer und Glatteis-Gefahr gemeldet. Gwen trat das Gaspedal ihres klapprigen Toyota etwas weiter durch. Wenn sie bloß in Amsterdam war, bevor das schlechte Wetter einsetzte. Auch ohne Straßenglätte erschöpfte sie der Großstadtverkehr schon mehr als genug. An so gut wie leere Straßen gewöhnt, wo man nur hin und wieder mal geduldig hinter einem Traktor hängen blieb, kam sie sich wie eine beschränkte Provinzlerin vor. Im Rückspiegel tauchten unaufhörlich neue Autos auf, die in grimmiger Eile herangerast kamen. Man musste sich offenbar voll ins Zeug legen, sich gegenseitig schneiden und dann auch noch hupen.

Einer von Veronicas Theorien nach gab es drei Dinge, die ein jeder felsenfest von sich glaubte, nämlich: 1. Ich bin ein guter Freund/eine gute Freundin, 2. Ich bin gut im Bett, 3. Ich kann gut Auto fahren. Wenn sie also freimütig bekannte, nur eine mittelmäßige Fahrerin zu sein, stimmte offenbar etwas nicht mit ihr. Über die Frage, ob sie die anderen beiden Voraussetzungen erfüllte, mochte Gwen momentan lieber nicht nachdenken.

In der Ferne tauchten bereits die ersten Ausläufer Amsterdams auf. Gwen wechselte sicherheitshalber schon mal auf die rechte Fahrspur, um nachher bei der Ausfahrt nicht in Schwierigkeiten zu geraten. Obwohl sie diese Strecke nun schon seit fast zwei Monaten einmal die Woche zurücklegte, blieb es nervenaufreibend.

Sie dachte: Dabei habe ich so was früher mit links gemacht.

Die meisten Menschen verstanden das nicht oder nur halb. Sie wussten nicht, was es hieß, mit einem unaufgelösten Rätsel weiterleben zu müssen. Sie konnten sich keine Vorstellung davon machen, wie sehr so ein Rätsel die eigene Sicherheit aushöhlte, wie es das Vertrauen in die gesamte Existenz, ja auch in das eigene Ich untergrub. Schließlich hatte man selbst ebenso wenig Licht ins Dunkel bringen können. Nach Meinung anderer sollte man froh sein, dass man sein Kind wohlbehalten wiederbekommen hatte. Aber von wem? Wer hatte Babette zurückgebracht? Und warum?

Aber so dachte der Rest der Welt nicht. Dass Babettes Rückkehr immer noch genauso wenig zu erklären war wie ihr Verschwinden, war natürlich höchst unbefriedigend, vielleicht sogar in der Tat gespenstisch. Doch irgendwann sollte man aufhören, anderen damit in den Ohren zu liegen. Auch die Polizei setzte längst andere Prioritäten: Tagtäglich passierten abscheuliche Dinge, wurden unsägliche Verbrechen begangen und ereigneten sich tragische Unfälle. So merkwürdig Babettes Fall auch sein mochte, er war schließlich gut ausgegangen, und man hatte keine Spuren gefunden, die irgendeinen Anhaltspunkt geliefert hätten. Da konnte man also schwerlich mehr von der Polizei erwarten. »Der Kidnapper müsste erst noch ein zweites Mal zuschlagen«, hatte der Lispler, sich damit abfindend gesagt, »und dann möglichst einen Fehler machen, damit wir ihn oder sie fassen können.«

So zynisch war die Welt also gestrickt.

Zu seinem eigenen Besten musste man also inständig hoffen, dass möglichst viele Eltern lieber heute als morgen die Wiege ihres Kindes leer geraubt vorfanden, die Decken noch warm, im Kissen noch der Abdruck des Köpfchens. Das war,

Herrgott noch mal, die einzige Chance auf Gerechtigkeit. Ansonsten blieb man der schrecklichen Willkür des Lebens ausgesetzt.

Als sie in die Stadt hineinfuhr, fing es an zu schneien, in lockeren, nassen Flocken. Ihr war, als könne sie die Kälte durch die Windschutzscheibe hindurch spüren. Der lange, dunkle Winter lag noch in Gänze vor ihr. Und weil sie das kleine Würmchen, das seine Mama den lieben langen Tag brauchte, ständig vor Augen hatte, kam sie nie ganz von dem los, was geschehen war. Dauernd wurde sie mit der Nase auf das quälende Rätsel gestoßen. Daher war sie so dankbar für die Möglichkeit, die Leander ihr geboten hatte. Bei seinem neuen Projekt musste natürlich jemand Beatrijs an seiner Seite ersetzen. Aber schön, dass er gerade sie dafür ausgesucht hatte.

Sie hatte Glück: Die Gracht war nicht mit Autos verstopft, und einen Parkplatz zu finden war auch kein Problem. Sie nahm die Schlüssel aus ihrer schweren Tasche und ging hinein. Es war eiskalt in dem kleinen Saal im Souterrain. Rasch drehte sie den Thermostat der Heizung höher. Noch gut eine halbe Stunde hatte sie, das reichte genau. Sie schob die grauen Plastikstühle in Reih und Glied, fuhr mit einem Besen über das Podium, breitete das tiefrote Tuch über den Tisch aus und stellte eine Karaffe Wasser bereit. Die feste Abfolge konkreter Handlungen verschaffte ihr Woche für Woche das Gefühl, wieder für kurze Zeit die Alte zu sein, praktisch und adäquat.

Sie hörte Leander hereinkommen und gewohnheitsgemäß in den kleinen Umkleideraum hinter dem Saal weitergehen, der nur mit einem Stuhl und einem Spiegel eingerichtet war. Alles in diesen angemieteten Räumlichkeiten war gleichermaßen bescheiden. Heruntergekommen, hätte vielleicht ein anderer gesagt. Das Linoleum hatten unzählige anonyme Füße verschlissen. An der Decke waren braune Feuchtigkeitsflecken. Aber davon würde nichts mehr zu sehen sein, wenn der kleine Saal einmal in weiches Kerzenlicht getaucht war. Als Erstes zündete sie die Räucherstäbchen an. Timo würde nachher bestimmt wieder meutern, wenn sie mit diesem Duft in den Kleidern nach Hause kam. Er fand, sie müsse nach Thymian und Klee riechen. Er fand, sie gehöre in den Garten und auf die offene Bienenweide und nicht in halb unterirdische Säle ohne Tageslicht und frische Luft. »Und wenn du wenigstens was damit verdienen würdest«, hatte er schon ein paarmal fassungslos gesagt. Er hasste einfach Veränderungen, alles sollte bleiben wie es war, sicher und vertraut. Deshalb weigerte er sich störrisch, der Tatsache ins Auge zu sehen, dass sich ihr Leben längst verändert *hatte*, dass es mit dem Tag der Entführung ihrer kleinen Tochter – durch Außerirdische, wie es schien – unsicher und unberechenbar geworden war.

Sie nahm die Kerzen aus ihrer Tasche, stellte sie in die mit Wachs beträufelten Leuchter, zündete sie an und knipste das Licht aus. Es war zehn vor fünf. Rasch zog sie das Gummiband von ihrem Pferdeschwanz und drehte die Haare im Nacken zu einem Knoten. Dann ging sie die Tür öffnen.

Wie jede Woche, seit Leander diese Sitzungen begonnen hatte, wartete draußen schon ein kleines Knäuel Menschen. Die meisten waren Frauen, die um einiges älter waren als sie selbst. Sie standen fröstelnd im nassen Schnee beisammen, in der stummen Hoffnung vereint, dass sie heute Nachmittag vielleicht hier Antwort auf ihre Fragen bekommen würden. Die Ave-Marias und Vaterunser hatten sie längst abgehakt. Und sie wussten nicht, dass eigentlich Beatrijs sie hätte willkommen heißen sollen. Sie kannten nur Gwen als diejenige, die sie zu Leander einließ.

Im Vestibül tauschte sie mit den festen Besuchern Begrüßungen und Höflichkeiten aus, erkundigte sich nach verschwundenen Haustieren, Kindern, Ehepartnern. Neulinge wies sie auf die Kleiderhaken im Flur hin, an die sie ihre triefenden Mäntel hängen konnten, und winkte ab, wenn Portemonnaies gezückt wurden: Nein, nein, wir erheben keinen Eintritt, aber im Anschluss können Sie gern eine Spende in dieser Schale hinterlassen, wenn Sie möchten. Verflixt, sie hatte vergessen, die Kerzen bereitzulegen, die die Leute mit nach Hause nehmen durften.

Im Eiltempo lief sie hinein, um sie zu holen. Zum Glück war die Lagerkontrolle noch nie Timos Stärke gewesen. Während kleckerweise die letzten Besucher hereinkamen, ordnete sie die Kerzen in einem Kreis um die Kupferschale an. Fünf Uhr. Zeit, die Tür zu schließen und die Klingel abzustellen.

Wieder im Saal, schlug sie auf den Gong. Das ohnehin zurückhaltende Stimmengewirr verstummte sofort. Sie nahm ihren Platz links neben dem Podium ein und faltete die Hände im Schoß. Vom anderen Ende des Saals her hörte sie Leanders Schritte. Ohne Eile ging er durch den Mittelgang nach vorn. Manchmal blieb er kurz stehen: Dann legte er jemandem kurz die Hand auf den Kopf. Je näher er kam, desto ruhiger wurde ihr Herzschlag. Mit allen anderen zusammen wurde sie in seine beruhigende, heilende Energie aufgenommen.

Er stieg die Stufen zum Podium hinauf, setzte sich an den Tisch und breitete die Hände aus, die leicht glänzten, weil er sie immer mit Vaseline eincremte, damit sie besser leiteten. Über dem schwarzen Oberhemd wirkte sein Gesicht mit dem nach hinten gekämmten Haar noch bleicher als sonst. Er blickte in die Runde. »Guten Tag und willkommen«, sagte er ebenso sachlich wie freundlich. »Manche von Ihnen kennen mich schon. Andere sind heute zum ersten Mal hier. Speziell für diese kurz das Folgende. Wahrscheinlich hatten Sie bereits einmal Kontakt mit Paragnosten, Magnetiseuren oder anderen Lichtarbeitern. Diese haben Ihnen nicht das geben können, was Sie suchten. Deshalb sind Sie jetzt hier.«

Es wurde noch stiller, als es schon war. Keiner der Anwesenden rührte sich.

»Wenn es Ihnen heute Nachmittag vor allem darum geht, Botschaften von Verstorbenen zu vernehmen, werden Sie merken, dass sich meine Arbeitsweise von dem unterscheidet, was Sie bisher mitgemacht haben. Meiner Erfahrung nach gibt es keinen Tod und keine Toten. Sterben ist nur ein Versuch, aus dem Stadium des Menschseins zu erwachen und Eingang in eine andere Dimension zu finden. Ich kann Ihnen, wenn Sie es möchten, zwar sagen, wie weit Ihre Verstorbenen auf diesem Weg vorangekommen sind. Aber ich möchte sie nicht mit erdverhafteten Fragen belästigen. Es ist unser Auftrag, jene, die im Begriff sind zu erwachen, in Liebe loszulassen. Das ist der beste Dienst, den wir ihnen, aber auch uns selbst erweisen können.«

Gwen hatte ihn diese Worte inzwischen schon so oft aussprechen hören, doch sie verursachten ihr jedes Mal wieder Gewissensbisse. Nach Veronicas Tod hatte Timo mit den erschütterten Engeln ein kleines Gedicht einstudiert. Marleen und Marise hatten es bei der Beerdigung im Anschluss an die erwachsenen Redner im Trauersaal tapfer vorgetragen. Sie war sogar noch stolz gewesen, dass sich ihre Töchter so etwas zutrauten. Mit Haarklemmen in den wilden Mähnen und identischen karierten Blusen ohne Risse oder Flecken an, hatten sie mit erstickten Stimmen rezitiert:

»Könnten Tränen Stufen bauen
und Erinnerungen noch mehr,
stiegen wir jetzt in den Himmel hinauf
und brächten Veronica gleich wieder her.«

Wie egoistisch man doch in seinem Kummer wurde. Wie sehr man klammerte, wie abhängig man blieb. Hilflos, konnte man vielleicht auch sagen. Sie dachte: Vergib uns, Veronica, wir wussten nicht, was wir taten, ehrlich.

Leander trank einen Schluck Wasser, blickte erneut im Saal herum und sagte: »Darf ich den Ersten von Ihnen, der ein Anliegen hat, bitten, nach vorn zu kommen?«

Eine alte Frau mit scheuen Augen fasste sich sogleich ein Herz. Gwen stand auf und nahm das Foto von ihr entgegen. Ah, wieder der spurlos verschwundene Sohn, der einen bankrotten Familienbetrieb, Frau und drei Kinder zurückgelassen hatte. Es war jetzt sicher schon das vierte oder fünfte Mal, dass sie dieses Bild und diese Frau sah. Sie nickte ihr kurz ermutigend zu. Danach legte sie das Foto vor Leander auf den Tisch.

Nur ganz kurz begegneten sich ihre Blicke. In seinem war etwas Stumpfes, Leeres fast. Aber er begann sofort, das Foto mit seinen glänzenden Fingerspitzen zu betasten, und legte dann so konzentriert los, als hätte er selbst keinerlei Sorgen.

Timo brauchte sie mit der Geschichte vom verlorenen Sohn nicht mehr zu kommen. Als sie sie ihm erzählt hatte, hatte er gesagt: »Der Bursche ist doch einfach mit 'ner anderen durchgebrannt! Der sitzt jetzt mit der Firmenkasse und 'ner neuen Frau in Casablanca. Und vielleicht hat er gute Gründe dafür. Was mischt ihr euch da überhaupt ein?«

Jetzt hatte sie nicht mitbekommen, was Leander gesagt hatte. Sie nahm das Foto wieder von ihm entgegen und gab es der Frau zurück, die vor Erleichterung strahlte.

Auch die Nächste war eine alte Bekannte: das ertrunkene Mädchen aus IJmuiden. Seit dem vorigen Mal sei sie dem Licht ein gutes Stück näher gekommen, sah Leander sofort, aber ihr Ringen sei noch nicht beendet. Vor Gwens geistigem Auge ruderte das arme Kind in trübem, mit Algen verschlicktem Wasser nach Leibeskräften mit Armen und Beinen, während ihm die letzte Luft aus den Lungen entwich. Doch gerade dieses Ringen hatte die Kleine ja längst hinter sich. Es ging jetzt um einen ganz anderen Kampf.

Sie lauschte Leanders beruhigenden Worten. Dennoch erfüllte es sie nach wie vor oft mit einem unbehaglichen, bedrückenden Gefühl, dass man im Jenseits offenbar so viel Arbeit leisten musste. Man war noch lange nicht am Ziel, wenn man den letzten Atemzug getan hatte. Dann musste man sich zunächst einmal abgewöhnen, Mensch zu sein. Man konnte nicht mehr auf die eigenen Fähigkeiten zurückgreifen, und persönliche Unzulänglichkeiten galten nicht mehr als Entschuldigung. Man musste von allem Abstand nehmen, was einen im Leben unverwechselbar und einzigartig gemacht hatte. Schaute man sich weiterhin sehnsüchtig danach um, wer und was man gewesen war, wurde man zu einer kosmischen Variante der Frau des biblischen Lot: Man erstarrte in einer der vielen Übergangsstufen zwischen dem Irdischen und dem Höheren. Aber wie sollte ein ertrunkenes Mädchen, das noch so klein war, sich *nicht* nach seinem Hamster oder seinem Puppenhaus oder den starken Armen seines Papas zurücksehnen? Es erschien ihr so unfair, so herzlos auch, das von jemandem zu erwarten, der sich noch nicht mal allein die Schuhe zubinden konnte.

Wer jung sterbe, sagte Leander freilich, habe in der Regel eine alte Seele, das sei schon fast eine Gesetzmäßigkeit. Wer jung sterbe, verstehe sozusagen schon etwas davon. Nein, vermasseln würden es meistens Erwachsene in einer frühen Inkarnation, die nicht vom Kontakt mit den Lebenden ablassen könnten und damit Unglück über sich und andere brächten.

Ein Besucher nach dem anderen kam mit seinem Foto nach vorn. Bilder von einem verlorenen Ring, der ein geliebtes Erbstück war. Von einem von zu Hause weggelaufenen, querköpfigen Teenager. Vom verschwundenen Hündchen eines behinderten Kindes. Es war alles in allem eine ganz normale Sitzung.

Hinterher räumte Gwen den Saal auf. Sie löschte die Kerzen, drehte die Heizung ab und fand im Flur einen Schal, den jemand vergessen hatte. Die Leute gingen so erwärmt von hier weg, dass sie gar nicht mehr merkten, welche Jahreszeit es war. Sie nahm das Geld aus der Schale, die sie danach mit einem brennenden Stückchen Sandelholz reinigte. Dann erst ging sie in den Umkleideraum. Leander brauchte immer ein wenig Zeit, um sich zu erholen.

Er saß vor dem Spiegel und massierte seine Schläfen. Er sah grau und erschöpft aus.

»Müde?«, fragte sie, während sie die Geldscheine vor ihn hinlegte.

Er nickte nur kurz.

»Ich habe Äpfel dabei. Möchtest du einen?«

»Nein, keinen Appetit.«

Weil es nur einen Stuhl gab, blieb sie im Türrahmen stehen.

Auf einmal sah er sie direkt an. »Ach, Gwen, ehe ich es vergesse. Könnte ich dir dieses Wochenende Yaja anvertrauen? Ich muss mal zu Kräften kommen.«

»Ist schon wieder ihr Wochenende?«, fragte sie, um Zeit zu gewinnen. Sie hatte Timo versprochen, ihm beim Räumen der Bienenkästen zu helfen. Diese traurige Arbeit konnte sie ihn nicht allein machen lassen. In diesen Kästen steckten sein Herz und seine Seele. Aber es half alles nichts mehr. Desinfizieren und von vorn anfangen, das war jetzt die einzige Lösung. Die mit toten Honigbienen und Arbeiterinnen mit gebrochenen Flügeln übersäte Bienenweide glich schon fast einer Geisterstadt.

Im Frühling haben wir neue Völker, dachte sie, o ja, mehr als genug! Aber konnte man sich darauf verlassen? Konnte man überhaupt mit irgendetwas ganz fest rechnen? Nicht einmal der Natur war zu trauen, auch wenn sie einem mit ihren festen Rhythmen Sand in die Augen zu streuen versuchte. Genauso gut konnte es sein, dass es demnächst auf der ganzen Welt keine einzige Biene mehr gab. So war es auch den Dodos ergangen.

»Fein, Gwen«, sagte er. »Dann setze ich sie morgen Nachmittag in den Zug.« Er erhob sich, überraschend flink für einen so großen Mann, und umarmte sie. Sie spürte seinen Atem an ihrem Hals.

»Gibt es übrigens noch etwas Neues?«, stotterte sie, während sie einen Schritt zurücktrat. Aus irgendeinem Grund vermied sie es, Beas Namen auszusprechen.

Er schüttelte den Kopf, setzte sich wieder und steckte ohne hinzusehen das Bündelchen Geldscheine in die Hosentasche.

Plötzlich störte es sie, dass er sich nie nach *ihren* Problemen erkundigte. Es hatte im Moment wirklich den Anschein, als stünden alle ihre Planeten falsch. Sie war nicht nur davon ausgegangen, dass mit Babettes Rückkehr endlich alle Unsicherheit ein Ende hatte, sie hatte auch gedacht, nun wahrlich genug gelitten zu haben. Und jetzt auch noch das Theater mit der Imkerei. Man glaubte, das Buch der Schmerzen durchzuhaben, aber es fing glatt ein neues Kapitel an. »Ich geh dann mal«, sagte sie.

»Willst du nicht lieber warten, bis der Feierabendverkehr vorüber ist? Hier, ich habe noch Tee.« Er langte nach seiner Thermoskanne. »Du machst dich nicht auf die lange Reise, ehe du nicht etwas getrunken hast. Komm, Gwen, lass dich mal umsorgen.«

Alle naselang einen Blick auf seine Armbanduhr werfend, flitzte Laurens durch die langen, bunt gefliesten Gänge mit ihrem zeitlosen Geruch nach Kinderschweiß und Kreide. Wenn man zu einem Zehnminutengespräch zu spät kam, konnte man es auch gleich bleiben lassen. Im Vorübergehen erwiderte er über die Schulter hinweg hastig den Gruß eines Vaters, mit dem er früher eine Zeit lang den Schülerlotsen gemacht hatte. Die Schule erwartete eine Menge Einsatz von den Eltern, und das zu Recht. Hier war schließlich die Arena, in der sich das tägliche Leben ihrer Kinder abspielte. Hier schaute sich Niels alles bei den größeren Jungen ab. Hier lernte er mehr als zu Hause, bei seinem fossilen Vater, hier lernte er die Dinge, auf die es ankam, wenn man sieben war.

Laurens stürmte in das Klassenzimmer seines Sohnes, beglückt, dass er es rechtzeitig geschafft hatte, oder vielleicht fühlte er sich auch so gut, weil hier alles so normal und alltäglich war: eine kristallklare Welt des Lesens und Schreibens und der Hefte, in die die Lehrerin mit Rotstift einen großen Schnörkel malte, wenn man es gut gemacht hatte. Hieran war nichts Dunkles oder Rätselhaftes.

»Ha, Nicky«, sagte er dankbar.

Die Lehrkraft seines Sohnes war ein etwas eulenhaftes, früh ältliches Mädchen mit nikotinfahlem Gesicht. Sie trug vorzugsweise Schottenröcke mitsamt der zugehörigen Nadel. Niels betete sie an, wie seinen täglichen Erzählungen anzumerken war. Seine Augen strahlten, wenn er schilderte, wie sie mit Kreide etwas an die Tafel schrieb: »Mit links, Pap, das ist doch ganz schwer, nicht?« Vermutlich war sie der Hauptgrund dafür gewesen, dass er sich zu Sinterklaas Haargel gewünscht hatte.

»Tag, Laurens.« Sie gab ihm die Hand. »Und, kommst du noch einigermaßen mit allem zurecht?«

Er nickte einfach. »Hier sieht es ja richtig festlich aus.«

Das Klassenzimmer war weihnachtlich geschmückt. Von der Decke hingen goldfarben gespritzte Tannenzapfen herunter, und auf der Fensterbank stand eine lange Reihe weihnachtlicher Bastelarbeiten: Kerzen aus Pappe mit einer Flamme aus rotem Karton. Sie folgte seinem Blick und zeigte auf das Exemplar, das mit silbernen Sternchen beklebt war: »Die da ist von Niels. Er macht immer etwas Originelles daraus. Er hat einfach eine tolle Fantasie.«

Dass sich die wichtigste Frau im Leben seines Sohnes lobend über ihn äußerte, lenkte Laurens schlagartig ab. Gerade war ihm nämlich siedend heiß eingefallen, dass er zu Hause noch gar nicht für Lichter oder Kugeln gesorgt hatte. »Er geht gern zur Schule«, sagte er eilfertig. »Er ist ganz vernarrt in seine Lehrerin.« Er dachte: Ich kaufe nachher gleich eine *Libelle*, da steht bestimmt drin, wie man es zu Hause gemütlich macht.

Sie lachte. »Und ich in ihn. Solange er nur nicht versucht, mich zu entführen.« Das war ihr Standardscherz.

Nach den Herbstferien hatte Niels es selbst in der Schule erzählt, im Rundgespräch. Wir haben meine Tante gekidnappt. Mit der Geschichte hatte er große Anerkennung geerntet. Er war als Held der Klasse nach Hause gekommen, mit breitbeinigem Gang und triumphierendem Blick. »Sie fanden das cool, Papa.« Wohl nicht dazugesagt, Niels, wie die Folgen für deine Tante aussehen, hm? Aber diesen Kommentar hatte er sich wohlweislich verkniffen. Er hatte dem Kerlchen schon gehörig genug die Leviten gelesen. Man konnte seinem Kind nicht ewig feurige Kohlen aufs Haupt sammeln, weil es bei einem Spiel einmal zu weit gegangen war. Man musste dafür sorgen, dass man eine Vertrauensbasis bewahrte. War man als Eltern zu zweit, konnte man sich in der Rolle des Bösen abwechseln. Allein ging das nicht.

»Ist etwas?« Aufmerksam musterte Nicky ihn. »Etwas, was ich über Niels wissen sollte, meine ich?«

Er zögerte. Ihm war immer noch nicht wohl dabei. Fand sie es wirklich normal, wenn man jemanden fesselte und einsperrte? Aber er wagte das Thema nicht weiter anzuschneiden. Er wollte um keinen Preis riskieren, dass er Niels, der so in sie verliebt war, bei ihr in Diskredit brachte.

Sie sagte: »Ich finde, dass er sich wacker schlägt, in Anbetracht der Umstände. Er arbeitet gut mit. Er hat keine Konzentrationsprobleme. Im Lesen ist er sicher einer der Besten, und die kleineren Probleme im Rechnen sind langsam überwunden. Das Einzige, was ich ihm anmerke, ist, dass er sehr dazu neigt, sich in sich selbst zurückzuziehen. Ich weiß nicht immer, wie ich das anpacken soll.« Unbefangen sah sie ihn an, als sei er der Experte. »Er ist so ein kleiner Träumer. Das ist in Ordnung, aber isolieren sollte er sich natürlich nicht. Also versuche ich ihn hin und wieder dazu zu stimulieren, etwas mit anderen zusammen zu machen. Bist du damit einverstanden, oder wäre es dir lieber, wenn ich ihn in Ruhe lasse?«

Er schlug die Beine übereinander und blickte an die Decke. »Stimulieren besser.«

»Kommen oft Freunde zum Spielen zu ihm nach Hause? Ach nein, er geht natürlich zur nachschulischen Betreuung. Wann bist du dort eigentlich das letzte Mal zu einem Gespräch gewesen?«

»Du kannst es ruhig offen sagen. Hast du das Gefühl, dass mit Niels irgendwas nicht stimmt? Muss ich mit ihm zum Psychiater oder so?«

»Aber nein«, sagte sie etwas zu rasch, »er hat einen großen Kummer zu verarbeiten und ist gerade alt genug, sich dessen bewusst zu sein. Nach einem Todesfall geht es in der ersten Zeit ja oft drunter und drüber. Selbst als Erwachsener weiß man dann nicht gleich, was man eigentlich genau empfindet. Und für ein Kind ... Ich erinnere mich noch gut daran, wie das war, als meine Oma starb.« Sie lächelte ihn matt an.

Er kam sich grob und unliebenswürdig vor, aber er brachte es einfach nicht fertig, nachzufragen, was das für Erinnerungen waren. Omas starben nun mal, das wusste man vorher.

»Es gibt heutzutage spezielle Trauergruppen für Kinder. Soll ich mich mal danach erkundigen?«

Niels in einer Trauergruppe. Dann würde Toby, hüpfend

vor Begeisterung oder vor Wut, auch in eine Trauergruppe wollen. »Ich würde es mir lieber erst durch den Kopf gehen lassen.«

»Natürlich. Aber um Hilfe bitten muss nicht heißen, dass man selbst versagt hat.«

»Gibt es sonst noch etwas zu besprechen?«

Sie dachte kurz nach. »Neulich fragte er mich … Es war gerade so viel los, als er plötzlich vor mir stand, da habe ich leider nicht richtig zugehört.«

»Was hatte er denn?«

Sie senkte den Kopf. »Nun, er hat mich gefragt, ob ich mit ihm auf den Friedhof gehen würde.«

Wollte Niels seiner Lehrerin Veronicas Grab zeigen? Was konnte das bedeuten? Aber vielleicht war es ja ganz normal. Vielleicht war es sogar ein gutes Zeichen. Hier liegt meine Mama begraben. Sie ist tot.

Es klopfte an der Tür. »Da ist schon der Nächste.« Nicky erhob sich. »Ich rufe dich im Laufe der Woche noch einmal an, ja?«

Ein wenig bedeppert stand er kurz darauf wieder vor der Schule. Es schneite nicht mehr, aber es war nasskalt. Das Straßenpflaster glänzte im Licht der Laternen. Er schlug den Kragen hoch und stieg auf sein Fahrrad. In fünf Minuten konnte er zu Hause sein und die Babysitterin ablösen. Doch da erinnerte er sich an seinen vorhin gefassten Vorsatz. Also schnell noch in die Stadt, in einen Zeitschriftenladen. Fachliteratur über Weihnachten.

Kurz darauf stand er vor Regalen voller Zeitschriften mit stimmungsvollen Titelblättern. Kerzenflammen leuchteten ihm entgegen, Kaminfeuer prasselten, mit Pulverschnee bestäubte Christbaumkugeln prunkten in kunstvollen Arrangements aus Tannenzweigen. Er begann, die Hefte systematisch durchzublättern. Weiß lag dieses Jahr im Trend. Mit Silberkugeln in einer Glasschale erzielte man einen ungewöhnlichen, festlichen Effekt. Bei heruntergetropftem Kerzenwachs immer Packpapier und ein lauwarmes Bügeleisen verwenden. Dieses Jahr mal nicht *einen* großen, sondern zwölf kleine Weihnachtssterne nehmen und diese in einen Kranz aus Flechten einarbeiten. Ein mit selbst aufgezogenen Perlenschnüren behängter Baum. Sieh an, das wär vielleicht was für Toby.

Zwei kichernde Mädchen griffen neben ihm nach der *Yes*. Er sah sich kurz durch ihre Augen: ein vergrämter, ungepflegter Mann in nassem Regenmantel, vertieft in »die Extratipps für das besondere vorweihnachtliche Ambiente«. Andere Männer kauften gerade angesagte Magazine wie die *Nieuwe Revu* oder die *Quote* oder auch den *Playboy* – natürlich nur wegen des sensationellen Interviews des Monats. Er wandte sich etwas ab und las weiter.

Die festlich gedeckte Weihnachtstafel. Zusammenstellung des Festessens. Jetzt ging es zur Sache. Gegrillte Putenmedaillons mit Olivenbutter. Hasenrückenfilet mit Preiselbeersoße. In Fenchel geschmorter Kaninchenschlegel. Büffelmozzarella mit Pistou. Hausgemachte Geflügelleberpastete. Auberginetürmchen mit Petersiliensoße. Duftende Muschelpäckchen. Austernpilzstrudel mit Nüssen. Tomaten-Ricotta-Timbalen. Kartoffelsalat mit geräuchertem Geflügelfleisch und Korianderdressing. Würzige Makrelenmousse. Pikante Apfelbeignets mit Ziegenkäse. Lasagne mit Meeresfrüchten und Wermutsoße. Cidresoße. Krebssuppe mit Meerrettichsahne. Cremiger Minzrisotto. Putenrouladen mit selbst gemachtem Pesto. Portobello-Pilze mit Balsamicosirup und Roquefort.

Portobello-Pilze mit Balsamicosirup und Roquefort: Das gab ihm irgendwie den Rest. Er legte die Zeitschrift zurück. Sämtliche Portobello-Pilze der Welt konnten nicht ungeschehen machen, was er seinen Kindern angetan hatte.

Mit einem irritierten »Entschuldigung, darf ich mal?« versuchte sich jemand an ihm vorbei zum Regal durchzuquetschen. Was versuchte er sich hier eigentlich weiszumachen? Dass es genügte, wenn er ein paar Christbaumkugeln kaufte und ein Essen mit sechs Gängen auf den Tisch zauberte? Durch sein Zutun dachten sie in der Schule, Niels sei reif für den Psychiater, und Toby würde es gewiss nicht viel besser ergehen. Er hatte ihnen ihre Mutter genommen. Zumindest die aus Fleisch und Blut.

Zugegeben, es vergingen mitunter Wochen, ohne dass sich Veronica bemerkbar machte. Doch immer gerade dann, wenn er erleichtert dachte, dass er sich alles nur eingebildet hatte, schien sie wieder mal kurz hereingeschaut zu haben. Sie war nach ihrem Tod genauso ungreifbar und schwer festzunageln wie zu ihren Lebzeiten. Ganz sicher war er sich freilich nie, und das machte es besonders nervenaufreibend. Manchmal zog er die falschen Schlüsse, und es gab hinterher eine vollkommen logische Erklärung für dies oder das. Aber es konnte doch genausogut auch andersherum sein. Wie sollte er noch auf sein eigenes Urteil vertrauen?

Neulich hatte es wieder so einen Moment gegeben, an einem regnerischen Nachmittag. Niels und Toby hatten sich um irgendwas gestritten, einen Bleistift oder ein Auto: Viel Wind um nichts. Da war es ihm zu viel geworden. Er war nach draußen gelaufen und mit den Händen in den Taschen eine Weile durch den verwahrlosten Garten getigert. Sehnlichst hatte er sich eine Zigarette gewünscht. Aus lauter Verzweiflung hatte er schließlich zu einer Harke gegriffen und war dem toten Laub zu Leibe gerückt. Nicht von ungefähr hatte er es so lange hinausgezögert, hier für Ordnung zu sorgen: Der Garten war immer ihre Domäne gewesen. Ein kleiner ummauerter Stadtgarten nach Norden war es, große Ehre konnte man damit nicht einlegen, aber sie hatte zu jedem Strauch, zu jeder Pflanze eine innige Beziehung gehabt. »Nimm zum Beispiel den Flieder da, Laurens. Ein fürchterlicher Nichtsnutz eigentlich. Aber wenn er blüht, verzeihe ich ihm alles, jedes Frühjahr wieder.«

Und ausgerechnet dort, direkt unter ihrem Lieblingsstrauch, hatte er die Erde fein säuberlich freigeharkt und mit einer doppelten Reihe weißer Kieselsteinchen verziert vorgefunden. Es hatte ihm die Haare zu Berge stehen lassen. Nichts hindert mich, hier hin und wieder ein bisschen zu gärtnern, Laurens, wenn mir danach ist. Verstanden? Dort, wo ich deinetwegen jetzt bin, gibt es nun mal keinen Flieder und keine Jahreszeiten.

Sollten Niels und Toby je die Wahrheit erfahren, würden sie ihr Vertrauen in ihn niemals, aber auch niemals wiedergewinnen. Dann würden sie praktisch als Waisen aufwachsen, hart und verbittert. Sein kleines Krokodil und sein Großer: sein Allerliebstes auf der Welt.

Abends hatte er dann wieder mal zum Telefonhörer gegriffen, obwohl neuerdings immer der Anrufbeantworter eingeschaltet war und Leander nie zurückrief.

Als ihn jemand anstieß, der an die festlichen Weihnachtssonderhefte heran wollte, wurde Lauren bewusst, dass er immer noch im Zeitschriftenladen vor den Regalen stand. Schwerfällig setzte er sich in Bewegung. Am Ausgang hing eine Traube Folienballons. Mit einem faden Geschmack im Mund kaufte er einen mit Popeye für Toby und einen mit Superman für Niels.

An jeden öden langen Tag schloss sich auch noch ein öder langer Abend an. Es sei denn, sie hatte Besuch. Doch Beatrijs hatte längst feststellen müssen, dass nicht viele Menschen es bei all ihren eigenen Sorgen noch aufbrachten, Woche für Woche vorbeizukommen. Sie konnten sich nicht vorstellen, wie es war, zwei Monate lang ans Bett gefesselt zu sein. Das hatte sie selbst früher auch nicht gewusst. Also konnte sie es niemandem verübeln.

Sie schaute auf den Gipsbuckel ihres Knies und wünschte sich, sie könnte wieder mal die Zehen ihres linken Fußes sehen – ein vergeblicher Wunsch für jemanden, der im Streckverband dalag, aber sie musste an irgendetwas denken, um sich abzulenken. Huhu, Zehen, ich hab euch nicht vergessen. Sie hatte heute Abend eigentlich mit Gwen gerechnet, die kam nach Leanders wöchentlicher Psychometriesitzung fast jedes Mal vorbei. Er selbst war dann immer völlig erledigt und musste umgehend nach Hause, ohne noch zu einem Zwischenstopp bei ihr in der Klinik fähig zu sein. Aber offenbar hatte sich Gwen heute nicht noch eine weitere halbe Stunde aufopfern können. Hatte bestimmt was Wichtigeres oder Interessanteres zu tun.

Sie unterdrückte einen Seufzer. Zu blöd, dass immer die als Erste zur Zielscheibe ohnmächtigen Zorns wurden, die am treuesten waren und die größte Anteilnahme zeigten. Sie konnte froh sein, eine Freundin wie Gwen zu haben, und Leander auch. Er verspätete sich übrigens ganz schön mit seinem Anruf. Sie hatte gute Neuigkeiten und brannte darauf, sie ihm zu erzählen. Er würde sich freuen.

Auf dem Gang draußen schob jemand ein quietschendes Wägelchen. Ansonsten war es still.

Ruhelos änderte sie ihre Haltung, soweit das überhaupt ging. Die Rollen für die Aufhängung ihres Beins sirrten kurz. Was könnte sie sich jetzt wieder einfallen lassen, um sich zu beschäftigen? Alles um sie herum war gleichermaßen uninspirierend. Warum musste in so einer Klinik bloß alles so hässlich sein? Dieses deprimierende Resopal, diese saft- und kraftlosen Vorhänge, die beiden Stühle mit ihrem Skaipolster, die für den Fall, dass man Besuch bekam, wahllos ins Zimmer geklatscht worden waren – es gab nichts, woran sich das Auge erfreuen konnte. Lediglich die Karten, die Frank mit eiserner Regelmäßigkeit schickte, brachten etwas Farbe ins Zimmer und die Kinderzeichnungen, die an der Pinnwand gegenüber von ihrem Bett hingen, unter der Schnur aus Krepppapierröschen, die Marleen und Marise gemacht hatten. Eine ungewöhnlich poetische Arbeit der beiden, aber sie hatten ja auch etwas gutzumachen, wie Leander stets sagte.

Es war meine eigene Schuld, dachte sie jetzt. Wenn ich nicht in Panik geraten wäre und Laurens auf Teufel komm raus auf mich hätte aufmerksam machen wollen, als ich ihn im Schuppen hörte, läge ich jetzt nicht hier. Wer warf sich denn von einem Bett auf den Boden, wenn er keinerlei Möglichkeit hatte, den Fall abzufangen!

Die Warterei begann ihr jetzt ernstlich zuzusetzen. Ihre Adern pochten, ihr war warm, sie wollte saubere, kühle, frisch gebügelte Laken. Abrupt nahm sie die Fernbedienung von dem trostlosen Nachttisch und schaltete den Fernseher über ihrem Bett an. Doch wenn sie die Kopfhörer aufsetzte, würde sie das Telefon nicht hören. Eine Weile schaute sie auf Bilder, die ohne Ton samt und sonders nichtssagend waren.

Gottlob, das Telefon. Reflexartig ordnete sie ihr Haar, richtete sich etwas in den Kissen auf und nahm ab.

»Kann ich Gwen mal eben haben?«, fragte Bobbie. Sie sprach mit derart jagendem Atem, dass es in der Muschel puffte.

»O Bob, du bist es. Gwen ist nicht hier.«

»Ist sie schon auf dem Weg nach Hause?«

»Das wird sie wohl.«

»Dann ist ja gut«, sagte Bobbie darauf in einem Ton, als wolle sie gleich wieder auflegen.

»Alles in Ordnung bei euch?«

»Nein, Babette hat Krämpfe, und Timo ist beim Steuerberater. Ich bin ganz auf mich allein gestellt, Beatrijs. Und ich weiß nicht, ob ich das hinkriege.«

Sie sah Bobbies Mondgesicht mit der beunruhigt gefurchten Stirn vor sich. Sowie Babette einen Pieps machte, waren alle in heller Aufregung. Mit Argusaugen wurde über sie gewacht. »Warum rufst du nicht kurz den Hausarzt an und fragst ihn um Rat?«

»Weißt du, was der Heini gesagt hat? Leg mal 'ne Wärmflasche drauf! Tolle Idee! Babette braucht ein Schmerzmittel, meinst du nicht auch? Sie weint in einem fort, mit Wärmflasche und allem. Eine Schande ist das, finde ich.«

Sie dachte schnell nach. Nie das Schlimmste ausschließen. Womöglich war es eine akute Blinddarmentzündung. Sie hatten Babette doch nicht, gleichsam wie ein Göttergeschenk, zurückbekommen, um sie nun wieder verlieren zu müssen. »Hast du die Nummer von Timos Steuerberater?«

»Aber den kann ich doch jetzt nicht anrufen! Timo ist dort, um unseren, unseren Konkrott, oder wie das heißt, zu regeln. Wir sind nämlich dabei, konkrott zu gehen. Wenn ich da störe, verderb ich vielleicht alles.«

Warum hatte Gwen ihr nicht erzählt, wie groß die Not geworden war? Da lag man ein, zwei Monate im Bett, und keiner nahm einen mehr für voll! Wer weiß, was ihr noch alles verschwiegen wurde. Um sie zu schonen natürlich, um ihr unnötige Grübeleien zu ersparen, aber dennoch. »Hör mal, Bobbie, Babettes Gesundheit ist wichtiger als Geldangelegenheiten. Das findet Timo auch. Ruf ihn also ruhig an. Wenn er murrt, sagst du einfach, ich hätte darauf bestanden.«

»Na, wenn das so ist.« Es klang, als verspreche sie sich nicht viel davon.

»Komm schon, er wird dir nur dankbar dafür sein. Er wird sagen: Ha, unsere Bobbie, die weiß doch immer, worauf es ankommt. Ist doch so! Wenn du mich damals nicht im Häuschen gefunden hättest …«

»Ja, jemanden *finden*, das ist keine Kunst.«

»Na, ich halte das schon für eine besondere Begabung.«

»Ich nicht«, sagte Bobbie. »Es gibt Sucher, und es gibt Finder. Aber wenn du darauf bestehst, ruf ich den Mann an.« Und damit beendete sie auch sofort das Gespräch.

Beatrijs legte ebenfalls auf, fast ein wenig verdattert, dass sie so tatkräftig agiert hatte. Ja, sie würde Bobbie sogar in zehn Minuten wieder anrufen, um zu hören, wie es ausgegangen war. Und wenn sich dann herausstellte, dass Bobbie nicht den Mut aufgebracht hatte, würde sie die Nummer von diesem Steuerberater aus ihr herausquetschen und selbst anrufen.

Auf dem Nachttisch klingelte erneut das Telefon.

»Hallo, Göttin«, sagte Leander. »Wie …«

»Da ist etwas mit Babette.«

Es war einen Moment still. Dann sagte er. »Es ist nichts.«

»Bist du dir sicher?«

»Glaub mir, bis Gwen zu Hause ist, ist alles vorüber.«

Sie atmete auf und fühlte sogleich, wie ihr Herz überfloss vor Liebe und Stolz. Dank ihm herrschte rundum Klarheit, Sicherheit und Geborgenheit. »Ach, Gott sei Dank! Aber ist es bei euch heute so spät geworden, dass Gwen jetzt noch unterwegs ist? Da bist du bestimmt müde.«

»In der Tat, deshalb würde ich es auch gerne kurz machen.«

»Gut. Aber hör mal, wusstest du, dass bei Gwen und Timo ein Konkurs droht? Wir müssen ihnen natürlich helfen. Was haben wir von all meinem Geld auf der Bank, wenn sie am Rande des Abgrunds stehen?«

»Immer mit der Ruhe, mein Augenstern.«

Er fürchtete immer, dass sie zu wenig an sich selbst dachte. Aber es war ja genug Geld da. »Ich halte es einfach für meine Pflicht zu helfen. Und außerdem tue ich es gern.«

»Gwen ist allem Materiellen abhold. Das macht sie zu so einem außergewöhnlich reinen Menschen. Und bei so jemandem willst du mit Säcken voll Geld ankommen?«

»Na ja, ich dachte eher an ein zinsloses Darlehen oder so.«

»Hörst du mir überhaupt zu, Beatrijs? Du nennst das helfen, aber im Grunde ziehst du Gwen runter, in den irdischen Schlamm, wenn du an diesem Vorhaben festhältst.«

»Jetzt übertreib doch nicht so«, sagte sie, plötzlich unsicher.

»Es ist mir ernst. Überprüf du lieber erst mal deine Motive. Was leitest du eigentlich aus deinem riesigen Geldspeicher ab?«

Er fand sie unwürdig. Er dachte über sie, wie sie immer über Frank gedacht hatte, wenn er für ihren Aufenthalt in *An der Schleuse* bezahlen wollte. Oder er glaubte, dass sie aus irgendeiner Form von Eigennutz oder Eitelkeit heraus handelte. Aber das stimmte nicht! Oder doch? »Wie auch immer, sie brauchen Geld, mit fünf kleinen Mädchen. Deretwegen tue ich es vor allem.«

»Als wenn du dich denen in irgendeiner Weise verpflichtet fühlen müsstest. Das wäre ja noch schöner.«

Sie schwieg. Als sie an jenem Nachmittag auf dem Weg zu Bobbie rücklings von einer Meute Kinder angesprungen worden war, hatte sie gedacht: Du liebe Güte, wieder so ein wildes Spiel der Engel. Aber da es einem immer hoch angerechnet wurde, wenn man mitmachte, hatte sie sich mit verbundenen Augen ins Häuschen verschleppen lassen. Dort hatten die kleinen Gauner sie von oben bis unten verschnürt. Tante Rollmops, im wahrsten Sinne des Wortes. Niels, dieser Halunke, war also auch dabei. Mit einem Schal geknebelt, der nach Kinderschweiß schmeckte, hatten sie sie auf einem der Betten zurückgelassen und sich aus dem Staub gemacht. Schon witzig: Sie konnte buchstäblich keine Gräte mehr rühren. Und eine große Ehre natürlich auch, dass sie mitspielen durfte. Nur schade für die Kinder, dass es nicht lange dauern würde. Sowie Leander sie vermisste und sich fragen würde, wo sie steckte, würde er automatisch *sehen*, was los war, und sie befreien, hatte sie gedacht.

»Es ist mir ernst, Beatrijs. Ich muss dich manchmal vor dir selbst beschützen. Du bist diesen kleinen Terroristen nichts schuldig.«

»Ach, hör doch auf«, fuhr sie ihn plötzlich an. Er redete von beschützen, aber er hatte sie an jenem Nachmittag total im Stich gelassen. Ihr summte der Kopf vor Wut. »Bei jeder Gelegenheit hackst du auf Marleen und Marise herum, und auf Niels auch, wenn du die Gelegenheit dazu bekommst. Das ist alles nur ein Ablenkungsmanöver von dir. Denn was denkst du wohl, wem ich es noch zu verdanken habe, dass ich hier vor mich hinmodere? Na?«

Er verstummte kurz, als habe es ihm die Stimme verschlagen. Das Bewusstsein, dass sie sich das niemals getraut hätte, wenn er hier gewesen und ihr gegenübergesessen hätte, brachte sie aus dem Konzept und ließ sie stocken.

Er sagte: »Genau genommen hast du dir deinen Sturz selbst zuzuschreiben, das stimmt. Aber hast du mich das je sagen hören? Für mich heißt es jetzt auch seit Monaten improvisieren, aber niemandem ist damit gedient, wenn du dich schuldig fühlst, meine Sonne.«

Aus irgendeinem Grund sah sie plötzlich das ertrunkene Mädchen aus IJmuiden vor sich, von dem er kürzlich erzählt hatte: ein kleines Kind, das um sein Leben rang, während ihm zumute gewesen sein musste, als drücke eine große, schwere Hand es mit dem Kopf unter Wasser. Nach Luft schnappend, rief sie aus: »Warum tust du eigentlich immer so, als wäre Yaja nicht dabei gewesen? Wo *sie* doch dahintersteckte! *Sie* hat mich mit dem so genannten Anruf von Bobbie nach draußen gelockt!«

Ganz langsam sagte er: »Beatrijs. Was ist denn nur in dich gefahren? So kenne ich dich ja gar nicht. Du wälzt doch wohl nicht die eigenen Fehleinschätzungen auf eine Dreizehnjährige ab? Wenn du damals nicht so viel Sekt getrunken hättest, hättest du bestimmt gehört, dass es nicht Bobbie war, die dich anrief, und dann wäre dir dieses ganze … Abenteuer erspart geblieben.«

Es war ihr erst gedämmert, als der Alkohol ihre Blase zu sprengen drohte. In dem verzweifelten Moment, als sie keine andere Wahl mehr gehabt hatte, als ihren Urin in die Matratze des Bettes laufen zu lassen, war ihr aufgegangen: Das war vorhin Yaja, auf meinem Handy. Yaja war es geradezu teuflisch gut gelungen, Bobbie zu imitieren, doch bevor sie auflegte, hatte sie »See you!« gesagt. Bei dieser Erkenntnis hatte die Panik eingesetzt, da hatte Beatrijs plötzlich gespürt, wie sehr die Fesseln ihr ins Fleisch schnitten, da war sie beinah an dem Wollknebel in ihrem Mund erstickt.

»Sie wollte mir etwas antun. Sie wollte …«

»Sie liebt dich«, entgegnete er ruhig. »Das scheint mir also eine Projektion zu sein, Beatrijs. Oder es beweist zumindest, dass du mit zweierlei Maß misst. Wenn du von den anderen drei Taugenichtsen redest, nennst du es immer Kinderspiel. Es kann ja nur entweder ein Spiel oder Ernst gewesen sein. Meinst du nicht auch?«

Aber für die anderen *war* es ja auch nur ein Spiel gewesen. Marleen hatte ihr später, hier in der Klinik, den Lösegeldbrief gezeigt und dabei unbefangen gelacht. »Den wollten wir mit einem Finger von dir an Leander schicken, Tante Bea. Cool, nicht?« Matt fragte sie: »Hast du Yaja überhaupt einmal darauf angesprochen?«

»Jetzt erklär mir erst mal, wieso wir hierüber reden müssen. Ich glaube, du langweilst dich dort derartig, dass du anfängst, alte Geschichten aufzuwärmen.«

»Du hast also nicht mal mit ihr darüber geredet.«

»Wie du weißt, darf ich sie nur einmal im Monat sehen. Ich habe sie also seither genau *ein* Wochenende hier gehabt. Und du weißt, dann steht immer schon eine Menge auf dem Programm.«

»Auf welchem Programm? Soweit ich weiß, legst du dich dann meistens für zwei Tage ins Bett!« Sie wurde wieder wütend.

»Ja, aber das kommt natürlich *auch* daher, dass ihr beide ein karmisches Thema miteinander durchzuarbeiten habt, und das führt zu Spannungen, die ich …«

»Leander, ich war nicht mal dabei! Ich habe hier an den Strippen gehangen! Du warst mit ihr allein!«

In vernünftigem Ton sagte er: »Ich versuche, in aller Ruhe auf deine wirren Bezichtigungen einzugehen, aber wenn du anfängst zu schreien und mich nicht aussprechen lässt, gebe ich es auf.«

Bebend suchte sie sich wieder so weit in den Griff zu bekommen, dass sie das Gespräch fortsetzen konnte. Aber warum sollte sie eigentlich? Sie wusste jetzt endlich, mit schmerzlicher Deutlichkeit, warum sie dieses Thema nie explizit hatte anschneiden wollen. Gegen Yaja würde er nie Partei für sie ergreifen.

»Und mit bockigem Schweigen erreichst du ganz sicher nichts. Du weißt, ich bin allergisch gegen Manipulationen. Ich lege jetzt auf und gehe ins Bett. Und im Hinblick auf deinen Freund Laurens stelle ich auch gleich den Anrufbeantworter an. Ich wünsche dir eine gute Nacht, Göttin. Hoffentlich bringt dir der Morgen etwas Ruhe und Klarheit.« Und weg war er.

Sie legte den Hörer auf. Sie wusste genau, wie ausgepowert er nach einer Sitzung war und dass man ihn dann schonen musste: Es war der falsche Moment gewesen, um aus der Haut zu fahren. Gewiss, er würde es ihr verzeihen, er verzieh ihr alles, wenn sie darum bat. Das war so außergewöhnlich an ihrer Beziehung. Er wollte keine alten Rechnungen beglichen wissen, sondern war jederzeit bereit, einen Strich darunter zu ziehen. Bereit, ihr mit endloser Geduld wieder aufs richtige Gleis zu helfen. Aber andersherum wäre es auch mal schön.

Eine Schwester kam in ihr Zimmer, einen Wagen mit Bettpfannen hinter sich herziehend. »Sind Sie schon so weit, dass ich Sie für die Nacht fertig machen kann?« Es war die forsche Blonde mit diesem prachtvollen Mund voller perlweißer Zähne. »*Mehr* Geld für die Pflege!«, hatte Laurens natürlich gleich gewitzelt, als er sie hier einmal bei der Arbeit gesehen hatte.

»Ich habe ja gute Neuigkeiten über Sie gehört«, sagte die junge Frau fröhlich, während sie zu einer Bettpfanne griff.

Beatrijs riss sich zusammen. »Ja, morgen wird noch mal eine Aufnahme gemacht, und wenn mein Knie in Ordnung ist, kommt der Gips gleich ab. Und wenn mich der Physiotherapeut dann schnell auf die Krücken bringt...« Sie zog sich mit beiden Händen an dem Galgen hoch, der über ihrem Bett hing, und wartete darauf, dass ihr die Pfanne untergeschoben wurde.

»Mit ein bisschen Glück sind Sie also Samstag oder Sonntag schon zu Hause. Freuen Sie sich darauf, oder graut Ihnen ein bisschen davor?«

Sie ließ sich auf den kalten Metallrand sinken. »Na ja«, meinte sie zögernd.

»So geht es vielen nach so einem langen Krankenhausaufenthalt. Wenn es dann endlich so weit ist, bekommen sie es mit der Angst zu tun. Es kann gut sein, dass Sie sich zu Hause erst wieder eingewöhnen müssen, aber Sie werden sehen, das geht viel schneller, als man denkt.«

Beatrijs entleerte ihre Blase. Ach, wenn das stimmte, war ihr momentaner Gemütszustand offenbar ganz normal. Da musste sie Leander doch gleich noch mal anrufen und ihm erklären, wodurch es kam, dass sie so… so *labil* war. Durch ihr Gezänk wusste er jetzt noch nicht einmal, dass sie jeden Moment entlassen werden konnte.

»Ich komme gleich noch einmal mit Ihrer Schlaftablette«, sagte die Schwester und deckte sie wieder zu.

»Ja, nur keine Eile.« Aber während sie die Hand zum Telefon ausstreckte, fiel ihr ein, dass Leander natürlich schon den Anrufbeantworter angestellt hatte. Wegen Laurens. Irgendwie beschlich sie dabei ein beklommenes Gefühl. Nicht zum ersten Mal hatte Leander darauf angespielt, dass Laurens ihn regelmäßig verzweifelt anrief, selbst zu nachtschlafender Zeit. Dass Laurens aus freien Stücken Kontakt zu Leander suchte, war schon schwer vorstellbar, aber dass er nun sogar um *Hilfe* bat! Es war zwar etwas, was sie in der Vergangenheit inständig erhofft hatte, aber Laurens war in dieser Hinsicht stets unverbesserlich geblieben. Er musste ja unbedingt alles selbst hinbekommen. Das wusste jeder. »Du bist ja nicht dabei, wenn er mich wieder mal anruft, weil er Gespenster sieht«, sagte Leander jedes Mal, wenn sie seine Geschichten leicht belustigt abzutun versuchte.

Sie war nicht dabei, das stimmte. Sie lag hier, während das Leben draußen weiterging. Ihr konnte man alles weismachen. Sie erschrak über diesen Gedanken.

Während der ganzen Zeit, die sie nun schon in diesem vermaledeiten Bett lag, hatte sie tunlichst vermieden, sich mit dieser Frage auseinander zu setzen. Auch Laurens selbst, der sie in unregelmäßigen Abständen und immer in Eile besuchte, hatte sie nie direkt darauf angesprochen. Schließlich hätte das Gespräch nicht anders als schmerzhaft und unangenehm verlaufen können. »Für wen hältst du mich, Beatrijs? Was sollte ich denn von dem Mann wollen? Pass bloß auf, sein gewaltiger Erfolg mit Babette ist ihm zu Kopf gestiegen. Jetzt will er uns *alle* retten, ob wir wollen oder nicht.«

Wer zu monatelangem Liegen verurteilt war, konnte sich nicht erlauben, alles haarklein wissen zu wollen. Es führte zu nichts, sich in Dinge einzumischen, bei denen man ohnehin nicht aktiv mitwirken konnte. Das war höchstens frustrierend. Aber jetzt, da sie sozusagen wieder auf der Schwelle zum wirklichen Leben stand, konnte sie sich nicht länger heraushalten. Ehe sie sichs versah, würde sie wieder zu Hause sein und notgedrungen mitbekommen, was zwischen den beiden ablief.

Als Laurens sie zum ersten Mal besucht hatte, hatte er einen betreten dreinschauenden Niels mitgebracht. »Wir kommen, um uns zu entschuldigen und es mit einem Küsschen wieder gutzumachen.« Niels hatte ihr eine große, herzförmige Schachtel Weinbrandkirschen geschenkt, die er, wie nicht unerwähnt blieb, von seinem eigenen Taschengeld gekauft hatte. »Auch wenn Niels es manchmal vergisst, im Grunde ist er ein echter Gentleman«, hatte Laurens gesagt. »Er und ich hoffen, dass seine angehimmelte Tante Rollmops ihrem Herzen einen Stoß gibt und ihm verzeiht, stimmt's, Niels?«

Er hatte von jeher ein Talent für die richtige Geste gehabt. Das war eine einnehmende Eigenschaft. Aber er war ja auch ein Mann von Welt, mit einem eigenen Betrieb und Geschäftsbeziehungen: Da entwickelte man automatisch ein Händchen für solche Dinge. Sie konnte es Leander schwerlich übel nehmen, dass ihm derlei charmante Züge fehlten. Er war auf Höheres ausgerichtet. Laurens' Charme war im Grunde ja auch oberflächlich. Dass er sie damit beeindruckte, bewies nur, wie unzulänglich sie selbst war.

Hör auf zu spinnen, sagte sie zu sich selbst. Leicht verbissen versuchte sie, eine möglichst bequeme Haltung zu finden. Während sie darauf wartete, dass die Schwester die Schlaftablette brachte, versuchte sie, möglichst unbeschwert zu sein, an etwas Schönes zu denken. Schon morgen konnte sie vielleicht endlich wieder ihre eigenen Zehen sehen. Kein Muskelkater mehr, keine empfindlichen Druckstellen. Schon morgen konnte sie die Welt wieder aus der Vertikalen betrachten. Den Wind in den Haaren spüren. Ein neues Kochbuch mit Rezepten durchblättern, bei denen der Erfolg garantiert war. Sich den Geschmack von Weinbrandbohnen auf der Zunge zergehen lassen.

War es bloß ein charmantes, effekthascherisches Kunststückchen, wenn jemand seine Kinder lehrte, dass Entschuldigungen bisweilen angebracht, berechtigt und willkommen waren? Und wenn Yaja nur stumm mit einer Fleisch fressenden Pflanze aufgekreuzt wäre, das hätte schon genügt! Traute Leander sich womöglich nicht, seine Tochter zur Rechenschaft zu ziehen? Dieser Schisser, hatte Yaja ihn schon mal genannt.

Jetzt war es nur gut, dass ihr Geliebter längst schlief und keinen Zugang zu ihren Gedanken hatte. Das bist nicht du, Beatrijs, so kenne ich dich gar nicht. Hier spricht lediglich dein *Ego*. Glaub mir, das bist nicht du.

Sie kramte in ihrer Schublade nach dem Fläschchen mit ätherischem Öl, um sich die Stirn damit einzureiben. Es lag außer Reichweite. Sie musste auf die Schwester warten. Wo blieb die fröhliche Blonde mit dem schönen Mund? *Mehr* Geld für die Pflege! Laurens war mit seinem Besuch nur darauf aus gewesen, ihr Ego anzuzapfen, indem er ihre *Gefühle* als etwas hinstellte, dem man Rechnung zu tragen hatte, wirklich, als spielten Gefühle irgendeine Rolle, man hing vielmehr wie eine hilflose Marionette an den Fäden der Gefühle, solange das *Ego* die Regie führte. Erst wenn man die Ketten des Egos zu sprengen verstand, bekam man Flügel. Wenn nicht, schleppte man sich weiterhin wie eine jämmerliche, ölverschmierte Möwe stolpernd über den Strand, anstatt frei über den Wellen, ja über den Wolken dahinzusegeln, mit mächtigem, ruhigem Flügelschlag.

»Hier bin ich«, sagte eine vertraute Stimme nah an ihrem Ohr. »Weshalb die Tränen?«

Sie konnte es nicht erklären. Sie wandte das Gesicht ab und streckte die Hand aus, die Handfläche nach oben: Geben Sie mir jetzt meine Tablette, schenken Sie mir Vergessen.

»Nie die Hoffnung sinken lassen, hörst du.«

Mechanisch schüttelte sie den Kopf. Sie wischte sich die nassen Wangen am steifen Leinen des Kissenbezugs ab. Hieß es übrigens nicht, »Nie den *Mut* sinken lassen«? Sie schaute in ihre Hand. »Schwester, ich habe meine Schlaftablette noch nicht.«

Wo war denn die Schwester jetzt? Beatrijs blinzelte. Das Zimmer war leer. Offenbar war sie kurz eingenickt. Seltsam, wie erfrischt und klar sie sich fühlte, obwohl sie bestimmt nicht sehr tief geschlafen hatte. Genau wie Veronica immer behauptet hatte: »Schläfst du auch nicht, so ruhst du doch aus.« Ihr war fast, als habe sie einen ermunternden Schubs bekommen. Morgen würde sie Leander einfach geradeheraus fragen, was Laurens denn nun eigentlich von ihm wollte.

Das Glatteis hatte zu einer Massenkarambolage geführt, wodurch am späten Abend ein Stau entstanden war. Damit hatte Gwen auf jeden Fall eine gute Ausrede, wieso sie so wahnsinnig spät aus Amsterdam zurückkam. Als sie dann aber, auf der einzigen noch freien Fahrspur im Schneckentempo vorwärtskriechend, endlich an dem Trümmerhaufen aus zerknautschtem Blech und Glasscherben vorüberkam, zuckte sie doch kurz zusammen. Wie zerbrechlich das Leben war. Vom einen auf den anderen Moment zerrann einem alles zwischen den Fingern. Unwillkürlich fragte sie sich, wohin es sie verschlagen würde, wenn sie jetzt, in diesem Augenblick, aus dem Leben gerissen würde.

Klaar und Karianne glaubten momentan fest an die Hölle.

Wo sie diese Überzeugung herhatten, war ihr unbekannt, hoffentlich nicht aus einem vorigen Leben. Beim Beschreiben dieses gräulichen Ortes legten ihre Töchter eine ungezügelte Wollust an den Tag. Ihrer Ansicht nach war die Hölle so was wie ein gewaltiger Müllverbrennungsplatz voller rauchender Schwefeltümpel und Feuer, wo Peinigungen ohne Ende stattfanden. Ein finsterer Typ namens Stan lief dort herum, der aussah wie Zorro – er war der Chef –, und schlug mit einer großen Sense jedermanns Knochen und häufig auch noch die Zähne zu Brei. Dort war der Tag zur pechschwarzen Nacht geworden, und es war »tausend Grad heißer als in kochendem Wasser«. Timo musste immer schallend darüber lachen.

Das Bild ihres über die Hölle lachenden Mannes tauchte vor ihr auf. War es bloße Naivität von ihm, oder sprach daraus der schiere Unwille, sich auch mal mit dem Nichtgreifbaren zu befassen? Doch sie konzentrierte sich besser auf die Straße, sonst landete sie noch an der Leitplanke. Auf diesem Abschnitt war zwar schon gestreut, aber man konnte nie wissen.

Nein, man wusste in der Tat nie, wann das Leben plötzlich eine Wendung nehmen würde, die man nicht vorhergesehen hatte. Früher hätte sie gegen diesen fatalistischen Gedanken rebelliert und das als Zeichen für gesunden Menschenverstand gewertet. Doch Babettes Entführung hatte ihr die Illusion genommen, man könne Herr über sein eigenes Schicksal sein. Alles war Chaos und Zufall, und dieser Gedanke machte ihr Angst. Sie wollte, dass die Dinge erklärbar waren und zu etwas führten. Leander zufolge war das auch so, nur geschah es auf einer kosmischen Ebene, in die man als Mensch keinen Einblick hatte. Irgendwo existierte also sehr wohl eine lenkende Kraft. Das gab ihr einen gewissen Halt. Einzig und allein dank Leander ging sie nicht völlig unter.

Sie spürte noch seine Lippen auf den ihren, seine Hände auf ihrer Haut und wusste nicht, ob sie glücklich war oder sich schämte. Sie wusste nicht mal, ob sie überhaupt an die vergangenen Stunden zurückdenken wollte. Es war wie von selbst passiert. Aber einfach nur eine plötzliche Anwandlung konnte es nicht gewesen sein: Er hatte sie »Göttin« genannt.

Die letzte Etappe, auf der eisglatten Straße am Kanal entlang, fuhr sie im Schritttempo. Das verräterische Kopfsteinpflaster glänzte im Licht ihrer Scheinwerfer. Und da tauchte schon die Imkerei auf, ihr Zuhause. Es brannte nirgendwo mehr Licht. Entgegen ihrer Gewohnheit stellte sie den Wagen auf dem vorderen Hof ab. Sie stieg aus. Unter ihren Füßen knirschte der Kies, den Bobbie einmal die Woche harkte, den Mund zu einem resoluten Strich zusammengekniffen: Ich hab's gern ordentlich.

Sie schaute zum Haus hinüber, in dem ihr Mann und ihre Töchter schliefen. Hier hatten sich die glücklichsten Jahre ihres Lebens abgespielt. Hier waren ihre widerspenstigen Kinder gezeugt und geboren worden, in dem Bett mit den drei Beinen. Hier hatte sie mit Timo gelacht, bis ihr die Tränen über die Wangen liefen, hier hieß sie Maus.

Es war kalt. Sie konnte den Frost in der Luft schmecken, metallisch und hart.

In der Küche warf sie ihren Mantel über einen Stuhl und aß, am Kühlschrank stehend, ein Stück Käse. Auf dem Tisch lag ein schiefer Stapel Ordner und Mappen. Ach ja, Timo war heute Abend bei dem neuen Steuerberater gewesen. Jahrelang hatte Frank sich ihrer Bilanz und Steuererklärung angenommen. Und in mageren Zeiten hatte er auf wundersame Weise dafür gesorgt, dass trotzdem noch etwas für sie übrig blieb. Doch nachdem Beatrijs und er auseinander waren, fanden sie es unangebracht, auch weiterhin seine kostenlosen Freundschaftsdienste in Anspruch zu nehmen. Und ihn zu bezahlen konnten sie sich angesichts seines Stundensatzes nicht leisten. Der neue Steuerberater verlangte nur einen Bruchteil dieses

Honorars, aber sie mussten jetzt selbst eine Menge mehr tun. Die unbekümmerte Zeit des Schuhkartons mit Quittungen, der Frank immer ausgereicht hatte, war vorbei. Wenn Beatrijs nicht in Leanders Armen gelandet wäre …

Sie dachte: Damit hat alles angefangen, bis zu dem Moment war unser Leben im Lot. Jetzt haben wir nicht mal mehr Bienen.

Aber daran wollte sie jetzt nicht denken. Sie knipste das Licht aus und ging nach oben, wo sie sich die Zähne putzte und mit kaltem Wasser das Gesicht wusch. Im Spiegel begutachtete sie die Linien um ihre Augen und ihren Mund. War die Haut noch gut, so wie sie war, oder wurde es Zeit für feuchtigkeitsspendende, regenerierende Cremes? Ihre Haut war nie ihre stärkste Seite gewesen, das war nun mal so, wenn man viel an der frischen Luft war. Beatrijs, die ihr Leben innerhalb der vier Wände verbrachte, war noch völlig faltenlos. Aber das hatte auch etwas mit Fett zu tun. Dicke Menschen behielten länger ein glattes Gesicht. Durch das viele Liegen hatte sie wahrscheinlich um die zehn Kilo zugenommen. Da würde sie nachher wieder auf vieles verzichten müssen.

Wenn sie sich mit ihrem dummen Sturz nicht das Knie zertrümmert hätte, wären Leander und sie jetzt verheiratet.

Gwen legte ihre Kleider ab, studierte beiläufig ihr Profil im Spiegel und zog ihr Schlafhemd an. Sie überkam das schier unbezähmbare Bedürfnis, heute Nacht allein zu schlafen. Wie bitterwenig Raum man in einer Ehe doch für sich hatte. Und überdies war man auch noch für jeden Schritt, den man tat, Rechenschaft schuldig. Wir haben doch nur ein bisschen geknutscht, verteidigte sie sich in Gedanken selbst.

Auf Zehenspitzen ging sie ins Babyzimmer, um kurz zu schauen, ob Babette ruhig schlief. Im Dunkeln merkte sie nicht gleich, dass Timo neben der Wiege saß, ihr Töchterchen auf dem Schoß. Der Anblick versetzte ihr einen kleinen Schock.

Sie saßen bestimmt schon seit Stunden dort und warteten auf sie, schoss es ihr durch den Kopf, Vater und Tochter, in stillem Vorwurf vereint. Warum kommst du so spät? Wo hast du so lange gesteckt? Was hast du getrieben? Und mit wem?

»Tut mir Leid, es gab einen Riesenstau«, murmelte sie mit niedergeschlagenen Augen.

»Scht. Sie ist gerade eingeschlafen.« Seine Hand beschrieb langsame Kreise auf Babettes Bäuchlein.

Gwen dämpfte automatisch die Stimme. »War sie denn unruhig?«

»Sie hat von hier bis Assen geplärrt vor Krämpfen.«

»Hast du ihr Fencheltee gegeben?«

»Ja, natürlich.«

»Sie ist doch schon viel zu groß für Krämpfe? Hast du den Arzt…«

»Der ist sogar noch hier gewesen, vor anderthalb Stunden. Fieber hat sie keins, etwas Ernstes kann es also nicht sein. Vielleicht haben wir zu früh ihre Ernährung umgestellt. Bananenbrei geht zwar meistens gut, aber in ihrem Fall offenbar nicht.«

Es war also *ihre* Schuld. Sie hatte diese Fläschchennahrung so gehasst. Dass Babette gelernt hatte, an einem Gummischnuller zu nuckeln, verursachte ihr noch immer ein unbehagliches Gefühl, fast so etwas wie Ekel. Und jedes Mal war beim Füttern wieder dieselbe Frage aufgekommen: In wessen Armen hatte Babette zwei Monate lang am Schnuller genuckelt? Bei der Polizei sagten sie, dass Kinderräuber in den allermeisten Fällen verwirrte arme Teufel seien, die man im Grunde nur bedauern könne. »Sie können ihre Tat meistens selbst nicht erklären. Aus einem plötzlichen Impuls heraus nehmen sie irgendein Kind mit. Es war so ein hübsches Baby, sagen sie später, so ein Baby wollte ich schon immer gern haben. Es bringt einen kein Stück weiter, wirklich, das können Sie mir glauben.« Was sie meinten, war: Nichts über den Tathergang zu wissen war immer noch besser als die unbefriedigende Konfrontation mit so einem Wirrkopf. Was sie meinten, war: Lassen Sie es jetzt mal auf sich beruhen.

»Kannst du ihr noch eben helfen durchzuschlafen? Ich bin völlig alle«, sagte Timo.

»Dann aber schnell ins Bett mit dir.« Sie spürte, wie sein freier Arm um ihre Hüfte glitt, als sie ihm das Baby abnahm. Timo, der sich mit Fencheltee und Obstbrei auskannte, der sich auch bei vollen Windeln und Weinkrämpfen nicht verdrückte.

Er streckte sich kurz, massierte seinen Nacken und kreiste mit den Armen. »Bobbie hat mich wegen Babette angerufen, als ich gerade beim Steuerberater war. Sie fühlt sich immer so verantwortlich.«

Unwillkürlich dachte sie: Mit Bobbie allein würdest du bestimmt auch über die Runden kommen.

Sternchen

Jeden Freitagnachmittag hatten sie Werken. Dann hätten sie genug gelernt, sagte Nicky immer.

Heute machten sie aus festem schwarzem Karton einen Sternenhimmel. Zuerst mussten sie von der Tafel den Stern von Betlehem abzeichnen, mit wehendem Schweif darunter. Dann piekSten sie einen Haufen Löcher in den Karton. Danach knickten sie unten einen Streifen um, schnitten den ein paarmal ein und klebten den Rand im Halbkreis auf ein Stück Pappe. Wenn ihre Mama oder ihr Papa zu Hause ein Teelicht dahinter stellte, sagte Nicky, scheine die Flamme durch die Löcher, und es sehe genauso aus, als funkelten echte Sterne an ihrem Himmel.

Niels malte seinen Stern von Betlehem silbern an und zog einen goldenen Rand darum. Mit Bleistift zeichnete er noch ein paar Wolken dazu. Erst als er nach langem Abwägen mit dem Ergebnis zufrieden war, wagte er, sie weiß auszumalen. Durch den dunklen Untergrund blieben sie ein bisschen grau und durchsichtig, genau wie echte Wolken.

Jetzt hoffte er nur, dass sie zu Hause irgendwo Teelichter hatten. Manche Sachen waren nämlich neuerdings plötzlich nicht mehr da. Das wurde einem meistens erst bewusst, wenn es sie woanders sehr wohl gab. Eine Vase mit Blumen. Ein Kerzenständer mit einer Kerze darin. Schalen mit sorgfältig darauf angeordneten Keksen oder Pralinen. »Komm, leg sie erst mal schön in eine Schale«, sagten die Mütter seiner Freunde, wenn die in einem Schrank eine Rolle Butterkekse gefunden hatten. Zum Glück sahen sie nicht, dass Papa, Toby und er ihre Kekse einfach aus der Packung aßen.

Während er Klebstoff auf die Pappe strich, kam Nicky vorbei. Er hielt den Atem an. Dieses Geräusch von ihrem Rock: wusch, wusch. Sie blieb stehen. »Das wird großartig, Niels. Wie bist du denn nur wieder auf die Wolken gekommen?«

Er schaute auf ihre Mitte, höher wagte er den Kopf nicht zu heben.

»Bei dir scheinen die Sterne sogar durch die Wolken hindurch.«

Er drückte die Daumen auf den Karton, während sie weiterging. Sie fand seinen Himmel schön. Sowie der Kleber trocken war, schrieb er in Großbuchstaben auf die Pappe: Für Nicky von Niels. Dass sie beide mit N anfingen, fand er bedeutsam. Unter halb geschlossenen Lidern hervor fixierte er seine Wolken. Vielleicht sollte er Pilot werden, dann konnte er Nicky in einem Düsenjäger mitnehmen, hoch in die Lüfte hinauf. Auf den Rand der größten Wolke zeichnete er noch rasch ein winkendes Figürchen. Das war Mama, die sie vorüberkommen sah. Ihre Haare flatterten, ihre Augen strahlten: Sie war stolz, dass er so ein blitzschnelles Flugzeug lenken konnte. Das Wilde und Abenteuerliche hatte sie immer gemocht. Seine Mutter hatte sich vor nichts gefürchtet.

Nach dem Unterricht bummelte er noch bei seinem Tisch herum. Er hatte sich gründlich überlegt, wie er es anpacken sollte. Diesmal würde er einfach warten, bis alle weg waren. Die Klasse war schon fast leer. Auf dem Flur draußen wurde gejohlt. Durch das Fenster sah er Mütter mit Fahrrädern auf dem Schulhof stehen. Dabei fiel ihm auch wieder ein, dass Toby und er heute direkt nach Hause konnten, das hatte Papa heute Morgen gesagt. Er hatte eine Überraschung für sie.

Eine Überraschung. Wenn sein Vater nun mit einer Torte auf sie wartete, weil er Geburtstag hatte. Früher hatte Mama ihm das immer rechtzeitig zugeflüstert, sodass er etwas Schönes für ihn basteln konnte. Die Großen kannten alle Daten auswendig. Aber er nicht. Es konnte gut sein, dass sein Vater Geburtstag hatte, ohne dass er es wusste. Bei dem Gedanken daran, wie schrecklich er selbst es finden würde, wenn man seinen Geburtstag vergaß, wurde ihm fast schlecht vor Mitleid. Er hatte nicht einmal einen Sternenhimmel für seinen Vater, der wirklich funkelte! Sollte er Nickys Namen schnell wieder ausradieren? Für Papa von Niels.

»Was macht du denn für ein bedripstes Gesicht?«, fragte Nicky. Sie kam durch das leere Klassenzimmer auf ihn zugelaufen und beugte sich über sein Kunstwerk, um es sich noch einmal anzusehen. Sie lachte. »Ach, das ist aber lieb von dir! Das stelle ich gleich zu Hause auf den Kaminsims.«

Widerstrebend gab er ihr seinen Himmel.

Das Lachen auf ihren Lippen erstarb. Sie zeigte auf die kleine Figur. »Ist das Mama?«

Er nickte. Klar. Die Leute taten manchmal so komisch feierlich, wenn es darum ging.

»Weißt du was?«, sagte Nicky. Sie ging in die Hocke und sah ihn ernst an. »Wollen wir beide nicht mal zusammen zum Grab deiner Mama gehen?«

Jetzt war er ganz und gar sprachlos.

»Die anderen Mütter kenne ich ja schon alle«, sagte sie. »Es wäre schön, wenn ich ihr auch mal Guten Tag sagen könnte. Wollen wir das in den Weihnachtsferien zusammen machen? Dann nehmen wir Blumen für sie mit, und dann sagen wir: Hier, von Niels und Nicky, Veronica. Ich bin mir sicher, dass sie uns hört, da oben auf ihrer Wolke. Jetzt übrigens auch.« Sie fuhr mit der Fingerspitze über den schwarzen Karton.

Natürlich hörte Mama ihn, das war nichts Neues, aber

Nickys Scheitel saß so gerade, und ihre Augen glänzten so, und sie wusste, wie seine Mutter mit Vornamen hieß! Wenn sein Vater heute Geburtstag hätte, hätte sie ihm das natürlich rechtzeitig gesagt, genau wie Mama es immer getan hatte. Ihm fiel ein Stein vom Herzen, und er rief aus: »Hat man eigentlich noch Geburtstag, wenn man tot ist?«

Sie dachte kurz nach. Ihre Nase war so lieb, und erst der lustige kleine Pickel an ihrer Lippe. »Ja, wieso nicht? Im Himmel wird das bestimmt gefeiert. Daher kommt natürlich auch der Ausdruck: im siebten Himmel sein.«

Er verstand nicht, was sie meinte, aber sie lachte so nett, und ihre Zähne waren so hübsch rechteckig, und wenn sie lief, machte ihr Rock wusch-wusch.

»Was meinst du, Niels? Wie mag wohl eine Geburtstagsparty im Himmel sein?«

»Mit Girlanden!«

»Ja, natürlich. Und alle Engel haben ihr festlichstes Kleid an. Und …«

»… überall stehen Vasen mit Blumen und Schalen mit Keksen!«

Sie lachte wieder.

»Aber sicher«, sagte er forsch.

Sie richtete sich auf. »Ich besprech das mal mit deinem Papa, ja? Und dann gehen wir beide in den Ferien zusammen hin. Ich hol dich mit dem Auto ab.«

Er fühlte sich wie ein Stück Butter, das in der warmen Küche auf der Arbeitsplatte lag.

Laurens hatte sich diesen Nachmittag freigenommen, obwohl er unter Zeitdruck und mit den Gedanken ganz woanders war. Es gab ein Problem mit einer seiner Druckmaschinen, und es war insofern ein ungünstiger Moment, seine Arbeit im Stich zu lassen. Zunächst hatte er an einem mit Weihnachtsschmuck überladenen Straßenstand voller Ungeduld einen von Harz klebenden Tannenbaum gekauft und ihn auf dem Fahrrad nach Hause transportiert. Dann hatte er sich auf dem Dachboden auf die Suche nach den Kartons gemacht, auf denen in Veronicas Handschrift »Weihnachten« stand. Es waren ganze vier. Anschließend hatte er seinen Mantel wieder angezogen, den klebrigen Baum erneut aufs Rad gebunden und ihn gegen einen größeren eingetauscht, den er bei der Heimkehr im Gartenzimmer aufgestellt hatte. Das Schmücken hatte ihn Stunden gekostet. Irgendwas stimmte mit den Lichtern nicht. Nur mit Mühe hatte er sie überhaupt angekriegt, und nun flackerten sie unstet.

Jetzt hatte er sich eine Tasse Tee gemacht, um ein bisschen zu verschnaufen. Aber das war nicht ratsam, wie er nur zu bald merkte. Denn sogleich ging ihm alles Mögliche durch den Kopf. Also lieber ran an diese Christbaumkugeln in der Glasschale aus der Zeitschrift. In der Schublade unter dem lange nicht benutzten Backofen fand er eine längliche Glasschüssel mit schwarz verkrusteten Ecken: Spuren von Gerichten, die Veronica noch zubereitet hatte, Lasagne, Sauerkraut mit Ananas. Er hatte ihr mal eine Schürze geschenkt, auf der der nackte Torso einer Frau abgebildet war. Veer mit dieser bescheuerten Schürze um, daran musste er jetzt wieder denken.

Mit einem Topfkratzer säuberte er die Schüssel und arrangierte darin die Christbaumkugeln, die nach dem Schmücken des Baums noch übrig geblieben waren. Es sah merkwürdig unbezaubernd aus. Aber Moment mal. Er hatte doch noch Puderzucker im Haus, von den Puffern, die sie neulich in der Mikrowelle gemacht hatten. Mit gerunzelter Stirn bestäubte er die Kugeln damit. So in der Auflaufform sah das Ganze noch am ehesten wie ein Gericht von Beatrijs aus. Vielleicht ein paar Zweige vom Baum dazu. Na bitte, das ging jetzt schon mehr in Richtung Weihnachtsgesteck. Nun brauchte er nur noch etwas Rotes, rotes Geschenkband oder so. Er spähte um sich herum. Nach oben gehen und ein T-Shirt von einem der Jungen in Streifen reißen? So weit kam's noch.

Dann doch lieber ein paar Kerzen, davon hatte er reichlich. In einem der Kartons lag noch eine unangebrochene Schachtel aus der Imkerei. Eine Kerze in jede der vier Ecken der Form, und eine in die Mitte, das war's. Er zündete sie an, ließ etwas Wachs auf den Boden tropfen und drückte sie mit vom Zucker klebrigen Fingern darauf fest.

Gerade rechtzeitig: Er hörte Niels und Toby schon in der Diele. Schnell schob er die Kartons unter den Tisch, tat den Puderzucker in den Küchenschrank zurück und stellte sich neben dem Baum auf. »Kommt mal ins Gartenzimmer, Jungs!«, rief er mit belegter Stimme. Er fühlte sich irgendwie aufgeschmissen. Langsam kenterte in der Kugelschale die erste Kerze, wie um das Sinnlose, ja vielleicht auch Pathetische seiner Anstrengungen zu unterstreichen.

Toby kam auf Socken hereingesaust und blieb dann wie angewurzelt stehen. »Pa-pa!«, sagte er, mit kugelrunden Augen auf den Tannenbaum schauend.

»Schön?«

»Ja, aber Pap! Die Glocke muss doch *oben* rein!«

»Ach ja«, sagte Laurens. »Wenn ich dich nicht hätte.« Er hob sein Kind hoch und gab ihm rasch einen Kuss in den schmalen Nacken. »So, häng du sie mal richtig hin.«

Auf seinem Arm sitzend, sorgte Toby im Baum für Ordnung, wobei er lauthals »Stillc Nacht« anstimmtc. Wic dünn und kalt seine Fußgelenke waren. »He, Krokodil. Bei eurem Tannenbaum in der Schule hängt die Glocke sicher auch obendrin, hm?«

Tobys Gesang verstummte, und er schaute ihn etwas befremdet an. »Nein, aber so hat Mama es doch immer gemacht!«

Beinahe hätte er eingewendet: Das kannst du doch gar nicht

wissen. Das Gedächtnis wurde erst nach dem dritten Lebensjahr aktiv, hatte Veronica selbst zumindest immer behauptet, aufgrund irgendeiner biochemischen Ursache. Aber es gab natürlich Alben voller Weihnachtsfotos aus besseren Zeiten. Das musste die Erklärung sein.

Niels kam jetzt auch herein. Jacke aus, Niels… oder lass. »Wir machen es uns hier in der nächsten Zeit urgemütlich, Männer.«

»Warum ist der auf Langsam-Blinken eingestellt?«, fragte Niels. »Schnell ist viel cooler.« Er lief zum Kabel der flackernden Birnchen und drückte auf dem Kasten einen Knopf ein, der Laurens bis dato entgangen war. Sofort pulsierten die Lichter doppelt so schnell. Nicht lange, und sie würden alle vergehen vor Kopfschmerzen.

Toby fing an zu kichern. Er zeigte auf die Schale mit den Kugeln. »Die eine Kerze steht ganz schief!«

»Was ist das eigentlich?«, fragte Niels zweifelnd.

»Das hab ich mir nicht selbst ausgedacht«, beeilte sich Laurens zu sagen. »Es stand in der *Margriet*. Für ein besonderes vorweihnachtliches Ambiente. Hat mir irgendwie gefallen.«

»Sieht wirklich schön aus, Pap. Aber ich werd mal eben einen Sternenhimmel für dich basteln. Das hab ich heute gelernt.«

»Ich auch!«, rief Toby aus.

»Quatschkopf. Das kriegst du in Gruppe eins noch gar nicht.«

Laurens ging zum Kühlschrank, schenkte drei große Gläser Apfelsaft ein und stellte sie auf den Tisch. Durch den geschmückten Baum sah es fast so aus, als würde es ein Weihnachten werden wie alle vorhergehenden, und Veronica könnte jeden Moment hereinspaziert kommen. Vielleicht hätte er besser nichts unternehmen sollen.

Niels hatte schon den Bastelkarton hervorgeholt und Papier

herausgenommen. Er zeichnete Toby, der auf einem Stuhl kniete, einen großen Stern vor. Mit zusammengesteckten Köpfen machten sie sich ans Werk.

Es war für Laurens eine ungewohnte Tageszeit, um in ihrem Beisein einfach mal still dazusitzen, statt ständig von Pontius zu Pilatus zu rennen und zwölf Dinge gleichzeitig regeln zu müssen. Eine gewisse Ruhe kam nun doch über ihn. Er trank seinen Saft. Er schaute auf seine Kinder und liebte sie. Er dachte: Im neuen Jahr gehe ich einfach jeden Tag um halb vier nach Hause, ich kann ja Arbeit mitnehmen, Offerten kann ich schließlich genauso gut hier auf dem Laptop schreiben. Nach den Ferien keine Nachmittagsbetreuung mehr für Toby und Niels. Einfach schön zu Hause sein, bei Papa, und ein bisschen faulenzen.

Toby kratzte mit einem Bleistift über das Papier, während er sich bei jedem Strich mit Adleraugen die Kunst bei seinem größeren Bruder abguckte. Niels warf ihm von Zeit zu Zeit einen herablassenden Seitenblick zu, enthielt sich aber entsprechender Kommentare. Gut so, Niels. Friede auf Erden.

Spekulatius, Pfeffernüsse, Marzipan: Das würde er alles noch besorgen.

Niels sagte zu Toby: »Guck doch mal, die Wolken musst du ganz groß machen, da muss doch Mama draufpassen.«

»Ach, der *Himmel.*« Toby kratzte weiter. Kurz darauf fragte er: »Wie lange bleibt sie eigentlich noch tot?«

»Schwachkopf! Für immer natürlich!«

»Pap! Papa! Niels sagt …«

»Aber das weißt du doch, Toby! Tot ist für immer. Da hat Niels schon Recht.«

»Muss sie dann für immer in der Kiste unter der Erde bleiben?«

»Sarg heißt das«, verbesserte Niels. Ungerührt schraubte er ein Glas Plakafarbe auf.

Über die runden Wangen des Kleinen begannen Tränen zu kullern. »Das will ich nicht, das will ich nicht!«

»Komm mal eben zu Papa, Schatz.« Laurens streckte die Arme aus.

»Stell dich nicht so an«, sagte Niels. »Du kannst doch noch ganz normal mit ihr reden! Sie hört dich ganz bestimmt.«

Mit pochendem Herzen stand Laurens auf und nahm Toby auf den Arm. »Wieso, Niels? Redest du mit Mama? Was sagt sie denn?«

»Ach, nichts Besonderes«, sagte Niels achselzuckend.

»Das will ich auch!«, schluchzte Toby.

Laurens war ratlos. Er dachte: Worauf bist du denn aus, Veronica, warum lässt du Niels nicht in Ruhe? Sag mir in Gottes Namen, was ich tun soll, um dem ein Ende zu machen. Räch dich an mir, aber gib Niels und Toby die Chance, mir zu vertrauen. Quäl unsere Kinder nicht mit einem Wissen, das ihnen das Leben vergällen wird. Erdrück sie nicht mit der Wahrheit.

Mit Toby auf dem Arm trat er an die Arbeitsplatte, riss ein Stück Küchenpapier von der Rolle und ließ sein Söhnchen hineinschnäuzen. Er war zu allem bereit, um ihr Genugtuung zu verschaffen. Nur, wie sollte er ihr das je verdeutlichen? Sie stellte sich taub für alle seine Anrufungen. Sie stellte sich taub, was immer er auch versuchte.

»Niels«, fragte er, ohne sich umzudrehen, »wie machst du das denn, wenn du mit Mama redest?«

Es blieb einen Moment still. Dann antwortete Niels: »Aber du machst das doch auch! Ich hör's doch oft genug.«

Toby fasste ihn beim Kragen seines Oberhemds. Nach Luft schnappend, stieß er drohend hervor: »Ich weine weiter, Papa, ich weine noch ganz lange weiter.«

»Dann tröste ich dich einfach so lange, bis alle Tränen auf sind.« Er biss kurz die Zähne zusammen. Und wer war für ihn da? Sollte er es wagen, sich noch einmal an Leander zu wenden? Er mochte sich kaum eingestehen, wie oft er sich jetzt schon an ihn gerichtet hatte, und das auch noch stets vergeblich. Beinahe jedes Mal wenn ihn die Panik erfasste, erlag er der Versuchung, ihn anzurufen. Es vermittelte ihm ein Gefühl von Beschämung und Verletzlichkeit, derart in Leanders Macht geraten zu sein. Denn so war es doch. Der Mann hatte sein Wohl oder Wehe völlig in der Hand. Aber um Hilfe zu bitten war kein Eingeständnis des Scheiterns, wie Nicky neulich noch gesagt hatte.

»Fertig. Jetzt nur noch ein Teelicht«, sagte Niels.

Und mit einem Mal kam ihm ein Gedanke. Gewiss, bisher hatte Leander ihn stets schon so ungefähr beim ersten Wort abgewimmelt. Aber würde er auch so hart bleiben, wenn er hörte, dass Niels seine tote Mutter dauernd um sich hatte? Leander dachte, er wolle etwas für sich selbst erreichen, und deshalb winkte er ab. Weil er in seinem Stolz gekränkt war oder weil ein esoterisches oder spirituelles Gesetz so etwas verbot. Aber Leanders Hilfe für ein Kind anzurufen war etwas anderes, etwas, was er mit Sicherheit ernst nehmen würde.

Er musste zu ihm. Einfach klingeln und sagen: Leander, ich bin ein Esel, ich habe mich bisher nicht klar ausgedrückt. Hör mir bitte nur fünf Minuten zu. Es geht darum, dass ich meine Kinder beschützen muss.

Es war so logisch. Am liebsten wäre er sofort losgefahren. Aber es war am anderen Ende der Stadt, und der Feierabendverkehr hatte gerade angefangen: Er konnte Niels und Toby nicht auf unbestimmte Zeit allein lassen, das tat er nie. Und wenn er sie mitnahm und im Auto warten ließ? Es brauchte ja nicht lange zu dauern. Es ging schließlich nur darum, einen Termin zu vereinbaren. Leander würde bestimmt nicht spontan Zeit haben.

»Haben wir denn Teelichter?«, fragte Niels.

»Verflixt, nein«, sagte er. Er setzte Toby ab. »Aber die gehen wir jetzt sofort kaufen. Und weil es schon so spät ist, fahren wir schön mit dem Auto.«

Gwen schaute zu, wie Bobbie blitzschnell Lauch für die Erbsensuppe schnitt. Es wurde Zeit, ihre Töchter hereinzurufen, die auch jetzt im Dunkeln noch im Garten herumtobten: Hin und wieder drang ein kurzer blutrünstiger Schrei durch die geschlossenen Fenster in die Küche. Puh, es war warm am Herd, und das Radio war so laut an. Sie war unruhig und zugleich lustlos, obwohl Veronica gesagt hätte, das sei nicht möglich. Selbst wenn man das Gefühl hatte, zwanzig widersprüchlichen Regungen ausgesetzt zu sein, erlebte man die ihrer Meinung nach nicht gleichzeitig, sondern nacheinander. Eine einzige vorüberflitzende Regung pro Nanosekunde – zu mehr sei das menschliche Herz einfach nicht imstande.

Sie verschob die Mettwurst auf dem Schneidebrett von links nach rechts, damit Bobbie nicht das Gefühl bekam, sie koche ganz allein. Danach starrte sie mit leerem Blick die staubigen Leisten an. Wie gern hätte sie jetzt Vero ins Vertrauen gezogen und um Rat gefragt. Die hätte das Ganze sofort relativiert. Sei kein Frosch, Gwennie, genieß es, wem schadest du denn mit ein paar Tagträumereien?

»Komisch, nicht«, sagte Bobbie, während sie den Lauch in den Topf schüttete, »was man manchmal so alles träumt. Du rätst nie, was ich heute Nacht geträumt hab, Gwen. Ich habe Laurens geheiratet. Verrückter geht's nicht, was?«

»Nein«, erwiderte sie vage. Hatte Beatrijs nicht irgendwann darauf angespielt, dass Vero selbst auch mal fremdgegangen war? Ja, jetzt fiel es ihr wieder ein, es war an dem Abend von Babettes Verschwinden gewesen. Aber sie musste das falsch verstanden haben, das konnte einfach nicht sein. Veronica und Laurens waren ein so inniges und glückliches

Paar gewesen, auch nach Jahren noch total voneinander hingerissen. Wie Veronica ihn immer angesehen hatte, mit ihrem typischen Augenzwinkern, man war jedes Mal beinah verlegen geworden, wenn man das zufällig mitbekam.

Wie mochten andere Timo und sie wohl sehen?

»Ich wusste in dem Traum nicht, wie ich im Haus noch Platz für Niels und Toby schaffen sollte«, schwatzte Bobbie weiter. »Das Heiraten fand ich schon verrückt genug, aber na ja, so was kann passieren. Nur braucht man dann schon ein Zimmer für die Kinder von so jemandem.« Sie schaute sich um. »Haben wir keine Wurst?«

»Hier«, sagte Gwen.

»Ja, das sehe ich. Aber ist das alles?«

»Das muss reichen. Wenn wir Timo glauben sollen, reicht es demnächst sowieso nur noch für Grießbrei.«

»Damit hat Rainier Paping immerhin die Elfstedentocht gewonnen.«

»Bob! Du klingst ja wie Veronica.«

»Das hab ich auch von ihr.« Bobbie schnitt die Wurst in hauchdünne Scheibchen. Sie lachte fröhlich auf. »Wenn sie noch leben würde, hätte ich natürlich niemals träumen können, dass ich mit Laurens zusammen wäre. Stimmt's?«

Gwen lächelte müde und nickte. Was versuchte sie sich weiszumachen? Veronica hätte niemals über ihre Eskapade gelacht. Sie hätte sie kräftig durchgeschüttelt. Schlag dir das bloß aus dem Kopf, Gwennie, kein Rumgemache mit dem Kerl einer Freundin, noch dazu einer deiner besten Freundinnen, die im Krankenhaus liegt, wohlgemerkt. Du bist wohl nicht ganz dicht.

Morgen würde Bea nach Hause kommen. Sie hatte extra noch angerufen.

Gwen dachte: Eben, und das wird mich dann vor weiteren Fehltritten bewahren, so wird es sein, das wär's, Ende der Geschichte. Es war eine beklemmende Vorstellung, Beatrijs und Leander wieder zusammen zu sehen, was früher oder später unweigerlich geschehen würde. Sie nahm es Beatrijs schon im Vorhinein übel, wie mies sie sich dann fühlen würde.

»Ich hatte ein rosanes Kleid an«, sagte Bobbie träumerisch. »Und Klaar und Karianne waren die Brautjungfern. In der Kirche wurde auf der Orgel diese Musik gespielt, weißt du: Pa-Pa-pa-paah! Alle sangen mit. Du auch, Gwen. Du hattest einen Hut mit Pfauenfedern auf, aber das hast du selbst zum Glück nicht mitgekriegt, sonst hättest du dich zu Tode geschämt, denn neben dir saß dieser berühmte Schlagerstar Marco Borsato und neben dem auch noch sein Doppelgänger Frans Bauer. Ich fand, es war ein Traum. War es ja auch. Gut, nicht?«

»Ich würde gern mal in Urlaub fahren.«

Verstört schaute Bobbie sie an. »Wie kommst du denn jetzt plötzlich darauf?«

Sie sah es genau vor sich. Eine Woche nur für sich selbst und ihre Träume und Gedanken. Nur eine einzige, mickrige Woche. War das nun wirklich zu viel verlangt? Bald hatten die Mädchen wieder schulfrei, und im Haus würde tagaus, tagein, von frühmorgens bis spätabends der Teufel los sein. Sie würde nicht eine Sekunde zu sich selbst kommen.

»Wir können nicht einfach so weg! Ich kann doch den Laden nicht einfach zumachen!«

»Na, dann bleibst du hier.« Wo stand eigentlich geschrieben, dass man in einer Familie immer auf alle Rücksicht nehmen und die Interessen anderer über die eigenen stellen musste? Fünfzehn Jahre lang war sie hier wegen Timos Bienen ununterbrochen ans Haus gefesselt gewesen. Jetzt, da die letzten Völker tot waren, war sie endlich frei. Das wurde ihr plötzlich richtig bewusst.

Bobbie hörte auf, in der Suppe zu rühren. »Als wenn Timo

Spaß daran hätte, ohne mich in Urlaub zu fahren! Das hab ich ja noch nie erlebt!«

»Dann bleibt Timo halt zu Hause, bei dir!« Allmählich wurde sie wütend. »Und die Mädchen brauchen auch nicht mitzukommen, sonst verpassen sie ja eine Judostunde oder irgendetwas anderes Wichtiges. Und Babette bleibt auch hier, denn die merkt nicht mal, wo sie ist, wenn ihr nur hin und wieder einer eine Flasche reinschiebt, ganz egal, wer.«

»Aber dann bist du ja völlig allein.« Unsicher befingerte Bobbie das Schlüsselband um ihren Hals.

»Ja. Schrecklich, was?«

Bobbies Miene erhellte sich, als sehe sie plötzlich ein Licht in der Finsternis. »Da bleibst du doch besser einfach bei uns, hm?«

»Ich schick euch eine Karte, wenn ich Heimweh bekomme.«

»Nein, wirklich, das krieg ich nicht übers Herz. Okay, Gwen, also gut. Dann komm ich mit.«

»O mein Gott«, entfuhr es Gwen. Sie wollte etwas oder jemanden schlagen.

In dem Moment kam Timo mit Yaja herein, die er von der Bahn abgeholt hatte. Er machte ein Gesicht wie drei Tage Regenwetter, und man sah ihm deutlich an, dass er jetzt möglichst nichts mehr mit ihr zu tun haben wollte.

Nur zu, Timo, schieb's ruhig wieder mir in die Schuhe, hals mir ruhig noch mehr Verantwortung und Verpflichtungen auf.

»Hi«, sagte Yaja ganz allgemein und warf ihre Tasche auf den Fußboden. Sie trug ein knöchellanges Kleid aus blutrotem Samt mit einer schäbigen Jacke aus schwarzem Kunstleder darüber.

Bei ihrem Eintritt war Bobbie errötet. »Kommt dieser Mann auch?«, fragte sie Timo beunruhigt.

»Relax«, kam es von Yaja. Sie nahm sich ein Stückchen Wurst vom Schneidebrett auf der Arbeitsplatte und schob es in den

Mund. »Mein Vater hat mich hier abgeladen, weil er mal schwer chillen musste.«

»Ja, und wir haben unsere Freude dran«, sagte Timo und verdrehte die Augen.

Er war stinkwütend über Yajas Einquartierung gewesen. Verdammt, Gwen, wir haben dieses Wochenende schon genug um die Ohren, wir müssen die Bienenweide räumen, im Laden und in der Kerzenmacherei Inventur machen, und du *wusstest* doch auch, dass ich Laurens gebeten habe, sich morgen noch einmal kurz die Buchhaltung anzuschauen. Und wo ich jetzt schon beim Thema bin, wir können uns das momentan alles gar nicht leisten, weder einen zusätzlichen Esser noch Benzin für die Fahrt zum Bahnhof zu vergeuden.

»Du bist herzlich willkommen, Yaja«, sagte sie, um Timo zu ärgern, oder weil Leander es immer so schätzte, wenn sie lieb zu seiner Tochter war. »Wenn du magst, darfst du Babette das nächste Fläschchen geben.«

Ihr Mann sah sie an, als wenn sie verrückt geworden wäre. »Ich denke nicht. Wir müssen, was ihre Mahlzeiten betrifft, im Moment ein bisschen aufpassen.«

»Oh, Timo«, sagte Bobbie angstvoll, »hab ich sie gestern Abend vielleicht nicht richtig Bäuerchen machen lassen? Ist es dadurch gekommen?«

»Ach wo, Mädchen. Es kam durch die Banane.«

»Timo meint, es war meine Schuld«, sagte Gwen »Nicht wahr, Tiem?«

Während sie eine Scheibe Wurst nach der anderen verputzte, hörte Yaja interessiert der Diskussion zu. Mit vollem Mund fragte sie: »Was war denn mit Babette?«

»Sie hatte Krämpfe. Ich hatte ihr was Falsches zu essen gegeben.«

»Getobt hat das Würmchen«, sagte Bobbie kopfschüttelnd. »Als wäre sie vom Teufel besessen.«

Unwillkürlich musste Gwen an Stan denken, der Klaar und Karianne zufolge Chef der Hölle war. Ob er Buch führte über jedermanns Sünden, Verfehlungen und unkeusche Gedanken und sich dann schon im Vorhinein vergnügt die schwarz versengten Hände rieb? Ach, eigentlich war ihr das völlig schnuppe. Sie lebte jetzt. Sie war reif für etwas Waghalsiges. Sie war reif für Abenteuer.

Als hätte sie ihre Gedanken erraten, rief Bobbie plötzlich aus: »He, aber jetzt noch was ganz anderes! Gwen und ich fahren in Urlaub.«

Schnell sagte Gwen zu Yaja: »Ich geh Babette mal holen. Sie strotzt schon wieder vor Gesundheit, du wirst schon sehen.«

»Diese Babette«, sagte das Mädchen. »Immer ist was los mit ihr. Echt fett.«

Ihr wurde ein bisschen flau im Magen. Wie konnte sie auch nur mit dem Gedanken spielen, ihren kleinen Spatz eine Woche lang aus den Augen zu lassen? Das hieß, das Schicksal herauszufordern. Nach wie vor lief irgendwo dieser Psychopath herum. Wenn Leander die irdische Gerechtigkeit in der Hand hätte, wäre längst alles aufgeklärt. Aber auf dieser Ebene war selbst er machtlos.

Nicht ohne Mühe verscheuchte sie den Gedanken an ihn und begab sich ins Babyzimmer. Sie beugte sich gerade über die Wiege, um ihre schlafende Tochter herauszuheben, als Timo mit großen Schritten dazukam.

Eher verwundert als verstimmt fragte er: »Was sollte denn das mit dem Urlaub, Maus? Den können wir uns doch gar nicht erlauben! Jetzt rechnet Bobbie womöglich fest damit.«

Sie suchte nach Worten. »Ich bin einfach so müde.«

Er scharrte wie ein bedripstes Kind mit den Füßen. »Wenn du mal kurz aus allem raus willst, wenn es das ist … Ich meine, ich möchte nicht, dass du durchdrehst. Zuerst diese Aufregungen um Babette und jetzt wieder der finanzielle Ärger.

Gibt es nicht irgendwen, bei dem du dich für ein paar Tage einquartieren könntest?«

Nein, nicht mehr. Denn Vero war tot, und Beatrijs kam morgen schon wieder nach Hause. Wie dünn und dürftig doch ihr einst so behagliches Lebensgespinst geworden war.

»Bei Laurens zum Beispiel«, fuhr Timo fort. »Wenn ich Niels und Toby in den Weihnachtsferien für ein paar Tage hierher nehme. Dann ist es bei ihm zu Hause schön ruhig, und du brauchst dich um nichts zu kümmern.«

Sein Großmut machte sie gehässig. »Und du wirst dann hier mit der ganzen Bagage fertig? Ich bitte dich. Schon Yaja ist dir doch als Mehrbelastung zu viel. Und was soll ich bei Laurens? Mit ihm zusammen ins Kaufhaus gehen?« Sie lachte gemein.

»Er würde es bestimmt schön finden, dich ein bisschen zu verwöhnen. Er mag dich sehr, Gwen. Und ihr könnt doch auch in ein Museum gehen oder so.«

»Herrje, bist du etwa darauf aus, mich in seine Arme zu treiben? Willst du mich loswerden?«

»Ich frage dich nur, was du selbst möchtest.«

Mit Vernunft durfte man ihr jetzt nicht kommen. »Wie reizend, dass du deine Frau bei einem anderen Mann abladen willst. Aber gut zu wissen.«

Auf einmal war es vorbei mit seiner Ruhe. Er fasste sie beim Handgelenk und zog sie unsanft zu sich heran. Während er sie mit dem Blick durchbohrte, stieß er hervor: »Was ist denn bloß mit dir?«

Sie riss sich los. »Ich hab einfach die Nase voll! Von allem!«

Babette schreckte aus dem Schlaf und fing an zu weinen. Große, kullernde Tränen liefen unter den noch geschlossenen Lidern hervor, die sogleich in einen Wasserfall des Kummers übergingen. Sie fuchtelte mit den Ärmchen und lief rot an vor Wut, Unbehagen, Hunger und wer weiß weswegen noch, vielleicht hatte sie auch die Windel voll, war ihr zu warm oder zu kalt … Ach, wie furchtbar, so klein zu sein und nichts sagen zu können, nicht, was man brauchte, nicht, was einem fehlte, nicht, was einem wehtat, nicht, worum es einem ging. Gwen hob ihre Tochter hoch und drückte sie an sich, beinahe automatisch.

»Von *allem*?«, fragte Timo bitter. »Das ist aber ein bisschen viel. Bin ich da plötzlich auch mit inbegriffen?«

Sie drehte ihm den Rücken zu. Mit dem kreischenden Baby auf dem Arm stellte sie sich ans Fenster. Es war schon stockfinster draußen: Sie sah nichts außer ihrem eigenen Spiegelbild in der Scheibe. »Im Moment schon, ja.« Es klang kalt und hart, wie ohne jedes Gefühl. Was sollte das, was richtete sie an? Und doch drängte sie nichts dazu, ihre Worte zurückzunehmen. Deren Gleichgültigkeit gefiel ihr eigentlich sogar. Warum sollte sie ein Hehl daraus machen?

Hinter ihr sagte Timo: »Was ist denn jetzt los, Gwen?« Er musste die Stimme erheben, um Babette zu übertönen.

»Du hast mich doch gehört!« Sie starrte weiterhin bockig vor sich hin.

»Ich bin immer davon ausgegangen, dass wir in guten *und* schlechten Zeiten zusammenhalten würden. Aber kaum haben wir mal Pech mit den Bienen, wirfst du das Handtuch.«

Sie war so perplex, dass sie sich umdrehte. »Denkst du denn wirklich …«

Er nahm ihr Babette aus den Armen und hob sie hoch in die Luft. »Sachte, sachte, Liebes.« Das Geplärr des Babys nahm ein wenig ab.

Gwen schlug die Augen nieder. Vielleicht ließ sie ihn besser in dem Irrglauben. Typisch Timo, zu denken, dass sich alles um seine Bienen drehte. So arglos. Ja, aber auch so oberflächlich, so stupide, so platt. Dass er ihr nichts ansah, nichts roch. Und wenn sie sieben Liebhaber gehabt hätte. So wichtig und unersetzlich war sie also für ihn.

»Gwennie. Wir haben doch auch früher schon magere Jahre gehabt. Und haben uns immer wieder erholt. Du kennst uns doch, wir sind wie Unkraut!«

»Sprich bitte nur für dich, ja?«

Er presste kurz die Lippen aufeinander und sagte dann: »Ich glaube, die Mädchen könnten so langsam einen Teller Suppe gebrauchen. Kommst du mit nach unten?«

Als sie keine Antwort gab, verließ er mit Babette auf dem Arm das Zimmer. Als geschlagener Hund oder als Säule der Toleranz und Selbstbeherrschung? Sie wusste es nicht. Aber es war ihr auch egal, ob sie ihn ins Herz getroffen hatte. Es war ihr egal, ob sie ihn verletzt hatte. Er war ja auch kein Waisenknabe. Unkraut! Wie immer sehr schmeichelhaft, was Timo so von sich gab.

»Na los, Maus!«, sagte sie laut zu sich selbst, und plötzlich war ihr dieser Kosename zutiefst zuwider. Wütend hob sie ein paar Babysachen auf, die auf dem Boden lagen. Nicht eine Sekunde konnte man in diesem Haus mal untätig herumsitzen. Selbst wenn man allen Grund hatte, seinem Mann den Schädel einzuschlagen, erledigte man besser vorher noch schnell die Wäsche, sonst wuchs einem alles über den Kopf. Und wenn man versuchte, in ehrlichen Worten zu schildern, wie es um einen bestellt war, wurde man zur Erholung außer Haus geschickt. Zu Laurens noch dazu.

Plötzlich hielt sie inne, die Hände voller feuchter, übel riechender Windelhöschen. War Timo wirklich so unschuldig, wie er sich gab? Er wusste genau, dass Laurens und Leander wie Feuer und Wasser waren. Wenn sie in trauter Freundschaft bei Laurens Quartier bezog, wäre Leander das höchst unangenehm. So war das also. Sie wurde gar nicht ihrer wohlverdienten Ruhe zuliebe zu Laurens verfrachtet, sondern Timo bezweckte damit nur, dass Leander das stinken und er genug von ihr haben würde. Mein Gott, wie abgefeimt. Da glaubte man jemanden zu kennen, glaubte, er trauere um seine Bienen und die verlorene Idylle der Imkerei mit der sonnigen, duftenden Weide, den von goldgelbem Honig triefenden Waben, den üppigen Trockengestellen voller Kerzen – einen Augenblick war es, als sähe sie sich selbst summend in der Kerzenmacherei arbeiten, und ihr Herz krampfte sich zusammen – und dem Garten, der so viel Pflege erforderte, mit all den alten Bäumen und dem nicht auszurottenden Moos, das diese mit sich brachten, und … Sie hatte den Faden verloren. Kurzerhand rundete sie böse ab: Und in Wirklichkeit geht es Timo um etwas ganz anderes.

Wer weiß, womöglich hatte sie ihn sogar selbst auf die Idee gebracht, als sie ihm erzählt hatte, dass Laurens neulich kurz vor der Sitzung wie ein blinder Passagier unter den übrigen Besuchern im Souterrain an der Gracht aufgetaucht war. Leander hatte ihm resolut die Tür gewiesen. Wer seine tote Frau nicht in Ruhe lassen könne, sagte er, sei bei ihm an der falschen Adresse. Aber Laurens hatte sich nicht so einfach wegschicken lassen. Es war offenbar fast zu Handgreiflichkeiten gekommen.

Das war das eine Mal gewesen, als sie auf dem Hinweg einen Platten gehabt und über eine Stunde auf den Pannendienst hatte warten müssen. Sonst hätte sie Laurens vielleicht noch beruhigen können.

Sie sammelte die letzten Babysachen zusammen und brachte das ganze Bündel ins Badezimmer, um es in die Waschmaschine zu stecken. Morgen würde er hier sein, um Timo bei der Buchhaltung zu helfen. Sie musste die Gelegenheit nutzen, um einmal ernsthaft unter vier Augen mit ihm zu reden. Er musste Veronica loslassen. Hoffentlich würde er auf sie hören, wenn sie sagte: Sie ist mit aller Macht dabei, wach zu werden. Sie versucht zu erwachen, und du hinderst sie daran. Das möchtest du doch nicht, oder?

Von unten rief Marleen: »Mam! Mama! Wo bleibst du denn, Mam?«

Sie zögerte kurz. Dann gab sie einem Impuls nach, zog sich aus, drehte die Brause auf und stellte sich, plötzlich obstinat, unter den Strahl. Sie ließ das warme Wasser alles fortspülen, jeden Gedanken an Menschen, die etwas von ihr wollten. Für Gott und die Welt da sein, es immer allen recht zu machen versuchen, sogar den Toten – sie hatte genug davon.

Obwohl im Haus kein Licht brannte, drückte Laurens wider besseres Wissen drei-, viermal auf den Klingelknopf. Er musste an sich halten, um nicht auch noch mit den Fäusten gegen die Tür zu hämmern: Vom Auto aus, das ganz in der Nähe geparkt war, konnten seine Jungen alles mit ansehen.

Hätte er seine Eingebung doch nur eine halbe Stunde früher gehabt. Angesichts der Uhrzeit war die Wahrscheinlichkeit groß, dass Leander schon zur Besuchsstunde im Krankenhaus unterwegs war. Während er die Straße entlangspähte und hoffte, doch noch irgendwo dessen hoch gewachsene Gestalt zu entdecken, fiel sein Blick auf ein kleines Lokal gegenüber. Da ließ sich doch das Angenehme mit dem Nützlichen verbinden.

Er ging zum Auto und öffnete die Tür an Niels' Seite. »Wollen wir ein leckeres Steak mit Pommes essen gehen?«

Mit besorgtem Stirnrunzeln blickte sein Sohn von der Schachtel Teelichter auf, die er auf dem Schoß hielt. »Essen wir denn nicht zu Hause?«

»Du hast doch mitbekommen, wie hart ich diese Woche gearbeitet habe, oder? Ich hab 'ne Menge Geld verdient!«

Kurz darauf saßen sie zu dritt an einem Tisch am Fenster. Das war zwar mit rotem Band in kleine Gevierte unterteilt, deren Ecken mit Kunstschnee besprüht waren, aber man konnte trotzdem gut nach draußen schauen. Theoretisch hatte er jetzt mindestens eine Stunde Zeit. Ihn überkam ein Gefühl, das sich schon fast als Wohlbehagen bezeichnen ließ. Hier saßen sie, schön geborgen und alle beieinander, in einer gemütlichen Gastwirtschaft, wo es auf der Theke eine staubige Grünpflanze mit Christbaumkugeln gab. Bei der etwas verschlafenen, aber gut gelaunten Serviererin, die an ihren Tisch kam, bestellte er Bier und Cola und dreimal Steak, Pommes und Apfelmus.

»Weißt du, wie man am besten einen Hasen fängt, Papa?«, fragte Toby.

Ein lebendiges Schmusetier für seinen Kleinen: gute Idee. »Weißt du was? Morgen sind wir doch bei Timo. Da in der Gegend gibt es bestimmt irgendwo Hasen zu kaufen.« O ja, sie würden zusammen einen Stall im Garten zimmern, dazu hatte er jetzt schon Lust, einen Stall mit Auslauf.

Hinter vorgehaltener Hand soufflierte Niels: »Es ist ein Rätsel.«

Tobys Augen blitzten. »Man setzt sich hinter einen Baum und macht das Geräusch einer Möhre nach!« Er bog sich vor Lachen.

Mit einer Überheblichkeit, als sei er der Meister aller Klassen, sagte Niels: »Was ist das? Es ist rot und liegt am Strand.« Er machte eine effektvolle Pause und prustete dann: »Wisst ihr's wirklich nicht? Rotkräbbchen!«

Toby kriegte sich fast nicht mehr ein.

»Was ist grün und klopft an die Küchentür? Ein Klopfsalat.«

»Nicht so schnell, so kann ich sie mir nicht merken«, sagte Laurens lachend. Er nahm einen Schluck Bier.

»Warum trinken Mäuse keinen Alkohol? Weil sie Angst vor einem Kater haben. Und jetzt kommt ein guter für bei dir im Büro, Pap. Auf den fällt jeder rein. Was für Kinder bekommt man von einem gelben Kondom? Na?« Verzückt kniff Niels die Augen zusammen.

»Einem Kondom?« Er stellte sein Glas auf dem Tisch ab.

»Einem *gelben* Kondom.«

Offenbar fingen sie in der Schule heutzutage schon ziemlich früh mit nützlichen Informationen über Geschlechtskrankheiten und Aids an. Oder waren das eher Dinge, die sich auf dem Schulhof herumsprachen? Ach, egal. Einen Augenblick wurde ihm vor Dankbarkeit ganz leicht zumute: Seine Kinder hatten noch ein ganzes Leben neben dem mit ihm. Sie tuschelten mit Gleichaltrigen, sie lernten von anderen Erwachsenen. Er war nicht der einzige Leuchtturm, an dem sie sich orientierten. Wo er nicht ausreichte, entstanden nicht notwendigerweise Lücken.

»Gelbe Kinder«, sagte er.

Niels brach in Hohngelächter aus. »*Keine* Kinder bekommt man davon.«

»Ha, der ist wirklich gut.«

Tobys rundes Gesicht hatte einen beunruhigten Ausdruck angenommen. Schnell sagte Laurens: »Und jetzt du. Ich sehe was, was du nicht siehst.«

Das ganze Essen über spürten sie Gegenstände auf, die schwarz, grün, rot oder blau waren. Ab und an spähte Laurens durchs Fenster zu der gegenüberliegenden Haustür. Unter den Straßenlaternen kamen Menschen mit Kapuzen und Mützen vorüber, die Atemluft wie Rauchschwaden vor den Mündern. Nach getaner Arbeit suchten sie Zerstreuung. Die Fenster gegenüber waren immer noch dunkel.

Nach dem Essen wurde es schwieriger, Niels und Toby bei Laune zu halten. Sie wollten nach Hause, Teelichter hinter ihre Sternenhimmel stellen.

»Nur noch ganz kurz, Jungs. Ich bekomme noch Kaffee. Niels, ein anderes Wort für Auto, mit fünf Buchstaben.« Er zog Toby zu sich auf den Schoß und gab ihm seinen Kugelschreiber, damit er auf den Bierdeckeln malen konnte.

»Wagen.«

»He, Batman, nicht so schnell! Anderes Wort für Käfig ...«

»Stall«, murmelte Toby.

»Pah, das war doch viel zu leicht«, sagte Niels empört.

»Anderes Wort für Apparat.« Er zählte es an den Fingern ab. »Acht Buchstaben.«

Verdammt, da kam schon sein Kaffee. Rasch schaute er nach draußen.

»Apparat?«, sagte Niels. »Was für ein Apparat denn?«

»Zum Kaffeekochen zum Beispiel.« Kalt werden lassen, das war vorerst die beste Lösung.

Toby hängte sich an ihn. Niels gähnte.

»Niels, ich gebe dir den ersten Buchstaben. Es fängt mit einem M an.« Wenn Leander nach seinem Besuch bei Beatrijs sofort nach Hause gegangen war, konnte er jetzt jeden Moment eintreffen. Ich bin ein Esel gewesen, Leander. Ich hätte dir gleich sagen sollen, dass es darum geht, meine Kinder zu beschützen.

Er setzte sich auf. Endlich tat er das Richtige. Und im Übrigen konnte er es auch immer noch über Beatrijs versuchen. Aus Scham hatte er es bislang vermieden, sie um ihre Vermittlung zu bitten. Sie hatte es auch von sich aus nie angeboten, obwohl Leander ihr bestimmt von seinen Anrufen und allem anderen erzählt hatte. Sie fand bestimmt, dass es ihm recht geschah, wenn der ihn jetzt immer abblitzen ließ. Aber Niels würde sie ohne das leiseste Zögern helfen.

»Maschine«, sagte sein Sohn, offensichtlich selbst erstaunt über seinen Fund.

»Bingo, mein Großer. Gratuliere.«

»Aber jetzt mag ich nicht mehr.«

Hastig beugte er sich wieder zum Fenster. »Gut, dann machen wir jetzt das Galgenspiel, okay?«

»Du guckst schon die ganze Zeit schon raus, ob wir wieder ein Knöllchen haben. Lass uns doch einfach gehen.«

»Oder wir machen Sprichwörter. Das ist so was, was … was alle immer sagen. Macht ihr schon Sprichwörter, bei Nicky?«

Das war ein Volltreffer. Als Niels ihren Namen hörte, verklärte sich sein Blick schlagartig vor Verliebtheit. »Weißt du, was sie immer sagt, Pap?«

»Nein, Schatz.«

»Solange Leben ist …«

»Ist …?« In dem Moment sah er Leander die Straße herunterkommen, vor Kälte ging er leicht gekrümmt. Behutsam, um Toby nicht zu wecken, erhob er sich und setzte das schlafende Kind auf seinen Stuhl. »Pass bitte mal kurz auf Toby auf, Niels. Ich bin in drei Minuten wieder da, und dann fahren wir sofort nach Hause.«

»Was hast du denn vor? Papa!«

Anderes Wort für Leben, drei Buchstaben. Ohne Mantel spurtete er aus dem Lokal.

Leander stand vor seiner Haustür und tastete in seiner Hosentasche nach den Schlüsseln. Offenbar hörte er Laurens kommen, denn auf einmal schaute er über seine Schulter zurück. Er erstarrte.

Laurens schob sich schnell zwischen ihn und die Tür, während er entschuldigend die Hände erhob. »Tut mir Leid, ich weiß, es muss dir verrückt vorkommen, dass ich hier so unangekündigt auftauche …«

Leander war bleich geworden. »Jetzt gehst du wirklich zu weit.«

»Lass es mich kurz erklären. Es geht nicht um mich, es geht …«

»Lass mich durch.«

Laurens presste die Hände zusammen, damit er Leander nicht womöglich noch beim Ärmel fasste. Das war neulich auch schon schief gegangen. »Es geht um Niels und Toby, sie brauchen deine Hilfe, ich habe sie mitgebracht, sie sitzen dort drüben im Lokal, du kannst Niels selbst fragen.« Es ging nicht gut, er drückte sich nicht klar aus, es stand zu viel auf dem Spiel.

Leander streckte den Kopf vor und zog die Schultern hoch. »Wenn du mich nicht reingehen lässt, rufe ich die Polizei. Dass du mir jetzt sogar schon vor meinem Haus auflauerst, ist wirklich das Letzte.«

Er zwang sich, Ruhe zu bewahren. »Bitte hilf meinen Kindern. Ich flehe dich an.«

Über Leanders Gesicht glitt ein Ausdruck des Abscheus. »Führ dich doch nicht so theatralisch auf, Laurens. Ich habe dir schon oft genug gesagt, dass es genügend Paragnosten gibt, an die Leute wie du sich wenden können. Warum tust du das nicht, statt mich zu verfolgen und dich selbst zu erniedrigen?«

Gegenüber sah er Niels' Gesicht hinter dem Fenster der Gastwirtschaft. Die Nase an die Scheibe gedrückt, schaute sein Sohn durch eines der beschneiten roten Gevierte. Und mit einem Mal fand er die richtigen Worte. »Niels führt ganze Gespräche mit Veronica. Das muss aufhören.«

»Ach, und das soll ich deiner Frau auftragen?«

»Wenn es geht, ja.« Das war das längste Gespräch, das sie in den vergangenen Monaten miteinander geführt hatten. Diesmal würde es gut ausgehen.

Leander beugte seinen langen Leib vor. »Vielleicht tröstet es deinen Sohn ja, dass sie ihn besucht. Hast du diese Möglichkeit auch schon mal erwogen, oder denkst du nur an dich selbst?«

Es war, als bekomme er eine Ohrfeige. »Aber du hast mir selbst gesagt, dass der Kontakt mit erdgebundenen Entitäten gefährlich ist! Das hast du selbst gesagt! Und jetzt behauptest du …«

Leander musterte ihn wie ein außergewöhnlich scheußliches Insekt. »Das ist genau der Grund, warum ich mich nicht mit dir einzulassen wünsche: Du bist nur darauf aus, mich bei irgendetwas zu ertappen. Unter dem Deckmäntelchen deiner Rührgeschichten wolltest du mich von Anfang an als Betrüger entlarven und bloßstellen. Nur gut, dass ich Yaja heute Nachmittag in den Zug zu Gwen gesetzt habe. Sonst hättest du sie noch beschwatzt, dich hereinzulassen, und jetzt breit in meinem Wohnzimmer gehockt. Geh zur Seite, Mann, oder ich vergreif mich noch an dir.«

»Nein, warte! Ich werde dir …«

Mit zusammengepressten Zähnen zischte Leander: »Du irrst dich, wenn du glaubst, du könntest mich kommandieren oder einschüchtern. Ich ersuche dich dringend, mich in Zukunft in Ruhe zu lassen. Und das schließt auch meine Tochter ein.«

Jetzt durfte er sich nicht durch ungereimte Unterstellungen aus dem Konzept bringen lassen. »Dann lass uns das Problem lösen, und du hast mich vom Hals. Ich werde dich auch gut dafür bezahlen.«

»Das betrachte ich als unsittliches Angebot.«

»Dann musst du eben selbst bestimmen, wie ich dich entlohnen kann.«

»In solchen Begriffen denke ich überhaupt nicht. Meine Arbeit ist mein Lohn. Und die Freiheit natürlich, selbst zu entscheiden, dass ich mir nicht die Hände an dir schmutzig machen will.«

In einem Moment unangenehmer Klarheit dachte Laurens: Warum stehe ich hier eigentlich und rede mit diesem Lackaffen? Warum gehe ich nicht einfach weg und schaue zu Hause im Internet unter »Paragnost« nach? Unsicher sagte er: »Wenn du mich immer wieder wegschickst, lieferst du mich ja geradezu der spirituellen Unterwelt aus. Ist es das, was du willst? Willst du, dass ich eine Lektion erteilt bekomme? Wünschst du mir, dass ich …« Er merkte selbst, dass er redete wie einer, der Prügel herausforderte. Und plötzlich ging ihm auf, wie sehr das zutraf. All die Monate über war ihm nie auch nur der Gedanke gekommen, jemand anderen als Leander zu Rate zu ziehen. Dessen erdrückende Selbstzufriedenheit war bereits ein Teil jener Läuterung gewesen, nach der er gesucht hatte: Ihn bitten und anflehen und vor ihm durch den Staub kriechen zu müssen, wie ein Hund hinter diesem Mann herzulaufen, das war seine Methode gewesen, sich selbst zu bestrafen, für eine Tat, die sonst unbestraft geblieben wäre.

»Ich wünsche dir gar nichts. In meinem Universum existierst du nicht mal.«

»Ich verstehe«, sagte Laurens, aber diesmal war seine Demut gespielt. Irgendwie war der Bann gebrochen, nun, da er sich selbst durchschaute. Er dachte sich besser etwas anderes aus, um seine Schuldgefühle zu tilgen, denn das hier brachte weder seine Kinder noch ihn selbst das kleinste bisschen weiter. »Ich werde dich nicht mehr belästigen. Guten Abend noch.« Er war verblüfft über sich selbst. Er drehte sich um und überquerte die Straße.

Hinter dem Fenster des Lokals sprang Niels auf und winkte begeistert.

Laurens winkte zurück. Er war sich bewusst, dass er keinen Schritt weitergekommen war, und dennoch verspürte er für einen kurzen Moment unendliche Erleichterung. Das Spiel war aus, er war wieder ein freier Mensch. Fast hätte er sich eingeredet, er habe Leander schwer eins damit ausgewischt, dass er von sich aus Schluss mit dem Ganzen gemacht hatte.

Er beglich an der Theke die Rechnung. Seine Söhne saßen schon ganz und gar reisefertig da, die Reißverschlüsse ihrer Jacken bis zum Kinn hochgezogen.

»Was hat Yajas Vater gesagt?«, fragte Niels.

»Nichts Besonderes. Wollen wir dann mal schauen, wie eure Sternenhimmel sind?«

Sie fuhren nach Hause. Im Gartenzimmer blinkten ihnen die Tannenbaumlämpchen entgegen. Sie machten sie aus, zündeten zwei Teelichter an, stellten sie hinter die Pappe und schauten im Dunkeln zu dritt auf die glitzernden Himmel. Es erinnerte Laurens an das Blitzen in Veers Augen, und sofort tat sich ein Abgrund zu seinen Füßen auf, ein Abgrund der Angst, aber auch des Kummers, des Verlusts und der Sehnsucht. Wenn er jenen einen Abend doch nur noch einmal neu und diesmal anders ablaufen lassen könnte. Dafür würde er dem Teufel seine Seele verkaufen. Aber zunächst musste er sich überlegen, wie es jetzt weiterging.

Glücklich, dass er so einen tollen Tag gehabt hatte, schlüpfte Niels unter seine Bettdecke. Er war stolz, dass er seinen Vater mit seinen Rätseln zum Lachen gebracht hatte. Vielleicht sollte er ihm auch mal erzählen, was die großen Jungen auf dem Schulhof so alles sagten. Du hast wohl nicht alle Nadeln auf der Tanne. Ich brems dir gleich eine. Mach dir bloß nicht ins Hemd. Lass dich restaurieren. Ein Klopfsalat war was für Kinder in Tobys Alter. Aber zugegeben, auch darüber hatte sein Vater gelacht, richtig gelacht, mit dem Bierglas in der Hand, wie ein Vater aus der Fernsehwerbung.

Es war schön, wenn man so wie die Leute war, die Würstchen und Chips zusammen aßen.

Er zog Mamas Pullover unter seinem Kissen hervor und legte die Wange darauf. Mama, heute hab ich Pap zum Lachen gebracht und dem kleinen Zwerg einen Sternenhimmel beigebracht, und weißt du was? In den Weihnachtsferien kommt Nicky mich in ihrem Auto abholen.

Letzteres war so unglaublich, da hatte man echt keine Nadeln mehr auf der Tanne. Er würde neben ihr in ihrem dunkelroten Rover sitzen, und vielleicht würde sie sogar seine Hand halten, wenn sie zusammen über den Friedhof gingen. Sie hatte solche weichen Hände, und wenn man sich ihre Finger ansah, fragte man sich, wofür Menschen eigentlich diese vollkommenen Halbmonde in ihren Nägeln hatten. Einfach so, oder hatte das einen bestimmten Zweck?

Er seufzte tief und wollte sich gerade umdrehen, als sein Vater hereinkam. Er machte die Vorhänge zu, hob eine Hose auf, die er in den Schrank legte, und setzte sich dann auf seine Bettkante, um den Wecker zu stellen. Er sah gar nicht mehr wie ein Vater aus einer Fernsehwerbung aus. Er war wieder in sich gekehrt und traurig. Niels stützte sich auf dem Ellbogen auf und stupste seinen Vater an der Schulter an. »Lass dich restaurieren, Pap!« Voller Selbstvertrauen begann er zu lachen.

Sein Vater stellte den Wecker zurück und strich sich über die Augen.

Hatte er den Witz nicht gehört? Niels' Glücksgefühle ebbten ab. Nur einmal in hundert Jahren zu lachen war nicht genug. Er wollte, dass sie jeden Tag Spaß miteinander hatten.

Unvermittelt fragte sein Vater: »Erzähl mal, Niels, ist es unheimlich oder schön, mit Mama zu reden?«

Er wusste nicht, was er darauf antworten sollte. Es war keines von beidem, sondern einfach normal. Und darüber hatten sie doch heute Nachmittag schon gesprochen.

»Oder mal anders: Hättest du gern, dass es aufhört, oder würde es dir dann fehlen?«

»Fehlen natürlich«, sagte er erstaunt. »Aber es hört doch nicht auf, oder?«

»Ich meine, wenn du es nicht magst, kannst du Mama das ja sagen.« Sein Vater vergrub das Gesicht in den Händen.

Es war schwer, ganz allein zwei Kinder erziehen und auch noch das Geld verdienen zu müssen, das hatte er die Mütter von Perry und Gijs mal zueinander sagen hören. Hoffentlich erschöpfte es seinen Vater nicht so sehr, dass er die Flinte ins

Korn warf. Er musste sich etwas einfallen lassen, um ihn ein bisschen aufzuheitern.

»Du fragst dich vielleicht, warum ich immer wieder davon anfange, aber ich mache mir eben manchmal Sorgen, ob… Was ist denn jetzt?«

Niels war unter das Bett getaucht und kramte in dem Karton, der dort stand. Er bekam das Fläschchen mit dem goldenen Verschluss gleich zu fassen. Es war immer noch mehr als halb voll.

»Niels, jetzt mal eben keine…« Die Stimme seines Vaters stockte, als er das Parfümfläschchen sah.

»Das ist noch von Mama, weißt du. Möchtest du ein bisschen?« Eilfertig schraubte Niels den Verschluss auf. Der vertraute Duft verbreitete sich. Er fasste seinen Vater beim Handgelenk, kippte das Fläschchen und sprenkelte ihm ein paar feine Tropfen auf den Ärmel. Dann drückte er ihm den Ärmel ans Gesicht. »Du musst ganz tief einatmen, durch die Nase.«

Seinem Vater standen die Schweißperlen auf der Stirn. Den Ärmel an die Nase gedrückt, saß er reglos da und starrte vor sich hin. Nur sein Kinn bewegte sich kurz, als wolle er etwas sagen, könne es aber nicht. Dann fingen auch seine Schultern an zu zucken.

»Magst du es nicht?«, fragte Niels.

Sein Vater machte die Augen zu und dann wieder auf. »Also so machst du das immer?«

»Was ist denn plötzlich?«

»Entschuldige.« Sein Vater räusperte sich. »Vielen Dank, mein Großer, und gute Nacht.« Er stand abrupt auf und ging aus dem Zimmer, torkelnd wie einer, der zu viel getrunken hat.

Niels ließ sich aufs Bett zurückfallen. Das Dumme an Erwachsenen war, dass sie nicht einfach sagten, was sie dachten oder fühlten. Deshalb war ihnen nie wirklich zu helfen.

Mach dir bloß nicht ins Hemd, Papa! Böse kletterte er aus dem Bett, um die Tür zu schließen und das Licht auszumachen. Im Dunkeln schlüpfte er wieder unter seine Decke. Das Fläschchen Parfüm war in die Mitte seiner Matratze gerollt, es drückte ihn in die Seite. Er grub es hervor und stellte es mit einem Knall auf seinen Nachttisch. Dabei hatte er es für so einen guten Vorschlag gehalten, als seine Mutter ihm das vorhin zugeflüstert hatte.

Sicherheit

Bei jedem Schritt, den Beatrijs auf ihren Krücken machte, wunderte sie sich über den Effekt: Sie kam tatsächlich voran, es ging vorwärts. Im Schneckentempo zwar, aber nach so langem Leerlauf war Bewegung an sich schon etwas Unvorstellbares, ja nahezu Magisches. Während sie sich, ein wenig eiernd zwar, aber immerhin aus eigener Kraft durch den langen Gang der Klinik zum Fahrstuhl vorarbeitete, sah sie sich plötzlich in einem völlig neuen Licht: als eine, die sich atemlos vor Lachen in sonnigen Straßencafés niederließ oder ein Wochenende in Paris auf Einkaufsbummel ging. Als eine, die energisch, sexy und sorglos war und voller witziger Ideen steckte. Dass das Gefühl, endlich wieder festen Boden unter den Füßen zu haben, so was mit einem machen konnte!

Da waren endlich die Fahrstühle. Mit ihrer Krücke stieß sie ausgelassen auf alle drei Rufknöpfe.

Leander, der ihre beiden Taschen mit Karten, Kinderzeichnungen, Toilettenutensilien und ausgebeulten Pyjamas trug, sagte: »Jetzt kommen gleich drei nach oben.«

»Sei nicht so knauserig! Ich passe nicht mehr in einen einzigen Fahrstuhl.« Sie lachte ihn an, während sie sich aufs Hinterteil klopfte. Langes Liegen war Gift für die schlanke Linie. Sie hatte sich oft wie ein immer größer werdender Maulwurfshügel oder wie ein unappetitlicher Kuhfladen gefühlt, aber das kam ihr jetzt absurd vor. So was dachten nur einsame, ungeliebte Frauen, die nie mit einem Geliebten an der Seine entlangspaziert waren. Dicke Menschen hatten ein sonnigeres Gemüt, das war allgemein bekannt. Aber im Grunde war ihr Gewicht nicht von Belang. Zwei Monate lang war sie einzig und allein Knie gewesen, es wurde höchste Zeit, dass der Rest auch wieder mal Beachtung fand. Sie sah schon vor sich, wie Leander ihr, noch bevor sie zu Hause über die Schwelle wären, die Kleider vom Leib streifen und sie langsam und hingebungsvoll von oben bis unten und wieder zurück ablecken würde, wie ein Eis. Während der Besuchszeiten in der Klinik hatten sie sich immer irgendwie anders behelfen müssen, weil man ja nie wusste, wer unverhofft hereingeschneit kam. Darüber, wie man das mit dem Sex lösen sollte, wenn man für längere Zeit im Krankenhaus lag, hörte oder las man nie was Vernünftiges.

Die erste Tür öffnete sich, und sie stiegen ein. Im Fahrstuhl standen zwei Küchenhilfen mit ihren Tablettwagen und unterhielten sich, sodass sie sich über ihre Gedanken zu dem Thema nicht laut mit Leander austauschen konnte. Sie hätte sich gern bei ihm eingehakt, aber das ging mit den Krücken nicht. Sie musste sich ein Kichern verkneifen, das vermutlich leicht hysterisch geklungen hätte.

Unten wartete sie auf einer Bank bei der Drehtür, während er das Auto holte. Es war ein dunkler Vormittag, typisch Dezember. Aber der Mangel an Tageslicht, der normalerweise so deprimierend war, störte sie heute nicht. Sie durfte nach Hause. Der Physiotherapeut hatte sie bis gestern Nachmittag auf die Folter gespannt, ob sie noch das Wochenende über bleiben musste oder nicht. Im Nachhinein hatte es sich als gut erwiesen, dass er ihre Entlassung erst im letzten Moment abgesegnet hatte, sonst hätte sie jetzt Yaja am Hals gehabt. Leander hatte bedeppert gesagt: »Wenn ich gewusst hätte, dass du schon nach Hause darfst, hätte ich sie ja das Wochenende über hier behalten können.«

Man sollte natürlich immer danach streben, ein guter Mensch zu sein, keine Frage. Aber jeden Tag war das vielleicht doch nicht nötig.

Unterwegs sprachen sie nicht viel. Leander, der es hasste, Auto zu fahren, saß verkrampft neben ihr am Steuer. Sie hütete sich, ihn jetzt anzufassen, sondern schaute aus Solidarität genauso konzentriert durch die Windschutzscheibe wie er. Ampeln sprangen um, Straßenbahnen tauchten bimmelnd auf, übermütige Radfahrer gebärdeten sich lebensmüde, Hunde machten auf dem Gehweg ihr Geschäft. Allein schon, dass sich alles um sie herum bewegte, ermattete sie. Als sie vor der Haustür hielten, war sie sehr müde. Vielleicht hätten sie vorhin für den langen Gang durch die Klinik besser einen Rollstuhl nehmen sollen. Jetzt musste sie nur noch aussteigen, ohne das schlimme Bein zu sehr zu belasten. Krücke links, Krücke rechts. Nicht schwindlig werden. Nur noch ein paar Sekunden, und sie würde sich auf ihrer eigenen Chaiselongue ausstrecken können.

Leander ging ihr mit den Taschen voran. Behutsam, um nicht auszurutschen oder zu fallen, mühte sie sich hinter ihm her. Beim Üben war der Physiotherapeut immer hinter ihr gegangen, die Hände an ihrer Taille oder was davon übrig war. »Gut so. Gut so. Gut so.« Dank ihm war sie sich ganz groß vorgekommen. Jetzt hielt der Mann natürlich längst eine andere fest oder schlief sich neben seiner Frau aus. Vielleicht hatte er ihrer Entlassung nur zugestimmt, um heute nicht früh aufstehen zu müssen.

»Willkommen zu Hause«, sagte Leander und öffnete die Tür.

Sie humpelte hinein. Und gleich fiel ihr auf, wie kahl und abgetreten der schmale Flur war, wie fahl und farblos.

»Kaffee?«, fragte Leander.

»Warte mal eben«, sagte sie und blickte sich betreten um.

War es dies, wovon sie die ganze Zeit geträumt hatte, eingesperrt inmitten des Resopals ihres Krankenzimmers?

»Jetzt setz du dich erst mal hin.« Er ging in die Küche.

Sie schleppte sich ins Wohnzimmer. Die beiden verschlissenen beigefarbenen Kordsessel am Kamin waren mit alten Zeitungen überhäuft. Benutztes Geschirr stand kreuz und quer auf dem Holzfußboden herum. Auf einem kleinen Stapel ungeöffneter Post balancierte ein verschmierter Eierbecher. Der Papierkorb schien seit Monaten nicht geleert worden zu sein. Das Haus sah wieder genauso aus wie damals, als sie bei Leander eingezogen war. Es schrie ihr ins Gesicht, dass er kein Mann war, der für sich selbst sorgen konnte. Er *brauchte* sie.

Während sie einen Arm voll Wäsche zur Seite schob, um sich auf ihre Chaiselongue setzen zu können, wurde ihr wieder mal bewusst, dass sie ohne ihn ein Mensch wäre, der keine erwähnenswerte Rolle spielte. Wen machte sie denn beispielsweise *glücklich*? Die Kinder, ja, die Kinder ihrer Freunde: Die konnten immer auf sie zählen, wenn sie schnell jemanden zum Entführen brauchten. Nur bekamen sie dafür hinterher eins auf den Deckel. Verflixt, nicht einmal als Tante war sie ein reiner Erfolg.

Leander kam ins Zimmer, stellte den Kaffee vor sie hin und setzte sich in seinen eigenen Sessel am Kamin, der kalt war und voller Asche. »So. Da wären wir wieder. Was guckst du denn so?«

Die Erkenntnis traf sie mit der Wucht eines Betonblocks: Wenn sie sich in den vergangenen Monaten nach ihrem normalen Leben gesehnt hatte, dann hatte sie dabei immer ihr altes Appartement vor Augen gehabt. Die glänzend polierten antiken Möbel, die bunten Kissen und Decken, das überreichlich bestückte Bücherregal, ihre Alice-im-Wunderland-Sammlung hinter den Kristallglasscheiben der Vitrine.

»Ich habe dich etwas gefragt, Beatrijs. Ist irgendwas?«

Ausweichend sagte sie: »Komisch, wie man alles mit ganz neuen Augen betrachtet, wenn man eine Weile weg war.«

»Ja, das hat eine erfrischende Wirkung. Da lernt man seine Umgebung wieder umso mehr schätzen, nicht wahr?«

»Nein«, entfuhr es ihr unwillkürlich. »Das finde ich nicht.«

»Aber es ist so.«

»Das findest du vielleicht, aber ich deswegen noch lange nicht.«

Ungläubig sah er sie an. »Es *ist* so, habe ich gerade gesagt. Aber lass uns das beenden. Was sind deine Wünsche für heute?«

Sie dachte: Neue Tapeten. Ein Fleur-de-Lys-Muster zum Beispiel mit hübscher kontrastierender Blende. Ihr Leben lang hatte sie sich mit sorgfältig und bedachtsam ausgewählten Dingen umgeben. Schönheit machte etwas mit der Seele, sie hatte etwas Erhebendes. Ein bisschen Stil, ein bisschen Format … Bewies man damit nicht letztendlich, dass man das Dasein dankbar annahm?

»Möchtest du dich ausruhen, oder hast du gerade davon allmählich genug? Du brauchst es nur zu sagen, Göttin.«

Mit einem Mal fürchtete sie, gleich in Tränen auszubrechen. »Lass mich mal eben. Ich weiß selbst nicht, was mit mir ist. Irgendwie ist das alles ein leichter Dämpfer.«

Er sah sie verletzt an. Dann erhob er sich und verließ den Raum.

Schlagartig wich ihre weinerliche Stimmung handfester Verärgerung. Sie dachte nicht dran, ihm nachzulaufen. Sie trank ihren Kaffee. Er hätte ruhig ein paar Kekse oder so etwas dazu besorgen können. Und Blumen hinstellen. So eine große Kunst war es nun auch wieder nicht, das Leben ein wenig zu verschönern. Sie ließ den Blick durchs Zimmer schweifen. Vielleicht konnte sie Frank fragen, ob sie nicht doch den Nussbaumsekretär haben durfte. Wenn sie den hier an die

Querseite stellte und diese ollen Kordsessel rausschmiss … Das Telefon klingelte, und sie griff zu ihren Krücken. Aber als sie sich gerade erhoben hatte, hörte sie, dass Leander schon in seinem Arbeitszimmer abnahm.

Da sie nun ohnehin stand, ging sie ein wenig umher. Sie hatte das Bedürfnis, Gegenstände zu berühren und umzustellen, den Dingen ihren Stempel aufzudrücken: Ich bin wieder da.

Leander kam herein. »Das war Yaja.«

»Ach.« Sie setzte eine neutrale Miene auf. Nicht urteilen, Beatrijs. Denn du weißt, Göttin, wenn du urteilst, legst du alles fest. Und so war es doch auch, oder? Sie war das in den letzten acht Wochen nur nicht mehr gewöhnt gewesen. Dreiundzwanzig Stunden am Tag ohne ihn. Dreiundzwanzig Stunden Zeit, den Tonarm auf der Schallplatte des Lebens in die alte, verabscheuenswerte Rille zurückfallen zu lassen.

»Ob ich sie abhole. Sie fühlt sich überhaupt nicht wohl bei Gwen.«

»Warte doch erst mal ab. In einer Stunde ist sie bestimmt wieder bester Laune.«

»Das sollte ich dann also rasch machen.«

»Rasch? Es sind anderthalb Stunden Fahrt! Und du hast am Steuer schon nach zehn Minuten genug vom Autofahren. Kann sie nicht mit dem Zug kommen?« Sofort bedauerte sie ihre Worte. Damit segnete sie Yajas Kommen gleichsam ab.

»Wenn ich sie abhole, kann ich noch kurz mit Gwen reden. Das scheint mir besser zu sein, als Yaja mit Wut im Bauch auf eigene Faust von dannen ziehen zu lassen.«

Das war lieb und aufmerksam von ihm. Sie konnte nichts dagegen einwenden. Außer, dass sie es ihr selbst gegenüber nicht sonderlich herzlich fand, wenn er am Tag ihrer Heimkehr unbedingt den Taxichauffeur für seine Tochter spielen musste. Doch wenn sie diesen Gedanken aussprach, würde sie nur einen kindischen, egogetriebenen, *emotionalen* Eindruck machen. »Ich komme mit«, sagte sie. Sie überraschte sich selbst.

»Hältst du das für vernünftig? Du musst dich ein bisschen schonen.«

Eigentlich war das eine großartige Idee. Alles war besser, als miesepetrig hier herumzusitzen und diese Kordsessel anzustarren. Bei Gwen und Timo war es bestimmt gemütlich. Auf einmal hatte sie es eilig, wegzukommen. Ihre Taschen packte sie dann später aus, deren Inhalt hatte ihr in den vergangenen Monaten ohnehin schon gewaltig zum Hals herausgehangen. »Dann lass uns mal gleich fahren.«

»Es wäre mir lieber, du bliebest zu Hause. Es ist viel zu ermüdend für dich.«

»Ich bin doch nicht krank oder so.« Sie gab ihm einen gut gemeinten Rippenstoß und humpelte zur Tür. Im Flur zog sie ihren Mantel an. Sie konnte die Gelegenheit nachher gleich dazu nutzen, Gwen Näheres über ihre finanziellen Probleme zu entlocken. Sie war eine Frau mit einer Mission, ja, das war sie. Trotzdem blieb das nagende Gefühl, dass sie gerade in Windeseile aus ihrem eigenen Zuhause floh. Ich muss mir etwas Zeit geben, um mich einzugewöhnen, sagte sie zu sich selbst, es ist eine ziemliche Umstellung, das ist alles.

Erst im Auto fiel ihr wieder ein, dass sie eigentlich stundenlang mit Leander hatte schmusen wollen. War es nicht dazu gekommen, weil sie sich ihm so eigenartig fern gefühlt hatte? Aber lag das nicht gerade daran, dass es so lange keine wirkliche körperliche Intimität zwischen ihnen gegeben hatte? Betroffen legte sie die Hand auf sein Knie. »Du hast mir gefehlt.«

»Das holen wir schon wieder auf«, sagte er, während er kurz ihre Finger drückte.

Ihr Herz machte einen Salto mortale vor Erleichterung.

»Mir fällt da gerade etwas ein, Beatrijs. Der Donnerstag, der bleibt für Gwen und mich. Das verstehst du doch, oder?«

»O ja, das ist in Ordnung.«

»Sie war von Anfang an in die Sitzungen einbezogen. Wir sind inzwischen völlig aufeinander eingespielt.«

»Schön.«

»Es wäre nichts damit erreicht, wenn man das änderte.«

Sie zog die Hand zurück. Eine gewisse Gereiztheit befing sie. Sie hatte doch schon gesagt, dass es von ihr aus völlig okay war. Warum ritt er so darauf herum? Ein Gefühl, das sie schon fast vergessen hatte, kam wieder über sie: Irgendetwas sagte ihr, dass sie auf der Hut sein musste.

Er warf ihr einen Seitenblick zu. »Du vermutest doch wohl nichts dahinter, oder?«

Sie schwieg verwirrt.

»Siehst du, gleich wirst du bockig.«

»Ich bin überhaupt nicht bockig.«

»Weißt du eigentlich, dass du mir schon den ganzen Morgen widersprichst? Ich bekomme regelrecht Kopfschmerzen davon.«

»Aber ich sagte doch gerade …«

»Jetzt geht das schon wieder los. Kann es sein, dass du Streit suchst?«

»Warum sollte ich, in drei Teufels Namen?«

»Das musst du nicht mich fragen.«

Aber vielleicht traf es ja zu, vielleicht fuchste es sie mehr, als sie sich selbst eingestehen wollte. »Du freust dich überhaupt nicht, dass ich wieder zu Hause bin«, brach es aus ihr heraus.

»Das dürfte eine Projektion sein.«

Wie sie dieses Wort hasste! Es war so unwiderlegbar. Du projizierst. Ich projiziere gar nicht. Doch, du projizierst. Und wenn man nicht projizierte, tja, dann *urteilte* man. Oder man wollte etwas *heimzahlen*. Sowie man etwas Unliebsames sagte, bekam man den Ball zurück und wurde eines zweifelhaften Verhaltens bezichtigt, statt dass man mit seinen Klagen ernst genommen wurde. »Du könntest mir auch mal einfach zuhören.« Sie war plötzlich so wütend, dass sich ihre Stimme überschlug. »Du hast nicht mal Blumen für mich besorgt. Und kaum bin ich mal nicht deiner Meinung, rennst du gleich wieder böse aus dem Zimmer. Und du hast mir noch nicht eine Sekunde …«

»Was hast du denn plötzlich?«

Sie wusste es selbst nicht. Sie wollte eigentlich nur, dass er die Arme nach ihr ausstreckte.

»Ich lasse nur mal Gwens Namen fallen, und du überhäufst mich gleich mit diversen Vorwürfen, von denen du nie zuvor etwas gesagt hast. Du willst mir doch wohl nicht erzählen, dass du eifersüchtig bist, weil ich weiterhin mit ihr zusammenarbeiten werde?«

»Ganz und gar nicht!«

»Wenn das der Wahrheit entspräche, würdest du nicht so schreien. Nein, halt, Beatrijs, du hast sehr wohl geschrien. Ich *sage* dir doch, dass du geschrien hast! Es fehlte noch, dass du dir einbildest, es sei etwas zwischen Gwen und mir. Und dann kann ich hoch und heilig schwören, dass dem nicht so ist – aber wenn du dich erst mal auf etwas versteift hast, habe ich keine Chance mehr auf eine faire Behandlung. So bist du nun mal.«

Nach Atem ringend presste sie die Hände zusammen. Was war denn das jetzt für ein Schattenkampf?

»Also weißt du was? Ich gebe dir einfach von vornherein Recht, da du es ja sowieso darauf anlegst. Das erspart uns eine Menge Hin und Her. In der Tat, Gwen und ich haben ein leidenschaftliches Verhältnis, wir können einfach nicht die Finger voneinander lassen. Zufrieden?«

Einen Augenblick lang empfand sie tiefe Abneigung gegen ihn. »Deine Art der Argumentation ist nicht sonderlich erhebend, finde ich.«

Er reagierte nicht.

Sie betrachtete sein unnahbares Profil. »Ich bitte dich, Leander!«

Er schwieg weiterhin.

»Lass uns doch nicht wegen nichts und wieder nichts so dumm zanken.«

Er zuckte nicht mit der Wimper.

»Jetzt sag doch was! Erst quatschst du mir die Ohren voll, und dann hältst du plötzlich den Mund.«

»Ich habe gesagt, was ich sagen wollte.«

Den größten Teil der Fahrt wurde kein Wort mehr gewechselt. Beatrijs versuchte, ihre kreiselnden Gedanken in den Griff zu bekommen. Wenn diese blöden Krücken nicht wären, hätte sie Leander anhalten lassen und wäre ausgestiegen. Hilfe suchend blickte sie auf die vorüberziehenden winterlichen Äcker. Hier würde sie nicht so schnell ein Taxi finden. Gleich darauf erschrak sie über sich selbst. Sie waren noch keinen halben Tag zusammen, und sie wollte schon weg? Das konnte doch nicht wahr sein. Sie war durch das lange Liegen nur ein wenig aus dem Gleichgewicht geraten, sie war nicht mehr an intensiven menschlichen Umgang gewöhnt, und sie hatte zu hohe Erwartungen mit ihrer Heimkehr verbunden. Morgen würden sie zusammen darüber lachen.

Während des letzten Stücks am Kanal entlang schien Leander ein wenig aufzutauen. Er kommentierte die Umgebung, das Wetter, die Beschaffenheit der Straße. Obwohl sie froh war, dass die würgende Stille endlich durchbrochen war, kam es ihr vor, als steckte eine kalte Scherbe in ihrem Herzen.

Auf dem vorderen Hof der Imkerei stand ein roter Kombi mit fröhlichen bunten Aufklebern auf der Heckscheibe. Im selben Moment, als sie das Auto erkannte, sagte Leander mit tonloser Stimme: »Dein Freund Laurens ist allem Anschein nach auch da. Wie kann er nur!« Er drehte den Zündschlüssel um und schlug die Arme übereinander.

»Erstaunlich, dass du sein Auto erkennst«, sagte sie, schlagartig wieder gespannt wie eine Feder.

»Ja, der hat gestern Abend direkt vor unserer Haustür gestanden, während Laurens mir auf der Eingangstreppe auflauerte. Er ist mir auf den Leib gerückt, als ich aus der Klinik zurückkam.«

Nach einem Moment sagte sie flach: »Wirklich? Und das erzählst du jetzt erst?«

»Ist doch nicht weiter wichtig. Ich habe ihn abgewimmelt.«

»Und nur, weil er hofft, dass du ihn doch noch anhörst«, sie konnte sich die Worte einfach nicht verkneifen, »taucht er jetzt wieder hier auf? Leander, er wusste nicht mal, dass wir heute auch nur in der Nähe sein würden. Das wussten wir vor zwei Stunden selbst noch nicht.«

»Nein, aber er wusste schon, dass Yaja hier übernachtet. Das habe ich ihm gestern selbst erzählt.«

Sie war ratlos. Mein Gott, dass Laurens ernsthaft hinter Yaja her sein sollte, war noch um einiges ungereimter, als dass er etwas von Leander wollte! Das sah doch schon ein Kleinkind!

Aber Leander offenbar nicht, denn er sagte: »Na gut, er hier, das ist ein Grund mehr, Yaja mit nach Hause zu nehmen.«

Wie kam er nur auf solche paranoiden Ideen? Das machte ihr richtig Angst. Wenn Menschen zwanghaft dachten, sie oder die Ihren würden verfolgt, was stimmte dann nicht mit ihnen?

Aber manche Fragen konnte man nicht stellen, ohne damit das eigene Glück zu untergraben. Sie meinte fast, Veronicas Stimme wieder zu hören, wie sie das damals gesagt hatte. Der Schweiß brach ihr aus, und um sich selbst einen Riegel vorzuschieben, klammerte sie sich kurz am Bild ihrer Freundin fest, das wie eine sichere und vertraute Bake vor ihr aufstieg. Es war bei jenem Mal kurz vor ihrem Tod gewesen, als Veronica ihr von Laurens' unerwartet heftiger Reaktion auf ihre Eskapade erzählt hatte. »Er hört nicht auf, Dinge zu fragen, über die er besser gar nichts weiß.« Davon ausgehend, dass er genauso über die Absurdität der Situation lachen würde wie sie, hatte sie ihm einfach alles erzählt. Dumm. Aber da sah man mal wieder: Man glaubte jemanden in- und auswendig zu kennen, aber dann kamen nach all den Jahren doch noch unerwartete Züge ans Licht. Und was machte man dann? Wie bekam man den Geist je wieder in die Flasche zurück? Wie übersah man am anderen dasjenige, was man lieber nicht sehen wollte? »Konzentrier dich mal eine Weile auf seine guten Seiten, und achte nicht so sehr auf den Rest«, hatte sie Veronica geraten. Und Veronica hatte niedergeschlagen geantwortet: »Das gelingt mir nie, dafür bin ich viel zu bissig. Das ist eher was für dich. Du hast nun mal die Gabe, Menschen zu bewundern.«

Neben ihr sagte Leander: »Ich hätte ihn gestern viel härter anfassen müssen, diesen elenden Stalker.« Er stieg aus und ging um den Wagen herum. Auf ihrer Seite wartete er, während sie mit ihren Krücken herumstümperte.

Ihr Knie tat bestimmt weh, nachdem es so lange in der gleichen Position gewesen war, doch das wurde ihr kaum bewusst. Die Gabe, Menschen zu bewundern, hatte Veronica es genannt. Viele andere Gaben und Talente, die ihr Freude machten, besaß sie nun auch wieder nicht. Mit dem unbestimmten Gefühl, dass ihr etwas genommen worden war, zog sie sich aus dem Autositz heraus und zuckelte hinter Leander her zur Imkerei.

In Tante Gwens Küche herrschte wie immer ein Heidendurcheinander, aber man konnte mit eigenen Augen sehen, dass die Dinge es ganz gemütlich fanden, wie sie so dalagen. Wie sollte eine Socke sonst je in eine Obstschale gelangen oder ein Stück Käse mit einem schiefen Messer darin in einen umgedrehten Seiher?

Niels stellte sich vor, dass alle Gegenstände einander nachts, wenn die Menschen schliefen, aufgeregt von ihren Abenteuern erzählten. Was ich heute wieder erlebt habe, bester Kochlöffel! Ach Gottchen, Frau Topflappen, und ich erst! Wenn er ein Ding wäre, würde er auch gern hier liegen oder, was auch schön wäre, in einem Geschenkprospekt für Weihnachten stehen, zwischen blinkenden Dinky Toys, die nur dazu da waren, jemandem eine Freude zu bereiten.

Das waren schöne Gedanken, doch nach einer Weile bekam er das Gefühl, dass er diese verrückten Einfälle nur hatte, um an gewisse andere Dinge nicht denken zu müssen. Es war gerade so, als schriebe in seinem Kopf ein kleines Männchen aus Leibeskräften fröhliche Briefe an ihn, nur um ihn abzulenken. Trotz der vertrauten Unordnung war die Atmosphäre im Haus nämlich anders als sonst. Schwerer. Fremder. Babette lag oben in ihrer Wiege und war in Sicherheit, daran konnte es also nicht liegen. Und trotzdem kam es ihm vor, als lauere in einer der dunklen, unordentlichen Ecken etwas Unbenennbares, bereit zuzuschlagen, bereit, etwas zu Ende zu führen, was einst, vielleicht aus Versehen, in Gang gesetzt worden war. Aber zeichneten sich Unglück und Unheil nicht gerade dadurch aus, dass man sie nicht vorhersah?

Neben ihm schlürfte Toby konzentriert seinen Kakao, aber Niels sah es schon kommen, dass sich sein kleiner Bruder jeden Augenblick wieder langweilen würde. Draußen hatte er es auch schon nicht lange ausgehalten. Dabei war es doch gerade so toll gewesen auf der Bienenweide, wo man sonst nie hindurfte. Jeder war eifrig damit beschäftigt gewesen, alles Mögliche abzureißen und wegzuschaffen. Er hatte eine Zeit lang wie wild mitgearbeitet, um den Schnallen mal so richtig zu zeigen, dass er seinen Mann stehen konnte. Aber als Toby, der für alles noch viel zu kurze Arme hatte, der Rotz aus der Nase gelaufen war, hatte seine Tante gesagt: »Geh mal eben mit ihm rein, zu Papa und Timo, damit er etwas Warmes trinken kann.«

Und da saßen sie nun, meilenweit vom Geschehen entfernt. Wenn Toby je das Glück haben sollte, ein Ding zu werden, was für ein Ding würde er dann wohl sein? Etwas Kleines und Dummes natürlich. Das Stöckchen von einem Lutscheis zum Beispiel. Und wetten, dass der Zwerg gleich denken würde, er sei von einem Magnum? Vor Ärger gab er ihm einen Rippenstoß.

Bei dem Gebrüll seines Bruders sah ihr Vater von den großen Mappen auf, über die Onkel Timo und er sich auf der anderen Seite des Küchentischs gebeugt hatten. Er schob seine Lesebrille auf seine Stirn hoch. »Niels, wenn du unbedingt stänkern willst, dann mach das bitte woanders.«

»Äh, Laurens, entschuldige, aber wieso soll ausgerechnet das hier genau stimmen?« Onkel Timo tippte mit dem Finger auf eine der Zahlenreihen.

»Das ist die Abrechnung vom Laden. Bei Bobbie stimmt es immer auf den Cent genau.«

Hinter vorgehaltener Hand sagte Niels zu Toby: »Aus dir wird das mickrige Stöckchen von einem Lutscheis.«

Sein Bruder war nicht damit einverstanden. Wütend begann er ihn mit seinen kleinen Fäusten zu traktieren.

»Niels! Toby!«

Auch Onkel Timo lehnte sich jetzt kurz auf seinem Stuhl zurück. »Yaja ist oben, Jungs. Warum unternehmt ihr nicht etwas mit ihr zusammen?«

Niels holte tief Luft und hörte auf, Tobys Schläge abzuwehren. »Ist Yaja denn hier?«

»Ja, sie übernachtet bei uns.« Onkel Timo schaute wieder auf die Mappe voller Zahlen.

Vielleicht war das das Bedrohliche, das er gerade gespürt hatte: Yaja war im Haus. Er hatte überhaupt keine Lust auf diese Tropfsteinhöhle. Aber wenn sie nun was mit Toby zusammen machen würde, sodass er selbst wieder zur Bienenweide konnte? Er stand auf und zog den Zwerg mit. Im Vorübergehen hielt sein Vater ihn kurz an. Leise sagte er: »Lass dich nicht zu Spielchen verleiten, die dir später Leid tun, ja?«

Mechanisch schüttelte Niels den Kopf. Seinen kleinen Bruder vor sich hertreibend, lief er aus der Küche, den Flur hinunter und die Treppe hinauf.

Oben stand die Tür zum Gästezimmer offen. Yaja lag der Länge nach auf dem unteren der Etagenbetten und blätterte in einer Zeitschrift. Ihr mattschwarzes Haar hing in Strähnen über den Rand der Matratze. Es war so lang, dass es fast den Fußboden berührte. Mit giftiger Miene schaute sie auf. »O Gott«, stöhnte sie, »die Schlaffnasen.«

»Hallo«, sagte Niels so gleichgültig wie möglich.

Toby bemerkte beunruhigt: »Das ist mein Bett. Da schlaf ich immer drin, wenn wir hier sind.«

»Na und?« Yaja schlug die Zeitschrift zu. Sie gähnte so sehr, dass man ihr bis hinten in den Rachen schauen konnte. Dann setzte sie sich auf und kratzte sich lustlos unter der Achsel, worauf sie kurz an ihren Fingern schnupperte. »Ich langweile mich zu Tode. Das Einzige, was man hier machen kann, ist, auf dieser dreckigen Weide arbeiten. Und wenn man keine Lust hat, sich schinden zu lassen, kann man sehen, wo man bleibt. Na, zum Glück hab ich meinen Vater angerufen.« Sie schnippte mit den Fingern. »Er kommt mich gleich abholen.«

Toby kletterte neben ihr aufs Bett. »Niels sagt, ich werd das Stöckchen von einem Eislutscher.«

Ein Hauch von Interesse glitt über ihr Gesicht. »Ach ja? Und wie willst du das hinkriegen? In deinem nächsten Leben, oder wie? Dämel! Du kannst gar nicht unterhalb von einer Pflanze oder einem Tier reinkarnieren, und dazu musst du auch schon mindestens achtundfünfzig Loser umgelegt oder deiner Mutter die Hände abgehackt haben, du Knirps.«

Wenn es jetzt nicht schnell ging, war Yajas Vater gleich da, und dann war Niels' Chance vertan, auf der Bienenweide seine Muskeln spielen zu lassen. »Kannst du ihm nicht ein bisschen vorlesen? *Dschungelbuch* mag er gern. Das liegt im Zimmer von Klaar und Karianne.«

Sie schien ihn nicht zu hören. Mit ihren schwarzen Nägeln harkte sie sich die Haare aus dem Gesicht, wodurch oberhalb ihrer weißen Schminke ein rosa Rand sichtbar wurde, wie neue Haut unter einer Kruste, oder als ob es zwei Yajas gab und die eine unter der harten Schale der anderen steckte. Langsam sagte sie: »Weißt du, was ich megageil fände? Im nächsten Leben als Katze wiederzukommen. Dann darf man bei jedem auf den Schoß und wird den ganzen Tag gestreichelt, und alle haben einen lieb.«

In dem Augenblick begann eine Tür weiter Babette meckernd zu weinen.

»Und man braucht dafür bloß ein Lotterleben zu führen, das ist noch das Schönste dran.« Der sehnliche Zug auf ihrem Gesicht verschwand, sie streckte sich und sprang auf. »Mal schauen, was mit Babette ist.«

Womöglich kam sie nicht zurück. Mit Toby an der Hand lief Niels hinter ihr her ins Babyzimmer. Es roch dort nach Puder und nassen Lappen. Babette lag mit rotem Kopf in ihrer Wiege und schrie. Sie hatte die kleinen Fäuste geballt und strampelte mit den Beinchen. Sie sah aus, als könnte sie jeden Moment explodieren.

Yaja hob sie hoch. »Ja, was ist denn, was ist denn, meine süße Kleine?«, gurrte sie mit hoher Stimme.

»Vielleicht will sie ihr Fläschchen«, sagte Niels. Babys mussten den ganzen Tag essen, das war bekannt.

Yaja ließ Babette auf ihrem Arm hoch- und runterhopsen.

»Ich glaub, sie möchte spazieren gehen, in ihrem Wagen. Der Timo hat einen irren Karren für sie gebaut. Ich bin gestern mindestens eine Stunde lang mit ihr drin rumgelaufen. He, kleiner Schreihals, Klappe zu, sonst glauben wir noch, was Bobbie über dich gesagt hat.«

»Was hat sie denn gesagt?«

Yaja setzte eine sensationslüsterne Miene auf. »Neulich dachten alle, Babette wäre krank, aber Bobbies Meinung nach war sie eigentlich vom Teufel besessen. Fett, was?«

Niels schwieg fassungslos. Auch Babette hielt jetzt den Mund. Sie war immer noch knallrot, und ihr Näschen war ganz schrumpelig vom Weinen. Sie fasste Yaja in die Haare und zog daran.

»Vom Teufel besessen«, wiederholte Yaja in feierlichem Ton. »Seht ihr.«

»Ich auch!«, rief Toby inbrünstig aus.

»Jetzt übertreib mal nicht, ja? Immer schön auf dem Teppich bleiben.«

Toby lief fast so rot an wie Babette und stampfte wütend auf. »Wohl!«

Niels brannte darauf, wegzukommen. Wenn die Bienenkästen abgerissen waren, würden sie angezündet werden. Er wusste nicht, ob er es Toby je vergeben konnte, wenn er das Feuer verpasste.

»Ich hab das auch, mit dem Teufel!«, schrie sein kleiner Bruder.

»Warte mal«, sagte Yaja. Sie hatte plötzlich etwas ungewohnt Lebendiges an sich. »Wenn du willst, kann ich ja mal testen, ob du Recht hast. Wie hat der Typ in *Der Exorzist* das noch gemacht? Warte, fällt mir gleich wieder ein.«

Toby strahlte.

»Okay dann«, sagte Niels eilig. Ehe Yaja es sich anders überlegen konnte, war er schon aus dem Babyzimmer hinaus, höchst zufrieden, dass Toby unter Dach und Fach gebracht war. Er schoss die Treppe hinunter, sagte im Rücken seines Vaters kurz in die Küche hinein, dass er zur Bienenweide ging, schnappte sich seine Jacke und rannte zur Tür hinaus. Es war nirgendwo Rauch zu sehen: Er kam bestimmt noch rechtzeitig.

Er sprintete über den Kieselpfad an Bobbies Haus vorbei und tauchte dann ins Gebüsch, um den Weg abzukürzen. Hier hatten sie im Sommer Menschenfresser gespielt. Es schien Jahre her zu sein.

Am Rand der Bienenweide blieb er stehen. Heute Morgen hatte die Weide noch fast wie immer ausgesehen, mit der doppelten Reihe Bienenkästen auf ihren Wackelbeinen und dem Gestell mit den Körben für die Schwarmvölker beim Schuppen. Aber die Gurken waren in seiner Abwesenheit nicht untätig geblieben: Nichts erinnerte mehr an den Ort, wo sein Onkel immer pfeifend in seinem Raumanzug und mit seiner Rauchpumpe herumgelaufen war und wo die Bienen mit dicken Pollenklumpen an den Beinchen an- und abgeflogen waren. Überall lagen jetzt zersplitterte Bretter herum, die die Engel mit verbissenen Gesichtern zu einem schon hoch aufragenden Holzstoß schleppten. Klaar und Karianne hauten das Holz mit einem Geißfuß noch weiter zu Brei. Ihre Mutter ruhte sich, auf eine Heugabel gestützt, gerade etwas aus. Sie bemerkte Niels und winkte ihm. Trotz der fröhlichen Gebärde sah sie müde und bekümmert aus.

Und auf einmal erinnerte er sich wieder daran, wie böse er vorigen Sommer auf sie gewesen war, weil es so ausgesehen hatte, als hätte sie seine Mutter schon ganz und gar vergessen. *So* böse, dass er Babette unter anderem auch deshalb weggewünscht hatte, um Gwen eine Lektion zu erteilen. Es spielte keine Rolle, dass jemand wegwünschen gar nicht ging, er war darauf aus gewesen, ihr einen gemeinen Streich zu spielen.

Und es tat auch nichts zur Sache, dass sie das nicht mal wusste. *Er* wusste es. Zögernd trat er näher.

»Na, Niels. Sind Timo und Laurens noch nicht fertig?«

»Das weiß ich nicht.« Dabei schaute er starr auf das Holz.

»Ein ganz schönes Chaos, was?«

Er nickte verlegen.

»Und wenn man bedenkt, dass wir schon fast den kürzesten Tag des Jahres haben. Normalerweise hätten wir längst mit der Einwinterung angefangen. Im Sommer lebt eine Biene sechs Wochen, aber im Winter müssen sie sechs Monate überstehen. Wusstest du das?«

»Hör auf, Mam«, sagte Marleen, während sie ein paar Bretter auf den Boden warf. »Du klingst ja schon wie Papa.«

»Ach ja?« Gwen sah ein bisschen erstaunt aus.

»*Phänomenal*, wie sie die Temperatur in der Traube von sich aus auf *exakt* zwölf Grad halten können«, sagte Marise.

Klaar und Karianne fingen an zu lachen.

»Ja, und während der Winterruhe geht die Zahl der Bienen in einem Volk ganz von allein auf ein Viertel zurück!«, sagte Marleen zu Marise.

»Jungejungejunge.« Marise rieb sich die Hände. »Man kann sich einfach nicht daran satt sehen, was? Man kann nur immer wieder staunen.«

Jetzt musste auch Tante Gwen lachen. In einem Ton, als falle es ihr schwer, das zuzugeben, sagte sie: »Na ja, an Begeisterungsfähigkeit hat es hier jedenfalls nie gemangelt. Hopp, Mädchen, es gibt noch einen Haufen Arbeit. Hilfst du auch mit, Niels?«

Er schämte sich so dafür, dass er ihr im Sommer etwas Böses hatte zufügen wollen, dass er nun unbedingt etwas sagen wollte, was sie gern hören würde. »Ich habe von Onkel Timo ganz viel über die Bienen gelernt.«

»Das kann ich mir vorstellen.« Sie hob die Heugabel.

»Zum Beispiel …«, er dachte angestrengt nach, »dass ein Volk eigentlich wie ein einziges Lebewesen ist, weil die Bienen alle genau dasselbe wollen, nämlich gemeinsam heil und gesund bleiben.«

»Das hast du gut behalten«, sagte sie anerkennend, aber es klang irgendwie betroffen. Sie wandte sich ab.

Marleen stieß ihn gegen die Schulter. »Kommst du heute noch mal in die Gänge, du Weichei?«

Sofort spuckte er sich in die Hände, rannte zum Rand der Weide und fing an, Bretter zu schleppen.

Laurens setzte die Brille ab und rieb sich die Augen. »Es wird natürlich stark davon abhängen, wie schnell du im nächsten Frühjahr mit neuen Bienen ernten kannst«, sagte er, »aber der Betrieb ist im Großen und Ganzen immer so ordentlich gelaufen, dass ein Überbrückungskredit kein Problem sein dürfte. Und die verseuchten Kästen, die jetzt vernichtet werden müssen, waren den Büchern zufolge ohnehin schon abgeschrieben. Du musst das einfach als Durchstart sehen.« Er hob den Kopf. Hatte Toby oben einen ängstlichen Schrei ausgestoßen? Aber es war schon wieder still.

»Durchstart? Das sagt mir nichts«, sagte Timo. Er schenkte sich noch einmal Kaffee ein.

»So nennt man das heutzutage, wenn man aus einem Tief wieder aufsteigt.«

»Und du glaubst allen Ernstes, dass das möglich ist?«

»Ich würde auf jeden Fall den Versuch wagen, wenn ich du wäre. Und wieder einen vernünftigen Steuerberater nehmen. Der zahlt sich mit Sicherheit aus.« Er lächelte ermutigend und hoffte, dass er es richtig sah. Wenn man jemandem das Beste wünschte, trübte das manchmal das Urteilsvermögen.

Timo streckte die Beine aus. »Junge, was für eine Erleichterung. Wie soll ich dir je …« Es klopfte an der Küchentür, und er drehte sich um. Auch Laurens blickte über die Schulter hinter sich.

»Beatrijs!«, entfuhr es Timo, und er errötete vor Freude.

»Hallo, Timo«, sagte Beatrijs in der Türöffnung. Leander stand neben ihr.

Timo sprang auf, lief zu ihr und umarmte sie. »Meine Güte, haben sie dich endlich gehen lassen? Wie fühlt es sich an, wieder auf eigenen Beinen?«

»Noch ziemlich wacklig.« Umsichtig mit ihren Krücken manövrierend, kam sie weiter in die Küche herein, sichtlich angespannt und unsicher. »Tag, Laurens. Du auch hier?«

Er war völlig überrumpelt. Automatisch zog er einen Stuhl für sie vom Tisch zurück. »Du bist mir eine. Konntest es wohl nicht lassen, uns gleich deine Künste vorzuführen!«

Sie lachte nervös und setzte sich. »Es ist noch alles sehr ungewohnt. Puh, gut, dass ich wieder sitze.«

»Brauchst du nicht irgendeine Stütze für das Bein?«, fragte er, weil er nicht wusste, wie er Leander begrüßten sollte, der mit langsamen Schritten näher kam. Er fürchtete, irgendetwas total Schwachsinniges zu sagen, sowie er den Mund aufmachte. Andererseits, was konnte er schon Schwachsinnigeres hervorbringen als: Du hattest in gewissem Sinne schon Recht, als du sagtest, ich dächte nur an mich selbst.

»Ich gehe Gwen holen«, sagte Timo. »Die wird sich aber freuen, dich zu sehen, Beatrijs.« Um das Gesagte auch gleich in die Tat umzusetzen, schob er sich an Leander vorbei aus der Küche. Damit war Timo schon mal aus den Schneider.

Es trat eine kurze Stille ein. Danach sagte Leander: »Scherz beiseite, Laurens. Wir sind hier, um Yaja abzuholen.« Er stand an der Arbeitsplatte und studierte seine Hände.

»Das ist schön«, sagte Laurens, während er sich erhob. »Aber da ihr nun schon hier seid, würde Bobbie es, glaube ich, auch nett finden, Beatrijs noch kurz zu sprechen.«

Mit dem Gefühl, das größte Arschloch der Welt zu sein, ging er innen hindurch zum Laden. Die funzelige Birne, unter der er Leander vor Monaten zum ersten Mal angesprochen hatte, baumelte noch immer genauso bedenklich an ihrem Kabel wie damals. Hier hatten sie gestanden und geredet. Und es hatte alles zu nichts geführt. Wieso kam er sich dann eigentlich wie ein Arschloch vor? Weil es letztlich komischerweise sehr wohl zu etwas geführt hatte und er einfach nicht den Großmut besaß, das auch offen anzuerkennen?

Noch mit sich ringend, öffnete er die Tür zum Laden.

Bobbie saß hinter dem Ladentisch und schlief. Ihr Kopf hing zur Seite, und sie schnarchte leise. Nach ihrem Block zu urteilen, hatte sie heute noch keine Kunden gehabt.

Er berührte sie an der Schulter.

Sie fuhr hoch. »He, Laurens«, sagte sie, gleich vollkommen munter. »Was machst du denn für ein bedrücktes Gesicht?«

»Sag mal ehrlich: Bin ich ein Arschloch?«

Sie lachte. »Eher selten.«

»Na, da kann ich ja schon froh sein. Hör mal, Beatrijs ist gerade gekommen. Du möchtest sie doch bestimmt sehen.«

»O ja, gern. Aber dann musst du kurz auf den Laden aufpassen.«

Das war eine prima Lösung. »Selbstverständlich«, sagte er dankbar.

Sie reichte ihm ihren Kittel. »Gut aufpassen mit dem Wechselgeld, ja? Und die Wabenkerzen sind diese Woche im Angebot.«

»Zwei zum Preis von einer?«

»Ja, was sonst?« Sie sah ihn an, als zweifle sie plötzlich an seinen Fähigkeiten.

»Ich habe alles unter Kontrolle, Bobbie. Es kann bestimmt nichts schief gehen.«

Als sie weg war, zog er nach kurzem Zögern ihren Kittel an. War das so gemeint gewesen? Er war ihm unter den Armen zu eng, aber das machte nichts. Ach, könnte man doch durch das Tragen der Kleidung eines anderen auch dessen Persönlichkeit annehmen. In Bobbies Herz herrschte gewiss größerer Frieden als in seinem.

Er setzte sich auf ihren Stuhl, verschränkte die Arme auf der Ladentheke und legte seinen Kopf darauf. Er sah Niels wieder vor sich, gestern Abend, mit Veronicas Parfümfläschchen in der Hand. Wieder war ihm, als bebte die Erde unter seinen Füßen.

Es konnte also keine Rede davon sein, dass sie es auf ihn abgesehen gehabt hätte. Wie sollte sie auch? Sie war tot. Das war seine wirkliche Strafe: Dass sie tot war, unwiderruflich, für immer.

Sie hatten noch versucht, sie zu reanimieren. Er hatte die halbe Nacht neben ihr und diesem Monitor gesessen, fassungslos vor Angst und Selbstvorwürfen. Als keine Hoffnung mehr bestanden hatte, hatte der Dienst habende Arzt gesagt, wie grausam es doch sei, dass das so ohne weiteres passieren könne, sogar bei jungen, kerngesunden Menschen: Ein schwaches Blutgefäß, das platzte, und man war Vergangenheit.

Nur war es nicht so ohne weiteres passiert. An jenem Abend hatte er ihr zum wer weiß wie vielten Mal über ihr Abenteuer im Zug auf den Zahn gefühlt, bis zur Erschöpfung. Gleich nach der Arbeit, noch im Mantel, hatte er sie in der Küche angefahren. Niels war beunruhigt herbeigelaufen, gerade als er sie eine Schlampe geschimpft hatte.

»Was ist eine Schlampe?« Das Gesicht des Jungen.

Er hatte sich beherrscht, aber nicht lange. Kaum lagen die Kinder im Bett, waren seine verletzten Gefühle wieder mit ihm durchgegangen.

»Erzähl doch mal, seid ihr eigentlich beide gleichzeitig gekommen?«

»Laurens, damit quälst du dich doch nur selbst.«

»Oder war er so nobel, dass er dir den Vortritt ließ, bevor er seinen Samen in dich spritzte?«

»Hör auf, mich so in die Enge zu treiben!«

»Und welches Stadium der Entkleidung muss ich mir im Übrigen dabei vorstellen, so im Zug? Kam er an deine Titten ran?«

»Das ist krank, weißt du das, wie du …«

»Ach, gesund ist es dann wohl, sich vom erstbesten Teenager ficken zu lassen, der gerade des Weges kommt. Hatte er überhaupt schon Haare auf den Eiern? Veronica? Ich hab dich was gefragt!«

Er wusste nicht mal, was er eigentlich von ihr wollte, aber er war wie aufgezogen. Stundenlang konnte er so weitermachen, sie ununterbrochen bedrängen. Er musste und würde alles haarklein erfahren, konnte dabei aber nicht mal recht auseinander halten, ob sein Ekel nur sie betraf oder auch ihn selbst. In der dumpfen Ahnung, dass er sich erst würde beruhigen können, wenn er bis in die kleinsten Einzelheiten wusste, wozu seine Frau imstande war, löcherte er sie weiter. Keine Ahnung zu haben, wie es genau abgelaufen war, das war es, was ihn zum Wahnsinn trieb.

Doch sosehr er auch bohrte, triezte, drohte, plädierte, sie gab bitterwenig preis. Es würde ihm dann nur noch schlechter gehen, wenn er alle Details wüsste, sagte sie. Ach ja? Ach ja? Wie spektakulär war es da wohl zugegangen, wenn sie glaubte, ihm diese Fakten verschweigen zu müssen? Wenn Genaueres ihn zum Durchdrehen brächte, dann war es offenbar noch viel toller zugegangen, als er ohnehin schon befürchtet hatte. Dann war es nicht einfach nur ein Ausrutscher gewesen, sondern wohl ein unvergessliches Erlebnis.

»Mann, ich hätte es längst vergessen, wenn du nicht so darauf herumhacken würdest, tagaus, tagein.«

»Ach, so ist das bei dir also? Völlig egal, wer seinen Schwanz in dich steckt, Hauptsache schnell mal gevögelt und dann zurück zur Tagesordnung?«

Und so erschien ihr Fehltritt mit jedem Wort, das er doch noch aus ihr herauszupressen verstand, immer größer. Er wandte seine ganze Willensstärke auf, um sie mit dem Rücken gegen die Wand zu spielen, bis in alle Fasern lauerte er auf Widersprüche, Verdrehungen oder Ausflüchte. Er hatte nichts anderes, woran er sich klammern konnte, als seine eigene Hartnäckigkeit. Es war eine Frage der Beharrlichkeit. Einem solchen pausenlosen, endlosen Kreuzverhör konnte kein Mensch standhalten.

Wurde sie schon mürbe?

Sie sah ihn ruhig an und sagte: »Du bist lächerlich, weißt du das?«

Aber diese Ruhe war nur Schein. Ihre Lippen bebten. Sie war weiß geworden wie das Shirt, das sie trug, und der Schweiß war ihr ausgebrochen. Ihre Augen drehten sich weg. Sie öffnete den Mund, als schnappe sie nach Luft. Und dann glitt sie seitlich vom Stuhl, auf dessen Kante sitzend sie wieder den ganzen Abend trotzig geschwiegen hatte, und landete mit einem dumpfen Plumps auf dem Boden, zu seinen Füßen.

Einen Moment lang hatte er gedacht, das wäre Absicht. Dass sie sich aus purem Frust auf den Boden warf, so wie Toby es immer machte, wenn er sich überfordert fühlte. Dass sie ihn jetzt bei den Fußgelenken fassen und ihn anflehen würde, mit dieser Folter aufzuhören.

Die Erinnerung ging ihm so nahe, dass er hinter dem Ladentisch hervorkommen und durch den Laden tigern musste. Es mochte ja stimmen, dass selbst im Gehirn einer kerngesunden, fitten Frau wie Veronica spontan ein Blutgefäß platzen konnte, aber erhöhte sich diese Wahrscheinlichkeit nicht um ein Vielfaches, wenn die Betreffende unaufhörlich gepiesackt, gequält und unter Druck gesetzt wurde? Im letzten Moment ihres Lebens musste sie gedacht haben: Laurens treibt mich lieber in den Tod, als damit aufzuhören.

Und warum? Einzig und allein, weil er die ganze Geschichte auf sich bezogen hatte. Weil er, in der Tat, nur an sich selbst gedacht hatte. Und nach ihrem Tod hatte er das gewissermaßen fortgesetzt. Er hatte sie eigenhändig aus ihrem Grab gezerrt und einen rachsüchtigen Geist aus ihr gemacht.

Auch in der Hinsicht hatte Leander Recht gehabt. Er hatte seine Frau nicht in Liebe losgelassen, er hatte ihr keine Ruhe gegönnt. Im Gegenteil. Na komm, Veronica, zahl es mir heim. Denn wenn Rechnungen beglichen wurden, wurde letztlich Schuld getilgt, so war es doch, und das war der springende Punkt. Strich hindurch. Aus der Welt.

Vor dem Fenster blieb er stehen und starrte nach draußen. Der Hof lag verlassen da. Auch die Straße am Kanal wirkte wie ausgestorben. Es war ein grauer Tag. So ein Tag, an dem die meisten Menschen am liebsten drinnen blieben. Ihr hatte das Wetter nie etwas ausgemacht. Sie hätte heute mit Vergnügen einen langen Spaziergang gemacht und wäre zurückgekehrt mit einer Erzählung über Brachvögel, die sie auf einer überschwemmten Wiese gesehen hatte, oder über eine Gruppe ungewöhnlicher Schwäne, Höckerschwäne könnten es nicht gewesen sein, sie seien viel schlanker gewesen, vielleicht Singschwäne, die aus dem fernen Lappland gekommen seien, um hier zu überwintern.

Ihn übermannte erdrückende Reue. Zwölf Jahre lang war sie seine Verbündete gewesen, sein kluges, wunderschönes, witziges Mädchen. Sie war mit ihm in See gestochen und hatte ihn auf Kurs gehalten, sie hatte ihn geneckt und ausgelacht, es war kein Tag vergangen, an dem sie ihn nicht zu verblüffen gewusst hatte, sie hatte ihn bis ins Mark erwärmt, sie hatte ihm das Pokern beigebracht und wie man Oberhemden bügelte, und sie hatte immer vorbehaltlos hinter ihm gestanden, in ihrem kornblumenblauen Kleid. Und er war noch nicht einmal ihrem Andenken gerecht geworden.

Nach der Beerdigung hatte Gwen gesagt: »Komisch, so ein unerwarteter Tod, als ob es vorherbestimmt gewesen wäre.«

Doch selbst wenn es tatsächlich unumstößlich festgestanden hatte, dass es seiner Veer vorherbestimmt war, an einem Frühlingsabend vorzeitig einem Schlaganfall zu erliegen, hätten sie in dem Moment auch zärtlich zusammen im Bett liegen können. Das war der Punkt.

Er kniff die Augen zusammen, damit die Tränen herausliefen, und ging zu dem Regal, auf dem Bobbie immer den Honig so kunstvoll auftürmte. Er nahm sich ein Glas Thymianhonig, gut für die Atemwege. Am Ladentisch zog er sein Portemonnaie hervor, zählte den passenden Betrag heraus und tat das Geld in die Kasse. Dann steckte er das Glas in die Tasche und machte einen Strich auf Bobbies Block.

Die Räumung der Bienenweide hatte Gwen stärker zugesetzt, als sie erwartet hätte. Unter den kahlen Linden lief sie missmutig an den Beeten entlang, in denen jedes Frühjahr Skimmien, Goldlack und Mahonien geblüht hatten, jeden Sommer Kornblumen, Lavendel, Goldruten und Natternkopf und im Herbst Erika, Schleierkraut und viele, viele Astern, purpurn mit gelben Herzen: Für alles eine eigene Jahreszeit. Alles war so übersichtlich gewesen. Beinahe so, als gebe es eine Beständigkeit, die gar nicht anders konnte, als ruhig ihren Gang zu gehen.

Die Kinder schleppten das letzte Holz auf den Holzstoß. Gleich konnte sie ihn anzünden. Sie fragte sich, ob sie Timo Bescheid sagen sollte, und das verwirrte sie. Sie musste es doch im Gefühl haben, ob er zuschauen wollte oder nicht, wenn seine Kästen in Rauch aufgingen, oder? Aber zum Glück kam er gerade von selbst angelaufen.

Sein Gang hatte etwas Munteres, das beinahe fehl am Platze wirkte: Er bewegte sich, als sei der Himmel völlig wolkenlos. Warum war er nur immer so verdammt frohgemut und unverwüstlich? Ein richtiges Stehaufmännchen. Keine Macht der Welt konnte ihn umwerfen. Während sie hier inmitten der Trümmer seines Traums stand, blieb er unerschütterlich wie eh und je.

»Beatrijs ist da«, rief er ihr zu.

Sie erschrak. »Wieso? Sie ist doch heute Morgen erst entlassen worden, und da kommt sie gleich hierher?«

»Oh, danach hab ich nicht gefragt.« Timo schaute sich um. »Donnerwetter, ihr seid gut vorangekommen. Was meinst du, sollen wir in der nächsten Saison da hinten links wieder mal ein paar Felder Glockenheide setzen? Wenn wir die Pflanzen jetzt klein einkaufen, kosten sie uns so gut wie nichts.«

Sie war zu durcheinander, um ihm zuzuhören. Hatte Bea den Braten jetzt schon gerochen und kam, um sie zur Rechenschaft zu ziehen? Was sollte sie ihr denn um Himmels willen sagen? Ach, Kind, so was kann halt passieren, was macht es schon groß aus, dass wir einander unser Leben lang blind vertraut haben, schon seit der Zeit, als du noch Bessie Turf warst und ich Daisy Duck? Was spielt es schon für eine Rolle, dass wir einander einst mit Herzblut ins Poesiealbum schrieben: »Rosen, Tulpen, Nelken, alle drei verwelken, Stahl und Eisen bricht, aber unsere Freundschaft nicht«? Warum sollte es auch ins Gewicht fallen, dass wir als kleine Krümel vertraut unsere Mützen tauschten und stolz die Handschuhe der anderen trugen, dass wir später treu die Hausaufgaben voneinander abschrieben, dass wir zusammen unsere erste Zigarette rauchten und unsere ersten Kondome kauften, dass wir einander argwöhnischen Erwachsenen gegenüber deckten, dass es keine Träne und kein Lachen gab, die wir nicht miteinander geteilt hätten? Wen kümmert das schon? Unsere Freundschaft stammt aus der Zeit, als das Böse dieser Welt uns noch nichts anhaben konnte, aber die Zeiten haben sich geändert. Heutzutage werden Babys am helllichten Tag gestohlen und Monate später in aller Gemütsruhe an denselben Ort zurückgelegt, ohne dass man sich das zu Herzen nehmen darf, eine Zeit also, in der alles möglich ist, was man immer für unmöglich gehalten hätte. Verlass dich besser auf nichts mehr. Denn jetzt heißt es schlichtweg: Jeder ist sich selbst der Nächste.

Erschrocken dachte sie: Aber so jemand möchte ich gar nicht sein.

»Willst du nicht reingehen, Maus?«, fragte Timo. »Ich mach das dann hier fertig, mit den Kids.«

Ein wenig schwindlig entfernte sie sich von den kahlen Rabatten, in denen die Skimmien, die Goldruten und die Tausende von Astern die Bienen jahraus, jahrein fleißig gehalten hatten. Sie wappnete sich und betrat die Küche.

Beatrijs saß mit Bobbie am Tisch, der immer noch mit Timos Papieren übersät war, sie unterhielten sich. Leander stand an der Arbeitsplatte und trank Kaffee. Sie hatte gar nicht daran gedacht, dass er natürlich auch da sein würde: Beatrijs konnte ja gar nicht Auto fahren. Er stellte seine Tasse ab und nickte ihr so ausdruckslos zu, dass es ihr für einen kurzen, hoffnungsvollen Moment gelang, sich einzubilden, es wäre nie etwas zwischen ihnen gewesen. Doch gleich darauf fühlte sie sich leer und enttäuscht.

»Gwen!«, rief Beatrijs aus und rappelte sich halb in den Stand. Es war überdeutlich, dass sie sich freute, sie zu sehen.

»Bleib sitzen.« Gwen wedelte mit den Armen, hin- und hergerissen zwischen Erleichterung und schlechtem Gewissen.

»Was machst du denn hier, du Verrückte? Solltest du nicht lieber mit einer Kanne Tee zu Hause auf dem Sofa sitzen?«

»Leander kommt Yaja holen. Und da fand ich es gemütlich, kurz mit zu fahren.«

»Ach, ich dachte Yaja würde das ganze Wochenende bleiben?«

»Ist sie oben?«, mischte sich Leander in beiläufigem Ton ein. »Dann rufe ich sie gleich mal.« Er fühlte sich bestimmt auch nicht wohl in seiner Haut. Mit eingezogenem Kopf verließ er die Küche.

Sofort beugte sich Beatrijs vor. »Ich weiß nicht recht, wie ich es taktvoll formulieren soll, Gwen.« Ihr Blick war sowohl besorgt als auch nervös. »Wie sieht es denn nun eigentlich finanziell bei euch aus? Du weißt doch hoffentlich, dass ihr euch jederzeit an mich wenden könnt, wenn ihr in Verlegenheit seid! Du brauchst es nur zu sagen, wenn ich etwas vorschießen soll.«

Unter dem Blick aus diesen treuherzigen braunen Augen brach sie fast zusammen. Um ihre Unsicherheit zu überspielen, zog sie ihren Pferdeschwanz zurecht.

»Das sagst du so einfach, aber wir sind bestimmt teuer«, sagte Bobbie kopfschüttelnd. »Wir sind hier ja ziemlich viele.«

Ihre Worte bereiteten Gwen noch größere Gewissensbisse. Beatrijs hatte nur Leander. Mit belegter Stimme sagte sie: »Wie lieb von dir, Bea, so etwas anzubieten, wo du es doch unserer Rasselbande zu verdanken hattest, dass du monatelang lahm gelegt warst.«

»Aber da steckte doch Yaja dahinter. Lass dich nicht täuschen, die kleine Transuse ist zu allem fähig. Aber warte nur, bis ich sie zwischen die Finger bekomme. Ich hab nämlich beschlossen, mir nicht mehr auf der Nase herumtanzen zu lassen.«

»Natürlich nicht«, sagte Bobbie erstaunt. »Wenn man das

zulässt, machen sie mit einem, was sie wollen. Das sieht man an Gwen. Die ist viel zu gut für diese Welt.«

»Aber Gwen ist nicht so eine Memme wie ich. Ich lass mir von meinem eigenen Leasing-Kind die Butter vom Brot nehmen.« Unvermittelt trat ein Lächeln auf ihr Gesicht, und alle Nervosität fiel von ihr ab. »Ach, herrlich, seinem Herzen mal eben Luft machen zu können.«

»Siehst du, mit uns kann man über alles reden!« Bobbie tätschelte Beatrijs' Hand. »Ich und Gwen, wir sind nicht zurückgeblieben, weißt du.«

Beatrijs schien einen Moment zu zögern. »Aber würdet ihr es mir auch ehrlich sagen, wenn ihr der Meinung wärt, dass ich einen Fehler mache?«

Drei Frauen um einen Küchentisch: Es gab Gwen das Gefühl, dass plötzlich wieder alles so war, wie es zu sein hatte, und es, genau betrachtet, sehr wohl Beständigkeit gab, wenn man nur einen Blick dafür hatte. Um Beatrijs nicht antworten zu müssen, erhob sie sich, als wäre ihr plötzlich etwas eingefallen, was sie sofort erledigen musste. Beinahe stieß sie mit Leander zusammen, der gerade wieder in die Küche kam.

Er sah noch bleicher aus als sonst. Händeringend stieß er hervor: »Da stimmt was nicht mit dem Kleinen von Laurens. Er liegt im Babyzimmer auf dem Fußboden und reagiert nicht mehr.«

Ohne auch nur eine Sekunde nachzudenken, stob Gwen an ihm vorbei in den Flur. »Toby!«, rief sie, während sie die Treppe hinaufrannte, zwei Stufen auf einmal nehmend. Oben stürmte sie in Babettes Zimmer.

In einer Pfütze Erbrochenem lag Toby mit dem Gesicht nach unten auf dem gelb gestrichenen Holzboden.

Sie ging in die Hocke. Vor Schreck war ihre Kehle wie ausgedörrt. Dass einem Kind hier im Haus so etwas zustieß! Aber vielleicht war dieses Haus kein sicherer Ort mehr. Durch ihr

Zutun hatte der Betrug hier Einzug gehalten. Neben dem gleichgültigen Bösen, das ohne Ansehen der Person zuschlug, gab es schließlich auch noch Unheil, das man selbst in Gang setzte. Für das man selbst verantwortlich war.

Sie zwang sich zur Ruhe. Handeln. Keine Zeit verlieren. Toby vorsichtig auf die Seite legen, darauf kam es jetzt an, damit das Erbrochene herauslaufen konnte. Mit bebenden Händen drehte sie das Kind auf seine linke Seite. Die mit weißen Brocken durchsetzte braune Masse verklebte ihm die Nasenlöcher. Sie zwängte die Finger zwischen die schlaffen Lippen und zog sie auseinander. Noch mehr Erbrochenes rann heraus. Bitte, Gott, bitte tu Laurens und Niels das nicht an. Jetzt gleich beatmen, also auf den Rücken legen. Versuchen, die Lage des Kopfes möglichst stabil zu halten. Moment, zuerst sein Herz fühlen. Herzchen, Herzchen, wo bist du? Hier. Es schlug. Es schlug noch. Schlug ein Kinderherz immer so flach?

Auf einmal kniete Bobbie neben ihr, einen entsetzten Zug im Gesicht. »Hör auf mit dem Theater, Toby«, dröhnte sie. »Hörst du mich? Dein Vater hat doch nur *ein* Krokodil.«

»Warte, ich mache Mund-zu-Mund-Beatmung«, sagte Gwen. Innerlich heilige Eide schwörend, sog sie Luft ein und beugte sich über den Jungen.

Im selben Moment fing Toby an zu husten. Seine Wimpern zitterten. Seine Augenbrauen hoben sich. Und plötzlich öffnete er die Augen. Dösig sah er sie an. Dann wurde sein Blick langsam klar. »Bah«, sagte er aus tiefster Seele, während er sich mit einer Hand über den Mund wischte.

Gwen brauchte einen Moment, ihre Sprache wiederzufinden. »Wir machen dich gleich schön sauber«, sagte sie. »Aber sag mir erst mal, ob dir irgendwo was wehtut.«

Mit angeekeltem Gesicht schüttelte er den Kopf. Er würde bestimmt gleich in Tränen ausbrechen.

»Das sieht ja vielleicht aus«, sagte Bobbie ehrfürchtig. »Es klebt überall, sogar in deinen Haaren.« Mit einem Schwung schaufelte sie Toby vom Fußboden hoch.

»Bob-bie«, sagte er schwerfällig, aber seine Wangen bekamen schon wieder etwas Farbe.

Auch Gwen erhob sich. »Ich rufe Laurens.«

»Der bekommt einen Herzinfarkt, wenn er Toby so sieht.« Resolut lief ihre Schwägerin ins Badezimmer. Sie hatte natürlich Recht. Gwen folgte ihr, um Wischlappen und Eimer zu holen.

Toby machte ein bestürztes Gesicht, als Bobbie ihn mitsamt Kleidern in die Duschwanne stellte. Doch sowie ihn der Wasserstrahl traf, fing er aus vollem Halse an zu lachen. Das war die Wucht. Begeistert spritzend sprang er im Kreis herum, schon wieder voller Lebenslust.

Erschöpft, als hätte sie einen halben Marathonlauf hinter sich, schaute Gwen zu und sammelte Mut für das Aufwischen des Fußbodens.

»Ist dir einfach so schlecht geworden?«, fragte Bobbie.

»Nein, Yaja wollte, dass ich was Grünes spucke. Deshalb hat sie die ganze Zeit an meinem Kopf rumgedreht.«

»Das gibt's doch nicht. Was sind denn das für Spielchen, einander zum Spucken zu bringen?«

»Grün spucken«, verbesserte Toby. »Aber es ging nicht.«

»Ich verstehe kein Wort. Wieso solltest du das denn?«

»Das hatte Yaja in einem Film gesehen. Dass man grün kotzt, wenn man einen Teufel in sich hat.«

»Ich dachte, dann müsste man was mit Knoblauch machen – oder so. Aber wie seid ihr denn auf diese verrückte Idee gekommen? Du bist doch nicht vom Teufel besessen!«

»Doch«, rief Toby empört aus. »Bin ich wohl! Genau wie Babette.«

Ruckartig drehte Gwen sich um. Mit drei Schritten war sie

wieder in Babettes Zimmer und bei der Wiege unter dem Fenster. Die Decke war zu einem dicken Wulst zusammengedrückt. Als sie sie wegzog, blickte sie in ein leeres Bettchen. Vor Schreck stieß sie einen Schrei aus.

»Ist was, Gwen?«, rief Bobbie.

Aber sie war schon die Treppe hinunter und schoss in die Küche. Das Herz schlug ihr bis zum Hals. »Wo ist Yaja?«

»Ist mit Toby alles in Ordnung, Gwen?«, fragte Beatrijs besorgt.

»Ja, aber wo ist Yaja?«

Mit einem rauen Klang in der Stimme sagte Leander: »Wieso? Hast du sie für irgendetwas nötig?«

Nötig. Nötig. Er konnte nur »nötig« gesagt haben, aber sie hatte verstanden: »Göttin«.

Sie wurde immer hysterischer. Sie hatte Träume und Gedanken gehabt, in denen für Babette kein Platz gewesen war. Und das kam dabei heraus, wenn man sein Kind verleugnete! Sie riss die Tür auf und stürzte nach draußen. Mit Seitenstichen rannte sie zur Bienenweide. Schon von weitem sah sie den Rauch und die Glut des Feuers, das Timo inzwischen angezündet hatte.

»Wie findest du unser Feuer, Mama?«, rief Marleen und sprang dabei vor Begeisterung vom einen Bein auf das andere. Timo saß, die Arme um Klaar und Karianne gelegt, auf einem Baumstrunk und schaute zu. Marise und Niels stocherten mit Stöcken im Feuer, dass es Funken regnete, als schwärmten leuchtende Bienen umher.

Jetzt nur keine Panik verbreiten. Mit dem Handrücken wischte sie sich den klammen Schweiß von der Stirn. »Super«, brachte sie hervor. »Aber kommt, ihr müsst mir helfen, Yaja zu suchen. Beatrijs und Leander wollen mit ihr nach Hause.«

»Och, nö!«, riefen ihre Mädchen im Chor.

»Doch, ihr tut jetzt, was Mama sagt. Das Feuer brennt wirklich noch Stunden weiter«, sagte Timo, während er den Kleinen einen Schubs gab. Unter beleidigtem Murren trollte sich die ganze Bande.

Er streckte einen Arm nach ihr aus. »Setzt du dich kurz zu mir?«

Mit eigenartiger Schärfe sah sie seine breiten Schultern, sein gutmütiges Gesicht. Das kahle Winterlicht machte ihn nicht schöner, als er war. Von ihm ging kein heller weißer Schein aus, wie sie es manchmal bei Leander zu sehen gemeint hatte. Er war einfach Timo. Solide und verlässlich.

»Yaja hat Babette bei sich, glaube ich«, sagte sie, mit vor Selbstvorwürfen bebender Stimme.

Er stemmte sich mit beiden Händen vom Baumstrunk hoch. Sie dachte schon, er wollte ihr an die Gurgel gehen. Aber das tat er nicht. Er sagte auch nicht: Ich hab dir gleich gesagt, dass ich das Mädchen nicht hier haben will. Sondern er sagte: »Dann müssen wir schnell in Aktion treten. Ich fahr mal mit dem Fahrrad herum. Vielleicht ist sie zum Teich.«

Hinter ihm tauchte am grauen Himmel ein Schwarm Pfeifenten auf. Sie flogen so tief, dass ihre durchdringenden Rufe hörbar waren. Wiiuh, wiiuh, wiiuh! Veronica hatte immer gesagt, das bedeute: »Alles sicher? Alles sicher?« Direkt über der Bienenweide machten sie in ungeordneter Formation einen kurzen Schwenk von links nach rechts. Dann ballte sich der ganze Schwarm wieder zusammen und zog zielgerichtet ab.

Während sie den Vögeln mit dem Blick folgte, stammelte Gwen: »Gut, dann gehe ich in die andere Richtung.« Sie trabte an der Reihe Linden entlang. Über den Knick hinweg ging es auf den schmalen Treidelpfad. Nun, da sie nicht mehr auf eigenem Grund und Boden war, lief sie noch schneller. Die Welt war so entsetzlich groß.

Weit vor ihr flogen die Pfeifenten als kerzengerade Strichellinie über der Straße am Kanal dahin. Warum war sie nicht einfach dankbar für Babettes Rückkehr gewesen? Nur weil sie unbedingt eine Erklärung gewollt hatte, Halt gesucht hatte, hatte sie alles, was ihr lieb war, aufs Spiel gesetzt.

Vom Rennen tanzten ihr Flecken vor den Augen. Die Landschaft hüpfte in Streifen und Kästchen an ihr vorüber. Vor ihr schimmerte ein himmelblaues Viereck auf, so blau wie der Bollerwagen, den Timo für Babette gebaut hatte, mit ihrem Namen in silbernen Lettern auf der Seite.

Der Bollerwagen stand am Kanalufer, neben der Bank, auf der Yaja saß. Das Mädchen starrte untätig aufs Wasser. Dass sie damit beschäftigt gewesen wäre, Babette den Kopf vom Rumpf zu drehen, konnte man beim besten Willen nicht behaupten. Sie bemerkte Gwen erst, als die sich neben sie fallen ließ.

»Mann ey, du erschreckst einen ja zu Tode«, sagte sie schrill.

Gwen keuchte so sehr, dass sie keinen Ton herausbekam. Nach Atem ringend, beugte sie sich über den Wagen. Babettes große Augen leuchteten auf. Ein sonniges Lächeln trat auf ihr Gesicht.

Vor Erleichterung fing sie an zu zittern. Sie nahm ihre Tochter auf den Arm und drückte sie an sich, tief den Geruch ihres Köpfchens in sich aufsaugend. »Wenn du mir das noch einmal antust, Yaja, dann …«

»Ich werd wohl noch mit Babette spazieren gehen dürfen!«

»Nicht ohne meine Zustimmung.«

Yaja sah tief verletzt aus. »Ich wollte ihr nur was Gutes tun. Babette hat sich gelangweilt wie die Pest.«

»Während du dabei warst, Toby zum Spucken zu bringen? Das ist wirklich die Höhe.« Auf einmal war es um ihre Selbstbeherrschung geschehen. »Du unverantwortliches Drecksgör! Wie kannst du den Kleinen nur in seinem eigenen Erbrochenen liegen lassen? Er hätte ersticken können! Sieh mich an und antworte!«

Yaja sprang auf und stemmte die Hände in die Seite. »Du hast mir gar nichts zu sagen, Bitch.«

»Du bist zu weit gegangen. Das weißt du genau!«

Yajas Wangen röteten sich. Sie schlug die Augen nieder. Dann sagte sie: »Gottogott! Und ich dachte, du würdest dich freuen, dass ich wenigstens was Schönes mit Babette gemacht hab.«

»So leicht kommst du mir nicht davon.«

»Denn von dir hat sie ja nichts zu erwarten. Dir ist es ja schon zu viel, ihr auch nur das Fläschchen zu geben. Mann, bist du 'ne Scheißmutter. Scherst dich einen Dreck um sie!«

Mit bebenden Lippen stieß Gwen hervor: »Geh mir aus den Augen! Pack deine Sachen, und sag deinem Vater, dass er dich mitnehmen soll. Jetzt sofort. Ich gebe dir zehn Minuten.«

»Du kannst ja nur die Wahrheit nicht ertragen. Ach, leck mich doch!« Yaja versetzte der Bank einen Tritt, warf die Haare über die Schulter und rauschte wütenden Schrittes davon.

Leander würde nicht gerade begeistert sein, dass sie seine Tochter weggeschickt hatte, aber das war ihr gleichgültig. Sie fühlte sich wie betäubt. Sie zählte bis zehn. Sie zählte bis hundert. Aber auch wenn sie bis tausend zählte, würde es nichts daran ändern, dass von allen Menschen auf Erden ausgerechnet dieses egoistische kleine Biest sie so genau durchschaut hatte. Natürlich war es nicht so, dass sie Babette nicht liebte, aber sie konnte es sich ruhig eingestehen: Sie tat es aus Selbsterhaltungstrieb, mit gewissen Vorbehalten, immer ein wenig auf der Hut. Dass Heranwachsende verschwanden und wieder auftauchten, wie es ihnen beliebte, war eine Sache. Aber ein Baby? Sie hob ihr Töchterchen hoch und schaute es forschend an.

Es wäre doch wirklich absurd, ihr irgendetwas übel zu nehmen. Aber der Punkt war, dass Babette sie immer wieder unvermutet an das Ungewisse erinnerte. Sie konnte ihr nicht in die Augen sehen, ohne sich bewusst zu werden, dass das Leben erheblich weniger sicher und verlässlich war, als sie ertragen konnte. Seit ihrem wundersamen Abenteuer verkörperte ihre Tochter gleichsam das Allerunerträglichste: Unsicherheit.

Sie legte sie in den Bollerwagen zurück und zog ihr mit einem Gefühl der Machtlosigkeit die Decke bis zum Kinn. Wiiuh, wiiuh, wiiuh!, ertönte es über ihrem Kopf. Die Pfeifenten waren zurückgekehrt. Die ersten ließen sich auf der Weide jenseits des Wassers nieder, während der Rest des Schwarms nervös umherkreiste. Alles sicher? Alles sicher?

Gwen folgte ihnen mit den Blicken. Es machte sie betroffen, dass auch den Vögeln oder den Bienen keinerlei Sicherheit vergönnt war. Unsicherheit war offenbar ein Wesensmerkmal des Daseins. Plötzlich schämte sie sich. Man hatte sich halt damit abzufinden, dass man nie wusste, woran man war. Wenn die gesamte Natur das konnte, sollte es ihr doch wohl auch gelingen.

Babette girrte zufrieden, als stimme sie ihr zu. Wie weise sie war, die Kleine. Erst sechs Monate alt, doch sie hatte schon einen ganzen Teil des Lebens hinter sich, von dem ihre Mama nie etwas erfahren würde. Aber sie selbst würde sich auch nicht daran erinnern können. Das war komischerweise ein Trost. »Wir kriegen das schon hin, wir zwei«, sagte Gwen leise. »Wir versuchen es zumindest mal. Oder was meinst du?«

Vor sich hinmurmelnd kam Bobbie mit Toby an der Hand in die Küche. Seine Haare waren nass, und er trug den Judo-Anzug von einem der Engel, dessen Saum ihm ungefähr bis auf die nackten Zehen ging. »Tante Rollmops!«, rief er überrascht aus.

»Ja, wen haben wir denn da!«, sagte Beatrijs und breitete die

Arme aus. »Na, du siehst aber stark aus.« Sie fing ihn auf und zog ihn zu sich auf den Schoß, sich den stechenden Schmerz in ihrem Knie verbeißend.

»Ich konnte auf die Schnelle nichts anderes finden«, sagte Bobbie. »Seine Sachen sind alle im Trockner, mitsamt seinen Turnschuhen.« Sie sah aufgebracht aus.

In den übergroßen Ärmeln suchte Beatrijs nach Tobys schmalen Händchen und drückte sie. »Was war denn nun passiert, Jungchen?«

»Erzähl mal«, sagte Bobbie. »Erzähl mal, was Yaja mit dir gemacht hat.«

Erschrocken schaute Beatrijs zu Leander. Aber sie verspürte auch so etwas wie Triumph. Bekam Yaja jetzt endlich mal einen Denkzettel verpasst?

»Na, jedenfalls ist der kleine Kerl schon wieder putzmunter.« Mit verkniffenem Lächeln nickte Leander Toby zu. »Das ist doch das Wichtigste. Oder?«

Die Tür flog auf, und Yaja stürmte herein. Sie war bleich vor Wut. »Aha!«, rief sie und blickte reihum. »Zieht ihr hier schön über mich her? Bin ich wieder an allem schuld? Seid ihr wieder alle einer Meinung? Nur zu, tut euch keinen Zwang an! Die Meckerzicke hat mich rausgeschmissen! Das ist echt die …«

»Führ dich nicht so auf«, sagte Beatrijs. »Du wolltest doch selbst von hier weg.«

Yaja feuerte einen Blick voll kaltem Abscheu auf sie ab. »Kannst du die Alte nicht abservieren, Pa? Du wolltest mich doch decken! Und jetzt bekomme ich doch noch die Schuld! Du hast selbst gesagt: Geh schnell mit …«

»Ich habe sofort Hilfe geholt«, sagte Leander. Er sprach sehr leise, als nahe eine Migräneattacke.

»Und dieser Gwen wolltest du sagen, dass ich längst weg war! Auf dich kann man sich auch nicht verlassen! Sülzkopf!

Erst soll ich unbedingt hierher, weil du mich nicht bei dir haben willst, und dann kann ich wieder abstinken, weil sie mich nicht will. Ich bin doch kein Sack Kartoffeln, den man ständig in der Gegend herumverfrachten kann. Ich will auch irgendwo hingehören.« Ohne Übergang fing sie an zu weinen.

Es blieb einen Moment still.

Beatrijs blickte starr auf Tobys nassen Scheitel. Sie war sich nicht sicher, ob sie all das, was Yaja gerade vorgebracht hatte, genau verstanden hatte, aber das wollte sie auch eigentlich gar nicht. Irgendetwas sagte ihr, dass es sie furchtbar unglücklich machen würde.

Leander zog ein Taschentuch hervor und ging auf seine Tochter zu. »Niemand gibt dir für irgendetwas die Schuld, und niemand nimmt dir etwas übel. Es ist ja schließlich gar nichts passiert.«

»Ach nein?«, brauste Bobbie auf, die am Herd stand. »Das ist ja wohl verkehrte Welt! Jetzt reicht's aber!«

Leander blieb stehen und fuhr sich mit der Hand an die Stirn. Als müsse er unendliche Geduld an den Tag legen, sagte er: »Es ist nichts Irreparables passiert, Bobbie. Oder wolltest du das Gegenteil behaupten? Das hast du dann selbst zu verantworten. Aber was ich eigentlich vermute, ist, dass du das einfach nicht so ganz begreifst. Das geschieht häufiger, nicht wahr?«

Beatrijs' Herz krampfte sich zusammen, als sie sah, wie Bobbies Augen etwas tiefer in ihre Höhlen zu sinken schienen. *Weißt du, was ich gerne mal möchte, Beatrijs? Auch mal über irgendwas ganz viel wissen.*

»Leander!«, rief sie geschockt.

Er beachtete sie nicht. »Hier, Yaja, trockne dir die Tränen ab.«

Ohne ein Wort riss Yaja ihm das Taschentuch aus der Hand und warf es auf den Boden. Die Tränen hatten schwarze Spuren auf ihren Wangen hinterlassen, wodurch ihr Gesicht eingefallen wirkte, nur noch Haut und Knochen.

Nach einem Moment bückte sich Leander und hob das Taschentuch auf. Ungehalten sagte er: »Aber ich wollte dich trösten.«

»Na und? Ich will gar nicht von dir getröstet werden, Loser!«

»Warum auch?« Sichtlich ihren Mut zusammennehmend, trat Bobbie näher. »Eins auf den Deckel geben sollte man dir! Das ist schon seit Jahren überfällig, scheint mir. Irgendwer müsste mal den Mumm haben, dir Manieren beizubringen. Das würde dir verdammt gut tun.«

Yaja streckte den Mittelfinger in die Höhe. Dann stampfte sie aus der Küche. Laut hallten ihre Schritte auf der Treppe.

Leander befeuchtete seine Lippen. »Was starrst du mich denn so an, Beatrijs?«

Der Schweiß brach ihr aus: Sie war ganz Bobbies Meinung. »Ich weiß nicht«, sagte sie. Sie fand sich selbst zum Kotzen. »Yaja sollte in der Tat mal härter angefasst werden. Das ist nur in ihrem eigenen Interesse. Da wirst du mir doch recht …«

»Beeindruckend.« Er wippte auf seinen Füßen. »Woher plötzlich dieser Sachverstand, wenn ich fragen darf? Selbst Kinder, oder was? Ach, da ist sie schon wieder.«

Ihre verschlissene Wochenendtasche schleppend, kam Yaja herein, ohne jemanden eines Blickes zu würdigen. Leander wollte ihr die Tasche abnehmen, doch sie drückte sie schnell an ihre Brust, als sei der schwarze Fetzen ihr einziger Halt. Seine Hand stockte auf halbem Weg. Er hüstelte kurz. »Wir gehen. Kommst du, Beatrijs?«

Mit noch sausendem Kopf sah sie Yaja zur Tür schlurfen. Sie hatte immer gedacht, Leander hätte mal für sie und gegen dieses Kind Partei ergreifen sollen. Aber vielleicht hätte sie eher Yaja vor ihm in Schutz nehmen sollen. »Ich bleibe lieber noch ein Weilchen«, sagte sie und überraschte sich damit selbst.

Ungläubig weiteten sich seine Augen. »Wieso?«

Sie schwieg. Sie brauchte etwas Zeit zum Nachdenken, das war alles.

»Du bist schon den ganzen Tag nicht du selbst.«

»Ich bleibe hier«, sagte sie ruhig. »Ich ruf dich noch an.«

Sie sah, wie seine Lippen weiß wurden. »Beatrijs, so kenne ich dich gar nicht. Du bist doch keine Frau, die es so mir nichts, dir nichts, ohne irgendeine Erklärung, wagen würde ...«

»Die dicke Kuh schickt dich in die Wüste, Pa«, stellte Yaja fest. »Also lass uns abschwirren. Aber glaub bloß nicht, dass ich das restliche Wochenende Rommee mit dir spiel.«

»Warte mal, Yaja!« Leander machte ein Gesicht, als erfasse er erst jetzt die ganze Tragweite von Beatrijs' Worten.

Aber Beatrijs gab nicht nach. Die Wahrheit war wohl, dass die zwei einander verdienten. »Ich ruf dich an«, wiederholte sie, diesmal mit etwas mehr Wärme.

Brüsk wandte er sich ab.

Sie sah seine hoch gewachsene Gestalt durch Gwens Tür hinaus gehen. Seltsamerweise tat er ihr einen Moment lang sogar Leid. Sie war nicht die Frau, die er zu kennen glaubte. Aber vielleicht hatte sie selbst auch in letzter Zeit ein bisschen vergessen, wer sie eigentlich war.

»Das hätten wir«, sagte Bobbie. Es war ihr anzusehen, dass sie sich nur mit Mühe einen höhnischen Kommentar verkneifen konnte.

»Sag ruhig, was du denkst«, meinte Beatrijs bitter.

»Nichts. Nichts«, beteuerte Bobbie eilig. »Aber soll ich nicht schnell eine Torte holen? Janna von gegenüber macht erstklassige Obsttorten.«

Es war ein langer Tag gewesen: Als Laurens endlich mit seinen Jungs nach Hause fuhr, schliefen sie hinten im Auto alle beide gleich ein. Von Zeit zu Zeit schaute er kurz in den Rückspiegel. Toby hatte seinen Kopf an die Schulter seines großen Bruders gelehnt. Niels, die Wangen noch voller Rußspuren, hatte den Arm um ihn gelegt.

Auf dem Beifahrersitz rollte das Glas Thymianhonig aus Bobbies Laden langsam von links nach rechts. Es war sehr gut möglich, dass dieser Honig von Bienen stammte, die Veronica noch sorglos in Gwens Garten hatten reden und lachen hören. Und jetzt waren sie genauso tot wie sie. Er musste Bobbie bei Gelegenheit mal fragen, ob es einen Bienenhimmel gab. Bestimmt würde er eine großartige Geschichte zu hören bekommen.

Er verstand selbst nicht so recht, warum er sich so friedvoll fühlte. Seines Wissens hatte er nichts unternommen, woraus diese erhabene Stimmung resultieren könnte. Früher hätten die drei Freundinnen ihm über so was gehörig auf den Zahn gefühlt, während Timo, Frank und er die Gläser noch einmal gefüllt und von der Tapenade gekostet hätten. »Laurens, du Schafskopf. Jetzt überleg doch mal selbst!« Aber musste er wirklich alles haarklein ergründen wollen?

Er schaltete und schaute mechanisch in den Spiegel. Auf Niels' Gesicht lag ein glückseliger, verliebter Zug. Er lächelte: Nicht schwer zu erraten, von wem er träumte.

Leicht amüsiert dachte Laurens, dass es bestimmt eine solide Grundlage war, wenn man die erste Liebe mit zweiundzwanzig Klassenkameraden teilen musste. Irgendwann würde sein Großer ein erwachsener Mann sein, mit erwachsenen Gefühlen und Problemen. Hoffentlich wurde er besser damit fertig als sein Vater.

Denk dran, Niels, Toby immer ein gutes Vorbild sein!

Wenn Toby Wind davon bekam, dass sein großer Bruder mit Nicky zu Veronicas Grab ging, würde er natürlich auch gleich hin wollen. Aber wenn schon, dann ging er eben mit ihm hin. Es wurde Zeit, endlich mal auf den Friedhof zu gehen.

Schau mal, Toby, hier liegt Mama, in ihrer Kiste.

Er wusste gar nicht, ob er das Grab noch finden würde. Wahrscheinlich musste er den Friedhofswärter danach fragen. Wissen Sie, es hat eine Weile gedauert, bis ich wirklich begriffen habe, dass meine Frau tot ist. Ja, Sie sagen es, sehr merkwürdig. Aber vielleicht gibt es noch merkwürdigere Dinge. Dass es zum Beispiel immer wieder etwas gibt, was unser Herz trotz allem mit Hoffnung erfüllt, und sei es nur die demütige Hoffnung, dass unsere Kinder eine bessere Ausgabe von uns selbst sein mögen. Und das Allermerkwürdigste ist, dass sich diese Hoffnung sogar meistens erfüllt.

In einer plötzlichen Anwandlung, die er sich selbst nicht erklären konnte, bog er von der Autobahn auf einen Parkplatz ab. Die Rastfläche lag wie ausgestorben da. Um seine Söhne nicht zu wecken, ließ er den Motor an, als er ausstieg. In der Ferne war der durchdringende Ruf einer Eule zu hören, rau und wehmütig. Es war kalt und dunkel. So dunkel, dass jeder Stern am Himmel sichtbar war. Die Hände in den Hosentaschen, stand er neben seinem leise schnurrenden Auto, legte den Kopf in den Nacken und sah nach oben.

Na, Laurens, was geht dir gerade so alles durch den Kopf?

Ich habe Thymianhonig für dich gekauft.

Wenn er nur lange genug schaute, würde er sie ganz bestimmt sehen.